아메리카 자전거 여행

일러두기

＊이 책은 《아메리카 자전거 여행》(한겨레, 2006년)의 개정판입니다.

아메리카 자전거 여행

홍은택 지음

위즈덤하우스

트 랜 스 아 메 리 카 트 레 일

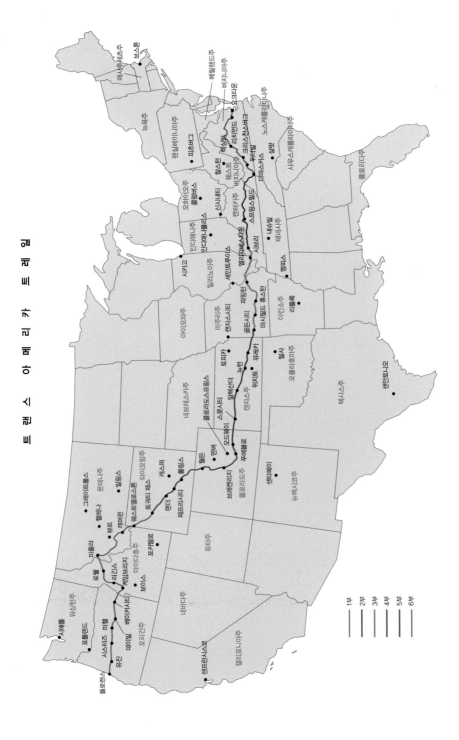

보스톤
메사추세츠주

메릴랜드주
버지니아주
오그던

뉴욕주
펜실베이니아주
피츠버그
리치먼드
체스터
웨스트버지니아주
버지니아주
크리스찬스버그
노스캐롤라이나주
사우스캐롤라이나주
플로리다주

오하이오주
콜럼버스
신시네티
켄터키주
엘리자베스타운
워터랜
스프링스필드
버클리
테네시주
멤피스

인디애나주
인디애나폴리스
세인트루이스
시카고
일리노이주
미주리주
콜드시티
페이팅
아칸소주
리틀록

아이오와주
미주리
캔자스시티
메사필드 휴스턴

콜로라도스프링스
토피카
누턴
유레카
위치토
아칸소주
털사
오클라호마주

네브래스카주
스콧시티
유독웨이
알렉산더
캔자스주
뉴멕시코주
샌타페이

콜로라도주
펜더
푸에블로
뉴멕시코주

그레이트폴스
핼레나
몬태나주
밸링스
웨스트옐로스톤
러드
하글란
월든
브레켄리지
캐스머
홀리스
텍사스주

딜런
부트
캐먼
카몬
토링턴
토커빌로
포커빌로

유선턴주
시애틀
포틀랜드
미줄라
로웰
리긴스
캐임브리지
이이다호주
아이다호주
유타주

캘리포니아주
플로렌스
시스터즈 미첼
유진
데이븐
베이커시티
오리건주
네바다주
샌프란시스코

센타페이
뉴멕시코주

센트럴
텍사스주

1부
2부
3부
4부
5부
6부

자전거 여행자의 길로 가지 않았다.

　어쩌면 개정판을 내는 이유가 여행 이후의 삶에 대한 이 짧막한 메모에 있는지 모르겠다. 이전에 이 책을 읽으신 분들은 서문만 읽으시면 된다는 뜻이기도 하다.

　간략하게 그때의 여행을 요약하면 버지니아주 요크타운의 대서양 해안에서 오리건주 플로렌스의 태평양 해안까지 80일간 삐뚤빼뚤 대륙을 가로질러 6,400킬로미터를 달렸다. 지금은 이보다 더 오래 더 먼 거리를 자전거로 여행하는 분들이 많아서 특별할 게 없다. 그런데 당시에는 많은 분이 〈한겨레신문〉에 매주 연재된 기행문과 이 책을 읽고 장거리 자전거 여행이 가능하다는 것을 알게 됐다고 자부한다. 트랜스 아메리카 트레일을 최초 완주한 한국인이라는 자격으로 미국 국립 자전거 여행자의 초상 컬렉션에 내 사진이 등재되는 영광도 누렸다.

　좀 더 세부적으로 당시 서문을 인용하면, "펑크는 열한 번 났고, 나를 추격해온 개는 100마리쯤 되는 것 같고, 여름철이었지만 영하 1도에서 영상 43도까지의 온도와 해발고도 0미터에서 3,463미터까지의 높이를 체험했다. 열 개주를 건넜고, 대륙분기선을 열네 번 통과했고, 시간대가 다섯 번 바뀌었다. 페달은 한 150만 번쯤 돌렸고, 하루 5,000칼로리 이상 섭취한 것 같고, 결과적으로 몸무게는 3킬로그램 정도 빠졌다. 체중 감량보다 중요한 것은 욕심 감량이다. 여행의 의미를 이렇게 간소하게 얘기할 수 있어서 좋다."

　자전거에 대해서는 여행 전에도, 후에도 나는 문외한이다. 어떤 자전거가 좋으냐는 질문에 항상 당황한다. 나는 내 몸에 자전거를 맞추기보다는 어떤 자전거든 내 몸을 적응시키는 편이다. 그래서 이 책은 자전거 여행을 어떻게 하는지에 대한 안

내서라기보다는 여행하는 삶에 대한 이야기다.

서문을 이렇게 맺었다.

"나는 지금도 어렵게 터득한 여행자의 마음을 버리지 않았다고 믿는다. 언젠가 훌훌 털어버리고 다시 떠날 것이다. 일상에 빠져들수록 그 열망은 더욱 간절해질 것이다. 그럼 다시 길에서 만날 그때까지…"

지금 나는 길에 있지 않다. 이 문장 앞에 '다행히' 라는 부사를 붙일까 말까 잠시 망설였다. 그 여행 이후 인터넷이 열어 놓은 길을 달려왔다. 좋은 분들의 도움으로 오지 않은 미래를 먼저 탐험할 수 있는 기회를 얻었고, 우리 사회처럼 내 인생도 온·오프라인의 경계를 넘었다.

이 책이 가족을 부양할 만한 스테디셀러가 됐다면 지금도 세계 어딘가를 돌고 있을지 모른다. 유목민의 피가 혈관 속에 흐르는 나로서는 미지의 탐험은 언제나 유혹적인 상상이다. 여행을 업으로 한다는 건 세상과 일상을 자유의지에 따라 의식적으로 경험하겠다는 선언이고 그 실천이다.

그 시도를 포기한 것은 아니었다. 7년 만에 직장을 다시 사직하고 두 번째 행선지로 맘먹었던 중국의 중원을 자전거로 일주했다. 이른바 '만리장정'. 하지만 역시 여행업으로 나아가기에는 역부족이었다.

벗어나려고 발버둥치지만 돌아올 수밖에 없던 직장생활. 달라진 게 있다. 어떻게 하다 보니(나이들다 보니) 이 생활이 한시적이고 특수한 경험이 되고 있다. 집밖으로 자전거를 끌고 나가기만 하면 여행자의 삶으로는 언제든 돌아갈 수 있다. 그러나 여러 사람들과 함께 공동의 목표를 향해 한발 한발 나아가는 과정은 얼마나 연장할 수 있느냐의 문제이지, 끝은 곧 예정돼 있다. 더 희소하다.

물론 일하는 게 놀이와 같지는 않을 것이다. 온 힘을 다한 일이 실패했을 때, 공정한 보상이 주어지지 않는다고 느낄 때, 내가 생각하기에 중요한 아이디어가 받아들여지지 않을 때, 누군가 나를 뒤에서 비난하고 있다고 느낄 때…좌절하고 분노하고 실망하는 일들이 하루걸러 때로는 연쇄적으로 일어난다. (자전거 어디 있지?)

하지만 경험의 내용을 바꿀 수는 없어도 경험과의 관계는 바꿀 수 있다. 실패와 불공정, 불합리한 일들은 일어날 수 있지만 그 일들과 자신을 동일시하지 않는다면. 온 힘을 다한 일이 실패해도 그 실패를 자신의 인생이 실패한 것처럼 받아들이지 않는다면. 공정하지 않다는 느낌이나 중요하게 여겨지는 일들은 생각일 뿐이고 내 생각이 나 자신은 아니라고 선을 긋는다면.

생각은 언제나 변한다. 변하는 것이 나는 아니지 않은가. 내 생각이 받아들여지지 않는다고 해서 내가 부정당한 것처럼 느낄 이유가 없다. 누군가 비난하는 나는 그가 생각하는 나일 뿐이고 내가 아니다.

이것이 경험을 관찰하는 여행자의 관점이다. 내 경험을 나와 무관한 독립적인 사건으로 관찰할 수 있다면 직장생활조차 여행하는 기분이 들 것이다. 꼭 어디를 자유의지로 떠나야 세상을 의식적으로 경험할 수 있는 것만은 아닐 터이다.

14년 다니던 직장을 처음 사직하고 미국 유학을 떠나 43세에 대학원을 졸업했을 때 아메리카 대륙을 주유하며 인생의 반환점을 돌고 있다고 생각했다. 그 이후 14년이 다시 흘렀다. 이 얘기가 개정판 서문의 핵심이다. 나보다 세상을 덜 사신 분들께 이 얘기를 해드리고 싶었다. 그때는 1쿼터가 끝났을 때였고 이제서야 하프타임인 것 같다고.

만약 훌훌 털고 일어나 세상으로 뛰쳐나갈 수 없다면 지금 있는 곳에서 의식적인 경험을 하길 바라며…

2019년 12월 판교에서

1부 ★ 자전거, 세상을 보는 또 다른 눈 버지니아주 요크타운에서 다마스커스까지

'혁명' 자전거로 미국을 가로지르다 012 | 첫눈이 내린 추수감사절에 꾼 꿈 019
40킬로그램, 이게 내 삶의 무게이다 026 | 일주일만 버텨라, 새로운 세상이 기다린다 034
굉음을 내며 공격해오는 '도로의 잔혹사' 040 | 쿠키 레이디, 혁명동지들의 어머니! 048
지금도 렉싱턴엔 남부군 깃발이 휘날린다 057
빗줄기 속 11시간, 점점 라이더가 되고 있다 064

2부 ★ 인간의 몸은 진화한다 버지니아주 다마스커스에서 켄터키주 시브리까지

640킬로미터를 홀로 걸어온 하이커들 072 | 하늘과 땅과 나만의 여행 080
오지를 달려 14일 만에 켄터키주 입성 089 | 두 발로 카누로 자전거로 달린 철인부부 096
서서히 몸의 반항이 시작되다 104 | 개 떼의 습격, 하마터면 개죽음 당할 뻔! 112
무력감을 넘어 평화를 사랑하는 마음으로 120
그는 명상을 위해 페달을 밟고, 나는 맥주를 그리며 달리다 129

3부 ★ 현재는 미래로 가는 하나의 디딤돌 켄터키주 브레킨리지 카운티에서 미주리주 골든시티까지

마을 하나 지나 시간변경선, 한 시간을 벌다 138 | 평화를 위해 페달을 밟는 아름다운 동행 146
캉스 잉글리시의 오자크 고원을 건너다 155 | 가족을 만나다, 더는 이방인이 아니다 162
짐이 줄자 몸무게도 줄어드는 이중 감량 효과 170 | 페달 밟는 박자가 점점 빨라지다 178
마음의 폭풍과 함께 폭풍이 지나가다 186

차 례

4부 ★ 나는 움직인다, 고로 존재한다 캔자스주 대평원에서 콜로라도주 오드웨이까지

페달로 반주하는 여기는 대평원 노래방 195 | 내게 아주 '특별한' 첫 동행남 202
다시 혼자다, 외로움이 더 크다 210 | 통신선 찾다가 '골드 러시' 마차와 마주치다 218
가시철조망에 환장하다니, 환장할 노릇이네 228 | 더 달리라고 몸이 앙탈을 부린다 236
하루 170킬로미터, 돛단배처럼 나아가다 245
3463미터 로키 산맥, 시험대가 다가오고 있다 254

5부 ★ 스스로의 힘으로, 의지로, 규율로 콜로라도주 푸에블로에서 토궈티 패스까지

1000미터 오르막, 아무리 마셔도 목마르다 267
아메리카 트레일의 정점, 기분 좋은 실망 274
호모 루덴스, 나는 놀기 위해 태어났다 282 | 황무지가 왜 이토록 아름다울까 290
나는 적토마, 물과 먹이만 달라 298 | 목사님! 제발 그만, 오! 주여 307
사막에서 다시 만난 '친절한 캐티 씨' 314

6부 ★ 진정한 바이크 라이더가 되는 법 와이오밍주 그랜드티턴 국립공원에서 오리건주 플로렌스까지

'혼수 상태'에 빠진 자전거 324 | 불가마 품은 옐로스톤, 꿈틀꿈틀 332
듣던 대로 따뜻한 서부 340 | 해변 따라 코리안 트레일을 달리는 꿈 348
특별한 하룻밤의 동행 356 | 아이다호에 홀딱 반하다 365
인류 멸망이 우주 신문에 기삿거리나 될까 374 | 나는야 맥가이버 라이더 384
뒷바퀴 대서양에, 앞바퀴 태평양에 풍덩 392

• 1976년, 미국을 횡단하다 400

1부

자전거,
세상을 보는
또 다른 눈

버지니아주 요크타운에서 다마스커스까지

자전거는 다리의 연장일 뿐 아니라, 세상을 보는 눈이다. 안장 위에서 보는 세상은 차 안에서 보는 네모 속 세상과 다르다. 미국을 횡단하는 동반자로 자전거를 선택한 이유가 여기에 있다. 자전거가 지향하는 가치로 미국을, 그리고 내 자신을 보고자 한다. 내 자신 중에서 특히 몸의 반응이 궁금하다. 언젠가부터 몸이 나와 분리된 존재라고 느껴졌다.

01
'혁 명' 자 전 거 로
미 국 을
가 로 지 르 다

페달을 밟는 것은 사람과 공간의 관계를 바꾸는 혁명 같은 행위다. 안장에 오르면 아득해 보이던 지평선도 도전해볼 만한 거리로 다가온다. 운전이나 비행은 더 효과적으로 거리를 단축한다. 하지만 그것은 공간을 죽이는 짓이다. 운전대나 조종간을 잡으면 공간에 대한 감각이 마비된다. 오로지 킬로미터로만 표시되는 무감각한 세계로 변질된다. 그 힘도 죽은 연료인 화석연료에서 나온다.

반면 페달은 심장에서 뿜어져 나오는 붉은 피로 돌아간다. 페달을 밟는 수직운동이 바퀴의 순환운동으로 전환되고, 다시 자전거의 수평이동으로 바뀌는 과정에서 두 차례 혁명이 발생한다. 소진에서 지속으로, 그리고 경쟁에서 협동으로 사회를 변화시키는 일이다. 미국 사회를 지배하고 있는 두 가지 기본 가치인 속도와 경쟁과는 전혀 다른 세계다.

미국인들이 페달을 밟는 순간, 이라크에서 미군들을 철수시킬 수 있다. 석유 소비량을 한꺼번에 25퍼센트만큼 줄일 수 있기 때문이다. 평화를 사랑하는 퀘이커이자 자전거에 일생을 바치고 있는 내 친구 버넌 포브스는, 어느 날 이라크 전쟁을 반대하는 결의안을 채택하기 위한 퀘이커 모임에 참석했다. 거기서 한마디 했다가 다시는 모임에 참석할 수 없게 됐다. 미국 사람치고는 드물게 차가 없는 그는 자전거를 타고 모임에 갔다. 미국 정부를 성토하느라 여념이 없는 동료 퀘이커들에게 자기 말고 또 자전거를 타고 온 사람이 있느냐고 물었다. 아무도 없자 그는 "석유를 한 방울이라도 쓰고 있는 당신들은 정부를 비판할 자격이 없다"고 말했다. 그 뒤로 다시는 모임에 초대받지 못했다.

미국에서 자동차가 없는 생활은 완전한 고립으로 가는 길이다. 그러니 그가 괴팍한 사람이다. 페달을 밟는 일은 혁명이 아니라 자동차가 나오기 전인 19세기로 돌아가자는 반동적인 일로 받아들여진다. 지나가는 차들이 자전거를 타고 가는 내게 경적을 빵빵 울리는 것도 그 때문일 것이다. 마차와 자동차 사이에서 자전거의 시대는 너무 짧았다. 하지만 자전거가 지금도 굴러가고 있는 이유는 산악자전거 붐을 타고 레저용으로 살길을 찾았기 때문이 아니다.

그것은 항상 차를 타고 다니는 게 얼토당토않은 일이기 때문이다. 차는 한 시간을 달리면 무려 1만 8600칼로리를 소비한다. 같은 시간에 자전거는 350 칼로리를, 그것도 허리둘레에 끼인 지방을 소비한다. 자동차로 운전하는 거리의 80퍼센트가 집에서 13킬로미터 이내에 집중된다. 몸무게 70킬로그램 한 사람을 나르기 위해 300마력을 내는 2000킬로그램 괴물을 움직이는 게 과연 합당한 일인가. 자전거 사색가인 리처드 밸런타인이 말했듯이, 카나리아 한 마리를 죽이기 위해 원자탄을 투하하는 것과 다를 바 없는 일이다.

삶 의 방 식 , 자 전 거 타 기

자전거를 타는 것은 삶의 방식이다. 언제까지나 계속되며 안전하고 자동차보다 더 효과적인 방식이다. 퀘이커 친구가 말한 게 맞다. 자전거타기는 교통사고로부터 진정 해방됨을, 소비적인 사회와 전쟁으로부터 해방됨을 뜻한다. 석유와 비만을 해결하는 길이기도 하다. 문제는 시간이다. 자전거타기가 정착된 사회는 속도와 경쟁의 압력으로부터 자유로운 사회다. 자전거타기가 왜 위협적인 일인지 이

날씨가 음산해서 출발하기가 망설여진다. 그래도 요크강과 대서양이 만나는 해변에 자전거의 뒷바퀴를 담갔다.

제 눈치챘을 것이다. 그것은 사치스럽고 빨리 돌아가는 사회에 대한 대안이다.

　미국에는 이미 5500만 명의 혁명 동조세력, 다시 말해 자전거 인구가 있다. 이 중 열성당원 300만 명은 자전거로 통근하거나 통학한다. 해마다 자전거가 1300만 대나 팔린다. 이 혁명의 무기고에는 이미 1억 2000만 대의 자전거가 입고돼 있다. 해마다 차보다 세 배나 더 빨리 늘어난다. 볼셰비키 혁명 직전의 차르 시대와 같다. 자전거타기는 매우 선동적인 행위다.

　여행하는 목적 중 하나는 골수 혁명가들을 만나는 것이다. 그들은 휴먼 파워드 비이클 어소시에이션Human Powered Vehicle Association의 회원 600여 명이다. 한글로 해서 '인력거협회'의 회원들. 사람의 힘으로 가장 빨리 달릴 수 있는 운송수단을 연구하는 사람들이다. 지금까지 200미터 구간 최고기록이 시속 128킬로미터까지 나왔다. 심장을 엔진으로 비행기에서부터 배에 이르기까지 별별 종류의 운송수단을 개발하고 있는 위험한 인물들이다. 여행을 떠나기 전에 이 협회의 소식지를 통해 초대장을 띄웠다.

> 친애하는 동지 여러분,
> 한국에서 온 여러분의 혁명동지 홍XX 올시다. 미국을 횡단하고자 하오니 지나가는 길 주위에 살고 있는 동지들께서는 짬을 내셔서 혁명 조직화에 동참해주시기 바랍니다……. 본인들이 혁명가라는 걸 모르고 있는 동지들도 계실 텐데……, 혁명이라는 말이 너무 거창하면, 그냥 여행의 단조로움이라도 피하고 싶으니…….
> 최고의 존경을 바치며.
> 홍동지.

자 전 거 는　세 상 을　보 는　눈

또 다른 혁명가들은 동료 라이더rider들이다. 이들은 혁명을 직접 실천하고 있는 인물들이다. 몇 달이나 걸려서 미국을 건너는 일은 실로 엄청난 선전선동 효과가 있다. '미국 대륙을 자전거로 횡단하는 사람들도 있는데 그깟 회사까지 또는 학교까지 가는 데 자전거를 타지 않는다?' 그렇게 자문하도록 만드는 이들이다. 이 같은 혁명의 대의에 복무하는 것은 웬만한 당성으로는 되지 않는다. 그들은 누구인가.

투르 드 프랑스를 5회 우승한 전설적인 선수 자크 앙케티는 이렇게 말했다. "라이더는 두 부분으로 구성돼 있다. 자전거를 타는 사람과 자전거." 같은 라이더로서 감히 덧붙이자면 자전거는 다리의 연장일 뿐 아니라, 세상을 보는 눈이다. 안장 위에서 보는 세상은 차 안에서 보는 네모 속 세상과 다르다. 미국을 횡단하는 동반자로 자전거를 선택한 이유가 여기에 있다. 자전거가 지향하는 가치로 미국을, 그리고 내 자신을 보고자 한다.

내 자신 중에서 특히 몸의 반응이 궁금하다. 언젠가부터 몸이 나와 분리된 존재라고 느껴졌다. 그래서 손님 대하듯 몸을 존중하려고 노력하는데, 무엇이 최적의 대우인지는 분명치 않다. 몸에게 아예 일을 안 시키면 게을러져서 결국 몸을 망치게 된다. 그렇다고 혹사해서도 안 된다. 문제는 어떻게 하는 게 혹사하는 것인지는 혹사에 가까운 일을 몸에게 시켜보지 않고서는 알 수 없다는 것이다. 이번 여행은 혹사의 한계를 시험하는 계기가 될 것이다. 한편으로 몸에 대한 강도를 높여가는 동안 몸이 계속 적응하면서 혹사하기가 점점 더 어려워지는 그런 경지가 찾아오지 않을까 하는, 몸이 알면 화낼, 앙큼한 기대를 걸고 있다.

내가 택한 경로는 '트랜스 아메리카 트레일Trans America Trail'이다. 대서양과 태평양 사이를 가장 돌아가는 길이다. 이 길은 1976년에 미국 건국 200주년을 기념하기 위해 그레그와 준 시플 부부, 댄과 리스 버던 부부가 재미있고 뜻 깊은 일로 생각해 개척했고, 그해 라이더들 2000명이 함께 횡단했다. 물론 자전거 전용 루트가 아니라 기존의 도로를 자기들 맘대로 자전거 루트라고 선을 그어 연결한 것에 지나지 않는다. 주로 자동차가 다니던 도로에 숟가락 하나 더 놓은 것이어서, 자동차 운전자들, 특히 트럭 운전자들에게 크게 호의를 기대하지는 않는다. 근데 이 선이 길긴 길다. 6400킬로미터의 선이다. 어디 딴 데로 새지 않고 이 선 위로만 달려도 서울에서 부산까지 한 열두 번을 왕복해야 하는 거리다.

이 길이 개척된 지 30년이 다 돼간다. 처음에 울긋불긋한 사이클복을 입고 휙휙 지나가는 라이더들에게 물을 떠다주고 잠도 재워주던 이 길 위의 순박한 주민들이, 지금은 라이더들을 보고도 심드렁해한다는 전문이다. 그 동안 속도와 경쟁의 미국 문화가 이 선상의 주민들이 살아가는 모습을 어떻게 뒤바꿔놓았을까. 혁명의 분위기가 과연 무르익었을까. 또 다른 관찰 포인트다.

자전거 여행가이자 혁명동지인 윌리 위어가 말했듯이 자전거는 마술이다. 아무리 꽁꽁 닫힌 사람의 마음도 열어 제친다. 자전거를 타고 미국인 삶 속으로 들어가고 싶다.

로키 산맥의 최고봉인 엘버트산 근처의 고봉들. 사람들은 이 고봉들을 향해 셔터를 누른 지점까지 자전거를 타고 올라온다.

02
첫 눈 이 내 린
추 수 감 사 절 에
꾼 꿈

첫눈이 내린, 2004년 미국 추수감사절 연휴였다. 텅 빈 미주리대학교 도서관에 남아 때 이른 눈발을 바라보며 구글 검색창에 'cross country bicycle'이라고 쳐넣었다.

왜 미국을 자전거로 건너보자고 맘먹었는지 기억이 나지 않는다. 노화의 초기 증세에 들어선 탓인지, 아니면 중학교 1학년 때 서울에서 수원을 자전거로 왕복한 뒤부터 이런 종류의 자전거 여행이 예정돼 있던 것인지 나도 모르겠다.

2004년 여름, 로키 산맥 최고봉인 해발 4399미터 엘버트산의 정상 부근에서 자전거로 기어올라오는 사람들을 내 눈으로 직접 보고 받은 충격이, 이상한 심리적 전이과정을 거치면서 나도 해보자는 오기로 변질된 탓인지도 모른다.

모두들 미쳤다고 했다. 미국인들도 이구동성이었다. 자동차도 아니고 자전거로 그것도 노숙을 하면서 미국을 횡단하는 것은 자살에 가까운 몰지각한 행동이거나, 자기학대에서 쾌감을 느끼는 피학적 발상이라고 말했다. 한 미국인 친구는 "내 나라이기는 하지만 그런 여행을 할 만한 곳이라고 생각지 않는다"며 "미국에 이상한 사람들이 얼마나 많이 총을 갖고 있는 줄 아느냐"고 말렸다. 또 다른 친구는 "미국의 도로들은 자전거를 전혀 배려하지 않고 설계됐기 때문에 쌩쌩 달리는 화물차와 자동차에 언제든 치일 수 있다"고 겁을 줬다.

졸 업 기 념 여 행

이 여행은 졸업 기념이다. 2005년 5월 13일에 졸업식을 하고 공식적으로 백수가 됐다. 백수가 되기 위해 무진 노력을 한 셈이다. 14년간 밤낮 가리지 않고 일을 했고 유학까지 와서, 다시 2년간 학업과 일을 병행한 끝에 백수 대열에 합류했다. 누가 졸업식에 참석한 소감이 어떠냐고 물어왔다. 만 나이 마흔한 살에 학위를 받았으니 감격스럽지 않느냐는 어조였다. 웬걸, 나는 당황스러웠다. 주의를 집중했는데도 학부생인 학생 대표의 답사가 잘 안 들렸다. 이 학생은 파격을 부린다고 일기 형식으로 지난 4년의 대학생활을 정리하고 있었다. 원망스러웠다. 처음 입학했을 때 안 들리던 것과는 차원이 다른 문제다. 교문을 나가는 마지막 문턱에서 영어 청취력이 하나도 늘지 않았다는 걸 확인하는 기분은 영 좋지 않았다.

난 원래 청력이 좋지 않아서 영어가 잘 들리지 않는 줄 알았다. 그렇지 않고서는 그렇게 오랜 시간을 영어에 바치고도 안 들릴 리가 없다. 그렇다고 보청기를 낄 만큼 청력이 좋지 않은 것도 아닌데……. 귀는 그렇다고 치고, 입은 왜 열리지 않는지 설명이 되지 않는 부분이 있기는 했지만, 대충 신체장애의 탓으로 치부하고 지냈다. 미국 생활을 다 합쳐서 5년 넘게 했지만 결국 느끼는 것은 영어를 못하는 것을 견디는 요령뿐이다. 그걸 좋게 표현해서 영어에 대한 맷집이 늘었다고나 할까.

'영어를 못한다고 해서 전혀 부끄럽게 여기지 말자'가 좌우명이지만, 졸업식에서도 듣기가 안 되는 데는 그 동안 다져온 맷집도 소용이 없는 듯했다. 하지만 이 정도의 영어로 공부를 마치고 미국 라디오 방송의 프로듀서까지 했으니 지난 2년이 얼마나 고행이었을지 짐작이 갈 것이다. 이제 보상을 받을 때다. 자전거 여행이 그것이다.

내게 지금 이 시기는 후반전을 시작하기 전 하프타임이다. 전반전은 당위의 세계였다. 내가 도덕적인 인물은 결코 아니지만, 인생의 전반전은 남들이 고통을 받으며 힘들게 지내는데 모른 척하기가 어려워 그들의 문제를 함께 고민해보던 시기였다. 훌륭한 친구들처럼 학생운동이나 사회운동을 한 건 아니었다. 기자직은 내 한계 내에서 내가 할 수 있는 사회적 실천이었다.

하지만 어느 날 사회적 실천이 아니라 밥벌이가 되고 있다는 걸 깨닫고, '그러면 굳이……' 하면서 직장을 관뒀다. 그리고 앞으로는 해야 되는 일이 아니라 하고 싶은 일을 하기로 작정했다. 자전거 여행은 내가 하고 싶은 일이다. 물론 사람은 하고 싶은 일만 하고 살 수 없다. 나도 이 여행을 위해서 많은 시간을 하고 싶지 않은 일에 바쳤다. 그렇게 해서 돈과 시간을 모아서 한 바퀴 한 바퀴 페달을 돌린다.

왜 자전거 여행이 하고 싶은지 짚이는 데가 있다. 머리를 굴리는 것보다 몸을 움직이는 게 더 좋기 때문이다. 나는 생각하는 갈대가 아니라 움직이지 않으면 쓰러지는 굴렁쇠다. 어렸을 적 외할머니가 "은타가, 은타가, 저녁 먹어라" 하고 소리쳐 부르실 때까지 밖에서 놀았다. 햇볕이 쨍쨍 내리쬐면 집안에 붙어 있지 못하는 아이였다. 어릴 때는 누구나 그렇기 때문에 내가 특히 운동을 좋아한다고 생각지 않았다. 더욱이 특별히 잘하는 것도 아니다.

하지만 몸을 움직이는 기쁨은 안다. 그걸 유성에 있는 군대 훈련소에서 깨달았다. 몸을 움직여도 억지로 움직이는 것, 예컨대 기합 같은 건 싫을 줄 알았다. 어느 날 훈련 교관이 피티 체조를 시키고 막사 안으로 들어갔다. 한 천 번쯤 했을 때 동료 훈련생들이 포기하기 시작했다. 이 교관은 그만하라고 얘기하는 것을 그저 까먹고 퇴근한 듯했다. 270여 명의 훈련생들이 하나둘씩 나중에 얻어맞는 한이 있더라도 더는 못하겠다면서 포기하기 시작했다.

나는 계속했다. 기합이 아니라 하늘을 날고 싶어서 날갯짓을 계속하는 듯한 착각이 들었다. 단순한 동작을 수없이 반복할 때 찾아오는 그 고요함. 지루한 게 아니라 심연으로 점점 들어가는 듯한 느낌. 집착과 잡념이 사라지고 착 가라앉는 느낌.

달리기가 그랬다. 처음엔 동네 한 바퀴, 먼 동네 한 바퀴, 하프 마라톤, 풀코스 마라톤, 4시간, 3시간 50분, 3시간 30분……. 수영도 그랬다. 처음엔 25미터, 50미터, 100미터, 200미터……. 그리고 500미터를 쉬지 않고 한 번에 갈 수 있게 됐을 때, 갈증만 없으면 끝없이 수영할 수 있다는 걸 알았다. 세상이 나를 스쳐 가지 않고 내가 세상을 통과해간다는 느낌. 인간이 움직이는 존재임을 느낀, 새로운 발견이었다.

60세에 미국을 횡단한 크누드슨

자전거 여행, 그것도 미국을 가로질러 페달을 밟는 것은 지금까지 해온 어떤 운동보다 규모와 강도가 큰 것이어서, 졸업 선물로서, 인생 후반부로 들어가는 통과의례로서 안성맞춤이라고 생각했다. 그 동안 일과 공부를 억지로 하는 동안 묵묵히 뒷받침해온 몸에 대한 풀 서비스다. 하지만 그게 범죄의 소굴을 뚫고 지나가는 것이라면 혹은 너무 외롭고 힘들어서 정신 착란에 걸릴 지경으로 가는 길이라면 재고할 필요가 있지 않을까.

미국을 자전거로 두 차례 횡단한 65세의 주디 크누드슨. 20여 년 동안 간호사로 일하고 나서 음악대학원에 진학해 피아노를 전공한 뒤 지금은 피아노를 가르치면서 프랑스어를 배우고 있다.

그럼 과연 그렇게 위험한 일인가. 그렇게 한 다른 사람들은 없었을까. 그걸 알아보기 위해 실행 키를 눌렀다. 구글로 검색한 결과는 그런 걱정들을 한꺼번에 소탕해버렸다. 아니, 미국을 횡단하는 자전거 여행이라는 게 무슨 새삼스러운 일이라도 될까 싶게 많은 사람들이 태평양에서 대서양까지, 대서양에서 태평양까지 자전거로 오고 간 기록들이 주르르 쏟아져 나왔다. 가슴을 쓸어내리는 동시에 김이 팍 샜다. 안전하긴 한 모양인데 새로운 모험을 벌인다고 떠벌인 자신이 민망했다. 몰라서 그렇지, 알면 그렇게 두려운 일이 아닌 그런 종류의 시도였다. 애초에 북극을 횡단하거나 에베레스트산을 정복하는 것 같은 모험도 아니었다.

곧이어 같은 미주리주 컬럼비아시에 사는 주디 크누드슨 Judy Knudson을 수소문해서 만났다. 만 예순다섯 살 할머니여야 했다. 하지만 중년의 여성이 나타났다. 담배를 끊은 뒤 6개월 만에 불어난 몸을 견디지 못해 차고에 세워둔 자전거에 올라탔다가, 3킬로미터도 가지 못해 걸어서 돌아왔다. 그것이 1996년 56세 때의 일이다. 간호사 출신인 그녀는 그 전에 특별히 운동해본 일이 없었다고 말했다. 나보다 더 늦게, 자신이 움직이는 존재임을 발견한 셈이다.

하지만 그 성장 속도가 눈부시다. 안장에 오른 지 3개월 만에 캔자스시티에서 세인트루이스까지 그러니까 서울에서 부산까지의 거리를 단숨에 주파했다. 그리고 4년 뒤인 2000년, 만 예순 살에 6400킬로미터를 달려 미국을 횡단했다. 서부 해안 워싱턴주의 에버렛Everett에서 출발해 58일 만에 동부 해안 매사추세츠주의 낸터컷Nantucket에 도착했을 때의 소감을 물었더니 이렇게 말했다.

"자전거를 되돌려 다시 서부 해안을 향해 가고 싶었다."

자전거 타는 게 얼마나 좋기에 횡단을 하고도 모자라서……. 그녀는 "이제는 멈추기가 어렵다"고 말했다. 그리고 그때 눈물도 흘렸는데 흘린 이유가 딴 데 있었다. 그 동안 함께 여행한 사람들과 헤어지는 게 아쉬워서 그랬다는 것이다. 헤어지기가 싫어 그들과 함께 서부 해안으로 되돌아가고 싶었다는 것. 남편이 낸터컷 부두에서 기다리고 있었는데도 말이다. 그녀는 일행 38명과 여행을 함께 했다. 비바람 속에서 거친 숙식을 함께 하며 싹튼 동지애가 오죽했을까.

나 를   위 한   여 행

나는 사회주의가 실패한 이유가 당 간부들을 자전거 원정 여행에 보내지 않았기 때문이라고 생각한다. 특히 소련의 경우 미국보다 몇 배나 더 넓으니, 그쪽 대서양에서 이쪽 태평양까지 합숙을 하며 자전거 여행을 시켰으면 동지로서 느끼는 우애가 크누드슨이 경험한 것의 몇 배는 됐을 텐데. 내가 자전거타기를 혁명에 비유한 이유도 여기에 있다.

크누드슨은 역시 한 번으로 모자라, 이듬해인 2001년에 만 예순한 살의 나이에 5600킬로미터 구간을 따라 55일 만에 미국을 횡단한다. 크누드슨은 처음으로 내게 자전거로 미국을 횡단한다는 것의 구체성과 실현가능성을 보여줬다.

하지만 크누드슨과 나는 다르다. 크누드슨의 자전거 여행은 자선기금을 모금하는 성격도 띠고 있어서, 지원차량이 따라붙어서 짐을 나르고 숙식을 해결해주고 경로를 안내해줬다. 하지만 난 '맨땅에 헤딩'해야 한다. 나 혼자 준비하고 실행에 옮겨야 한다. 같은 학교에 다니는 후배가 '독도는 우리 땅'이라는 두건 하나만 이마에 둘러도 기금을 모으고 매스컴도 탈 수 있을 거라며, 자기가 영어와 스페인어 두 가지 말로 써주겠다고 제안했지만 사양했다. 독도가 우리 땅이라는 것을 안 믿어서가 아니라, 이번 여행은 국가와 민족의 역사적 사명을 띠고 하는 게 아니기 때문이다. 철저히 나를 위한 여행으로 만들고 싶었다.

05
40킬로그램,
이게 내 삶의
무게이다

미국 횡단 여행의 출발지 버지니아주 요크타운^{Yorktown}에 도착하자 마치 종착지에 도착한 듯했다. 여행을 준비해서 출발지까지 오는 데 진이 다 빠졌기 때문이다.

자전거와 짐수레를 비행기에 싣고 오는 것은 돼지 서너 마리를 몰고 비행기에 탑승하는 것과 마찬가지다. 전날 자전거와 짐수레를 각각 분해해서 담으려고 했더니 어마어마한 상자들이 필요했다. 항공사 웹사이트에서 확인해본 결과, 상자의 높이와 아래 사각형의 두 변을 더한 총길이가 62인치(157.48센티미터)를 초과할 경우 80달러를 벌금으로 물어야 하고 82인치(208.28센티미터)를 초과하면 아예 적재할 수조차 없다고 나와 있었다. 자전거 상자는 62인치를 가볍게 넘어서 82인

버지니아주 뉴포트뉴스 공항에서 찾은 내 짐. 이걸 끌고 미국을 횡단해야 한다고 생각하니 한숨이 나왔다.

치마저 살짝 초과했다. 짐수레 상자는 63인치로 적재할 수는 있지만, 역시 초과 요금을 물어야 할 판.

출발하는 날 아침에 컬럼비아시에서 미니버스를 타고 두 시간을 달려 캔자스시티 공항에 도착해서 짐을 부려놓으니, 이민 가는 것보다 짐이 많다. 탁구대 반만 한 상자 두 개에다 랩톱 컴퓨터와 한 살림 우겨넣은 가방, 그리고 사진기 가방까지 모두 네 개. 공항 청사 밖에 있는 짐 수속 카운터에서 "그렇게 큰 자전거 상자는 공항 안의 항공권 발부 카운터로 가져가라"며 접수를 거부했다. 어떻게 한눈에 자전거 상자인 줄 알까 생각해보니, 내가 입고 있는 사이클 셔츠가 단서였다. 흰색 바탕에 검정, 빨강, 노랑, 초록의 가지각색 줄무늬가 있고, 자동차 회사 볼보의 이름이 덕지덕지 인쇄돼 있다. 사이클 선수들은 자동차 운전자한테 치이지 않기 위해 눈에 잘 띄도록 화려한 무늬의 옷을 선호한다. 자전거를 탈 때가 아니면 입고 다니기가 민망할 만큼 요란하다.

내 삶 의 무 게

창피한 줄 알면서도 항공기를 타면서 그 셔츠를 입은 것은 평상복 한 벌이라도
짐을 줄이기 위해서였다. 짐 싸는 과정은 자신의 취향과 성격을 발견하는 과정
이다. 요크타운에서 만난 브라이언 페트리치^{Brian Petritsch}는 1978년에 미국 횡단
자전거 여행을 할 때 낚싯대를 가져갔다고 한다. 중간에 물고기를 잡아먹으면서
단백질을 보충하겠다는 야무진 생각이었지만 딱 두 번 사용했다고 한다. 요크타
운에서 숙박을 한 은총 성공회 교회^{Grace Episcopal Church}의 사택 찬장에서는 무려

요크타운 승전 기념비. 1781년 10월에 미국 독립전쟁의 최대 분수령이었던 요크타운 전투에서 독립군과 프랑스군은 콘월리스
경이 이끄는 영국군을 협공해 항복을 받아냈다. 이 전투를 기화로 전세가 미 독립군 쪽으로 기울었기 때문에 세계 역사를 바
꾼 전투라고도 한다. 이 승리를 기념하기 위해 1884년에 기념탑을 세웠고 이 일대를 콜로니얼 국립역사공원으로 지정했다.

1.87킬로그램의 케첩 병이 나왔다. 이 찬장은 서부에서 출발해 요크타운에서 횡단여행을 끝낸 사람들이 여행을 시작할 사람들을 위해 놓고 간 것들을 보관하고 있다. 주로 즉석에서 영양을 보충할 수 있는 간이식품들인데, 그 중에 가정에서도 쓰지 않는 큰 크기의 케첩은 뜻밖이었다. 내 기준으로 보면 길바닥에 뿌리고 가면서 지나간 길을 표시하는 데 쓰지 않는 한, 몇 년이 걸려도 못 먹을 양이다.

꼭 필요한 것처럼 보이는데도 들고 간 것을 후회하는 경우도 있다. 《로스앤젤레스 타임스》의 고참기자 데이비드 램David Lamb은 사진기를 넣어갔다가 한 번도 꺼내보지 않았다고 한다. 피곤하면 만사가 귀찮아진다.

자전거 여행 전문가들이 권하는 요령은 꼭 필요한 것만으로 짐을 싼 뒤, 거기서 딱 반을 집에 놓고 가라는 것이다. 짐싸기로 보는 성격 테스트 결과 역시 나는 과단성이 없는 성격으로 나타났다. 텐트, 침낭, 슬리핑 패드, 풍로, 코펠로 통하는 간이 냄비와 대접 세트, 숟가락, 젓가락, 가스통, 양초 랜턴, 옷가지, 구급약, 수건, 쌀, 김, 고추장볶음, 멸치볶음, 3분 자장, 3분 카레, 즉석 북어국, 즉석 미역국, 샌들, 수영복, 수영 안경, 농구복 등은 도저히 놓고 갈 수 없는 것들이었다. 거기에다 책 다섯 권, 여분 타이어, 자물쇠 두 개, 비상 호루라기, 부싯돌, 나침반, 정수기 등을 선택 항목으로 집어넣었다. 비상 호루라기를 불어 구조를 요청하고 구조를 기다리는 동안 부싯돌을 비벼서 불을 피우고 시냇물을 정수기로 걸러서 마셔야 할 상황이 과연 올까 싶기는 했다. 더군다나 책 다섯 권을 읽을 만큼 여유가 있을까. 그 전의 경험에 비춰보면 여행에 가져간 책을 끝까지 읽은 적이 없었다. 이게 필요할까 하는 의심이 조금이라도 드는 물품은 무조건 놓고 가라는 게 경험자들의 조언이었지만, 숱한 의심이 들면서도 빼지 못했다. 그 결과 자전거 횡단 여행 역사상 아마 둘째가라면 서러워할 엄청난 무게의 짐이 탄생했다. 집에 있는 체중계에 짐들을 달아보니 거의 40킬로그램에 육박했다.

이게 내 삶의 무게이다. 사람들은 저마다 삶의 무게를 지고 산다. 집착이 많을

수록 무거운 삶을 산다. 비유적인 표현이 아니다. 짐의 무게는 그 사람 집착의 무게다. 어떤 사람은 아예 떠나지 못한다. 이를테면 수세식 화장실을 짊어지고 갈 수 없기 때문에 많은 사람들은 그냥 집에 있거나 여관 등에 머무는 쪽을 택한다. 내 경우는 떠나긴 하지만 두 배는 힘들게 간다.

이 40킬로그램의 짐에다 항공기를 타기 위해서 자전거와 짐수레도 상자에 넣어가야 하니 감당하기 어려운 중량과 가짓수다. A 지점에서 B 지점까지 최소한 세 차례에 걸쳐서 날라야 하는데, B 지점으로 짐을 옮기다 보면 A 지점에 놔둔 짐이 없어질까 봐 걱정이고, A 지점으로 오면 B 지점에 옮겨둔 짐이 걱정이다. 해결책은 무지 빠르게 A와 B 두 지점을 왕복하는 것인데 공항 밖에서 공항 안 항공권 발부 카운터까지 그 무거운 짐들을 나르려니 숨이 턱까지 찬다. 평소에 미국 할머니들을 다정한 친구로 여겨온 데 대해 보답이라도 돌아온 듯, 한 할머니가 짐을 지켜봐 주겠다고 해서 마음 놓고 나머지 짐들을 옮겼다.

항 공 기   초 과 요 금   실 랑 이

항공사 직원은 자전거 상자를 어떻게 처리해야 할지 망설이다 실어주기로 했다. 대신 초과요금을 물렸다. 거기까진 예상한 거여서 불만이 없었다. 하지만 짐수레 상자까지 초과요금을 물리면서 모두 160달러를 내라고 하는 것은 받아들이기 어려웠다. 항공권이 120달러인데 짐 초과요금으로 160달러를 내라고 하는 것은 배보다 배꼽이 더 크다. 시계를 보니 탑승시간이 30분밖에 남지 않았다.

하지만 이대로 물러설 수 없다. 이 직원은 귀찮은 녀석 하나 만났군 하는 표정으로, 큰 자를 가져와서 길이를 재면서 "봤지? 허용 길이를 넘잖아" 하고 말했다. 상자의 생김새가 윗변이 짧고 밑변이 긴 평행사변형처럼 생겨서 밑변을 기준으로 하면 길이가 길어지는데, 이 직원은 이 변을 기준으로 쟀다. 따지니까 그럼 중간을 재겠다고 해서 중간을 재도 역시 여유 있게 초과요금 기준 62인치를 훌쩍 넘었다. 점점 사정조로 내 목소리가 바뀌는 것을 느끼면서 윗변을 기준으로 해달라고 했다. 집에서 내가 잰 대로 기준에서 1인치 초과하는 63인치가 나왔다. 내 뒤로 승객들의 줄이 길어지고 있었고 바쁜 승객들은 성마른 표정으로 희한한 측량 소동을 지켜봤다. 초조해지기 시작했다. "63인치면 봐줄 수도 있는 것 아니냐?" "그렇지만 우린 가장 짧은 변을 기준으로 하지 않는다." "어떤 변을 기준으로 한다는 규정을 본 적이 없다." 그 여자는 매니저로 보이는 사람한테 가서 상황을 설명했다. 역시 초과요금을 내야 한다는 해석. 마지막으로 "이건 당신의 관대함에 달린 문제 아니냐?"고 말해봤다. 관대함이라는 말이 그처럼 놀라운 효과를 발휘할 줄이야. 그녀는 잠시 생각하더니 80달러만 초과요금으로 부과하면서 "다음에는 상자를 기준에 잘 맞춰오라"고 했다.

출발시간이 거의 다 돼서 허겁지겁 기내에 입장했더니, 승객들의 시선이 내게 꽂혔다. 오랜만에 진풍경을 본다는 표정들. 깜박 잊고 자전거 헬멧을 자전거 상자 안에 집어넣지 않은 게 화근이었다. 무거운 가방 두 개를 들어야 했기 때문에 헬멧을 들 수가 없어 머리에 썼다. 캔자스시티에서 신시내티로 가는 오전 10시 55분발 델타 항공의 승객들은 민항 역사상 드물게 자전거 헬멧을 쓰고 비행기를 타는 엽기적인 승객을 목격하고 있었다. "저게 9·11 이후 새로운 안전규정인가 보지?"라는 빈정거림이 들려온다. 하지만 이 엽기 승객은 마침내 항공기에 탑승했다는 성취감에 들떠 마치 사열하는 기분으로 승객들을 훑어보면서 맨 뒷줄에 있는 좌석으로 뒤뚱거리며 걸어갔다.

음료수를 나눠주던 승무원이 뭐라고 물었다. 항공기 소음 때문에 잘 안 들렸다(청력이 좋지 않다는 얘기 상기하시라). "버지니아주 요크타운에서 오리건주 애스토리아까지 자전거로 횡단할 계획"이라고 답한 뒤 미심쩍어 "그걸 물어본 거냐?"고 물어봤더니, 옆 좌석 승객이 "아니, 랜스 암스트롱이 올해도 투르 드 프랑스에서 우승할 것 같으냐고 물어봤다"고 말했다. 이렇게도 동문서답을 할 수 있을까. 자전거 복장과 헬멧만 아니면 이런 질문도 안 받을 텐데 불필요한 망신을 계속 사고 있는 중. 당황해서 그냥 우승할 거라고 답한 뒤 대화를 거부하며 눈을 감았다. 그해까지 프랑스를 종주하는 사이클 대회인 투르 드 프랑스에서 여섯 차례 연속 우승한 암스트롱은 "나는 고통 받는 것을 즐긴다"라고 멋들어지게 말한 적이 있다. 그럼 내가 오늘 오전에 겪은 망신과 소동도 즐길 수 있을지 한번 직접 해보지그래. 그런 삐딱한 심정이다.

출발선에 서기도 전에 심신이 고단하다. 신시내티에서 비행기를 갈아타고 요크타운 인근에 있는 뉴포트뉴스 공항에 도착했을 때는 불길한 비가 내리고 있었다.

미국 횡단 길의 동반자 몰튼 자전거. 20인치 바퀴에 21단 기어. 유바가 장착돼 있다.

04
일주일만 버 텨 라,
새 로 운 세 상 이
기 다 린 다

동방에서 온 이방인에 대한 미국인들의 환대가 시작되는 것일까, 아니면 공존의 자전거 혁명이 진행되고 있는 것일까. 인터넷을 통해 알게 된 버지니아주 윌리엄스버그^{Williamsburg}에 사는 브라이언 페트리치는, 공항까지 마중 나와서 자신의 스포츠 유틸리티 차량에 그 무거운 짐들을 실어서 요크타운까지 날라줬다. 앞에서 잠시 소개했듯이 그는 미국을 횡단한 경험이 있는 고참 라이더다.

동료 라이더들을 보살펴야 하는 당령에 복무하듯 그는 요크타운에서 미국 횡단을 시작하는 사람들을 돕는 게 자신의 임무라고 생각한다. 차에서 연장통을 가져와 자전거 조립을 도와줬다. 아니 그냥 그가 다 조립했다고 해야 맞다. 라이더는 타는 사람과 자전거로 구성된다고 쓴 적이 있는데, 사실 라이더는 타는 사람과 자전거 그리고 자전거 기술자로 구성된다. 스스로 자전거를 분해하고 조립하는 것은 물론 수리까지 할 수 없으면, 장거리 여행을 할 수 없다. 불행히도 그 점에서는 나는 완전한 라이더가 아니다.

내가 타는 자전거는 《휴먼 파워드 비이클 저널 Human Powered Vehicle Journal》의 편집자인 버넌 포브스의 것이다. 그는 내 횡단 여행을 후원하는 차원에서 자신의 자전거를 빌려주고 장거리 여행에 맞도록 자전거를 개조하고 수리해줬다.

구 질 구 질 한   여 행   첫 날

페트리치는 저녁시간까지 내줘서 요크 강변의 요크타운 퍼브 Yorktown Pub라는 선술집에서 함께 술을 마셨다. 가볍게 한잔한다는 게 서로 죽이 맞아서 많이 마시게 됐다. 나로서는 그 동안 과연 여기까지 올 수 있을까 졸여오던 마음도 풀고, 다른 한편으로 젠장, 여행 첫날 비를 맞아야 하는 구질구질한 느낌을 씻어버리기 위해 들이켰다.

그는 올해 마흔아홉 살로 기계공장의 감독관이다. 시카고 출신으로 기혼. 취미는 사진과 컴퓨터. 그의 웹사이트도 있다(www.petritsch.net). 내게 자전거 여행을 수백 마일이라도 해본 적이 있느냐고 물었다. 물론 없다. 왜 그런 질문을 할까 생각하다가, 내가 짐을 푸는 모습을 그가 어처구니없다는 표정으로 지켜보던 게 기억이 났다. 그때 그는 "짐을 효과적으로 쌀 필요가 있다"고만 한마디 했다.

그는 자신이 도와준 라이더들 중에서 영국에서 온 스물아홉 살 간호사에 대한 얘기를 꺼냈다. 그 여자는 장거리 라이더가 해서는 안 될 일만 골라서 했다면서, 먼저 자전거 자물쇠를 두 개나 가져온 점을 예로 들었다. 나도 두 개를 가져왔다. 또 여분 타이어를 두 개 가져왔다고 했다. 나도 한 개 가져왔다. 그녀는 전혀 자전거 여행을 한 경험이 없다고 했다. 책 10권도 가져왔다고 한다. 그는 "물론 페이퍼백이었지만"이라고 덧붙였는데, 내가 가져온 책 5권 중에 페이퍼백이 아닌 심지어 두꺼운 표지의 책들도 있는 것을 염두에 두고 하는 말처럼 느껴졌다. 그녀는 산악자전거를 가져왔고, 내 자전거는 그가 본 적이 없는 몰턴^{Moulton} 자전거. 다행히 나는 그가 가져왔다는 8파운드짜리 2인용 텐트 대신 3파운드짜리 텐트를 가져왔다. 점점 그 여자의 얘기를 꺼내는 이유가 명확해진다. 그녀는 미국 횡단 여행을 출발한 지 사흘 만에, 버지니아주도 벗어나지 못하고 샬럿츠빌^{Charlottesville} 에서 핸들을 돌렸다고 한다. 영국에서 미국까지 비행기에 새 자전거와 온갖 짐 들을 이고 지고 와서 72시간 만에 돌아선 것. 그 대목에서 정신이 바짝 들었다.

그는 명시적으로 나도 그런 꼴이 될 거라고 말하지는 않았다. 그래서 내가 단 도직입적으로 물었다. "나도 자전거를 혼자 조립할 수 없고 산더미처럼 짐을 챙 겨오고 자전거 여행 경험조차 없으니 그 여자처럼 될 것 같으냐?"고. 그는 "글 쎄"라고 확답을 피하면서 "중요한 것은 일단 일주일만 버텨보는 것"이라고 조언 했다. 일주일만 자전거를 타면 체력적으로나 정신적으로 강해져서 새로운 세계 를 경험할 준비를 갖출 수 있게 된다면서 성급히 판단하지 말 것을 당부했다. 얼 마나 내가 미덥지 않게 보였으면 그렇게 얘기할까 하면서도 그의 충고를 접수하 기로 했다. 그는 추가로 버지니아주를 통과할 때까지의 여정과 지름길 등을 알 려주면서 지도까지 건네줬다. 덤으로 여행에서 마주치는 신기하고도 감동적인 경험들을 들려줘 술자리를 풍성하게 했다.

교 회 에 서 공 짜 숙 박

그리고 은총 성공회 교회. 1697년에 세워져 미국의 독립전쟁과 남북전쟁을 모두 견뎌낸 309년 된 교회로, 요크타운의 사적지 안에 있다. 이 교회에 딸린 2층짜리 사택은 '리버뷰 하우스^{Riverview House}'라고 불린다. 탁 트인 창 밖으로 요크강과 대 서양이 합류한다. 교회는 이 사택을 미국 횡단을 마쳤거나 시작하는 라이더들에

요크강을 정면으로 바라보고 있는 리버뷰 하우스. 2층 방의 창문에서는 멀리 요크강과 대서양이 합류하는 모습이 보인다.

게 공짜로 빌려준다. 교구 목사 칼턴 배컴^{Carleton Bakkum}의 부인 엘사^{Elsa}는 "3년 전 우연히 라이더 두 명에게서 미국 횡단 여행에 대한 얘기를 전해 듣고 교회의 친절을 널리 베풀 수 있는 기회라고 생각했다"고 말했다. 덕분에 이곳을 다녀간 라이더들에 대한 정보가 숙박명부에 모여 있다. 올해에는 나를 포함해 모두 29명이 묵었다. 모두 떠나는 사람들이다. 몇 개월 있으면 서부에서 출발해 미국을 횡단한 사람들이 도착할 것이다. 출발과 도착을 포함해 지난해에는 모두 31명이 묵었으니까, 올해에는 더 많은 사람들이 묵게 될 것이다. 이곳의 환대에 대한 소문이 더 널리 퍼졌거나, 더 많은 사람들이 횡단을 시도하기 때문일 테다.

　그러나 교회가 베푸는 친절이 이웃들에게는 항상 낯선 사람들을 마주쳐야 하는 불안을 주었다. 이웃 사람들은 라이더들이 자신의 동네를 통과하지 못하도록 소송을 걸었고, 그 결과 라이더들은 집 앞에 있는 골목을 이용할 수 없고 교회 주차장으로 난 계단을 통해 삥 돌아와야 한다. 자전거와 짐수레를 들고 좁은 계단을 오르내리노라면, 아무리 친절이 넘쳐나도 근본적으로 계약사회인 미국 사회에 있다는 생각이 들지 않을 수 없다. 배컴 목사는 "이 사택은 원래 한 주민의 소유였는데, 이 주민이 동네 이웃들과 사이가 틀어져서 복수하기 위해 교회에 헐값에 넘기고 떠났다"고 말했다. 이 주민의 복수는 낯선 사람들이 북적대서 동네를 소란스럽게 하려는 것이었는데, 덕분에 라이더들만 횡재를 하게 된 셈이다.

이 교회가 얼마나 집단적으로 친절한지, 교회를 관리하는 집사인 대릴 더글러스^{Daryl Douglas}는 리치먼드^{Richmond}까지 가는 길 루트 5번에 시멘트를 실어나르는 트럭들이 많이 다녀 위험하다면서, 위험한 길이 끝날 때까지 차를 태워주겠다고 제안했다. 그가 만약 차를 타고 가면 미국을 횡단하겠다는 스스로의 약속을 어기는 게 되느냐고 덧붙이지만 않았어도, 그 제안을 받아들였을 것이다.

어 느 나 그 네 의 세 줄 짜 리 기 행 문

숙박명부를 훑어 나가다 놀라운 인물을 발견했다. 지난해 11월 18일 이곳에 묵은 응우옌 히엡^{Ngugen Hiep}이라는 인물.

"CA → FL → ME → WA, OR → VA → BC → CA. Started end of June, probably won't finish until Jan of next year. 110°F AZ days, 17°F MT nights, 3 hurricanes, 2 ft of snow in Yellowstone……. The first 35 days on my own volition……."

해석해보자. 미국의 서쪽 끝인 캘리포니아주에서 출발해 동남쪽 끝인 플로리다주까지 횡단했고, 거기서 기수를 돌려 북상하여, 북동부의 가장 북쪽 주인 메인주까지 종주했고, 거기서 서북부의 북쪽 끝 주인 워싱턴주까지 횡단했다.

그리고 그 아래에 있는 오리건주로 내려갔다가 다시 미국을 세 번째 횡단해 버지니아주까지 왔으며, 앞으로는 캐나다의 서쪽 끝인 브리티시컬럼비아주까지 네 번째 대륙을 횡단한 뒤 캘리포니아로 남하할 계획이라는 것. 6월 말에 출발해 5개

월 만에 미국을 세 번 횡단하고 한번 종주했다
는 얘긴데 믿어지지가 않는다. 이듬해 1월까지
여행을 끝내지 못할 것 같다는 얘기. 그 대목에
서는 다시 신뢰가 생긴다. 애리조나주를 통과할
때는 섭씨 43도가 넘는 열사의 사막을 지났고,
몬태나주의 산악지방에서는 섭씨 영하 8도까지
내려가는 추위를 견뎌야 했으며, 태풍을 세 번
이나 만났고, 옐로스톤 국립공원에서는 60센티
미터가 넘는 눈에 파묻혔다는 것. 마지막 구절
이 인상적이다. "처음 35일간 내 의지로 다녔
다." 그럼 나머지 날들은 제정신이 아니었다는
얘기거나, 하나님의 가호로 여행을 했다는 얘기다.

은총 성공회 교구 목사인 칼턴 배컴의 부
인 엘사. 언제나 자전거 여행가들을 환대
해준다.

장편의 기행문을 써도 모자랄 여행을 단 세 줄로 압축하여 요약했으니, 얼마
나 경제적인 언어의 사용인가. 자전거를 한 바퀴도 돌리기 전에 벌써 백 장에 가
까운 원고를 쓰고 있는 나랑 대조적이다. 역시 진정 할 말이 많은 사람들은 말을
아끼는 법이다. 베트남 이름을 쓰고 있는 이 사람은 주소란에 이렇게 적었다.
"Homeless for now, usually SF area." 지금은 집이 없고 주로 샌프란시스코 지역
에 산다는 뜻이다. 혹시 여행이 아니라 그냥 집도 절도 없이 떠도는 나그네일지
도 모른다. 어쩌면 그가 인생은 여행이라는 의미에 더 부합해서 사는 것일지도.

아직 정주의 습관을 버리지 못한 나는 여전히 출발하지 못하고 비가 그치길 기
다리고 있다. 첫날부터 비를 맞으며 여행을 시작하고 싶지는 않다. 하지만 그의
메모를 읽고 난 뒤 교회 사택이 강변의 호젓한 2층 양옥이 아니라, 나를 가두고
있는 빈집처럼 느껴진다. 더는 빈집을 지키지 말고 이 자리를 뜨자. 내일은 눈이
오든 비가 오든 반드시 출발할 테다.

05
굉음을 내며
공격해오는
'도로의 잔혹사'

전투가 시작됐다.

　치열한 전투는 왕복 2차선, 편도 1차선 길에서 벌어졌다. 요크타운을 떠나 처음 만나는 도시인 제임스타운Jamestown에서 리치먼드까지 가는 루트 5번. 1780년대 미국 독립전쟁과 특히 1860년대 남북전쟁의 피어린 전투를 기리는 사적 표지판들이 행렬을 이루고 있는 곳이다. 리치먼드는 남북전쟁 당시 남부동맹의 수도. 북부군이 바로 이 길을 따라 올라갔으나 리치먼드 문턱에서 로버트 리Robert Lee 장군에게 패배했다. 그러나 나중에 리치먼드를 내주면서 남부군은 급격히 몰락했다.

나는 전면전을 꾀하지 않았다. 혁명동지들은 다 어디 갔는지 혼자서 전투를 벌여야 했기 때문에 비정규전을 펼쳤다. 길의 끝을 표시한 흰 줄을 따라 진격했다. 길 안쪽으로 가다간 압제의 무리들이 언제 뒤에서 덮칠지 모르기 때문이다. 게릴라가 출현했다는 첩보를 입수하고 긴급 출동한 것처럼 그들은 뒤에서 나타나 그라인더로 쇠를 가는 것 같은 날카로운 굉음을 내면서 내 옆을 스쳐갔다.

소형 트럭을 탄 어떤 녀석은 고속으로 질주하면서 내게 고함을 지르고 갔다. 내 영어 실력이 안 좋길 다행이라는 생각이지만, 최소한 'away'라는 단어 하나는 알아들었다. 꺼지라는 뜻이었다. 공공의 소유인 도로를 마치 자신들의 전유물로 착각하는 무리들이다. 가운뎃손가락을 올려 보이고 가는 녀석도 있다. 어떤 스포츠 유틸리티 차량은 나를 앞질러 간 뒤 내가 밟고 가는 그 흰 줄을 스윽 긁고 갔다. 이렇게 치일 수 있다는 경고였다.

항상 그렇듯 압제의 무리들 가운데서 대다수는 선량한 사람들이다. 내가 위협을 느끼지 않도록 반대차선으로 크게 우회해서 가는 운전자들이 대부분이다. 그렇게 가다간 앞에서 오는 차와 부딪힐 수도 있을 텐데 하고 되레 내가 걱정이 된다. 물론 이상적인 상황은 자전거 옆을 지나갈 때 부딪혀도 안 아플 만큼 속도를 줄여주는 것이다. 하지만 악질적인 분자들이 뒤쫓고 있기 때문에, 선량한 사람들이라도 속도를 늦출 수는 없다. 그 속도가 이 사회의 질서다.

화물차는 최대의 병기

교차로에서 신호등을 기다릴 때 옆을 돌아보면 운전자들이 짐수레를 끌고 서 있는 나를 보고 빙그레 웃고 있다. 냉소가 아니라 우의가 느껴지는 웃음이다. 생각해보면 멈춰 있는 차들이 내게 뭐라고 소리치는 것은 들어본 적이 없다. 멈추면 그들은 선량한 시민으로 돌아간다.

길은 요크강과 제임스강을 차례로 끼고 달리다 하늘 높이 자란 숲 속을 뚫고

버지니어주 리치먼드시 외곽에 세워진 남부동맹군 기념탑.
한 청년이 윗옷을 벗고 기념탑에 있는 벤치의 테이블 위에 누워 한가롭게 책을 읽고 있다.

간다. 하지만 경치의 정취를 느낄 여유가 없었다. 전투 초반이라서 그런 지 뒤에서 차가 오는 것을 느끼면 위축돼서 자전거가 자연히 길 바깥쪽으로 향한다. 길 바깥은 보통 도랑이거나 풀밭이어서 내겐 벼랑과 같다. 그래서 방향을 교정하기 위해 왼쪽으로 핸들을 틀다가 길 안쪽으로 쑥 들어가게 되고, 그러면 뒤에서 오는 차에 받힐 위험이 커진다. 어떤 상황이라도 내 갈 길만 똑바로 가면 되는데 그게 어디 쉬운 일인가. 비단 길이 아니라도 상황에 휘둘려 이상한 방향으로 새는 사람들을 많이 봐왔다.

화물차는 저쪽 진영에서 독일 전차와 같은 최대의 병기다. 화물차가 한번 지나가면 천둥 같은 굉음도 굉음이지만, 후폭풍에 자전거가 크게 흔들린다. 맞은 편에서 화물차가 지나쳐도 자전거가 빨려들 것 같다. 몸집이 커서 흰 줄까지 가득 차지하고 길을 훑어나가기 때문에, 다른 세력들을 일거에 소탕해버린다.

하지만 보험료가 올라가는데 누가 손에 피를 묻히고 싶겠는가. 화물차들도 위협만 하고 실제로는 공격하지 않는다. 그러나 위협할 생각이 없다고 해도 치명적인 상황은 발생한다. 앞과 뒤에서 오는 화물차 두 대가 하필이면 내가 달리는 그 지점에서 마주치는 순간이다. 편도 1차선이어서 어느 화물차도 물러날 공간이 없기 때문에 거의 어깨를 스치듯 지나친다. 내 핸들이 만약 조금이라도 더 흔들렸으면……

그 다음으로 위험한 상황은 차 두 대가 연속으로 지나갈 때다. 먼저 달려오는 차의 굉음에 가려 뒤차가 오는 걸 놓칠 수 있다. 미국에서는 한 해에

버지니아주 부캐넌 근처에 있는 '놀라운 인생 캠프장'으로 가다 마주친 제임스강.

1500명이 자전거를 타다 목숨을 잃으며, 6만여 명이 부상을 입는다. 모두가 혁명 동지는 아니겠지만, 어쨌든 적지 않은 수가 길에서 산화한다. 사고 원인의 96퍼센트가 바로 자동차와 충돌했기 때문이다.

화물차가 아니더라도 루트 5번의 길가를 달리는 것은 쉽지 않다. 간첩의 침투를 막기 위해 철조망에 깨진 병 조각들을 달아놓는 것처럼 버드와이저 맥주병의 깨진 조각들이 즐비하다. 요크타운에서 출발을 도와준 브라이언 페트리치는 미국을 자전거로 횡단하다가 운전자들이 던진 맥주병에 맞은 적도 있다니까, 깨진 병 조각들을 피했다는 것만으로도 감지덕지해야 할 판이다.

역 사 의   뒤 안 길 로   사 라 진   전 차

도로 잔혹사는 거기서 끝나지 않는다. 다람쥐, 살쾡이, 토끼, 누런 뱀, 검은 뱀, 또 그 시체들을 파먹다 똑같은 운명이 된 독수리의 시체들이 시뻘건 내장들을 토해 놓고 누워 있다. 나중에 다른 길을 가다가 바둑판만 한 거북이 등이 터져 죽은 것을 본 적이 있는데, 왠지 더욱 비감했다. 토끼는 잘만 하면 피할 수 있었겠지만 거북의 걸음으로는……. 사슴의 시체는 심각한 도전이다. 그것을 피해가기 위해서는 도로 안쪽으로 깊숙이 돌아가야 한다.

만약 내가 철로를 달리는데(그럴 기술이 있으면 얼마나 좋을까), 기차가 다가와서 비키라고 한다면 주저하지 않고 비켰을 것이다. 기차에 치이면 무지 아프기 때문에 그렇기도 하겠지만, 무엇보다 미국의 철도 회사들은 자신들의 돈으로 철도를 건설했기 때문이다. 그러니 기차 전용이 맞다. 만약 자동차 회사들도 도로 포장비용을 부담하거나 또는 분담하기라도 해야 했다면, 이렇게 많은 자동차들이 설치고 다니는 일은 없었을 것이다. 이것은 정치적인 이슈다. 왜 미국에서 납세자들의 돈으로 도로를 포장해주고 자동차 회사들에게 더 많은 차들을 팔게 해줬는지 늦었지만 청문회라도 열어야 한다. 그렇게 공짜로 길을 닦아주니까 자동차들은 자기 것인 줄 착각하고 도로를 점령해버렸다.

서울도 그랬듯이 미국의 도심에는 전차가 다녔다. 안전하면서 편리했다. 그런데 이 전차가 자연스런 도태과정을 밟아 사라진 것이 아니다. 1940년대 말 세계 최대의 자동차 회사 제너럴 모터스는 다른 자동차 회사들과 담합하여, 전차 회사들을 몰래 매입한 뒤 전차의 궤도를 걷어내고 버스 회사로 바꿔버렸다. 버스를 더 많이 팔기 위해서였다. 물론 담합행위로 기소돼 재판을 받았지만, 제너럴 모터스 간부에게 벌금형, 그것도 단돈 50달러가 선고됐다. 그렇게 해서 전차는 역사의 뒤안길로 사라졌는데, 최근 휴스턴과 뉴올리언스를 비롯한 몇몇 도시에서 전차를 복원했다. 도심의 교통수단으로 전차만큼 많은 사람을 나르면서 안전한 게 없다.

자 동 차 는 사 람 을 사 물 화 한 다

자동차의 왕이라고 불리는 헨리 포드도, 그리고 비행기의 아버지로 불리는 라이트 형제도 모두 자전거 기술자였다. 근본적으로 자동차나 항공기 그리고 자전거도 원리는 같다. 수레바퀴. 뭔가를 돌려서 앞으로 가는 것이다. 그러나 자전거는 말과 소를 수레바퀴의 굴레에서 해방시키는 동시에 길을 소똥과 말똥의 악취에서 해방시켰다는 점에서, 본질적으로 인도적이고 청정한 수단이다. 그러나 자동차는 소똥과 말똥을 능가하는 매연을 배출한다.

아메리카 대륙에는 이상하게 수레를 이용했다는 고고학적인 증거가 나오지 않았다. 메소포타미아의 수메르족은 이미 기원전 3500년에 수레를 사용했는데도 말이다. 잉카 제국도, 마야 문명도 수레 없이 건설됐다. 말도 없었다. 만약 아메리카 대륙에 수레와 말이 있었다면, 유럽 개척자들은 식민지를 건설하기가 쉽지 않았을 것이다. 피사로가 13명을 이끌고 잉카 제국을 작살낼 때 또 코르테스가 마야 문명을 쳐부술 때, 총도 총이지만 가장 효과적인 무력은 말이 제공한 높이와 기동성이었다.

무엇보다 자동차는 공존의 문화를 파괴한다. 자동차가 발달한 미국에서처럼 공공성이 공산주의처럼 죄악시되는 나라도 없을 것이다. 공공의 교통수단인 철도는 이미 천덕꾸러기로 전락한 지 오래다. 올해 미국 정부는 철도 회사인 앰트랙Amtrak에 대해 예산 지원을 중단키로 했다. 앰트랙사가 재정적으로 회생할 수 있다는 것을 보여주기 전에는 더 지원할 수 없다는 입장. 기차가 장사가 안 되도록 정책을 펴놓고 이제 와서…….

거기에다 서민들이 이용하는 그레이하운드 버스조차 수지를 맞추기 위해 노선을 대폭 감축하여, 승객이 적은 마을들은 고립되고 있다. 미국에는 보도조차 사라지고 있다. 오로지 자동차가 없으면 살 수 없는 나라로 완성됐다. 석유에 절대적으로 의존하는 국가가 됐다. 세계 인구의 5퍼센트도 안 되는 미국인들이 전 세계 일일 석유 소비량 중에서 25퍼센트나 쓴다. 에너지를 낭비하고 공해를 일으키는 것 말고도 자동차는 사람을 사물화한다. 자동차에 올라타면 사람들은 자동차가 된다. 옆으로 지나가는 것은 사람이 아니라 자동차다. 그래서 서로 부딪히고 나서 보니 안에 사람이 들어 있다는 걸 뒤늦게 깨달았다는 식이다.

버스나 기차에 올라탔을 때 승객들이 공유하는 연대감이나 자전거를 타고 오르막과 내리막을 함께 하면서 형성되는 동지의식 같은 것들 대신 자동차는 개인적 안락함만을 추구한다. 자동차를 타고 교외로 탈출하면서 미국인들은 광활한 미국 국토를 남용하고 있다. 꼭 모양이 나쁜 것만 난개발이 아니다. 루트 5번에서 루트 6번 그리고 중앙선도 안 그려진 후미진 길을 타고 애팔래치아 산맥으로 올라가도 끝없이 집들이 이어진다. 우리 형편에는 부러운, 넓은 잔디밭에 드문드문 자리 잡은 단독 양옥들의 연속이지만, 이런 미국식 소비양식은 이라크 전쟁을 비롯하여 세계에 심대한 영향을 미치고 있다. 개인적으로는 조금만 더 가면 숲이 나오겠지 하면서 오줌을 참아야 하는 고통이 계속된다. 남의 집 앞에서 볼일을 볼 수 없지 않은가. 이 넓은 땅에 이런 아이러니가.

06
쿠키 레이디,
혁명동지들의
어머니!

해 떨어지기 전에 오라는 말 외에는 어떤 말도 알아들을 수 없었다. 그래서 몇 시까지 가면 괜찮겠느냐고 다시 물었더니 오후 4시라고 했다. 그러나 도착한 시각은 6시 반.

버지니아주 샬럿츠빌에서 '쿠키 레이디 Cookie Lady'라고 부르는 준 커리 June Curry 의 집까지는 산길이다. 거리는 64킬로미터밖에 안 됐지만 가파른 산길이어서 생각보다 시간이 오래 걸렸다. 미국 자전거 횡단이라는 도전의 뼈저린 실상을 깨우쳐주는 첫 관문이다. 미국 동부의 대동맥인 애팔래치아 산맥의 지산, 애프톤 산 거의 정상에 커리의 집이 있다.

자전거 혁명세력의 보급기지

그가 오는 길을 일러줬지만, 전혀 알아듣지 못해서 가는 동안 내내 헤맬까 봐 걱정했다. '어드벤처 사이클링 어소시에션Adventure Cycling Association'이 만든 지도에는 언덕 위에 집이 있다고만 나와 있다. 마음은 초조하지만 가도 가도 언덕의 끝은 나오지 않는다. 좀더 친절하게 안내해주지……. 허리가 끊어질 것 같은 통증을 느끼며 더는 못 가겠다고 멈춰섰을 때, 허름한 자전거가 보이고 그 위에 'Water for Bikers(자전거 타는 사람들을 위한 물)'이라는 간판이 보였다. 조금 더 가자 'June Curry Cookie Lady'라는 문패가 나타났다.

1976년에 미국 건국 200주년을 기념하기 위해 미국을 횡단하던 라이더들이 이곳을 지나다 멈춘 이유를 알 수 있을 것 같았다. 힘들어서 더는 못 가는 지점이기 때문이다. 그들은 물을 얻어 마시기 위해 지방도로 750번 길가에 있는 붉은 벽돌집의 문을 두드렸다. 그로부터 30년 가까이 이곳이 자전거 혁명세력의 보급기지가 된다. 그때가 그 여자 나이 55세 때였다. 그는 라이더들에게 과자를 구워줬고, 숙식을 원하면 자신의 집에 그리고 조금 지나서는 '바이크 하우스Bike house'라고 이름을 지은 별도의 붉은 벽돌집에 재워줬다. 그래서 별명이 쿠키 레이디다.

벨을 눌렀더니 29년의 세월이 흘러 여든네 살의, 백발이 성성한 노파가 된 쿠키 레이디가 천천히 현관으로 걸어왔다. 먼저 늦어서 미안하다고 사과하면서 하룻밤 묵을 수 있겠느냐고 말하자, 열쇠를 주면서 "생각보다 시간이 더 걸리지?"라고 물었다. 청력에 문제가 있는 두 사람의 엇갈리는 대화가 시작된다.

"어디서 왔느냐?"

"코리아에서 왔다."

"어디?"

"코리아."

버지니아주 애프톤에 있는 쿠키 레이디 준 커리의
집 입구에 세워져 있는 안내판.

내가 영어는 신통찮지만, 두 번 말하면 상대가 알아들을 정도는 된다. 하지만 할머니는 전혀 알아듣지 못했다. 철자를 말해보라고 해서 철자를 말했는데도 소용없다. 어디 근처에 있는 나라냐고 물어서 아시아에 있다고 하니, 아시아에서 왔느냐고 깜짝 놀란다. 아시아의 어디냐고 해서 중국과 일본 사이에 있다고 하자, 그럼 섬나라냐, 아니 반도다, 그래도 여전히 알아듣지 못하는 표정. 나중에 알게 됐는데 그가 한국을 모르는 것은 아니었고, 단지 한국인을 처음 본 것이었다. 뒷집에 사는 이웃 여자에게 생전 처음 보는 한국인을 같이 구경하자고 전화하니 그 여자도 애들을 데리고 왔다.

그는 3년 전 뇌졸중으로 쓰러져 거동이 불편한 데다, 얼마 전에 고양이에게 밥을 주려다 층계를 헛디뎌 오른손 팔목마저 부러졌다. 그래서 바로 옆에 있는 바이크 하우스까지도 안내해주지 못하고 말로 설명한다. 가만 들어보니 그의 말은 알아들을 만하다. 그가 왜 일찍 오라고 했는지를 설명하는데, 두 다리에 힘이 쭉 빠졌다. 그럴 줄 알았으면 천천히 올걸. 샤워시설이 있는데 물을 태양열로 데우기 때문에, 물이 식기 전에 샤워하라고 일찍 오라고 했다는 것이다. 그 말을 못 알아들어 혹시 해가 떨어지면 문을 안 열어준다는 얘기일지 모른다고 부리나케 왔으니…….

이 첨단 태양열 방식의 샤워시설은 무슨 영문인지 집 밖에 있다. 물을 틀었을 때 그제야 깨달았다. 태양열 전지가 있어서 태양열을 가둬놨다가 물을 데우는 방식이 아니라, 해가 떠 있을 때 그 열기로 물을 데우는 원시적 방식. 그래서 빨리 오라고 한 것이다. 물이 미지근하지도 않다. 땀이 식어서 몸은 한기를 느낀다. 순간적으로 꾀를 내어 빨래와 목욕을 동시에 할 수 있는 방법으로 옷을 입고 샤워했다. 한데 오히려 찬물이 착 달라붙어 더 춥다. 부랴부랴 옷을 벗었더니 길에서 보일까 봐 몸놀림이 빨라지고 두 손이 서로 엉킨다.

'혁명 기념관'의 알알한 사연들

바이크 하우스의 자물쇠를 따고 들어가자 이곳이 단순한 혁명의 보급기지가 아니라 혁명 기념관임을 한눈에 알 수 있었다. 1976년 이후 1만 1000명이 여길 다녀갔다고 한다. 미국 전체는 물론 영국, 프랑스, 네덜란드, 독일, 남아프리카공화국, 스웨덴, 스페인, 뉴질랜드, 베네수엘라 등 세계 각지에서 온 라이더들이 이 집을 '참배'했다. 이곳을 다녀간 것으로 끝나는 게 아니라, 고향에 도착하면 그림엽서들을 보내 방 네 칸인 이 집의 사면을 온통 도배하고 있다. 신문에 실린 자신들의 횡단기들도 보냈다. 쿠키 레이디는 즉석사진기로 사진을 찍어 라이더들의 모습을 사진첩으로 간직하고 있었다.

거기에다 라이더들은 기념이 될 만한 흔적들을 남겨놓았다. 타이어에서부터 운동화, 물통, 자물쇠, 모자, 티셔츠, 책. 누군가는 헬멧을 남기고 갔는데 헬멧을 안 쓰고 이 산맥을 어떻게 내려가고 넘어가려는 심산이었는지는 알 수 없다. 너무 감격해서 제정신들이 아니다. 페달, 펌프, 안장, 바퀴덮개……, 그리고 라면. 라면은 부피가 커서 안 넣어왔는데, 비록 맛이 심심한 일본 라면이지만 심심 유곡에서 발견하는 기쁨이 이만저만이 아니다. 입이 다물어지지 않는다.

고단해서 일찍 자려고 팻 차일즈 Pat Childs라는 여성이 보낸 사진첩을 들고 소파에 누웠다. 자신의 핏속에 자전거 여행에 대한 동경이 흐르고 있다고 믿던 젊은 여성이었다. 그래서 사람들을 자전거 여행으로 안내하는 길잡이로 활약했다. 아름

30년 동안 미국 횡단 라이더들을 돕고 있는 '쿠키 레이디' 준 커리. 라이더들로부터 받은 편지와 선물을 보여주고 있다.

다운 사진들을 재치 있는 설명을 곁들여 읽으며 보는 재미가 쏠쏠해서 잠이 달아난다. 그러다 갑자기 휠체어에 앉아 있는 그의 사진이 나온다. 그의 휠체어는 털이 많은 개가 끌고 있다. 그 당황스런 전환에 어떤 설명도 없다. 그저 함께 붙어 있는 신문기사 한 장. 그는 어느 날 동맥경화증에 걸려 다리가 마비돼 더는 일어설 수 없는, 그래서 개에 의존해 움직이는 불구의 몸이 됐다. 그 뒤로 그는 인도견들을 훈련하는 전문가가 되어, 전과 다를 바 없는 완전한 삶을 누리고 있다. 사진들은 어떤 좌절이나 슬픔도 보여주지 않는다.

팻 차일즈는 1977년 이곳에 머문 인연을 소중히 여겨 1989년에 사진첩을 쿠키 레이디에게 보냈다. 아울러 그의 부모가 쓰던 독특한 스타일의 2인승 자전거 tandem도 기증해서 바이크 하우스에 전시되고 있다. 사람들은 그에게 한푼 두푼 기부했고, 그는 1993년에 라이더들에게 답장을 보냈다.

"동지들fellow bikers은 한번 자전거에 올라타 페달을 밟기 시작하면 평생 페달을 밟고 싶어진다는 철학을 공유하고 있다. 비록 지금 나는 동지들이 땀을 뻘뻘 흘리며 올라가는 그 언덕들을 더는 올라갈 수 없지만 그 소망은 항상 내 가슴에 있다. 나를 위해 바퀴를 굴려다오."

" 라 이 더 들 이 야 말 로   내   가 족 "
바이크 하우스에는 수많은 사연들이 켜켜이 쌓여 있지만, 주인공은 역시 쿠키 레이디다.

"물을 주면서 어디까지 가느냐고 물었더니 오리건주까지 간다고 해서 농담하는 줄 알았다." 커리의 회고담이다.

"그런데 그 말이 사실인 것을 알고 그들을 더 잘 대접해야겠다고 맘먹었다."

그의 선행은 신문과 잡지의 기사로 수없이 많이 소개됐다. 어드벤처 사이클링 어소시에이션은 '쿠키 레이디 상'을 제정해서 그처럼 라이더들을 도운 사람을 해마다 선정해 표창한다. 하지만 그 자신은 자전거를 탄 적이 없다. 사실 이 가파른 산길에서 자전거로 이동하는 것은 좋은 생각이 아닌 것 같다.

그는 지금 사는 벽돌집에서 태어나 군인인 남편을 따라 한때 캘리포니아주, 미시간주에도 살아봤다. 남편이 제2차 세계대전에 참전하여 버마(미얀마) 전선으로 떠난 뒤 다시 이 집으로 돌아와서는 그 뒤로 한 번도 떠나지 않았다. 버마 전선에서 싸운 남편은 무사히 귀환했으나, 벽촌에서 살기 싫다며 세 살 난 딸과 그를 남겨둔 채 도시로 떠나 다시는 돌아오지 않았다. 한참 세월이 흐른 뒤 그는 자기 처지가 이혼녀인 것을 알게 됐다. 딸도 성장한 뒤에는 고향을 떠나 돌아오지 않았다.

그래서 그는 아버지 해럴드 해븐Harold Haven과 함께 살았다. 함께 라이더들을 돌보던 아버지는 1990년에 90세를 일기로 세상을 떠났다. 그는 기억한다. 아버지가 병마에 쓰러져 휠체어를 타고 집에 갇혀 있을 때, 일가친척들은 잠시 방문해서 안부만 묻고 떠났다. 어느 날 한 라이더가 찾아와 바깥 공기를 쐬고 싶으냐고, 저 산이 보고 싶으냐고 아버지에게 물었다. 아버지가 그렇다고 하자, 휠체어가 다닐 수 있도록 문턱에 판자를 깔아 통로를 만들어줬다.

커리는 한 달에 노후연금으로 겨우 292달러(30만 원 정도)를 받는다. 그가 젊은 시절에 연금으로 집어넣은 돈이 얼마 안 되기 때문이다. 남편이 떠난 뒤 잠시 가게에서 일했지만, 어머니를 병구완하기 위해 그만둔 뒤 무려 43년을 다른 가족들을 간호하는 데 바쳤다. 뇌졸중을 일으킨 작은아버지와 암에 걸린 작은어머니까

바이크 하우스 내부. 쿠키 레이디가 라이더들을 위해 마련한 바이크 하우스에 머물다 간, 미국 전역과 세계 각지의 라이더들이 그림엽서와 관련 기사를 보내, 벽 네 면을 도배하고 있다.

지……. 그들이 모두 세상을 떠난 뒤 정작 그가 아플 때는 간병해줄 일가친척이 없었다. 그가 병원에 입원했을 때 그를 감격시킨 사람들은 다름 아닌 라이더들이었다. 병실에는 우편엽서와 편지, 인형, 꽃 들이 쇄도했다.

내 머리로는 도저히 계산이 안 된다. 그와 같은 사람들이 생활할 수 있도록 미국의 사회보장제도가 어떻게 돌아가는지. 그의 의료보험료는 한 달에 385달러(39만 원 정도). 노후연금보다 더 많은 돈을 내고 살아야 한다. 그는 딸에게 전화를 걸어 도움을 청했지만, 뉴욕시의 비싼 동네에 산다는 딸은 "여기 생활비가 너무 많이 들어 도와줄 여력이 없다"고 말했다고 한다.

그는 작은아버지들이 자식이 없어 유산으로 남겨준 작은 액수의 돈으로 그 차액을 보전하며 산다. 재산은 빠르게 고갈되고 있다. 그런데도 뒷집에서 바이크 하우스를 사겠다고 한 제안을 일언지하에 거절했다.

"바이크 하우스는 내 생명의 일부이고, 자전거를 타는 사람들이야말로 내 가족이다."

라이더들도 그를 가족으로 생각한다. 그렇지 않으면 그들이 미국을 횡단한 후 결혼한 사진이나 득녀득남한 사진, 심지어 자식이 철자 알아맞히기 대회에서 우승한 표창장까지 산골에 사는 이 노파에게 보내올 리가 없다.

그는 가족을 잃은 대신 세계를 얻었다. 그리고 한국에도 가족이 생겼다. 헤어져야 하는 날 아침에 그는 내 손을 두 번이나 잡으며 안전하게 여행하라고 기원했다. 자전거에 짐을 꾸려 집 밖을 벗어나는데, 거동이 불편한 그가 나와서 손을 흔들고 있다.

블루리지 파크웨이는 산 양쪽으로 펼쳐지는 전경으로 유명하다. 사진은 블루리지 파크웨이의 서쪽으로 내려다본 광경.

07
지금도 렉싱턴엔 남부군 깃발이 휘날린다

쿠키 레이디를 뒤로 하고 다음 목적지인 버지니아주 렉싱턴^{Lexington}으로 가는 길은 상쾌했다. 노래에도 등장하는 블루리지 파크웨이^{Blue Ridge Parkway}를 타고 가기 때문이다. 애팔래치아 산맥 남부를 관통하는 이 길은 총길이 750.4킬로미터로 경부고속도로보다 더 긴데, 아름다운 산길로만 이어져 있다. 내가 진입하는 록피시^{Rockfish}에서 시작해 노스캐롤라이나주 그레이트스모키^{Great Smoky} 국립공원에서 끝난다. 트랜스 아메리카 트레일은 45킬로미터 구간만 같이 가는데, 그 동안 해발고도 3280피트(984미터)까지 올라갔다 내려오게 돼 있다.

철쭉은 많이 시들었지만, 민들레는 한창이다. 블루리지 파크웨이가 아름다운

블루리지 파크웨이에 들어가는 입구에서 두 명의 중년 여성이 내 자전거를 관심 있게 지켜보고 있다.

것은 산맥 양쪽으로 탁 트인 전경이 펼쳐지기 때문이다. 오늘은 구름이 많이 끼어서 멀리까지 보이지는 않았다. 그래도 비가 안 오는 게 어딘가. 전날 밤 비가 내렸고, 바이크 하우스에서 바라본 정상에는 아침까지도 비구름이 많았다. 쿠키 레이디를 도와주고 있는 50세의 마음씨 좋은 아주머니 데비는, "조금 있으면 해가 안개를 다 태워버릴 것"이라며 산사람의 지혜를 나눠줬다.

물기를 머금어 나무 둥치는 더욱 검고 나뭇잎은 눈부신 햇빛을 튕겨낸다. 하늘과 산, 나무, 들꽃 그리고 길이 눈동자에 아로새겨진다. 이 길은 환상적인 드라이브 코스여서, 자동차 외에도 오토바이족들까지 설쳐댄다. 미국에서는 '바이커biker'라고 하면 오토바이를 타고 다니는 사람들을 뜻할 때가 많다. 한국의 폭주족 같은 분위기까지는 아니지만, 할리 데이비드슨Harley Davidson 가죽 점퍼를 걸쳐 입고 폭음을 내며 산중의 정적을 산산조각 내는 모습은 곱게 보이지 않는다.

차츰 앞을 쳐다보기가 무서워진다. 또 어떤 오르막이 기다리고 있는지 버럭 겁부터 나기 때문이다. 내 자전거는 관절염을 앓아서 기어를 변속하기가 무척 힘들다. 최저단 기어로 올라가야 하는데 바뀌지 않는다. 자전거에서 내려서 손으로 기어를 변속해야 하는데 그러면 짐의 무게를 못 이겨 자전거가 아래로 굴러 내린다. 손에 검은 기름이 묻는 것은 이제 아무렇지도 않게 됐다.

블루리지 하이웨이에서 내려와 56번 도로를 거쳐 베수비우스^{Vesuvius}에서 608번으로 우회전하여 사우스강^{South River}을 따라 달리는 길은 자전거를 타는 즐거움을 배가시켰다. 때로는 강물과 철길 사이로, 때로는 강물과 철길을 옆에 두고 말과 소 들이 풀을 뜯어먹는 평화로운 들판을 달려간다. 하지만 그것도 잠시, 부에나비스타^{Buena Vista}에서 우회전하는 순간, 렉싱턴까지 숨이 턱에 차는 오르막길이 기다리고 있었다.

추앙받는 '로버트 리' 장군

렉싱턴은 그 험한 길을 타고 가더라도 가볼 만한 곳이다. 인구 7000여 명의 소도시지만, 미국에서 가장 오래된 군사학교인 버지니아 군사대학^{Virginia Military Institute}과 역시 오래된 대학 중 하나인 워싱턴 앤드 리 대학^{Washington & Lee University}이 있다. 이 이름 중에서 '리'는 남부 동맹군의 총사령관 로버트 리 장군의 이름에서 따왔다. 나는 항상 미국 남부를 여행할 때마다 뿌리 깊게 남아 있는 남부동맹군에 대한 추모 정서에 당혹할 때가 많았다. 켄터키주 페어뷰^{Fairview}에 가면 남부동맹의 대통령인 제퍼슨 데이비스^{Jefferson Davis}의 기념탑이 워싱턴D.C.에 있는 조지 워싱턴^{George Washington} 기념비만큼이나 높이 솟아 있다. 리치먼드에서도 남부동맹군 병사들에 대한 기념탑을 보고 왔다.

더구나 워싱턴 앤드 리 대학은 원래 대학에 재정적으로 기여한 조지 워싱턴 초대 대통령의 이름을 따라 워싱턴 대학으로 정했는데, 나중에 로버트 리 장군이 죽고 난 뒤 '리'를 더 붙인 것. 이를테면 미국 연방정부 입장에서는 적장인데 적장을 기리는 것을 허용한다는 게 상식적으로는 이해되지 않는 일. 만약 한국전쟁에서 어느 한쪽이 이겼으면 그런 일이 있을 수 있었을까.

그러니까 미국의 남북전쟁은 특이한 전쟁이다. 일단 전쟁의 이름부터 확실치 않다. 북쪽에서는 '반란전쟁The War of the Rebellion' 또는 '노예제도 철폐전쟁The War for Abolition'으로, 남부에서는 '북부의 침략전쟁The War of Northern Aggression' 또는 '남부 독립전쟁The War of Southern Independence'로 부른다. 보는 사람에 따라 전혀 다르니, 그냥 내전을 가리키는 'Civil War'로 두루뭉술 넘어들 간다.

남부동맹군의 깃발이 아직도 휘날리는 이 도시에서는 남북전쟁이 당연히 남부 독립전쟁이다. 내가 도착한 이날도 한 행사장에서 남부동맹군 군복을 입은 사람들의 모습을 볼 수 있었다. 관광안내센터에서 일하는 수전Susan이라는 중년 여성에게 "아니, 우린 남부군이 노예제를 존속시키기 위해 전쟁을 일으킨 나쁜 세력이라고 배웠는데, 왜 이렇게들 추모하느냐?"고 물었다. 그는 흥미로운 눈초리로 쳐다보면서 남북전쟁에 대한 세 가지 관점을 소개했다. 하나는 노동력이 필요하던 북부 공업지역과 노예노동이 필요하던 남부 담배·면화 농촌지역의 대결. 두 번째는 주정부를 간섭하려는 중앙정부와 자치를 지키려는 주정부의 대결. 세 번째는 노예제도를 철폐하기 위한 전쟁. 그는 흑인의 입장에서는 세 번째 관점이 절대적으로 타당하겠지만, 이곳을 비롯한 남부의 주들은 두 번째 관점으로 남북전쟁을 바라본다고 설명했다.

그러니 지금도 남부동맹의 정당성을 믿어 의심치 않고 추모하는 게 당연한 일. 사실 중앙정부의 권한을 축소하고 주정부의 자치를 확대하겠다는 주장은 공화당의 정강정책으로 자리 잡았다. 남북전쟁 당시 에이브러햄 링컨 대통령의 당이 바로 공화당이던 것을 감안하면, 역사의 반어법이다.

남북전쟁이 희한한 전쟁인 게, 전쟁이 끝난 뒤 남부동맹의 데이비스 대통령이 2년을 반역죄로 복역한 뒤 풀려나서, 캐롤라이나 라이프라는 보험회사의 사장이 된 걸 보면 알 수 있다. 한국전쟁에서 남한이 한반도를 통일한 뒤, 김일성 주석이 평안도 보험회사의 사장이 됐다고 상상해보라. 로버트 리 장군도 워싱턴 대학의 총장이 되어 죽을 때까지 일했고 자신이 세운 대학의 구내 교회에 묻혔다. 두 사람의 공민권 자체는 리 장군은 사후 100년쯤 뒤인 1975년에, 데이비스 대통령은 1978년에 연방 의회의 결의에 따라 회복됐다.

워싱턴 앤드 리 대학 구내에 있는 교회에 안치된 로버트 리 장군의 묘(위). 남부동맹군의 깃발이 걸려 있다. 로버트 리 장군의 시신이 안치된 교회 밖에는 그가 생전에 타고 다니던 말 트래블러스의 묘(아래)가 있다.

리 장군의 경우에 사실 존경할 만한 구석이 많다. 미국 육사의 전신인 미국 군사학교U.S. Military Academy를 차석으로 졸업한 그는, 멕시코 전쟁에서 혁혁한 전공을 세우고 육사 교장으로 재직했다. 링컨 대통령이 그에게 연방군의 사령관을 맡아달라고 제안했을 정도로, 남북을 가리지 않고 유능한 지휘관으로 인정받았다. 리 장군은 노예제도에도 반대했다. 자신의 노예를 풀어준 뒤에 "노예제도는 어느 사회를 떠나 도덕적으로, 정치적으로 악이며 흑인보다 백인에게 더 해로운 악"이라고 말했다.

세 명의 장군들과 인연 맺은 도시

그가 남부군에 가담한 것은 전적으로 그의 출신 주인 버지니아주에 대한 충성심 때문이었다. 우리가 흔히 아는 미국 역사는 청교도들이 1620년에 매사추세츠주에 있는 플리머스Plymouth에 상륙하면서 시작되지만, 사실 이보다 10년 전부터 버지니아주에서는 식민지 건설이 시작됐다. 그래서 미국 식민 역사의 원조는 버지니아주다. 미국 횡단 여행이 요크타운에서 시작되는 것도 독립전쟁의 승전지이기도 하지만, 요크타운 바로 옆에 있는 제임스타운이 바로 영국에서 온 첫 이주민이 정착한 곳이기 때문이다.

남북전쟁을 이해할 때 북쪽 인구 2200만 명 대 남쪽 900만 명의 대결이라는 점을 잊어서는 안 된다. 이처럼 전력이 현격히 열세였는데도, 리 장군이 이끄는 남부군은 초반에 우세하게 전쟁을 이끌었다. 북부군은 나중에 한국에 신미양요를 일으키는 셔먼 장군의 총력전 개념을 도입해서, 남부군 병사뿐만 아니라 남부군의 전쟁기반인 마을들까지 쑥대밭으로 만들어서 전세를 역전시켰다.

워싱턴 근교 포토맥 강변에 있던 리 장군의 집은 전시에 병원으로 징발됐다가 뒤에 공동묘지로 바뀌게 되는데, 이곳이 바로 케네디 대통령 형제가 묻혀 있는 알링턴 국립묘지다. 이 묘지에서는 강 건너 흰색의 웅장한 링컨 기념관이 보인다. 이 구도야말로 남북전쟁의 결과와 그 뒤의 역사에 대한 정확한 기술이다.

렉싱턴은 미국 역사상 위대한 장군들로 꼽히는 세 명의 장군과 인연이 있다. 2차 세계대전을 승리로 이끈 버지니아 군사대학 출신 조지 마셜George Marshall 국무장관의 기념관이 있고, 스톤월 잭슨Stonewall Jackson 장군의 집과 묘지가 있다. 스톤월 잭슨 장군은 남부군 장군들 중에서 로버트 리에 버금가는 존재로 추앙받고 있다. 원래 이름은 토머스 잭슨Thomas Jackson인데, 1861년에 불런Bull Run 전투에서 상관으로부터 아무리 많은 북부군이 공격해오더라도 고지를 사수하라는 명령을 받고 그대로 버텼다. 감명을 받은 이 상관은 "저기 잭슨이 석벽stonewall처럼 버티고 있다"고 말했고, 이것이 그대로 이름이 돼버렸다.

그가 생전에 살던 집에 가봤더니, 서재에 그가 쓰던 의자가 벽에서 겨우 30센티미터 떨어진 곳에 놓여 있다. 그는 남북전쟁에 참전하기 전에 버지니아 군사대학의 자연사 과목 교수와 포병 교관을 겸했는데, 교과서에서 다음 날 학생들에게 가르칠 내용을 다 외울 때까지 면벽하며 그 의자에 앉아 있었다고 한다. 과연 석벽이다. 교과서를 달달 외워 가르치면서 따라 외우게 하고 질문은 허용하지 않는 그의 교수법에 대해 학생들은 혀를 찼다고 한다. 하지만 그와 같은 융통성 부족이 전쟁에서는 불퇴전의 용감무쌍으로 둔갑하였으니⋯⋯. 전쟁이 아니었으면 해마다 1만 7000명이 이 집을 찾아오는 일은 없었을 것이다.

08
빗줄기 속 11시간, 점점 라이더가 되고 있다

밤새 비가 내렸다. 작은 구슬 같은 빗방울들이 텐트 지붕에 떨어졌다. 몇 번이나 잠에서 깼다. 그래도 어제 통나무집에 들어가지 않은 걸 후회하지는 않았다. 전날 비를 맞으며 버지니아주 뷰캐넌Buchanon 근처에 있는 캠프장에 도착했다. 만약 주인이 트랜스 아메리카 트레일에서 이렇게 가파르게 10킬로미터나 떨어져 있다는 말을 했다면 오지 않았을 것이다. 캠프장은 제퍼슨 국유림의 깊은 산중에 자리 잡고 있다. 파란 새가 차에 깔려 죽어 있고 또 다른 파란 새가 죽은 새를 부리로 쪼면서 깨우려 내가 지나가니까 파드득 날아간다. 천신만고 끝에 도착해서 비를 피하기 위해 텐트장 대신 통나무집을 물어봤다.

우체국 직원 옷을 입은 주인 아저씨가 45달러에다 세금까지 다 내야 한다고 잘라 말했다. 인정머리 없는 대답에 기분이 상해 그냥 빗속에 텐트를 쳤다. 아마 '놀라운 인생 캠프장A Wonderful Life Campground'이라는 캠프장 이름에 나도 모르게 현혹됐나 보다. 괜히 과잉 기대를 품었다가 실망한 것. 캠프장 주인들은 두 부류가 있는데, 하나는 대자연을 벗하며 살고 싶은 이들이고 타협의 여지가 많다. 다른 부류는 모텔을 차릴 만한 여유가 없어 산중까지 밀려난 사람들이다. 그러니 악착같이 돈을 벌어 도시로 복귀할 생각밖에 없다.

저녁을 먹고 일찍 잠을 청했는데 잠이 올 리 만무하다. 빗소리는 마치 팥죽이 끓는 것처럼 부글부글 소리를 냈다. 아침에는 말끔히 개었으면…….

날이 희뿌옇게 밝아와서 일어나보니 아침 7시. 여전한 빗소리. 나가기가 싫었다. 마치 벌레가 기어가는 것처럼 빗방울이 몸에 닿을 때마다 소름이 돋았다. 스파게티 국수에 고추장볶음으로 비빔면을 만들어 먹으려던 계획을 포기하고 한참을 고민했다. 이 비를 맞고 가느냐 마느냐. 선택은 분명했다. 여기에 머무를 수가 없다.

시속 3킬로미터, 걷는 것보다 느리다

들판에 비가 내린다. 물기에 젖은 길이 투명하게 빛난다. 언제 이렇게 비를 맞으며 자전거를 탄 적이 있는지 기억나지 않는다. 그런 파격의 즐거움은 곧 중대한 시련을 겪는다. 크리스천스버그Christiansburg로 가는 길은 신앙심이 없으면 오르기 힘든 길이다. 인내심의 한계를 넘어선다. 특히 카토바Catawba까지 가는 지방도로 779번은 화물차들과 트럭믹서가 돌아가는 레미콘차들이 휩쓸고 지나갔다. 생명줄인 흰 줄을 타고 가는데도 화물차가 지나가면 길 밖으로 밀려난다. 화물차에 이는 물보라에 시야마저 흐려진다.

길 자체도 험준함을 넘어 험악하다. 분명 가학성 음란증 환자가 설계한 길임에 틀림없다. 끊임없이 왜 이 길을 타고 넘어야 하는지 회의하게 만들고, 회의하는 만큼 의지가 약해진다. 페달을 한 발 밟으면 딱 한 바퀴만 돈다. 다리를 쉬게 할 수가 없다. 핸들에 붙은 속도계에는 시속 3킬로미터가 찍혔다. 걸어도 시속 4킬로미터는 된다. 사타구니에 요령소리가 나도록 밟는 데도 걷는 것보다 느리다.

내 등 뒤에서 "어이, 우리 똑같은 걸 하고 있네" 하는 소리가 들렸다. 오늘까지 9일 동안 한번도 구경 못한 라이더가 드디어 나타난 것이다. 그도 나처럼 밥 야크 Bob Yak 짐수레를 끌고 가고 있다. 너무 반가워서 "어디로 가느냐?"고 말을 붙이니까, 손으로 서쪽을 가리키면서 휙 스쳐 지나갔다. 같은 혁명동지끼리 이럴 수가.

그를 좇아가려고 무리하게 속력을 낸 게 화근일까 뒷바퀴가 멈췄다. 뒷바퀴덮개가 빠져서 바퀴에 달라붙었다. 짐수레를 자전거에서 분리하고 뒷바퀴를 빼서 덮개를 조정한 뒤 다시 올라탔다. 자전거는 항상 견디기 어려우면 소리를 낸다. 맞바람이 불면 비파소리와 같은 곡소리가 바퀴살에서 난다. 뒷바퀴덮개가 바퀴에 달라붙으면 쉬익쉬익 앓는 소리가 난다. 진작 그 소리를 듣고 처치했어야 했는데 늦었다. 다시 고갯길을 오르다 뒷바퀴 자체가 빠져버렸다. 궤도에서 이탈한 바퀴덮개가 뒷바퀴를 밀어내버린 것.

비는 쏟아지고 갈 길은 먼데 결단을 내리지 않을 수 없는 상황. 바퀴덮개를 떼

어버리자. 가방에서 필요한 공구들을 챙겼다. 기계치라는 말이 있다면 바로 나를 두고 하는 말이다. 아무리 단순한 고장도 미적분을 푸는 것 이상의 난해한 도전이다.

내게 자전거를 빌려주고 자전거 수리에 관한 기본 철학을 강의해준 《휴먼 파워드 비이클 저널》의 편집자 버넌 포브스. 출발 전에 자전거를 점검해주고 있다.

《휴먼 파워드 비이클 저널》의 편집자 버넌 포브스는 그런 내게 기계 대하는 법을 강의했다. "먼저 심호흡을 한다. 문제가 쉽게 풀릴 것으로 기대해서는 안 된다. 필요한 도구를 가지런히 배열한다. 고치는 순서를 머릿속에 그린다. 순서에 따라 시도해본다." 여기까지는 이해가 된다. 그는 덧붙였다.

"시도해도 안 되면 매달리지 말고 그 자리를 뜬다. 좌절감에 압도되면 영원히 기계치로 남게 된다. 충분히 휴식을 취한 뒤 다시 시도한다. 그러면 그 전에 보이지 않던 문제가 드러날 수 있다. 말이 없는 기계와 대화하기 위해서는 자신의 선입견에 사로잡히지 말고 기계에 충분히 귀를 기울여야 한다."

눈 비 속 3 개 월 을 종 주 한 미 국 여 성

근데 나로서는 이 자리를 뜰 수 없다. 자전거를 거꾸로 세우고 공구를 짐에서 꺼냈다. 심호흡을 하고 천천히 뒷바퀴로 갔다. 비는 목덜미에 화살이 돼서 꽂힌다. 중년 여성 두 명이 차례로 차를 세우고 도와주겠다고 했지만 정중히 사양했다. 픽업트럭을 몰던 두 번째 여성은 자전거 가게까지 차를 태워주겠다고 해서 마음이 요동쳤다. 하지만 한번 차를 타기 시작하면 내 다리와 자전거로 미국을 횡단하겠다는 계획이 수포로 돌아갈 것 같아 받아들이지 못했다.

이날 나중에 주유소에 만난 한 중년 남성은 내 자전거에 백미러가 없는 것을 보고 백미러를 달 수 있게 가게까지 태워주겠다고 해서, 또 한번 나를 시험에 들게 했다. 용하게도 자동차 세력의 음험한 꾀임을 뿌리쳤다. 바퀴덮개를 마침내 떼어냈을 때의 내 표정을 봤어야 했다. 뿌듯해서 페달에 가속도가 붙는다. 오늘은 캠핑을 포기하고 온욕을 할 수 있는 여관에 가자. 갑자기 탄탄대로다.

카토바에 있는 주유소에서 애팔래치아 트레일을 종주하는 젊은 여성을 만났다. 이 길은 조지아주에서 시작해 메인주까지 3200킬로미터의 산길이다. 원래 이 길을 종주하고 싶었다. 그래서 이 길을 종주한 미국 작가의 책을 번역해보기도 했는데, 문제는 아무리 백수라도 이 길을 종주하는 데 소요되는 6개월을 낼수 없었다. 더구나 우연히 알게 된 환경단체 '지구의 친구들Friends of the Earth'에서일하는 빌 프리스Bill Freese는 내게 자전거 여행을 권하면서 "애팔래치아 산맥을종주하는 사람보다 훨씬 정상적인 사람들을 만날 수 있을 것"이라고 말했다. 말의 분위기가 묘했다.

미시간주 출신인, 리비라는 이 여성은 트레일을 3개월째 걷고 있는 중. 눈비를뚫고 걸어왔는데 앞으로도 3개월이나 더 가야 한다. 프리스의 말과 달리 매우 정상적으로 보인다. 간밤에 그렇게 비가 왔는데도 마치 비에 씻긴 사과처럼 쌩쌩했다. 내 짐수레만큼 무거워 보이는 배낭을 끄는 것도 아니고, 어깨에 메고 혼자걷고 있다. 그녀는 여행 도중 많은 사람들을 만났다고 했다. 애팔래치아 산맥을종주하고자 하는 사람들은 한 해 3000명 정도. 그 중 300여 명만이 한 번에 끝까지 간다고 한다. 미국을 자전거로 횡단하고자 하는 사람은 그에 비해 6분의 1인500명 정도. 성공률은 모르겠다. 만약 내가 미국 횡단에 성공한다면 그녀도 그무렵에 종주를 끝내게 될 것이다. 서로 행운을 빌며 헤어졌다.

자전거 여행을 할 때 동네 사람에게 길을 묻지 말라는 말이 있다. 동네 사람들은길이 자신의 손금 보듯 훤하기 때문에 오히려 거리에 대한 감각과 구체성을 잃어버린다. "글루 가서 요렇게 돌면 그 여관이 나와." 주유소에 만난 한 남자는 그렇게 말했다. 하지만 가도 가도 나오지 않는다. 몇 번이나 멈춰서 확인했지만 그 남자가 얘기한 여관은 안 나왔다. 이왕 내친 김에 크리스천스버그까지 가버리자. 오기였다.

지방도로 785번 가에는 주유소가 없다. 나는 이번 여행에서 적의 병참기지인주유소를 보급선으로 활용하는 허허실실 전법을 구사하고 있는 중. 주유소에서빵과 물을 사고 하루의 일과를 마감하는 캔 맥주를 샀다. 물은 다 떨어졌는데 주유소는 두 시간째 보이지 않는다. 라이더들은 한 시간에 물 한 통을 소비한다.쏟아지는 비에 혀를 내밀었지만 갈증만 더한다.

벌 떡 서 있 는 듯 한 '위 험 한 언 덕'

기진맥진한 끝에 크리스천스버그에서 6킬로미터쯤 떨어진 엘리트^{Ellett}에서 주유소를 만나 충전한 뒤 마지막 등정에 나섰다. 지방도로 723번은 비에 깨끗이 씻겨 혀로 핥을 수도 있겠다 싶었다. 하지만 끝없이 이어지는 오르막길은 해도 해도 너무 했다. 산세가 얼마나 깊은지 길가에서 사슴이 노려보다가 껑충껑충 숲으로 뛰어가고 비버도 꿈틀댔다. 애팔래치아 산맥을 넘는 길 중 가장 험준하다는 명성이 허명이 아니었다. 내려서 자전거를 밀고 가고 싶은 생각이 굴뚝같지만 길이 좁아 뒤에서 오는 차에 치일 우려가 있다. 거의 의식 불명의 상태에서 크리스천스버그에 진입했다.

그리고 마지막 절정이 기다리고 있었다. 라이더들 사이에서는 'Danger Hill(위험한 언덕)'로 불리는 고갯길. 맙소사. 길이 벌떡 서 있다는 게 정확한 표현일 듯. 기어를 최저로 낮추고 올라가는데도 똑바로 올라갈 수 없다. 나를 스쳐 내려간 차가 밑에서 겨우 브레이크를 잡았지만 미끄러져 찍 하고 날카로운 소리를 내며 빙 돌아버린다.

갈지자로 언덕을 타고 올라가다 자전거가 길 밖으로 빠져버렸다. 길로 빼내다시 올라타는데, 이미 계기를 상실한 자전거는 짐수레의 무게에 못 이겨 밑으로 내려간다. 자전거를 밀지는 않겠다는 결심이 무너지며 자전거에서 내렸다. 나머지 20미터는 그렇게 올라갔다. 자존심이 상했지만 핸들에 달린 속도계에는 80마일, 128킬로미터가 표시됐다. 128킬로미터 중 20미터를 민 것으로 자족하자.

아침 8시에 시작해 오후 7시가 됐으니 꼬박 11시간 동안 비를 맞았다. 허리와 다리 그리고 어깨 근육이 뻣뻣해진다. 모텔에 들어가 가방을 열어보니 짐도 다 젖어 갈아입을 마른 옷도 없다. 그런데 뜨거운 물을 틀어놓고 욕조에 눕자 비참한 기분이 드는 대신 무언가 담뿍 차오르는 느낌이 든다. 점점 내가 라이더가 되고 있는 것이다.

2부

인간의 몸은
진화한다

버지니아주 다마스커스에서 켄터키주 시브리까지

달리다 보면 중요한 모퉁이를 놓치고 만다. 길을 잃어버린다. 트레일에서 벗어나면 세상이 갑자기 혼미해진다. 지도에 그려지지 않은 세상은 혼돈이다. 사실 트레일로 표시되나 안 되나 촌이기는 마찬가진데도 말이다. 트레일로 복귀하기 위해서는 길을 잃어버린 지점까지 돌아가야 한다. 아무리 기운 넘치는 바이크 라이더도 이미 넘어온 고개를 다시 넘어가라고 하면 한숨을 쉬게 될 것이다.

09
640킬로미터를
홀로 걸어온
하이커들

쿠키 레이디의 바이크 하우스가 바이크 라이더들의 전당이라고 한다면, 버지니아주 다마스커스에 있는 '그곳The Place'은 하이커들의 양산박이다.

오전 8시 반에 버지니아주 위더빌Wytheville에서 출발하여, 100킬로미터를 달린 끝에 오후 4시에 버지니아주 다마스커스Damascus에 도착했다. 길이 우거진 숲 속으로 나 있어 볕을 가렸고 자비롭게 경사져 한 번도 앞기어를 고단밑으로 내리지 않아도 됐다.

상쾌한 기분으로 다마스커스로 들어서는데, 들머리에 하이커 세 사람이 모여 있다. 그 중 두 명이 재미교포인 조안 '케이지KG' 박과 약혼자 조슈아 '준버그'

버지니아주 다마스커스 들머리에서 만난 하이커들. 왼쪽에 있는 두 사람이 조안 박과 그의 약혼자 조슈아 쿡이다.

쿡. 미국에 200만 명의 한민족이 살지만, 이렇게 외진 곳에서 마주치면 반갑다. 미국 벽촌의 낡은 모텔에서는 텔레비전이 '골드스타'인 것만 봐도 반가운 판이다. 조안은 김치가 먹고 싶다고 했다. 순간 민족의 유대가 복원된다.

　뉴욕에 사는 그들은 종주를 마친 뒤 결혼할 예정이라고 한다. 애팔래치아 종주는 결혼에 앞서 관계의 내구성을 시험할 수 있는 좋은 계기가 될 것이다. 보통 남녀가 종주를 같이하면 처음엔 남자가 짐의 3분의 2를 메고 가다가 하나씩 넘겨줘서, 여행 중반에 이르면 무게가 거의 같아진다고 한다. 체면이 구겨지더라도 어떻게 하남. 힘든데. 그래도 남녀가 같이 가면 종주 성공률이 높다고 한다. 여성은 자신이 더 짊어져야 하는 무게로 남자의 인간성을 판단하지 않는 모양이다. 조안의 배낭을 메어보니까 간단치 않다. 한국 여성의 강인함을 입증하듯 벌써

장래의 남편과 별 차이 없는 무게를 소화해내고 있다.

그녀의 중간 이름이 케이지인 것은 '코리언 걸'을 뜻한다. 하이커들은 서로 외우기 쉽도록 별명을 짓거나 지어준다. 그의 약혼자가 벌레이름인 준버그인 것은 필시 뭔가 약점 잡힐 일을 했기 때문이다. 어떤 사람은 별명이 '치즈 팩토리Cheese Factory'인데 암모니아 가스를 자주 발사한 탓이다.

종과 횡이 만나는 '그곳'

그들과 헤어져 다마스커스 연합감리교회가 운영하는 '그곳'이라는 이름의 호스텔을 찾아갔다. 이름이 '그곳'인 것은 종(애팔래치아 트레일)과 횡(트랜스 아메리카 트레일)이 교차하는 십자로의 중점이기 때문이다. 기막힌 작명이라고 생각한다. 이곳에서 길이 엇갈리는 하이커들과 바이크 라이더들은 거의 같은 무렵인 늦여름이나 초가을에 여행을 끝내게 된다. 강인한 하이커들은 하루에 평균 32킬로미터를 걷고, 일반적인 바이크 라이더들은 평균 100킬로미터를 달린다. 여기서 남은 거리를 계산하면 최종 목적지까지 하이커들은 3개월, 바이크 라이더들은 2개월 반 정도가 남아 있다.

'그곳'에는 하이커들이 우글거렸다. 입구에 자전거를 집 안에 들이지 말라는 안내문이 있는 것도 그들의 우위를 입증하는 증거다. 바이크 라이더는 어디를 가든 자전거를 들고 들어간다. 밖에 자전거를 두라는 말은 한 다리를 놔두고 들어오라는 말과 같다.

호스텔은 원래 이층집의 방마다 이층침대들을 열몇 개 둔 정도다. 관리인이 없지만 화장실, 부엌 할 것 없이 깨끗하다. 문간방을 골라 침대 하나를 차지하고 자전거를 밀어넣었다. 조금 있으니까 중년 남자가 들어와서 다른 침대로 갔다. 인사를 해도 반가운 기색이 전혀 없다. 완전히 지쳐서 오히려 신경이 곤두서 있는 것처럼 보였다.

버지니아주 위더빌 마을회관 뒤 잔디밭에서 야영을 했다.

　다마스커스는 애팔래치아 하이커들에게는 버지니아주에 입성해서 처음으로 접하는 문명의 세계다. 조지아주 스프링어산에서 400마일(640킬로미터)을 걸어야 이곳에 도착한다. 이때쯤이면 애팔래치아 종주 여행이라는 도전의 실상을 느끼고 얼마나 더 갈 수 있을지 심각한 고민에 빠진다. 호스텔에는 고향으로 돌아가기 위해 차가 필요한 사람은 언제든 연락하라는 전화번호가 붙어 있다. 이 유혹에 넘어가는 하이커들이 적지 않다고 한다. 너무 친절해도 탈이다.

　이 사나이에게 종주의 북쪽 끝인 메인주의 커타딘까지 갈 거냐고 물었더니, 중간까지만 갈 거라고 퉁명스럽게 답했다. 그러고는 등산화를 벗는데 이내 머리가 어지러워졌다. 일주일 동안 등산화 안에서 절고 삭았을 그 발냄새를 10분간 맡고 나서 혼수상태에 빠지지 않을 사람이 있다면, 화생방 훈련시간에 방독면을 안 써도 되는 사람일 것이다. 황급히 옆 응접실로 피했다.

응접실에는 폴과 벅이 소파 하나씩 차지하고 앉아 있다. 덥수룩하게 수염을 길러서 나이가 많은 줄 알았는데, 스물두 살과 스물세 살이다. 젊은 사람이 수염을 기르면 나이 들어 보이고, 나이 든 사람이 수염을 기르면 나이를 알기 어렵다.

처음엔 요란한 사이클복을 입은 나를 뜨악한 눈으로 쳐다보던 두 사람이 말문을 열었다. 대화에 굶주린 건 나보다 그들이다. 미식축구 선수 출신인 두 사람 다 대학을 졸업한 기념으로 종주하고 있는데, 아이오와주 출신의 벅은 중간까지만 하고 관두겠다고 말했다. 차라리 집 근처에서 낚시하면서 걷는 게 백 번 낫다고 말했다. 캐나다 출신의 폴은 소파에서 일어나 팔굽혀펴기를 하고 있다. 장기전에 대비하여, 근육을 키우고 있는 중. 끝까지 갈 사람이다.

7 5 세   할 아 버 지   하 이 커

폴은 하루에 평균 6달러를 지출할 것으로 예상했는데, 종주를 시작한 뒤 요즘은 1달러 남짓 쓰고 있다고 말했다. 보통 음식 값으로 돈을 쓰지만, 사람들이 과자나 파스타 들을 남겨놓아 그것을 주워 먹으며 여기까지 왔다고 한다. 그는 모아온 과자들을 일일이 계량해서 지퍼가 달린 작은 비닐봉지에 담고 있었다. 이게 내일 아침, 이건 내일 점심 하면서. 내가 지켜보자 한 끼 분량의 봉지 하나를 던져줬다.

그는 텐트 없이 침낭에서 잔다고 한다. 벅은 텐트 대신 '타프tarp'라는 천막을 나무 사이에 치고 잔다. 익히 듣던 대로 애팔래치아 여행길에 있는 대피소에는 쥐들이 들끓는다고 한다. 쥐들이 자는 사람들의 몸을 타넘을 뿐만 아니라, 배낭 안에 들어가 온갖 것들을 헤쳐 놓는다고 한다. 폴은 캐나다에 있는 친구들이 한국에 많이 갔다면서, 한국에서 영어를 가르치면 왕처럼 대우받고 대학 학비 빚진 것도 다 갚게 된다고 하더라고 전했다.

그들과 모처럼 멕시칸 식당에서 포식하는데, 그들이 옆 테이블에 앉은 사람을 가리키며 "저 사람이 애팔래치아 트레일을 6년 연속 종주하고 지금 일곱 번째 종주하고 있는 잭"이라고 말했다. 사람들이 "당신은 진짜 직업이 뭐냐?"고 물으면 '등산'이라고 한마디 하고 입을 다문다고 한다. 내가 흥미로워하면서 식사 후 그 사람을 만나서 얘기해보겠다고 했더니, 두 사람 다 "좋은 생각은 아닌 것 같다"며 "머리에 나사가 하나 풀려 있다"고 말했다. 75세 할아버지 하이커도 있었는데, 마이클이라는 이름의 이 노인은 폴이 미리 그에게 가서 한국에서 온 저널리스트가 만나고 싶어한다고 했더니 내가 앉아 있는 곳을 멀리 돌아 딴 데로 가버렸다.

버지니아주 다마스커스 연합감리교회가 운영하는 '그곳' 호스텔 응접실에서 하이커들이 얘기를 나누고 있다. 오른쪽에 있는 두 사람이 폴(위)과 벅.

내가 처음에 애팔래치아 종주 여행을 생각했는데 누가 자전거 횡단 여행이 더 정상적인 사람들을 만날 수 있는 기회라고 조언했다고 말했더니, 뜻밖에 폴과 벅 두 사람 다 동의하면서 "정신적으로 불안해진 사람들을 많이 봤다"고 말했다. 전날 조안의 약혼자 쿡도 "도중에 낙담해서 넋이 나간 사람을 많이 봤다"고 말한 바 있다. 멀쩡히 잘 살다가 산에 갇혀 온종일 걸으면서 이상해진 건지, 아니면 원래 좀 이상해서 그렇게 온종일 걷는 건지 알 수 없는 일이다.

자전거 횡단이 아무리 힘들다 해도 애팔래치아 종주에는 미치지 못한다. 바이크 라이더들 짐의 무게가 보통 18킬로그램인데, 하이커들은 그 정도의 무게를 짊어지고 간다. 바이크 라이더들이 오르막길이라고 불평하지만, 그들은 도로보다 훨씬 험하고 꼬부라진 산길을 헤치고 올라간다.

세 상 을   잊 기   위 해   걷 는 다

그들은 같이 걷지도 않는다고 했다. 길이 좁기도 하지만, 같이 걷다 보면 침묵이 어색해서 끊임없이 하고 싶지 않은 말들을 해야 하기 때문이란다. 그래서 혼자 걷다 보면 또 사람들이 그리워지고…….

젊은 사람들은 넓은 세상을 보기 위해 산행을 떠나지만, 나이 든 사람들은 세상을 잊기 위해 걷는다. 아무리 잊기 위해서 걷는다 해도, 하루 종일 보는 것의 99퍼센트가 그냥 나무다. 내면으로 탐험하지 않는 한, 이 짓을 왜 하지 하는 생각에 나라도 돌아버릴 것 같다.

애팔래치아 종주는, 그래도 매일 자동차들과 전투를 벌여야 하는 자전거 횡단보다 안전하기는 하다. 차가 안 다니는, 세계에서 가장 길다는 보도로만 다니지 않는가. 하지만 젊은 그들은 산에 없는 것들, 사람을, 마을을, 인터넷을, 우체국을 그리워했다.

그리고 여자를 그리워했다. 조안처럼 짝이 있는 여자 말고는 여자가 단독으로 산행하는 일은 드물다. 폴과 벅은 한 달 동안 산에서 여자를 한 명도 못 봤다면서, 매일 심하게 냄새나는 남자들과 대피소에서 몰려 자는데 질렸다고 말했다. 폴은 "여자랑 사귀려는 게 아니고, 그냥 남자들만 우글대는 분위기가 싫다"고 했다. 내가 카토바에서 리비를 만났다고 했더니, 두 눈이 쟁반만 해지면서 거기가 어디냐고 물었다. 리비가 무지 예쁘다 했더니 더 바싹 얼굴을 갖다 댔다. "몇 살이냐?" 나이는 안 물어봤는데 너랑 비슷한 또래다(사실은 리비의 나이가 더 많아 보였다). 그는 반색을 하면서 한동안 말이 없더니, "한 2주일이면 따라잡겠지" 하고 힘주어 말했다. 리비가 출발한 뒤로 사람들과 떨어져 혼자 있어본 적이 거의 없다고 한 말을 이해할 수 있을 것 같다.

폴은 이제 특수 수색대원이 되어 산길에 떨어진 바나나 껍질 같은 흔적들을 확인하면서 리비의 뒤를 좇게 될 것이다. 폴이 눈에 불을 켜며 밤낮으로 산길을 걷는 모습을 상상하니 웃음이 나왔다. 그러다 마침내 리비를 따라잡았을 때 그가 생각하는 그런 여성상이 아니면, 혹시 그렇게 정신적으로 육체적으로 튼튼한 그 역시 실성하게 되는 것은 아닐까. 리비여, 잡히지 말고 어서 걸어라.

늦은 밤 호스텔 바깥에서 벤치에 앉아 달을 보는데 뒤에서 얘기 소리가 들려서 돌아봤더니, 수염을 덥수룩하게 기른 청년 한 사람밖에 없다. 그는 책을 읽으며 혼자서 말하고 있었다. 그 역시 하이커다. 하이킹 대신 라이딩을 하기로 한 결정을 새삼 잘했다는 생각이 든다. 하지만 나도 혼자다. 바이크 라이더들은 다 어디로 갔는지 보이지 않는다. 언제 이 청년처럼 될지 모르는 일이다.

IO
하늘과 땅과
나만의 여행

대륙을 가로지르는 대추격전이 전개되고 있다. 추격자는 나, 도주자들은 리처드슨 부부. 노스캐롤라이나주에 사는 그 부부는 출발하기 사흘 전에 연락이 돼서 같이 여행하기로 했다. 하지만 그들은 정해진 일정이 있어 이틀 먼저 출발하면서 따라붙으라고 했다. 내가 여행 초반에 트랜스 아메리카 트레일에서는 돌아가게 되어 있는 버지니아주 리치먼드로 질러 온 것은, 교통이 번잡하더라도 직진해서 그들을 따라잡기 위한 것.

가는 곳마다 그들의 소재를 탐문하다가 마침내 쿠키 레이디의 바이크 하우스 방명록에서 그들의 이름을 발견했다. 그러나 이미 사흘 전에 그곳을 떠났다. 이틀이 사흘 차이로 벌어진 것. 그들은 사하라 사막 이남 아프리카에서 빈곤과 문맹을 퇴치하기 위한 기금 마련을 위해 여행을 하고 있다. 지극히 개인적인 동기에서 여행하는 나로서는 조금 버거운 상대였지만, 선택의 여지가 없었다.

함 께 갈 혁 명 동 지 를 찾 아 헤 매 다

여행을 떠나기 전 장거리 여행을 혼자서 하느냐고 사람들이 놀라워할 때마다 나는 여행에서 많은 사람들을 만나면 되는 것 아니냐고 호방하게 웃곤 했다. 하지만 속으로는 조급했다. 같이 갈 사람을 구하기 위해 거의 반년을 찾아 헤맸다. 같이 가면 장비를 줄일 수 있고 길을 덜 헤맬 수 있고 더 안전하게 여행할 수 있다. 특히 맞바람이 불면 번갈아 바람을 막아줄 수 있으니, 일석사조의 동반 효과.

어드벤처 사이클링 어소시에션의 웹사이트에는 여행 동반자를 구하는 광고들이 게시된다. 일종의 구인광고인데, 광고를 내는 사람들이 제법 많고 인물들도 흥미롭다. 그 중 휴스턴대 교수가 조직하고 있는 팀을 골라서 이메일을 보냈다. 그때가 벌써 2004년 12월의 일이다. 얼마 안 있어 신청자들이 많아서 대기 리스트에 내 이름을 올려놨다는 답장이 왔다. 사실상 거절이다. 그래도 큰 걱정은 안 됐다. 아직은 시간이 여유가 있었고 다른 구인광고들도 많았다. 하지만 3월까지 석 달 동안 같은 방식으로 여러 차례 거절을 당하면서 사태가 심상치 않게 돌아가는 것을 느꼈다. 학교에서 관심을 표명하는 학생들이 더러 있었지만, 마음만 있지 준비는 전혀 안 된 사람들이어서 믿음이 가지 않았다. 예상대로 다 떨어져 나갔다. 여행에 소요되는 3개월이라는 시간도 시간이지만, 체력적·재정적 부담이 적지 않으니 쉽게 떠나기 어렵다.

자칫 잘못하면 진짜 혼자 6400킬로미터를 줄곧 달려야 할 판. 급한 나머지 내가 어드벤처 사이클링 어소시에이션에 광고를 냈다.

41세 한국 저널리스트. 미국 횡단 동반자 구함. 5월 중순부터 8월 초까지. 일정 조정 가능함. 트랜스 아메리카 트레일 완주 예정. 그러나 가끔 다른 길로 샐 수도 있음. 사람들을 인터뷰하고 사진도 촬영하고 글을 쓸 계획. 캠핑을 주로 하고 밥도 해먹음. 구간만 합류하는 것도 환영.

그때가 3월 중순. 이미 여행 갈 사람들은 동반자를 정했을 무렵이다. 뜻밖에도 이메일들이 답지했다. 재미있는 것은 내가 41세로 자기소개를 시작한 탓인지 나이를 앞에 대면서 같이 갈 뜻을 표명하는 사람들이 많았다. 신청자들이 많아서 한때는 팀을 몇 명으로 조직해야 할지 고민할 정도였다. 팀원들이 너무 많으면 여행지에 있는 사람들과 교류하기가 어렵다. 그 중 가장 적극적인 인물은 켄터키주에 사는 톰이었다.

안녕,
마흔한 살의 톰이야. 켄터키주 루이빌에 살고 리컴번트(누워서 타는 자전거)를 타. 텐트, 짐수레, 자전거 도구도 있어.

내가 트랜스 아메리카 트레일에서 벗어날지도 모르고 단지 여행만 하는 게 아니라 사람들도 인터뷰해서 시간이 걸릴 텐데 그래도 같이 가겠냐는 이메일을 보내자, 그는 바로 답신했다.

안녕, 은택.
네가 어디 가든 나는 따라갈 거야!^^ 이번 여행이 처음이라서 처음 며칠 동안은 느릴 텐데 이해해줘. 내 전화번호는 502-742-××××야. 계속 연락하자고. 근데 무슨 자전거 타고 가니? 우리 밥을 해서 먹으려면 버너가 필요할 텐데. 너한테 연락을 받아서 무지 기뻐. 우리 가장 좋은 친구가 되지 않을까? 그러길 바라. 켄터키에서는 바이크 라이더들을 찾기가 힘드네…….
너의 새 친구로부터.^^

이 메일을 받으면서 느낌이 이상했다. 메일 한 번 주고받았는데 벌써 가장 좋은 벗이 될 것을 다짐하지 않나, 특히 그 나이에 미소를 나타내는 이모티콘을 이

몬태나주 미줄라에 있는 어드벤처 사이클링 어소시에이션의 사무실.

메일에 섞어 쓰질 않나. 마치 맞선 본 다음 날 혼수를 상의하자는 것과 다름없다. 아내는 이 사람이 수상하다면서 말했다. "인적 없는 곳으로 나를 끌고 가서……." "알았어, 그만해." 그의 정체를 확인해보기로 했다.

그의 집으로 찾아갔다. 루이빌은 내가 사는 미주리주 컬럼비아에서 차로 무려 일곱 시간이 떨어진 곳에 있는데, 중간에 길을 잃어 헤매는 바람에 약속한 시간보다 두 시간가량 늦게 도착했다. 그의 집은 흑인들이 주로 사는 허름한 아파트였다. 전화를 했지만 받지 않아서, 그의 집 문을 두드렸다. 대답이 없었다. 베란다에 리컴번트가 한 대 있기는 했다. 허탕을 치고 컬럼비아로 돌아와 약속시간에 늦어서 미안하다는 이메일을 보냈다. 그랬더니 그가 괜찮다고 짤막하게 회신했다. 뭔가 일이 이상했다. 그 먼 길을 찾아갔으면, 그리고 그렇게 긴 여행을 같이할 사람한테라면 기다려주거나 혹은 기다리지 못할 어떤 사정이 있었는지 설명해줄 법한데……. 같이 그 집 앞까지 간 아내는 그 사람이 아마 약속을 잊어버린 것 아니냐며, 이번에는 범죄 용의자보다는 정신에 이상이 있는 사람으로 추정했다.

실망했지만 내색은 안 했다. 그 말고도 역시 41세인 샌프란시스코에 사는 제니퍼, 47세의 덕, 나이를 밝히지 않은 워싱턴디시에 사는 사라, 27세의 슬로베니아 출신 마르코, 64세의 린다, 플로리다에 사는 60세의 래리 등이 연락해왔다. 그리고 캘리포니아 주립대에 다니는 한 아시아계 여대생이 박사과정에 다니는 다른 아시아계 여학생과 같이 동참하겠다는 의사를 밝혔다. 꼭 톰이 아니라도 같이 갈 사람들은 많아 보였다.

서로에 대해 잘 알지 못한 채 여행을 동반하기는 무리여서 집단인터뷰를 기획했다. 나부터 인터뷰해서 전체 이메일로 보낸 뒤 각자 똑같은 질문에 이메일로 답하게 했다. 다시 톰이 결정적이었다. 그는 솔직했다. 그리고 아내의 두 번째 추측은 기가 막히게 얼추 들어맞았다. 그의 답은 이랬다.

내 이름은 톰 ×××. 직업은 지붕 고치는 일. 지붕에서 떨어져 아직도 고통받고 있고, 기억상실증이 있음.
1. 여행 출발지: 조정 가능. 2. 여행 종착지: 확실치 않음. 3. 음식: 이게 걱정되는 대목. 굉장하게 많이들 먹는다고 들었음. 음식을 살 만한 충분한 돈이 있을지 모름. 4. 하루 주행거리: 말하기 어려움. 날씨에 달려 있음. 최선을 다하겠음.^^ 5. 어떤 지도를 이용할 계획: 지금으로서는 모르겠음. 6. 경험: 자전거 여행 경험 없음, 하지만 여행은 좋아함. 7. 하루 예산: 돈이 별로 없어 얼마를 쓸지 모르겠음. 8. 여행 대비 훈련: 몇 킬로미터 정도. 9. 동기: 사람들이 내가 할 수 없을 거라고 하는 것을 했다는 걸 보여주고 싶음.

한마디로 아무런 계획도, 준비도 안 됐다는 것을 폭로한 이 메일이 예비 팀원들에게 발송되자 며칠간 당혹스런 침묵이 감돌았다. 하나둘 동참의사를 철회했다. 톰 때문이라고는 하지 않았다.

안녕 은택.
나를 팀에 끼워줘서 고맙기는 한데, 계획이 바뀌어서 합류 못하게 됐네. 여행 잘해.
사라.

그래도 아시아계 학생은 전화해서 톰과 같이 가는 게 무리가 아니냐는 식으로 말했다. 톰을 팀에서 제외한다면 같이 가겠다는 뜻이 내포된 전화였다. 고민에 빠졌다. 톰이냐 아시아계 학생 두 명이냐. 그런데 톰이 마지막 문항에서 남이 하지 못할 거라고 하는 걸 해보겠다고 한 말이 마음에 남았다. 마치 하소연이라도 들은 듯이 귀에 쟁쟁했다.

하지만 주위에 있는 사람들한테 물어보면 한결같이 톰은 아니라고 했다. 아내는 은근히 톰을 미는 쪽으로 돌아섰다. 장애가 있는 사람이 세상을 보고 싶다는데 도와줄 수 있는 것 아니냐는 논리였다. 그리고 자기는 괜찮지만, 여대생 두 명과 여행을 같이 한다고 하면 남들이 어떻게 볼지 생각해보라는 뼈 있는 말을 덧붙였다.

톰과 같이 여행하는 광경을 상상해보면 감당이 안 됐다. 천천히 달릴 게 뻔하고, 기억상실증이 걸려 길을 잃어버린 그를 찾기 위해 여행을 접어두고 수소문하고 다니는 내 모습이 눈에 선했다. 내 여행이 아니라 그의 여행이 될 것이다. 내 인간성에 비춰볼 때 그를 미워하게 될 것이다.

꿍 무 니   좇 지   않 고   내   페 이 스 대 로

여대생 일행도 좋은 동반자는 아니라고 느껴졌다. 역시 타는 속도도 다를 테고, 내가 일종의 보호자 격이 되는 것이어서 짐스러웠다. 숙소도 불편할 테고. 그래도 어쨌든 톰보다는 나아 보였다. 한 달을 고민한 끝에 톰을 버렸다. 그리고 학생들에게는 서로 여행이 안 맞으면 중간에 헤어질 수 있다는 것을 전제로 같이 가기로 했다.

아시아계 학생들은 진지해 보였다. 그들 중 한 명은 부모한테 허락을 받기 위해서 내 사진이 필요하다고 했다. 진짜 무슨 선을 보나. 조금 황당한 일이었지만, 미혼의 젊은 여대생들로서는 내가 사기꾼이 아니라는 것을 확인할 필요가 있을지도 모른다 싶었다. 가족사진을 보냈다. 그리고 얼마 안 있어 허락이 떨어졌다는 소식을 들었다.

그 뒤 이메일을 주고받으며 같이 여행 준비를 챙겨나갔다. 그런데 출발하기 나흘 전에 전화가 걸려왔다. 같이 못 갈 사정이 생겼다는 것. 허허벌판에 세찬 바람

버지니아주 엘크가든에 있는 연합감리교회 전경.

이 불었다. 이럴 수가. 다시 외톨이
가 된 나는 무차별적으로 절박한 이
메일들을 보내 동반자를 구했다.
그래서 가까스로 리처드슨 부부와
연락을 하게 된 것.

리처드슨 부부는 몇 년 전에도
트랜스 아메리카 트레일을 완주한
경험이 있어서 더할 나위 없이 바

내 페이스대로 가자. 먼저 간 그들을 따라잡으려다간 계속
꽁무니만 쫓아가는 여행이 돼버릴 것이다. 그렇게 작심하자
다소 느긋해졌다.

람직한 동반자. 하지만 이제 사흘 차이로 벌어졌다. 거리로 치면 320킬로미터 안
팎. 그들은 마치 내 추격을 비웃기라도 하듯 빠른 속도로 포위망을 벗어나고 있
었다.

여행 13일째, 바이크 라이더들에게 숙소를 개방하고 있는 버지니아주 엘크가
든 연합감리교회에 그들의 지문이 남아 있었다. 다녀간 날을 확인하니 무려 엿
새 전이었다. 내가 무거운 짐 때문에 발목이 잡혀 시속 14킬로미터로, 그것도 하
루에 대여섯 시간밖에 달리지 못하는 사이, 그들은 파죽지세로 애팔래치아 산맥
을 넘었음에 틀림없다.

여기서 나는 주저앉았다. 잘못하다간 그들의 뒤꽁무니만 쫓아가는 여행이 돼
버린다. 내 페이스대로 가자. 혼자면 어떤가. 그게 여행의 참맛을 더 깨닫는 길
이 아닌가. 하늘과 땅 그리고 나, 그게 여행 아닌가.

그러면서 속으로는 음흉하게도 페이스를 더 늦춰 뒤늦게 오는 사람들과 합류
할 계산을 세웠다.

국도 80번 옆에 있는 켄터키주 동부의 한 탄광. 갱도를 파고 들어가서 캐내지 않고, 다이너마이트로 산꼭대기를 폭파시켜 열고 석탄을 캐내기 때문에 환경을 파괴한다는 비판을 받고 있다.

11
오지를 달려
14일 만에
켄터키주 입성

오늘 드디어 버지니아주를 넘어 켄터키주에 들어왔다. 14일 만이다. 미국 여행을 독서에 비유한다면, 미국 자전거 횡단 여행은 12장 149쪽짜리 책을 읽는 것이다. 이 책을 읽기 위해서는 최소한의 지능 못지않게 체력이 요구된다. 눈이 아니라 온몸으로 읽는다.

 어드벤처 사이클링 어소시에이션이 제작한 이 '책'은 한 쪽마다 50킬로미터 안팎의 트레일이 주변의 마을과 함께 표시돼 있다. 한 장에 지도가 열몇 쪽씩 들어 있다. 14일 만에 17쪽을 읽어서 새로운 주로 들어왔으니, 그렇게 빨리 읽는 편은 아니다.

어렸을 때부터 지도읽기를 좋아한 것 같다. 신대방동에 살 때 아무 이유도 없이 그때로서는 먼 동네인 봉천4동까지 걸어서 갔다 온 뒤 다녀온 길을 지도로 그려보곤 했다. 언어는 실재를 단순화한 것이다. 산이라고 하면 관악산에서부터 에베레스트산까지 다 포함된다. 지도는 선과 색의 언어로 현실을 단순화한 것이다. 글보다 더 직접적이다. 마치 암실 확대기로 필름에 빛을 비추면 하얀 종이에 형상이 돋아나듯, 지도를 보고 있으면 세상이 부각된다. 그렇게 상상하는 게 재미있다. 등고선 간격이 짧으면 설악산의 공룡능선 같은 험한 산세가 떠오르고, 강을 표시한 파란 선이 곧게 뻗어 있으면 삼각주를 만들며 유유히 흐르는 나일강이 연상된다. 대지는 평평할 것이다.

인 구 천 명 의 번 화 한 마 을

쓰임새가 다르면 지도도 달라진다. 자전거 지도에 표시되는 항목들은 식료품 가게와 우체국, 캠프장, 모텔, 주유소, 식당, 자전거포, 화장실 그리고 도서관이다. 이 아홉 가지 시설만 있으면 바이크 라이더들은 행복하게 인생을 살 수 있다. 얼마나 소박한 삶인가. 그러나 불행히도 이 일곱 가지 시설을 갖춘 동네들이 그렇게 많지 않다. 미국 횡단 여행길은 대인기피증에 걸린 것처럼 곳곳의 오지를 지나간다. 인구 1000명이 넘는 마을은 매우 번화한 마을에 속한다. 버지니아주 다마스커스도 인구가 981명밖에 안 된다. 오늘 내가 지나온 버지니아주 헤이시^{Haysi}는 인구가 186명이다.

미국의 오래된 마을들은 대체로 64킬로미터 간격으로 포진해 있다. 하루에 마차가 가는 거리만큼 떨어져 마을이 생겨났기 때문이다. 물론 자동차가 도입되면서 중간에 마을들이 생겨나 이 간격이 흐트러졌다.

지도에는 빨간 선으로 트랜스 아메리카 트레일이 표시돼 있다. 자전거로 이 선을 타고 가면서 미국을 읽는다. 관광지나 목적지 들을 찾아다니는 자동차 여행의 경로를 점선이라고 하면, 자전거 여행은 실선이다. 창 밖으로 보는 게 아니라 경치의 일부가 된다. 바람이 불면 바람을 맞고 비가 내리면 비에 젖는다. 그래서 주변에 명승지가 있다고 해서 군이 들를 필요를 느끼지 않는다. 그것은 책의 부록일 뿐이다.

지도에는 쪽마다 갈 길이 안내돼 있다. 다음은 여행을 시작한 지 13일째에 읽은 135쪽 지도의 길 안내.

"CR 603을 타고 13킬로미터. CR 600으로 좌회전, 160미터 지점에서 CR 603으로 우회전. 4킬로미터 가면 코너록. US 58로 직진. SR 91이 합류. 그렇게 1킬로미터 가면 다마스커스. 계속 SR 91로. US 58이 갈라져 나감. 사우스포크홀스톤강을 건넌다. 6킬로미터 CR 722로 좌회전. 1킬로미터 뒤 CR 709에서 우회전. CR 803으로 직진. CR 803이 SR 80으로 바뀜. I-81 다리 밑으로 가면 메도뷰. CR 609와 SR 80을 따라 좌회전. 린델 로드와 SR 80으로 우회전."

도저히 외울 수가 없어 자주 들여다보지 않을 수 없다. 수시로 볼 수 있도록 핸들 위에 지도를 올려놓고 가지만, 달리다 보면 중요한 모퉁이를 놓치고 만다. 길을 잃어버린다. 트레일에서 벗어나면 세상이 갑자기 혼미해진다. 지도에 그려지지 않은 세상은 혼돈이다. 사실 트레일로 표시되나 안 되나 촌이기는 마찬가진데도 말이다. 트레일로 복귀하기 위해서는 길을 잃어버린 지점까지 돌아가야 한다. 아무리 기운 넘치는 바이크 라이더도 이미 넘어온 고개를 다시 넘어가라고 하면 한숨을 쉬게 될 것이다. 안 그래도 먼 길인데 같은 길을 두 번 가면 심신이 몇 배로 지친다. 어차피 미국 구경하는 건데 좀더 많이 보고 느끼면 되는 것 아닌가 하고 말은 쉽게 하지만, 실제로 그렇게 태평하게 말할 수 있는 사람은 보지 못했다.

도 로 에 도   계 급 이   있 다

길을 잃지 않으려고 바짝 긴장할 뿐 아니라, 트레일에 나오지 않는 지름길을 찾

브레이크스 인터스테이트 공원에 있는 식당에서 너구리가 유리문턱에 앞발을 대고 안을 보고 바라보고 있다. 이 너구리는 저녁마다 빵을 얻어먹으러 온다고 했다.

기 위해 혈안이 된다. 트랜스 아메리카 트레일은 사실 필요 이상으로 많이 돈다. 미국과 캐나다의 국경선은 6379킬로미터, 미국과 멕시코의 국경선은 3092킬로미터밖에 안 된다. 뉴욕에서 샌프란시스코를 잇는 미국의 첫 대륙 횡단 국도인 링컨 하이웨이도 5422킬로미터였

다. 트레일의 총연장은 어느 국경선이나 국도보다 더 긴 6400여 킬로미터. 만약 서쪽 종착지를 오리건주의 플로렌스Florence가 아니라 애스토리아Astoria로 하면 길이는 6800킬로미터. 여기에다 길을 찾지 못하고 헤매는 거리를 더하면, 7000킬로미터를 훌쩍 넘을 것이다.

그래서 일부 바이크 라이더들은 항상 왜 이 길로 가야 하는지 의문에 빠지고, 참고서라고 할 수 있는 주별 지도를 꺼내서 샛길을 연구한다. 그래도 큰 틀에서는 트레일에서 벗어나지 못한다. 사람들이 왜 이 트레일을 가느냐면, 단순히 1976년에 미국 건국 200주년을 기념하기 위해 2000여 명의 바이크 라이더들이 이 길을 지나갔기 때문이다. 당시 경로를 설계할 때의 기록을 보면, 여성 라이더 한 사람이 그 일을 전담하다시피 했다. 그는 차를 타고 가면서 교통량과 도로 표면 등을 확인하면서 지도에 경로를 그렸다. 그게 역사가 됐고, 물론 조금 변화가 있기는 했지만 그대로 고착됐다.

버지니아주와 켄터키주가 공동으로 관리하는 브레이크스 인터스테이트 주립 공원Breaks Interstate Park을 통과할 때 드디어 처음으로 동진하는 라이더들을 만났다. 데니스와 게리 스튜어트 부부. 고교 교사 출신의 데니스는 켄터키 동부의 험한 산길을 피해 국도 80번으로 우회하라고 일러줬다. 그 역시 그 길로 돌아왔

는데, 갓길도 넓고 경사도 완만해서 자전거타기의 재미를 만끽했다고 말했다.

　나는 이 여행을 시작하면서 홀수를 싫어하게 됐다. 미국 도로, 특히 국도의 도로를 보면 짝수 번호는 동서, 홀수 번호는 남북으로 달리는 길에 붙는다. 그런데 동에서 서로 횡단하는 트레일 지도에 홀수 번호의 도로들이 적지 않았다. 그것은 트레일이 남북으로 오르락내리락하면서 간다는 뜻이다. 그러나 국도 80번처럼 짝수라고 해서 반드시 동서로 반듯이 간다는 뜻은 아니다. 상당히 남북으로 요동을 친 뒤 결국 동서로 가긴 간다.

　그래도 귀가 솔깃했다. 이틀 동안 상상을 뛰어넘는 고개들을 넘어왔다. 버지

버지니아주와 캔터키주가 공동으로 관리하는 브레이크스 인터스테이트 공원에서 바라본 계곡.
현지 주민들은 이곳을 '남부의 그랜드캐니언' 또는 '옷을 입힌 그랜드캐니언' 이라고 자랑한다.

니아주 워싱턴 카운티에서 러셀 카운티Russell county로 넘어가는 고갯길은 한국에
서라면 아흔아홉 고개라고 이름 붙였을 것이다. 아니 백팔 고개라고 명명하는
게 낫겠다. 오만 생각이 다 교차하기 때문이다. 6.4킬로미터의 오르막길. 입이
벌어지고 더운 숨이 나온다. 지그재그로 중첩된 산들에 빗금을 그으며 올라가면
서 저 모퉁이만 돌면 고갯마루가 나오겠지 하지만, 산들은 감히 내게 승부를 걸
다니 하며 또 다른 오르막을 준비하고 있다. 나를 골탕 먹이기 위해 모퉁이 뒤에
서 막 새로운 오르막길을 내고 있는 게 아닐까. 그래서 가다 보면 도로 공사하는
음흉한 놈들과 마주치지 않을까. 6.4킬로미터를 오르는 데 한 시간 반이나 걸렸
다. 그리고 잠시 내리막길이다가 다시 헤이시에서 브레이크스까지 험악한 오르
막길을 올라와 녹초가 된 상태에서 스튜어트 부부에게 그러한 얘기를 들었으니
솔깃하지 않을 수 없었다.

　도로에는 계급이 있다. 인터스테이트라고, 주들을 연결하는 주간 고속도로,
도로 번호 앞에 US가 붙어 있는 국도, 그리고 SR이 붙어 있는 주도, CR이 붙어
있는 카운티 도로, 그리고 아무것도 붙어 있지 않고 번호만 있는 도로. 주간 고
속도로는 자전거가 들어가지 못하는 자동차님들의 전용 클럽이다. 1950년대 아
이젠하워 대통령 시절에 '이 해안에서 저 해안까지 신호등 없는' 최첨단 고속도
로를 만들자는 계획으로 시작된 주간 고속도로 건설 공사는 1290억 달러가 투입
된 미국 최대의 역사. 미국뿐 아니라 세계에 심대한 영향을 끼쳤다. 맥도널드 햄
버거나 홀리데이인, 피자헛, 켄터키 프라이드 치킨 등 세계적 프랜차이즈들이
탄생한 것은, 바로 주간 고속도로라는 중추신경을 통해 미국 전역에 진출하여
자본을 축적하면서 세계로 나갈 수 있었기 때문이다.

길 을　잘 못　알 려 준　'망 할'　라 이 더

미국 사회는 주간 고속도로를 중심으로 재배치됐다. 주간 고속도로의 출입구 근

처에는 어디에서나 판에 박힌 똑같은 마을들이 우후죽순 생겨나고, 주간 고속도로가 지나가지 않는 오래된 마을들은 쇠하고 있는 중이다. 미국판 양극화다. 주간 고속도로를 피해 주로 카운티 도로로 가는 트랜스 아메리카 트레일은 건국 200주년을 기념하기 생겨난 축제적인 취지와 달리 성장에 가려진 미국의 이면을 달린다. 미국의 촌락들이 와해되는 모습을 보여주려고 이런 트레일을 만든 건 아닐 텐데.

국도 80번을 타고 우회하는 데 이틀이 걸렸다. 첫날은 우회로를 알려준 데니스에게 감사한 마음으로 여행했고, 다음 날은 그를 저주했다. "망할 ×"이라는 욕까지 튀어나왔다. 그에게는 완만한 내리막길이었을 것이다. 그러나 내게는 끝도 없는 오르막길이다. 도중에 물 마실 곳도, 이글거리는 태양을 피할 그늘도 한 점 없는 사막 같은 국도 80번. 거의 기절 직전에 그냥 계곡물이라도 마셔야겠다고 생각하는 순간 주유소가 하나 나타났다. "이렇게 힘든 줄 몰랐다"고 하자, 가게 주인 아줌마는 전쟁터에 나간 아들이 돌아온다는 소식이라도 들은 듯이 다른 손님들에게 "이 사람이 여기 험한 것을 알게 됐대" 하고 소리쳤다. 지역 주민들인 손님들도 고개를 주억거리며 뿌듯한 표정을 지었다. 이렇게 험한 데 사는 게 무슨 자랑이라고. 드디어 나는 그 유명한 켄터키 동부에 들어온 것이다.

10
두 발 로 카 누 로
자 전 거 로 달 린
철 인 부 부

자전거뿐 아니다. 다종다양한 방법으로 미국을 횡단한다. 자동차, 기차, 그레이
하운드 버스, 모터사이클, 배, 열기구, 말, 심지어는 잔디 깎는 차를 타고 횡단한
다. 미국 대륙이 광활하기는 하지만, 모험해보기 적당할 만큼 넓다. 그래서 걸어
서도 가고 뛰어서도 간다.

　그 중에서 내가 브레이크스 인터스테이트 공원에서 만난 데니스와 게리 스튜
어트 부부의 횡단방법은 단연 창의적이다.

　스튜어트 부부는 철인 3종 경기를 빗대 '3P'라는 3종 횡단을 하고 있다.
'Pack, Paddle, Pedal.' '배낭을 매고 걷는 것, 배를 젓는 것, 자전거를 타는 것'

걷고 노 젓고 페달을 밟아 미국을 3종 횡단하고 있는 데니스와 게리 스튜어트 부부.

을 뜻한다. 2004년 4월 6일에 태평양 연안의 워싱턴주 케이프디서포인트먼트에서 배낭을 매고 걷기 시작하여, 1280킬로미터를 걸어서 몬태나주 딜런에 도착했다. 거기서 카누로 갈아탄 뒤 3840킬로미터를 노 저어 미주리강을 따라 내려와 미주리주 세인트찰스까지 왔다. 거기서 2인승 자전거를 타고 트랜스 아메리카 트레일로 2080킬로미터를 페달을 밟아 버지니아주 요크타운까지 가고 있던 것. 모두 7200킬로미터의 여정.

그들이 걷고 노 저은 구간은 대략 루이스와 클라크 원정대가 202년 전인 1804년부터 1년 6개월간 탐험한 경로와 일치한다. 미국의 3대 대통령인 토머스 제퍼슨은 1803년에 나폴레옹 황제로부터 1500만 달러라는, 지금으로 봐서는 헐값을 주고 루이지애나를 구입하여, 미국 영토를 미시시피강 동쪽에서 로키 산맥 동쪽으로 확장시켰다. 당시의 루이지애나는 지금의 미주리, 아이오와, 네브래스카, 노스다코타, 사우스다코타 등 14개 주의 전부 또는 일부를 포함하는 광대한 땅. 새로 산 땅에 뭐가 있는지 궁금한 제퍼슨이 루이스와 클라크 원정대를 파견한 것이다. 이 원정대의 탐험기는 지금도 미국인들의 모험심을 자극하는 원천으로 남아 있다.

53세의 데니스는 이 여행을 위해 정년보다 10년 먼저 은퇴했다. 더 젊을 때 세상을 보고 즐기고 싶어서 연금이 25퍼센트나 줄어드는 것을 감수했다. 생활비를 줄여 쓰면 더 넓은 세계를 경험할 수 있다는 그 역리를 터득한 것이다. 가을에는 농무부의 임시 검사원으로 시간당 11달러를 받고 콩, 옥수수, 밀의 질을 검사하는 일도 하면서 생활비를 보조하고 있다. 그들의 여행기록은 'www.ctcis.net'로 가면 찾아볼 수 있다.

그리고 속으로 그들을 욕한 내가 민망해지는 일이 생겼다. 80번 도로변에서 쉬고 있는데 픽업트럭이 멈춰서더니 젊은 남자가 다가와 도와줄 게 없느냐고 물었다. 누가 이 길로 돌아오면 쉬울 거라고 해서 왔는데 이렇게 힘들 줄 몰랐다고 푸념하니까, 그는 그래도 트랜스 아메리카 트레일로 질러왔다면 더 힘들었을 것이라면서, 그 길에서 가장 험악한 두 봉우리를 피한 것만으로도 다행으로 여기라고 했다.

자 전 거   시 대 의   영 웅 들

기왕 미국 횡단 얘기가 나온 김에 자전거 횡단사를 짚어보면, 자전거로 미국을 횡단한 것은 물론 세계를 일주한 최초의 인물은 토머스 스티븐스^{Thomas Stevens}다. 1884년 8월에 캘리포니아주 오클랜드를 출발해 103일 만에 동부 해안의 보스턴에 도착했다. 그런 뒤 영국으로 배를 타고 가서 유럽과 중동을 관통한 뒤 홍콩과 일본에 들러 배를 타고 2년 4개월 만인 1886년 12월에 샌프란스시코 항구로 귀환했다. 총 주행거리 2만 1600킬로미터.

그의 세계 일주는 마젤란의 일주 못지않은 기념비적 업적이다. 자전거가 장거리 교통수단이 될 수 있음을 보여주었기 때문이다. 그가 탄 자전거는 지금 우리가 타는 자전거와 달랐다. '페니-파딩^{Penny-Farthing}'이라는 별명으로 더 알려진 '보통 자전거'. 옛 영화를 보면 앞바퀴가 뒷바퀴에 비해 비대칭적으로 큰 자전거를 볼 수 있는데(100페이지 사진), 영국 화폐 1페니 동전이 1파딩보다 컸기 때문에 이런 별명이 붙었다. '보통 자전거'라고 부른 이유는, 바퀴가 하나에서 두 개로 늘어나 상대적으로 그 전보다 타기 쉬워졌기 때문.

스티븐스는 그 보통 자전거를 타고 갔다. 이 자전거는 급정거할 때 라이더를 앞바퀴 너머로 날려보내는 특징이 있었다. 그래서 지금처럼 앞뒷바퀴가 거의 같은 크기인 자전거가 개발됐을 때 '안전 자전거'로 불렸다. 당시에는 미국 대륙을 잇는 도로도 없을 때였다. 철로는 있었다. 그래서 그는 기차 터널로 산맥을 뚫고 가다가 마주 오는 기차를 피해 터널 벽에 바짝 몸을 붙여야 할 때도 있었다. 여벌 셔츠 한 장과 양말 그리고 텐트 겸 이불로 쓸 비옷 한 벌만 가져갔다.

이 대목에서 한마디. 왜 기술이 발전할수록 가져가는 짐의 무게는 더 늘어나는지. 그는 여행을 마치자 바로 영웅이 됐다.

자전거 시대의 또 다른 영웅. 마가렛 발렌틴 르 롱Margaret Valentine Le Long. 젊은 여성 롱은 1896년에 시카고에서 샌프란시스코까지 자전거로, 그것도 혼자 여행했다. 소요된 기간은 겨우 2개월. 역시 여벌 셔츠와 속옷 한 벌씩과 세면 도구 그리고 권총 한 자루를 들고 갔다. 《로스앤젤레스 타임스》의 데이비드 램 기자는 롱의 여행에 대해 "1960년대 페미니스트들이 거리에서 브래지어를 불태우면서 여

최초로 자전거를 타고 세계를 일주한 토머스 스티븐스가 탄 자전거와 같은 종류의 '보통 자전거'.

성 해방을 외친 것만큼 대담한 선언이었다"고 말했다.

　실제로 자전거는 여성의 몸을 옥죄던 코르셋에서 해방시키는 데 기여했다. 자전거가 보편화되면서 치마가 짧아졌고 여성들은 남성들처럼 바지를 입게 됐다. 저항이 없던 것은 아니다. 일부 마을에서는 조례를 통과시켜 여성들이 바지를 입고 자전거 타는 것을 금지하기도 했지만, 대세를 막지는 못했다. '혁명 자전거'라는 말이 무색하지 않다.

삼 보　전 진　위 한　일 보　후 퇴

해저드로 가는 길에 자전거 여행에 행복한 위기(?)가 찾아왔다. 핸드폰이 울렸다. 나는 핸드폰을 싫어해서 평소에 핸드폰이 없었는데, 이번 여행에는 임시 핸드폰을 사서 가지고 다녔다. 김경보였다. 고교 동창. 켄터키주 렉싱턴(켄터키주에도 렉싱턴이 있다)에 산다. 트랜스 아메리카 트레일이 렉싱턴 근처를 지나가는 것을 알고는 꼭 집에 들르라고 했다. 해저드까지 나를 태우러 오겠다고 했다. 그리고 나중에 다시 그 지점에 내려주면 미국을 횡단하는 데 아무런 차질이 없는 것 아니냐고 구슬렸다. 자동차 세력들은 결국 학연을 동원해서 자전거 여행 도중에 자동차를 타지 않겠다는 내 의지를 꺾었다. 물론 내 얼굴에는 함박웃음이 번졌다. 오랜만에 사람들을 만나고 빨래도 하고 한국 음식으로 포식할 기회.

　처음에는 하루만 그의 집에 머물 예정이었으나, 그가 붙잡는 바람에 못 이기는 척하고 며칠 머물렀다. 거기서 태풍도 피했다. 숯불 바비큐에 비빔면, 냉메밀국수……. 내가 말하지도 않았는데 그의 아내는 내가 먹고 싶은 것만 차려줬다. 켄터키대 교수로 일하는 그와 함께 아침에 출근해서 그는 연구실로 가고 나는 도서관으로 갔다. 아름다운 대학 도서관에서 하루를 보내는 것은 자전거를 타고 가는 것 못지않은 훌륭한 세계 탐험이다.

　경보는 고교 시절에는 뛰어나게 공부를 잘한 것 같지 않다. 하지만 대학 시절부터 무섭게 공부를 해서 포항공대 대학원을 다닐 때는 세계적인 과학 저널에 논문도 싣고, 오하이오 주립대로 유학하여 암세포를 연구해서 박사학위를 받았다. 그리고 예일대에서 박사 과정을 마치자마자, 미국에서 손꼽히는 켄터키대 약학대학원에 자리 잡았다. 집안 형편이 어려워서 혼자 힘으로 여기까지 왔다. 나는 그런 사람들이 존경스럽다. 그런데 대학교수면 일 년에 최소한 몇 달씩 방학이 있어 좋은 줄 알았더니, 지금도 일 년 열두 달 쉬지 않고 연구실에서 시간을 보낸다. 실험을 한번 시작하면 밤새는 줄 모르고 실험실에 남아 있다. 부인도 박사다.

어차피 여행을 접고 잠시 머무는 김에 자전거를 손보고 페달도 교체했다. 그리고 가장 중요한 것은 사이클화도 사 신었다는 것. 그 동안 사이클화 없이 샌들을 신고 맨발로 자전거를 탔다. 데니스 스튜어트가 나를 보고 한 첫 마디는 "아니 샌들을 신고……"였다. 기겁을 했다.

그러나 나로서는 샌들을 신으면 발이 시원하기도 했고, 무엇보다 클리트^{cleat}가 바닥에 달린 사이클화가 여전히 익숙하지 않았다. 클리트는 다리의 힘을 페달에 정확히 전달하기 위해 페달과 신발을 결합하는 쐐기다. 문제는 자전거를 멈출 때 클리트를 페달에서 제때 빼내지 못하면 자전거에 발이 묶여 함께 넘어질 수 있다는 것.

그러나 넘어지는 과정을 겪고서 라이더가 되는 것이다. 애팔래치아 산맥을 샌들로 고통스럽게 넘고 나자 더는 그 과정을 미룰 수 없다는 자각이 생겼다. 사이클화를 샀고 효과가 있었다. 밟는 힘뿐 아니라 당기는 힘으로도 페달을 돌릴 수 있어 다리 근육을 더 많이 가동할 수 있게 됐다.

이제는 다시 출발할 때다. 쉬는 동안 산과 들판에서 비바람을 맞고 있을 라이더들을 생각하면서 마음이 편치 않았다. 며칠간 식객·노릇 한 것만도 미안한데, 세 시간이 걸리는 해저드까지 다시 태워달라고 할 수는 없었다. 대신 집에서 비교적 가까운 곳인 어바인으로 데려달라고 했다. 그래서 아메리카 횡단 여행에서 켄터키주 해저드부터 어바인까지 140킬로미터는 선이 끊겼다. 마음이 찜찜했지만, 더 많은 길을 헤매는 것으로 벌충하는 수밖에 없다. 다시는 중단 없이 길을 달리기로 결의를 다졌다.

13
서 서 히
몸 의 반 항 이
시 작 되 다

몸이 서서히 변화하고 있는 것을 느낀다. 너무 얇아서 쉽게 상처가 나던 손바닥이 미끈하고 단단해졌다. 여행 출발지인 요크타운의 은총 성공회 교회에서 출발하기 전날에는 하루에 소변이 열두 번이나 나왔는데, 지금은 꼭 필요할 때만 화장실에 가고 싶다는 신호가 온다. 처음엔 자전거에서 내리면 몸을 가눌 수가 없었는데, 지금은 피로감이 덜하다. 처음엔 열두 시간을 내처 자기도 해서 여행까지 와서도 일어나려면 알람시계가 필요했다. 지금은 수면시간이 일고여덟 시간으로 줄어들었다. 몸이 점차 강도 높은 여행에 적응해가고 있는 것이다.

운동과 노동의 차이는 운동은 하고 싶을 때 한다는 데 있다. 피로하면 운동하고 싶은 생각이 들지 않는다. 쉬는 동안 근육이 자란다. 그래서 내일은 더 높은 강도에 대응할 수 있다. 막노동하는 사람들에게 근육이 없는 이유는, 그들은 쉬지 않고 일해야 하기 때문이다.

미국 자전거 횡단의 내 전략은 처음 며칠 동안 들쭉날쭉 거리를 늘리고 줄여서 몸을 뒤

호스 파크 입구에 세워진 경주마 맨 오 워의 동상. 켄터키주 렉싱턴은 말의 세계수도라고 부르는 곳이다. 경마대회에서 우승한 말들의 이름을 따서 거리 이름을 짓고, 곳곳에 말의 동상을 세워두고 있다.

흔들어놓는 것이다. 그래서 몸에게 항상 예상보다 높은 강도의 임무가 주어질 수 있음을 주지시킨다. 물론 강도 높은 임무를 계속 강요하면 몸이 반란을 일으키게 되니까, 바로 강도를 조절하는 단계로 간다. 그러고는 강도를 꾸준히 높여가는 것이다. 이번 주에 80킬로미터를 달리도록 했다면, 다음 주에는 100킬로미터를, 그 다음 주에는 120킬로미터를 요구한다. 무한정 거리를 늘려갈 수 없다. 그러면 다음에는 같은 거리를 달리면서도 빨리 달릴 것을 요구한다.

자 전 거 여 행 을 준 비 하 는 두 가 지 방 법

나는 원래 뛰는 것을 좋아해서 서울 남쪽 끝에 있던 집에서 광화문까지 뛰어서 출근하곤 했다. 두 시간 반이 걸린다. 양재천, 탄천, 한강변으로 뛰어서 동호대교를 건넌 뒤, 옥수동 뒤의 매봉을 넘어서 남산 순환도로를 휘돌아 남대문으로 내려와 광화문까지 오는 코스를 개발했다. 이보다 더 서울을 많이 느낄 수 있는 코스를 알지 못한다. 그러고는 회사 근처 광화탕으로 골인해서 땀을 씻고 출근했다. 처음엔 반만 뛰었다. 동호대교를 넘어오면 옥수역에서 3호선을 타고 출근했다. 그러다 어느

날 '풀코스'를 소화한 뒤 광화탕에 들어갔다 나오니 몸이 노곤해서 바로 퇴근하고 싶은 생각이 들었지만, 그 뒤로 점차 익숙해져갔다. 뛰어야 심리적 균형을 유지할 수 있다.

내 꿈은 동호대교 입구까지 자전거를 타고 와서, 한강 둔치에 자전거를 세워두고 한강을 헤엄쳐서 건넌 뒤, 나머지 구간은 뛰어서 출근하는 것이다. 그러면 비좁은 지하철에서 졸면서 한 시간을 가는 대신 전신운동을 하면서 출근할 수 있다. 실제 그런 꿈을 안고 잠실대교 밑에서 한강을 왕복 도강한 적이 있었다. 수영하는 내 손이 안 보일 만큼 물이 탁했지만 냄새는 심하지 않았다. 한강에서 실제 수영해야 하는 거리는 800미터밖에 안 되기 때문에 사실 웬만큼 수영하는 사람이라면 어려운 거리는 아니다. 중요한 것은 오랜 준비운동으로 심장을 데워놓는 것이다.

어쨌든 사람들이 수영해서 한강을 건너 출근할 수 있다면, 그것 이상으로 한강수가 깨끗하다는 것을 입증하는 방법은 없을 것이다. 하지만 지금은 법적으로 금지돼 있다. 서울시에서 관광 진흥책으로 도강허가증을 내주는 방안을 검토할

만하지 않을까. 엄격한 수영시험에 합격한 사람에 한해서 말이다.

그게 먼 옛날의 일이 돼버렸다. 2년 동안 미국 생활에서 학업과 일을 병행하면서 운동할 시간을 내지 못했다. 몸무게가, 특히 배에서 집중적으로 늘어나는 것을 매일 지켜보면서도 속수무책이었다. 건강은 언제든지 나빠지고 좋아질 수 있는 유동적인

자전거 여행을 준비하기 전에 주행 연습을 같이 한 미주리대 저널리즘 스쿨의 스튜어트 루리 교수. 70세가 훨씬 넘은 나이지만 내게는 훌륭한 연습 파트너였다.

과정이다. 가장 건강할 때에 비해 10킬로그램이나 늘었다. 왕년의 마라토너가 어느 날 한 시간도 달리지 않았는데 헉헉대는 것을 느꼈을 때, 중년의 무게를 뒤집을 음모를 꾸몄다. 자전거 여행이 그 중 하나다.

자전거 여행을 준비하는 방법은 두 가지가 있다. 하나는 오래전부터 조금씩 자전거 타는 거리를 늘려가며 근육을 키우는 것과, 다른 하나는 전혀 연습을 하지 않고 에너지를 비축해놓는 것이다. 나는 후자였다. 불가피한 나쁜 선택이었다.

여행 3개월 전까지는 주말마다 지도교수인 미주리대 저널리즘 스쿨의 스튜어트 루리와 자전거타기 연습을 했다. 시엔엔 방송의 부사장 출신 고참 언론인인 루리 교수는 76세. 하지만 자전거에 올라타기만 하면 50대 청장년이 된다. 주행 경력 20년의 고수다.

힘 줄 을 뚫 고 튀 어 나 온 왼 쪽 쇄 골

2월 중순 어느 날, 주행 연습을 마치고 전속력으로 돌아오는데 차 한 대가 월마트 주차장에서 빠져나왔다. 자전거 전용로를 지나가고 있었고, 내가 그곳으로 가기 전까지 그 차가 전용로를 통과해서 본도로로 접어들기에 충분한 시간이 있었다. 그래서 속력을 늦추지 않고 가는데, 그 차가 갑자기 전용로에 멈춰 섰다. 충돌을 피하기 위해 급브레이크를 잡았다. 그러자 속력을 이기지 못한 자전거가 앞으로 고꾸라졌다. 동시에 내 몸이 공중을 날았다. 왼쪽 어깨부터 아스팔트에 떨어졌다. 순간적으로 기절했다가 눈을 떠서 전용로를 가로막은 차를 보려고 했지만, 그 차는 사라졌다.

사람들이 모여들었고, 그 중 의대생이 내가 괜찮다고 하는데도 핸드폰으로 구급차를 불렀다. 몇 분 안돼 구급차 두 대가 요란한 사이렌을 울리며 달려왔다. 무릎이 깨져 피가 철철 났지만 왠지 창피하다는 생각이 먼저 들었다. 한 대는 소방서에서, 다른 한 대는 병원에서 왔다. 그들은 도착하자마자 내가 움직이지 못

우연히 들른 켄터키주 해로드즈버그 근처의 대평원.
구름 사이로 쏟아져 내리는 햇살과 대평원의 조화를 보고 있노라면 자연에 대한 경외심이 절로 솟아난다.

하도록 들것에 결박했다. 그리고 병원 구급차 안으로 실어갔다.

응급차 안에서 실랑이가 벌어졌다. 병원에서 온 구급요원들은 젊은 여성 두 명. '디'라는 이름의 요원이 적극적이었다. 나는 구급차로 실려갈 정도는 아니라면서 내리겠다고 했고, 디는 큰 가슴을 들것에 묶인 내 몸에 붙이며 "허니, 상태가 안 좋아. 응급실에 가서 치료받아야 해"라고 설득했다. 나는 허니honey라는 호칭을 미국인 누구로부터도, 그 전에도, 그 뒤에도 들어본 적이 없다. 내 머릿속에는 구급차를 한번 타고 가면 최소한 1000달러가 나온다던 말이 생각났다. 결국 돈 얘기를 꺼냈더니 디는 또다시 거북하게 달라붙어서, "허니, 병원이 관대하기 때문에 정 돈이 없으면 나눠서 내게 해줄 거야"라고 말했다. 어쨌든 분할 납부해야 할 만큼 치료비가 많이 나온다는 뜻이다.

아픈 데가 어디냐고 확인해달라고 했다. 두 팔 뻗기, 두 팔 들었다 내리기, 누웠다 일어서기, 고개 돌리기. 모든 테스트가 고통스럽기는 했지만, 사지를 움직이는 데는 문제가 없었다. 내가 "봤지?"라고 말하자 디의 얼굴이 어두워졌다. 결박을 풀어달라고 하고 일어서는데, 왼쪽 어깨가 찢어지는 것처럼 아팠다. 만져보니까 쇄골이 툭 튀어나와 있는 게 아닌가. 쇄골이 두 동강 난 게 틀림없다. 디는 "그래, 너는 심각한 상태야"라고 말했다. 거기서 내가 졌다. "그래, 가자" 했더니, 디는 표정이 밝아지면서 바로 운전사에게 "갑시다"하고 소리쳤다. 그러고는 정맥주사를 놓겠다고 해서 그건 거절했다.

응급실에서 온몸 곳곳 필요 없는 엑스레이를 찍어야 했고, 결국 아무런 이상이 없는 것으로 나타났다. 어깨와 팔이 맞붙은 곳에는 세 가지 뼈가 붙어 있는데, 그중 하나인 쇄골이 힘줄을 뚫고 튀어나온 것. 부러진 것은 아니다. 나중에 정형외과 의사는 한번 튀어나온 쇄골은 원래 상태로 집어넣을 수 없다고 했다. 응급실에서 진통제 처방만 받아왔는데, 너무 세게 처방해서 정신이 혼미하고 구토가 나왔다. 나중에는 처방한 분량에서 4분의 1만 복용하니까, 진통 효과도 있고 정상적인 생활도 가능했다. 응급실 침대에 누워 있을 때 디가 복도로 걸어가기에 "안녕" 하고 인사했더니, 디는 변심한 애인처럼 수줍게 고개를 돌리고 허니의 눈을 피했다.

미국의 의료체계는 한번 걸리면 과잉치료에다 거의 호객 수준이다. 구급차를 타고 응급실까지 가는 데 10분도 안 걸렸는데, 1500달러 가까이 나왔다. 학생의료보험회사에서 일부를 부담하기는 했지만, 미국 의료제도의 실상을 아는 데 비싼 수업료를 냈다.

대 화   거 부 ,   몸 의   파 업

어쨌든 쇄골이 튀어나오는 바람에 그 뒤로는 연습을 하지 못했다. 쇄골은 몸의 좌우대칭을 무너뜨리며 지금도 나와 있다. 그래서 할 수 없이 바닥인 체력으로 여행을 시작하면서 몸의 변화를 처음부터 관찰하게 된 것이 수확이라면 수확이다.

그런데 이상한 게 횡단을 시작하면서 걱정하던 왼쪽 어깨는 괜찮은데 오른쪽 어깨가 쑤신다. 왼쪽 어깨가 제 구실을 못하는 만큼 더 많은 하중이 오른쪽에 걸린 탓인 것 같다. 그리고 무엇보다 엉덩이가 아파서 오래 탈 수가 없다. 자전거를 오래 타지 않은 사람들이 겪는 증상이다. 다리나 심장은 생각보다 괜찮다.

가끔 몸이 생각한 것 이상으로 스트레스를 이겨내는 것을 보고 놀랄 때가 있다. 그러다가 며칠 동안 이제 하루 100킬로미터는 우습지 하고 생각할 때 몸이 나자빠진다. 여행 22일째 켄터키주 해로드즈버그에 도착한 날이 그랬다. 그날은 80킬로미터밖에 타지 않았는데 몸을 주체할 수가 없다. 일찍 도착해 뭔가 해보려고 했는데 무수히 난타당한 복서처럼 발이 엉켜버린다. 낮잠을 세 시간 동안 늘어지게 잤다. 몸은 나와 대화하기를 거부하며 파업을 벌였다. 장거리 여행을 수행할 준비가 안 돼 있다는 신호를 보내고 있는 것이다.

14
개 떼 의 습 격,
하 마 터 면
개 죽음 당 할 뻔!

내게 경적을 울리거나 욕을 퍼붓는 자동차족을 개라고 불렀다. 자전거 타고 가
는 사람들에게 공격적인 태도를 보이는 것은 그들 말고는 개밖에 없기 때문이다.

개를 가족처럼 돌보는 미국에서 개들이 이렇게 사납게 돌변하는 것은 이해할
수 없는 일이다. 특히 켄터키 개들이 그렇다. 같은 길을 가도 바이크 라이더들은
각기 다른 경험을 한다. 출발한 시간과 요일, 계절, 날씨 등에 따라 느끼는 게 달
라진다. 하지만 바이크 라이더들이 예외 없이 경험하는 것은 켄터키 개들로부터
당하는 봉변이다. 개들은 자전거 혁명의 적이다.

켄터키주 해로드즈버그에서 바드즈타운^{Bardstown}으로 가는 좁은 편도 1차선 도

로인 1131번 길. 드디어 개들과 대치하는 사태가 벌어졌다. 개들의 공격을 피하는 방법들 중 가장 보편적인 것은 빨리 달려서 추격을 벗어나는 것이다. 개들은 보통 자신의 영역을 지키기 위해 짖거나 공격하는 것이어서 영역을 벗어나면 더는 추격하지 않는다.

하지만 오르막길을 오르는데 개 두 마리가 길가 집에서 뛰쳐나왔다. 그 중 흰둥이가 길을 가로막고 달려들었다. 할 수 없이 자전거에서 내려 끌고 올라가는데, 이제는 뒤에 달라붙어서 사납게 짖기 시작했다. 검둥이는 앞길을 차단했다.

개 는 자 전 거 여 행 의 최 대 복 병

켄터키의 개들은 마치 군사훈련을 받는 것처럼 질서정연하게 목표를 공략한다. 버리아로 가는 길에서는 개들이 나한테 직접 달려들지 않고 내가 가는 방향으로 대각선으로 달려와 요격했다. 그리고 개 세 마리가 있으면 각각 전위, 중위, 후위를 맡아 한 마리는 진로를, 다른 한 마리는 퇴로를 차단하고, 가운데 개는 정면으로 공격한다. 개의 공격이 위험한 것은 물리기 때문만이 아니다. 개를 피하려고 빨리 달리다가 균형을 잃어 자전거에서 넘어질 수 있고, 또 길 안쪽으로 피하려다 뒤에서 오는 차에 받힐 위험도 커진다. 때로는 개를 피하기 위해 중앙선을 넘어야 할 때도 있었다.

1131번 길에서 벌어진 개들과의 대치는 오래 갔다. 개들의 공격을 피하는 방법으로 전문가들은 자전거에서 내려 개와 본인 사이에 자전거를 두고 있으라고 권한다. 그러면 개 주인이 나타나 개들을 데리고 들어간다는 얘기다. 그렇게 했더니 역시 개 짖는 소리를 듣고 주인이 나타났다.

하지만 이 주인 여자는 흰둥이 이름이 '버디'인지 "버디, 집으로 와" 하고 소리치기만 하고 집에서 나오지 않았다. 이 아줌마는 개를 풀어놓아 행인을 위협하게 된 상황에 대해 항의를 받을까 봐 집 기둥 뒤에 몸을 숨기고 개 이름만 불러

버지니아주 래드포드에 있는 의사 태드 리의 집에 이틀간 머물 때 그의 집에 있던 애완견 샘슨과 올리브. 방 안에서 책을 읽고 있는데, 송아지만 한 개 두 마리가 머리로 문을 받고 들어와 깜짝 놀랐다.

됐다. 하지만 버디는 집주인의 출현을 마치 원군의 도착으로 여기는 듯 용기백배해서 사납게 으르렁대면서 달려들었다.

　나는 개 주인한테 데리고 들어가라고 고함을 질렀지만, 주인은 기둥 뒤에서 꼼짝하지 않았다. 드디어 내가 개 스프레이를 꺼냈다. '홀트'라는 이 스프레이는 켄터키주 렉싱턴에서 장비를 보충할 때 구입한 신병기. 원래는 호루라기를 준비했다. 하지만 그것만으로는 안심이 안 됐다. 개들이 그냥 짖는 정도가 아니라 물어뜯으려고 하는데, 호루라기만 불고 있어서는 해결될 문제가 아닌 듯했다.

바이크 라이더들은 공격해오는 개들에 맞서 다양한 무기들을 사용해왔다. 과거에는 공기 펌프를 휘두르거나 헬멧으로 내리치기도 하고 손도끼의 손잡이로 찍기도 했다. 그러다 주둥이에 맞아 펌프가 부러지고 헬멧이 우그러지기도 해서, 이쪽도 적잖은 물적 피해를 입었다.

최근에는 스프레이를 사용하는 것이 일반적인 추세다. 내가 산 스프레이는 누르면 3.6미터까지 독한 액체를 쏠 수 있고, 무엇보다 미국 우편집배원들이 30년 동안 사용해서 효능을 입증한 제품이라는 선전이 맘에 들었다. 이걸 쏘면 몇 분 동안은 개들이 정신을 못 차리게 할 수 있고, 그 동안 안전하게 대피할 수 있다는 것. 맘에 걸리는 대목은 눈과 코에 쏴야 한다는 건데, 그렇게 사납게 덤비는 개들이 가만히 눈과 코를 대주고 있을지……. 더구나 맞바람이 불면 그 액체가 나한테로 향할 수도 있다. 그래서 몇 분간 혼절하고 있는 사이에 개들이 마치 식당에서 스테이크를 썰듯이 편안하게 나를 물어뜯을 수 있을지도 모른다.

주인에게 "개들을 집에 데려가지 않으면 스프레이를 발사하겠다"고 최후통첩을 보냈다. 하지만 주인은 여전히 무반응. 약이 오른 나는 개처럼 씩씩대면서 스프레이를 쥐고 버디한테 "이리 와봐!"라고 소리 지르면서 돌진했다. 그러자 개는 몸을 낮추더니 잽싸게 꼬리를 내리고 집 안으로 달아났고, 검둥이도 그 뒤를 따랐다.

개　따　돌　리　다　길　잘　못　들　어

시브리Sebree로 가는 길에서는 개들이 잠든 시각일 새벽 5시에 출발해 79번 길을 따라가고 있었는데, 놀랍게도 고동색 털이 있는 흰둥이가 주유소 앞 길을 가로막고 서 있는 것 아닌가. 손에 스프레이를 쥐고 슬쩍 그 개를 지나치려고 하는데, 그 개가 갑자기 앞발을 세게 내딛으면서 쫓아왔다. 이 개는 100미터 개달리기 대회가 있으면 출전해도 될 만큼 빨랐다. 다행히 내리막이 시작돼 겨우 따돌린 뒤 돌아보니, 개는 멈추지 않고 달려오고 있었다. 그러나 안전한 거리였다. 은근히 장난치고 싶은 생각이 들어, 따라붙을 수 있도록 속도를 늦췄다가 따라올 만하면 다시 내리막길을 질주해서 멀찌감치 달아났다. 이 개는 지치지도 않는지 계속 따라왔는데, 처음엔 아스팔트 옆 풀숲을 달리다 나중엔 아스팔트로 바로 뛰어왔다. 핸들에 붙은 계시기를 보니 그 녀석이 따라온 거리가 6.4킬로미터가 넘었다.

무서운 개라는 생각에 장난 그만 치고 달아나려고 기어를 바꾸다가 체인이 빠져버렸다. 자전거를 세우고 체인을 끼우기 시작하는데 멀리서 개는 쫓아오고 손이 떨렸다. 이제 꼼짝없이 개한테 잡히는구나 하는 순간, 체인이 기적적으로 제자리에 들어갔고 그냥 내뺐다.

그렇게 몇 킬로미터를 더 가서 뒤를 보니, 이제는 개가 따라오지 않는 대신 길을 잘못 든 것을 알았다. 79번 북쪽으로 가야 할 걸 남쪽으로 달려가고 있던 것. 개와 벌인 경주에서는 이겼는지 몰라도, 32킬로미터를 돌아가야 하는 대가를 치렀다.

하워드즈타운Howardstown 주유소에서 일하는 중년 여성은, 묶어놓고 키우려면 개들이 뛰어놀 공간을 마련해줘야 하는데 그럴 여유들이 없고 해서 그냥 풀어놓고 지낸다고 말했다. 이 아주머니는 자기도 개한테 물린 적이 있다면서 조심하라고 했다. 개 주인들에게 책임을 묻지 않느냐고 했더니, 워낙 풀어놓은 개들이 많은데 뉘 집 개한테 물렸는지 어떻게 입증할 수 있겠느냐고 되물었다.

곰 들 과   싸 우 던   켄 터 키   개 들

켄터키 개들이 사나운 것은 프론티어 개의 전통을 이어받았기 때문이다. 미국이 독립할 당시에 미국 영토는 애팔래치아 산맥 동쪽으로 국한됐다. 애팔래치아 산맥을 넘어서 켄터키로 가는 길인 컴벌랜드 협곡을 처음 발견한 사람들은, 1750년에 의사 토마스 워커가 이끈 탐험대. 이 협곡을 지나서 켄터키의 푸른 잔디 벌판을 미국인들 중에서 처음 본 사람이 바로 대니얼 분이다. 미국의 카운티나 마을 이름에 '분Boone'이 많은 것은 그의 개척정신을 기리기 위해서다. 그는 체로키 부족과 치른 전투에서 두 아들을 잃었지만, 굴하지 않고 켄터키를 식민지로 만드는 데 앞장섰다. 아메리카 인디언과 미국의 전쟁사를 보면 전투라기보다 미국의 일방적인 대량학살이라고 해야 맞지만, 켄터키를 식민할 단계에는 제법 싸움다운 싸움이 이뤄졌다. 이때 백인의 개들은 곰들과 싸우는 것은 물론 인디언들의 습격을 탐지하는 감시견으로 전투에 참여했다. 그때부터 지나가는 사람들을 보면 짖기 시작한 전통이 지금까지 계속되고 있는 것이다.

그리고 당시에는 개를 몇 마리 보유하고 있느냐에 따라 세금을 매겼는데, 지금은 과세 대상이 아니니 한 집에 두서너 마리씩 개를 기르는 게 보통이다. 이제는 인디언 대신 바이크 라이더들을 괴롭히는, 미국 횡단 여행 최대의 복병을 양성하고 있는 셈이다.

더구나 켄터키 동부지역, 앨러게니 산맥의 험준한 산세는 개의 위협을 증폭시킨다. 길을 넓게 낼 수 없어 좁은 편도 1차선 도로가 대부분이고 사람들이 가난해서 길옆에 바로 붙어서 집을 짓고 사니까, 개들은 항상 좁은 길로 뛰쳐나올 준비가 돼 있는 것이다.

켄터키는 버리아를 경계로 산지와 평지로 나뉜다. 켄터키 동부 산악지대에 사는 사람들은 조금만 더 가면 푸른 초장이 펼쳐져 있는데 굳이 산으로 올라간 사람들이다. 미국의 이민사를 보면 세계 각지에서 온 사람들이 고향과 비슷한 기후를 갖춘 지역으로 찾아갔다. 노르웨이에서 온 사람들은 매섭게 추운 미네소타주로, 베트남 사람들은 고온다습한 텍사스의 걸프 해안으로, 그리고 스코틀랜드와 아일랜드에서 온 사람들은 이곳 켄터키 동부에 둥지를 틀었다. 해리 커딜이라는 이곳 출신 저자는 《밤이 컴벌랜드에 찾아오다Night Comes to the Cumberlands》라는 책에서 켄터키 동부인들의 뿌리를 파헤쳤는데, 그의 조상을 비롯한 초기 정착민들이 영

켄터키는 옥수수로 만드는 술 버번으로도 유명한데, 버번은 켄터키주 버번 카운티의 이름에서 따왔고, 버번 카운티는 미국 독립전쟁 당시 미국을 도와준 프랑스 부르봉 왕가에서 이름을 따왔다고 한다. 사진은 렉싱턴에서 쉬는 동안 돌아본 미국에서 가장 오래된 양조장인 우드퍼드의 실내.

국에서 양을 치기 위해 농토에서 쫓겨난, 그래서 도시에서 가난과 범죄로 찌들어 살던 사람들이었다고 썼다. 그리고 이 산악지역에서 부족사회도 아닌 씨족사회를 이루고 살다가, 어느 날 쇠와 석탄이 발견되면서 탄광지대의 광부가 됐다.

철자가 가장 긴 영어 단어는 'pneumonoultramicroscopicsilicovolcanoconiosis' 라고 한다. 줄여서는 'black lung disease'. 진폐증이다. 탄광사고로 수많은 사람들이 목숨을 잃었고 10만 명 이상이 진폐증에 걸렸다. 탄광에서 발생한 이득은 고스란히 외부인들이 가져갔다. 그러니 이곳 사람들이 외지인들에게 배타적이지 않을 수 없다. 그래서 개들을 풀어 지나가는 사람들을 위협하는 것으로 작은 삶의 낙을 찾고 있는 게 아닐까.

켄터키 버리아 부근 도로에서 죽은 개를 두 마리나 발견했다. 거의 15분에 한 마리꼴로 동물 시체가 널려 있는 미국 도로지만, 개의 시체를 본 것은 켄터키에서 처음이었다. 그야말로 개죽음이었다.

15

무력감을 넘어
평화를 사랑하는
마음으로

미국에는 광장이 발달하지 않았다. 유럽의 소도시들처럼 사방으로 길이 통하는 마을 한 가운데 포석이 깔린 탁 트인 광장은 물론이고, 촌로들이 장기 두고 한담하던 한국의 옛 마을 정자 같은 것도 보기 힘들다. 사실 마을 자체가 발달하지 않았다. 널찍널찍 떨어져 큰 집을 짓고 따로 산다. 그래도 이웃의 소식이 궁금하지 않을 수 없다. 그 궁금증을 푸는 곳이 '카페cafe'라고 부르는 음식점이나, '컨트리 스토어country store'라고 부르는 잡화점이다.

카페는 상당한 규모의 마을에만 있다. 카페에서는 내가 좋아하는 오믈렛을 시켜 먹을 수 있지만, 트랜스 아메리카 트레일이 지나가는 켄터키의 마을들에는 주로 잡화점만 있다. 잡화점은 '델리deli'라고 부르는 간이식당을 겸하고 있다.

나는 어느 주 사람들이 더 친절하거나 덜 친절하다는 얘기를 믿지 않는다. 주 전체를 일반화할 수 있을 만큼의 경험도 없을 뿐더러, 사람들이 지역에 따라 특별히 좋거나 나쁘다고 생각지 않기 때문이다. 다만 표현하는 방식이 다를 뿐. 그 점에서 켄터키는 남다른 데가 있다. 해로드즈버그 모텔에 들렀을 때 사무실 벽에는 이런 경고문이 붙어 있었다.

"Writers of bad checks will be beaten, stomped and stabbed. Survivors will be prosecuted. (부정 수표를 사용하는 사람들은 얻어맞고 짓밟히고 칼에 찔릴 것이다. 그래도 살아남는다면 기소될 것이다.)"

이렇게 살벌한 문구를 왜 붙여놨느냐고 물으니, 매니저인 아주머니는 표정 하나 안 바꾼 채 "맘에 드느냐?"고 되묻기만 했다.

반면 커크스빌 지나서 처음 나온 잡화점에서는 들어가자마자 "물이 필요하지?" 하면서 주인 아주머니가 물통 그득히 물을 떠다 줬다. 비프 샌드위치에는 스테이크 두께로 고기를 썰어서 넣어준다. 가격은 1달러 50센트. 인심이 후하다.

가게의 바깥주인인 레이 밀러는 박제한 사슴들이 '왜 나를 죽였느냐?'며 내려다보는 잡화점 한구석에서 육즙을 듬뿍 바른 비스킷으로 아침을 먹고 있었다. 사슴 한 마리는 1995년에, 다른 한 마리는 2년 전에 죽인 거라고 밀러는 자랑스럽게 얘기했다. 그건 그렇고, 가게 사정이 갈수록 빠듯하다고 한다.

"이곳은 산세가 험해서 담배 농사와 목축 외에는 다른 농사를 지을 수 없다. 그런데 담뱃잎이 작년에 1파운드당 2달러에서 1달러 50센트로 떨어져 많은 사람들이 담배 농사를 포기했다. 그 돈으로는 비용을 감당할 수 없다. 담배 농사가 안 돼 우리 가게에 오는 손님도 줄었다. 담뱃잎 1파운드면 담배 1000개피를 만든다."

1000개피면 50갑. 50갑이면 한 갑에 3달러라고만 해도 150달러. 아무리 세금이 많이 붙는다고 해도 담배 회사로서는 엄청난 마진일 것이다.

촌 동 네 구 경 거 리 가 되 다

포즈빌로 가는 길에 잡화점에 들렀더니, 남자 세 명이 나란히 앉아서 커피를 마시고 있다. 그 중 한 명의 눈길이 나를 따라왔다. 말을 걸었다. "그 소식 들었어? 어제 캘리포니아에서 코네티컷까지 자전거 타고 횡단하던 여자가 실수로 차들 사이에 끼이는 바람에 차에 깔려 죽었다는 거?" 세상 돌아가는 일 챙긴 지 오랜데 들었을 리가 없다. 안 그래도 차들에 위협을 느끼던 차에 그런 얘기를 들으니 꺼림칙하다. 기자 출신 아니라고 할까 봐 꼬치꼬치 캐물었다. 사고가 여기서 났느냐고 물으니, 그들이 "그건 아닌 것 같고. 정확히 어딘지는 모르겠다"고 말했다. 그럼 사고가 어제 난 건 맞느냐고 했더니, "그것도 잘 기억 안 난다"고 얼버

켄터키 커크스빌 부근에 있는 잡화점에서 주인 레이 밀러가 자신이 사냥한 사슴 두 마리가 내려다보는 가운데 아침 식사를 하고 있다.

무렸다. 진짜 그런 사고가 난 건지 아니면 나를 놀리려고 지어낸 얘긴지 분간이 안 됐다.

세 사람을 뜯어보니 모두 허름한 작업복 차림인데, 한 사람은 젊은 축이고 두 사람은 60대로 보였다. 농부냐고 물으니까, "그래, 우리 마리화나를 재배해"라고 말한 뒤 자기들끼리 껄껄 웃었다. 60대 중 키 큰 사람이 웃음을 멈추고 "그게 아니고 저 젊은 친구는 트럭을 몰고, 이 친구는 솜씨 좋은 기술자고, 나는 컨설턴트"라고 말해 또다시 웃음이 터졌다. 농담하고 있다는 분위기를 눈치채고 "뭘 상담하느냐?"고 묻자, 그는 "모든 것을 다 상담한다"며 계속 농담이다. 키 작은 60대가 끼어들어 "이 사람은 컨설턴트가 아니고 인설턴트^{insultant}(모욕하는 사람)"라고 정정했다. 이 인설턴트는 주머니에서 열쇠고리를 꺼내 보여줬는데, 그 고리에는 'Certified crazy person'이라는 문구가 그럴듯하게 새겨져 있었다. 누구한테 미친 사람이라는 것을 인증받았느냐고 물으니, 이 키 큰 60대는 "잊어버렸다"고 둘러댔다.

그러던 차에 펠트 모자를 쓰고 멜빵바지에 흰 셔츠를 받쳐 입은 점잖은 신사가 좁은 가게 안으로 들어왔다. 키 작은 60대는 "여보게 닥터, 이 친구 한국에서 왔대"라고 나를 인계했다. 새로울 게 없는 일상에 신기한 녀석이 굴러왔으니, 축구공처럼 이리저리 차다가 새로운 선수에게 패스한 것. 완고하게 생긴 이 닥터는 나를 옆에 앉히더니 "한국에 간 적이 있다"며 얘기를 시작했다. 내가 진짜 닥터냐고 묻자, 그냥 빙그레 웃으면서 저 친구들이 놀리는 것이라고 말했다.

안 그래도 오늘은 110킬로미터를 달려야 할 판이어서 갈 길이 먼데 이 '닥터'가 붙들고 늘어졌다. 왠지 그의 말에는 뿌리치기 어려운 무게가 느껴졌다. 아침 8시에 촌 가게에서 나누기에는 불편한 주제의 얘기들이 나온다. 그는 리버럴리스트들이 위선자들이라고 하면서, 그들이 힘없는 사람들을 보살피겠다고 말만 한다고 비판했다.

어차피 대화를 피할 길이 없다는 판단이 들자, 나도 묻기 시작했다. 어디 사느냐, 뭐하고 지내느냐, 자식들은 있느냐 등등. 그의 이름은 밥 디킨스. 교사인 부인은 다른 도시에서 일하고 아들 한 명은 도쿄에서 영어 강사로 일한다. 67세인 그 자신은 공군에서 20년을 항공기 항법사로 근무했고, 한국에는 1962년에서 1963년까지 2년 동안 주둔했다.

그가 불편한 게 없느냐고 물어서 인터넷 접속을 할 수 없어 가장 아쉽다고 하자, 그럼 자기 집으로 가자고 해서 1.6킬로미터 떨어진 그의 3층 양옥으로 자전거를 몰고 갔다. 그는 아들이 쓰던 컴퓨터에 로그인해서 맘대로 쓰게 해줬다.

한가로운 시골에서 자신의 힘으로 집을 짓고 사는 것이 그의 오랜 꿈이었다. 그의 꿈은 실현됐다. 하지만 조그만 가게들이 하나둘 없어져서 몇십 마일을 가야 장을 보고, 이발을 하고, 병원에 갈 수 있어서 불편하다고 말했다. 가게들이 문을 닫은 것은 대형 도매상들이 이제는 물건을 배달하지 않기 때문이라고 한다. 한 식품점은 닭을 한 번에 200마리 이상 주문하지 않으면 배달하지 않겠다고 해서 가게 문을 닫았다고 한다. 그는 그 가게는 아마 일 년이 가도 200마리를 다 팔지 못할 것이라면서, 모든 게 대형화해야 살아남는 월마트 신드롬의 하나라고 말했다. 그러면서 그는 큰 기업들의 편으로 알려진 공화당을 지지한다.

이 벽촌에 사는 그의 직업은 놀랍게도 사람들의 세무보고를 돕는 비공식 세무사Tax Preparer다. 자격증은 없지만 260명의 고객을 가진 하나의 세무법인이다. 20년간 군 복무하는 동안 배운 세무보고 요령으로 친구들의 세무보고를 돕다가 잘한다는 소문이 퍼져 그 일을 전문적으로 하기 시작했다. 간판도 없고 선전도 하지 않는 그가 고객을 만드는 유일한 방법은 입소문. 심지어 조지아주 애틀랜타에 있는 사람이 차를 몰고 와서 세무보고를 의뢰한다고 한다.

하룻밤 자고 가라는 그의 청을 뿌리치고 늦은 길을 서두르는데, 화이츠빌로 가

뉴욕에서 구조공학 엔지니어로 일하는 러셀 데이비스(왼쪽)와 필 칼리가 동쪽을 향해 출발하고 있다. 이들은 두 달 만에 아메리카 트레일을 완주하기 위해 초스피드로 달리고 있다.

는 길에 차들이 많아지면서 압박감이 느껴지기 시작했다. 고갯길에서 한 여성 운전자가 그냥 지나쳐가도 되는데 완전히 안전한 데가 나올 때까지 서행하면서 내 뒤를 따라왔다. 그러자 그 차 뒤를 따라오던 빨간색 승용차가 경적을 울리며 "빨리 가라"고 소리질렀다. 그 여자가 나를 지나치자, 그 빨간 차가 내 앞으로 오더니 뒷문이 열리고 한 젊은 녀석이 "여기 달리지 마, 알았어?"라고 경고했다. 나는 "자전거타기가 허용돼 있어"라고 맞받아쳤다. 그 친구가 다시 "꺼져"라고 소리쳐서 다시 "자전거타기가 허용돼 있어"라고 소리쳤는데, 내 목청으로 그렇게 큰 소리가 날 수 있었나 하고 나도 놀랄 정도였다.

산이 쩌렁쩌렁 울렸다. 자동차족에게 탄압받으며 쌓여 있던 울분이 한꺼번에

터져버린 듯했다. 그리고 페달을 세게 밟아 그 차를 좇았다. 놀란 그 차는 내빼버렸다. 속 시원한 화풀이었다.

그런데 조금 있다가 다른 고개를 힘겹게 올라가는데 앞에서 오던 차가 갑자기 서행하더니, 창문이 열리고 네 명이 "이 나쁜 놈아"를 일제히 외치고는 '약 올라 죽겠지, 용용'—한국식으로 해석한다면—하는 손짓을 하면서 다가왔다. 바로 그 빨간 차였다. 전광석화 같은 기습공격이어서 대응할 채비를 갖추지 못했다. 그들의 반격은 짧았다. 소리 지르려고 했을 때에는 그 차는 이미 지나쳐버렸다. 생각해보니 일이 악화돼서 집단 몰매를 당할 상황이 생긴다 해도 내게는 그들에게 대항할 아무런 무기가 없었다. 있다면 개 스프레이인데, 스프레이를 맞고 그들이 개들처럼 깨갱 하고 돌아설 리 만무하다. 바이크 라이더는 그렇게 무력하고, 그래서 어쩔 수 없이 평화를 사랑할 수밖에 없나 보다.

경 치 가   주 는   보 상

어제 켄터키 마드리드 부근을 지나가다 미국 횡단 여행의 서쪽 출발지이자 나의 목적지인 오리건주에서 동진해 6주 만에 켄터키에 진입한 두 청년을 만났다. 러셀 데이비스와 필 칼리. 뉴욕에서 구조공학 엔지니어로 일하고 있는데, 9·11 사태가 터졌을 때는 무역센터에 가서 청소를 거들었다고 한다. 두 달 동안 휴가를 내고 초스피드로 횡단하는 중인데, 마치 옆 동네에 잠시 들렀다가 집으로 돌아가는 사람들 같다. 짐이 거의 없다. 이들은 텐트나 버너 같은 것을 일절 가져오지 않고 모텔과 식당에서 숙식을 해결하고 있다. 그러니 하루에 200킬로미터, 심지어는 220킬로미터를 달린 날도 있다고 한다.

러셀은 미주리주에서 차 운전자가 던진 맥주 캔에 뒤통수를 맞은 적이 있다고 한다. 그는 "다치지는 않았다"면서 "다치지만 않으면 개의치 않는다"고 말했다. 대단한 경지다. 오른뺨을 맞으면 왼뺨도 내주라는 예수까지는 아니지만 무

저항과 비폭력을 주장한 간디가 연상된다.

두 사람은 "혼자서 그것도 주로 캠핑을 하면서 가는 길이라 더 고될 테지만 남는 것은 더 많을 것 같다"면서, "서쪽으로 갈수록 경치가 아름다워지니까 그 노력이 충분히 보상받을 것"이라고 덕담한 뒤 갈 길을 재촉했다. 나는 마음 다스리는 법을 더 배워야 한다.

한 교회 정문 앞에서 휴식을 취하고 있는 영국에서 온 대학생 마크 칠드런(왼쪽)과 마크 미첼. 두 사람은 서로 맞지 않는 페이스를 조절해가며 한 팀을 이루고 있다.

16

그는 명상을 위해
페달을 밟고,
나는 맥주를
그리며 달리다

모텔에 투숙하지 않으려는 이유는 방으로 들어가는 순간 바깥세계와 단절되기 때문이다. 반면 펼쳐진 공간에 텐트를 치면 사람들과 통하는 길이 열린다. 여러 사람들이 같은 방이나 공간을 쓰는 호스텔에서도 쉽게 유대가 형성된다.

켄터키주 시브리에 있는 제일 침례교회가 바로 그런 곳이다. 목사 밥과 부인 바이올렛은 1979년부터 바이크 라이더들에게 교회를 개방해왔다. 샤워시설도 있고 주방도 있다. 침대만 없다. 이곳에서 서진하는 바이크 라이더 세 명과 함께 숙식할 기회를 갖게 됐다. 켄터키주를 통과할 때까지 캠핑을 주로 해왔지만 다른 사람들을 거의 만나지 못한 나로서는, 마음이 들뜨는 일이다.

서진하는 동지를 만난 즐거움

세 사람 중 두 명은 마크 칠드런과 마크 미첼. 칠드런은 런던대 킹스 칼리지 의대 3학년이고, 미첼은 런던대의 물리학도. 시브리로 가는 도중에 그들을 만나 이 교회에서 숙박하기로 정하고 누구든 먼저 가서 기다리기로 했다. 키가 삐쭉하게 크고 피부가 하얀 칠드런은 운동과 관계없는 약골처럼 보이고, 키는 크지 않지만 검게 탄 미첼은 에너지가 넘쳐 보인다. 그는 헬멧도 안 쓰고 모든 짐을 배낭에 담아서 메고 자전거를 탈 만큼 다혈질이다. 보통은 어깨가 아파서 그렇게 짐을 지고 가지 못한다. 전혀 안 어울려 보이는 두 사람이 한 팀이 된 것은, 같은 기숙사 아파트에 사는 미첼이 미국 횡단 여행을 준비하는 것을 보고 칠드런이 따라왔기 때문이다.

미첼은 점심으로 피자 한 판을 혼자 다 먹었다. 그런 뒤 바로 자전거에 올라타 페달에 발을 얹고 출발할 채비를 갖췄는데, 뒤늦게 햄버거를 우적우적 먹은 칠드런은 온몸 구석구석 선크림을 바르고 콜라 컵에서 남은 얼음 조각들을 물통에 하나씩 집어넣으면서 시간을 질질 끌었다. 미첼은 기다리지 못하고 먼저 출발해 버렸다. 칠드런은 아랑곳하지 않고 섭씨 37도 무더위에 바로 녹아버릴 얼음조각들을 일일이 물통에 넣었다.

나머지 한 명은 제일 침례교회에 들어와서 만난 묘령의 여자 라이더 앨리슨. 노스캐롤라이나주에서 요가를 가르치는데 콜로라도주 볼더까지 간다. 인도 남부까지 가서 하타 요가를 배웠다고 한다. 그는 말랐다. '베전vegan'이다. 베전은 채식주의자 중에서 가장 극도로 음식을 절제하는 사람들이다. 고기는 물론 우유나 계란도 안 먹는다. 2002년 7월에 시엔엔 방송과 《타임》이 실시한 미국 여론조사에서 응답자의 4퍼센트가 채식주의자라고 말했는데, 그 적은 수의 채식주의자들 중에서 베전이라고 응답한 사람은 겨우 5퍼센트다. 그러니까 응답자 전체로 보면 1000명 중 2명꼴이다.

그의 주식은 견과류와 씨앗 그리고 말린 해초. 장거리 자전거 여행을 하려면 엄청난 칼로리가 필요하다. 하루에 여덟 시간, 그것도 짐을 끌고 타면 최소한 3000~4000칼로리를 소비한다. 그런데 탄수화물이 거의 없는 음식만 먹는 그가 어떻게 장시간 자전거를 타는지 알 수 없는 노릇이다. 그런 자연식품은 이 촌에서 구하기도 힘들다. 그는 지나가는 우체국마다 소포로 음식을 미리 부쳐놓고, 사흘에 한 번꼴로 우체국에 들러 찾아서 먹고 간다. 나중에 의대생인 칠드런은 그의 설명을 들어도 이해가 되지 않는다고 말했다.

앨리슨은 자전거 여행을 '우주로의 유영'으로 비유했다. 그는 "물리적인 육체를 버리면 영혼의 문이 열린다"면서, 특히 "자전거의 순환운동은 당신을 당신의 관념으로부터 자유롭게 할 것"이라고 말했다. 줄여서 말해 그는 명상의 방법으로 자전거 여행을 하고 있는 것. 나는 지금까지 자전거 혁명을 얘기하고 있는데, 그는 라이딩을 통한 영혼의 열림을 얘기하고 있는 것. 차원이 다르다.

그는 주행 속도는 느리지만 새벽 5시부터 저녁 7시까지 14시간을 탄다고 한다. 그렇게 사흘만 타고 나면 몸의 저항이 무너지면서 끊임없이 페달을 밟을 수 있다는 것. 그는 내일 주행을 위해 준비운동을 한다면서 물구나무서기를 비롯하여, 연체동물 수준의 다양한 동작을 선보였다. 그리고 밤 10시께 잠자리에 들었는데, 목사 밥이 여성이라고 해서 특별히 매트리스까지 배려해줬지만, 그냥 딱딱한 바닥에 침낭을 덮고 베개도 없이 잤다. 너무 신기한 존재여서 입이 다물어지지 않는다. 그는 아침에 먼저 출발할 테니 나중에 매리언에 있는 도서관에서 만나 같이 점심을 먹자고 했다. 아침에 일어나보니 이미 가고 없다.

8 7 8 미 터 를   5 6 4 9 번   달 리 는   고 행

그처럼 지속적인 운동을 통해 영혼의 고양을 설파하고 있는 사람이 있다. 스리 친모이^{Sri Chinmoy}. 자기 초월적 운동을 통한 마음의 평화를 얘기한다. 그를 따르는 사람들이 조직한 스리 친모이 마라톤 팀은 해마다 경주를 주최하는데, 그 경주 거리가 좀 길다. 4960킬로미터. 풀코스 마라톤을 100번 이상 뛰어야 하는 것은 물론이고, 그 거리면 캘리포니아주에서 플로리다주까지 미국 남쪽을 횡단할수 있다. 하지만 선수들은 실제로 미국을 횡단하지 않는다. 뉴욕 시내에서 길 하나를 정해놓고(기억엔 84번가인 것 같다), 그 콘크리트 길을 왕복한다. 그 길의 길이가 878미터니까 같은 길을 5649번 달려야 하는 고행이다.

나는 이 경주가 대륙을 뛰어서 가로지르는 것보다 더 힘들 거라고 단언한다. 같은 길을 한두 번도 아니고 몇천 번 왕복하면 머리가 핑핑 돌 것이다. 이 대회에 참가하는 열 명 남짓한 주자들에게는 경주가 아니라 자기 안으로 향하는 여행이다. 같은 길을 왕복할수록 자기 안으로 더 깊숙이 들어갈 수 있다고 한다. 결승선의 끝에 마음의 평화가 있다고 하는데, 그건 이해할 수 있을 것 같다. 더 달리지 않는 것만으로도 천국에 도착한 기분일 것이다. 스리 친모이 마라톤 팀은 이 대회 말고도, 열흘달리기, 엿새달리기, 닷새달리기 등으로 다양하게 몸을 괴롭히는 행사를 주관하고 있다.

스리 친모이는 인도의 사상가 스리 아우로빈도 Sri Aurobindo 가 세운 아슈람에서 명상을 배워 운동에 적용했다. 이처럼 극단적으로 자신을 초월하는 운동이야말로 사람의 신성을 깨우치는 최선의 방법이라고 말한다. 이 점에서 몸에 대한 생각이 기독교와 다르다. 성경의 〈고린도전서〉 7장 19절을 보면, 바울 역시 몸이 하나님의 성전이라고 가르치고 있다. 그러나 성경에서의 몸은 음욕 같은 얼룩이 묻지 않도록 항상 깨끗이 닦고 문질러야 하는 제기라고 한다면, 스리 친모이가 주장하는 몸은 바다와 같은 영성이라는 물을 담기 위해 끝없이 퍼 나르는 바가지 같은 것이다. 스리 친모이는 '바가지를 닦는 방법'으로 금욕의 독신생활과 채식, 명상, 봉사를 강조한다.

그 자신도 풀코스 마라톤 21번, 울트라 마라톤을 5번 완주한 장거리 주자였다.

명상의 방법으로 자전거 여행을 하고 있는 앨리슨이 밤에 몸을 풀고 있다. 그는 물구나무서기를 비롯해 연체동물 수준의 다채로운 동작을 선보였다.

그러나 어느 날 무릎을 다친 뒤 그는 제자리에서 하는 운동으로 전환했는데, 그게 들어올리기다. 처음엔 40파운드짜리 바벨로 시작해서 7063과 4분의 3파운드까지 들어올렸다고 한다. 7063파운드라면 3199킬로그램이다. 3톤이 넘는 무게를 들어올렸으니, 이런 세계 기록이 없다.

　그가 드는 것들은 특이하다. 송아지, 소형 항공기, 픽업트럭⋯⋯. 언젠가부터 사람도 들어올리기 시작했다. '하나된 가슴으로 세계를 들어올리기Lift Up The World With a One-ness Heart'로 명명하고, 지금까지 7000명을 들어올렸다. 《뉴욕타임스》코리 킬거넌의 2004년 7월 1일자 기사에 따르면 넬슨 만델라, 데즈먼드 투투 추기경, 권투 선수 무하마드 알리, 제시 잭슨 목사를 비롯하여 에디 머피, 수전 서랜던, 오노 요코, 리처드 기어도 그의 바벨이 됐다. 심지어는 일본 씨름인 스모 선수들도 그의 괴력으로 갓난아기처럼 번쩍 들어올려졌다고 한다.

그 기사에 따르면 그는 "신의 은총 앞에서 불가능이란 없다"고 말했다는데, 머릿속에는 왜 어릴 적 동네에서 이빨로 트럭을 끌던 차력사가 떠오르는지 모르겠다. 사람들은 키 168센티미터 몸무게 77킬로그램의 72세 노인이 몇 톤을 들어올린다는 게 말이 되느냐며 사기극이라는 주장을 펴지만, 그는 "나는 그런 기록을 만들어내는 데 전혀 관심이 없다"고 초연하게 말한다.

그가 말한 것을 다 믿는다면 그는 상상을 초월하는 인물이다. 그는 하루에 1시간 30분밖에 안 잔다고 말했다. 평화와 자유의 상징으로 새를 그려왔는데 지금까지 1400만 점을 그렸다고 한다. 안 자고 그리지 않은 이상 그렇게 많이 그릴 수 없다. 더구나 1400권의 책을 썼고 8만 편의 시를 썼고 20만 점의 그림을 그렸다고 한다. 악기도 백 가지나 연주할 수 있다고 하니, 질을 떠나서 양만으로도 범접하기 어려운 경지다. 그는 세계에 7000명의 제자를 두고 있으며, 뉴욕시 퀸즈에 사는 그의 집 주변으로 제자들이 하나둘씩 둥지를 틀어 공동체를 이뤄가는 중이다. 킬거넌 기자는 직접 스리 친모이가 배우 제프 골드블럼을 특수 제작한 들것에 담아 들어올리는것을 목격했다. 기자 자신도 들어올려지는 '은총'을 입었다. 스리 친모이는 아마 이래도 안 믿겠느냐는 뜻으로 기자를 든 것 같다.

인간의 몸은 진화한다

나는 스리 친모이를 신봉할 만큼 알지 못한다. 그에 대해서는 몇 년 전 아르코산티라는, 애리조나 사막 한가운데에 있는 생태공동체 마을에서 만난 데니스에게서 들은 뒤부터 관심을 가져왔지만, 그의 명상 센터로 찾아간 적은 없다. 하지만 그가 말하는 것만큼은 내 몸으로 공감한다. 운동이 신성까지 인도하는지는 몰라도, 몸에서 무한한 잠재력을 퍼내는 펌프질은 맞다. 두뇌 세포의 10퍼센트도 못 쓰고 죽는 것처럼 우리가 얼마나 많은 몸의 가능성을 사장하고 사는지를 운동은,

그리고 그의 삶은 일깨워준다.

1928년에 미국 최초의 대륙 횡단 달리기 대회에서 우승한 체로키 부족 출신의 앤드루 페인은, 3월 4일에 로스앤젤레스를 출발하여 5475킬로미터를 뛰어 5월 26일에 뉴욕시에 골인했다. 83일 만이다. 스리 친모이의 4960킬로미터 달리기에서 최고 기록은 42일 13시간 24분 3초다. 지금은 페인에 비해 두 배 빨리 달리고 있는 것이다. 인간의 몸은 그렇게 진화해왔다. 한국 최초의 마라톤이 열린 1927년 조선신궁체육대회에서 마봉옥은 3시간 29분 37초에 결승선을 통과해 우승했다. 지금은 웬만한 아마추어 마라토너라도 능히 넘을 수 있는 기록이다.

앨리슨은 영혼의 문을 열어 젖히기 위해 페달을 밟는다. 나는 주행을 끝낸 뒤 시원한 맥주 한 캔을 그리며 달린다. 자세가 다르다. 점심을 같이 먹기로 했지만, 점심 무렵을 훨씬 넘겨 매리언 도서관에 도착했다. 앨리슨이 안 보였다. 도서관 직원이 쪽지를 건네줬다. 20분 전에 한 여성이 이 쪽지를 남기고 떠났다면서.

"택, 나는 서쪽을 향해 신성한 길을 계속 가려 해. 우리 길이 언젠가 다시 교차할 날이 있으리라고 믿어. 너는 절대적으로 아름다운 영적 존재야……. 그럼 성스러운 여정을 누리길 바라며. 앨리슨."

5 부

현재는
미래로 가는
하나의 디딤돌

캔터키주 브레킨리지 카운티에서 미주리주 골든시티까지

현재는 미래로 가는 하나의 디딤돌
에 지나지 않았다. 그 무수한 디딤돌
을 밟고 미래는 항상 저 멀리 달아난
다. 아무리 마셔도 갈증이 가시지 않
는다. 현재가 내 삶에서 소외돼 있는
것이다. 직선적 사고방식에 젖어 있
는 내게는 두 점, 다시 말해 과거와
미래밖에 없었다. 그 두 점을 잇는 선
분인 현재는 그 자체로서 의미를 갖
지 못했다.

17
마을 하나 지나 시간변경선, 한 시간을 벌다

켄터키 브레킨리지 카운티Breckinridge county 안으로 바퀴를 밀어넣음으로써 동부에서 중부 시간대로 들어왔다. 시침을 한 시간 뒤로 돌려야 한다. 한 시간을 번 것이다. 시간변경선을 넘는 것은, 미국이 커서 그렇지, 보통 한 나라를 넘어도 경험할 수 없는 일이다. 예컨대 한국과 일본은 같은 시간대다. 지구는 24시간의 시간대들로 구획돼 있고 지구 원주의 각도는 360도니까 이론적으로 15도만큼 달려야 시간대가 바뀐다. 이걸 스물네 번 반복하면 지구를 한 바퀴 돌 수 있다는 뜻이기도 하다. 그것을 1400킬로미터 페달을 밟아서 이뤄냈다.

그런데 기분이 묘하다. 주의 경계도 아닌, 같은 켄터키주 안의 카운티들 사이에서 시간이 바뀐다. 바로 인접한 하딘 카운티의 84번 길가에 있는 주유소에서 오후 4시에 루트 비어를 사 마시고 50분을 달려서 브레킨리지 카운티에 들어왔는데, 시간이 아직 4시가 안 됐다. 두 카운티를 지나면서 해가 잠시 후진한 것일까.

　미국은 동부, 중부, 산악, 태평양 표준시 네 가지로 시간대가 정해져 있다. 각 시간대마다 한 시간씩 차이가 나서 동부와 태평양 시간대는 세 시간 차이다. 그래서 미국을 동부에서 서부로 횡단하는 것은 세 시간을 버는 시간 여행이다. 반면 서부에서 동부로 횡단하는 것은 세 시간을 잃어버리는 것인데 왜 더 많은 바이크 라이더들이 이 방향을 택하는지 모르겠다. 그 이유는 나중에 동진 라이더들에게 직접 물어보기로 한다.

시 간 대　구 분,　정 치 적　타 협 의　산 물

그런데 어디까지가 동부이고 어디부터 중부일까. 시간변경선에 따르면 하딘 카운티는 동부고, 브레킨리지는 중부다. 켄터키 한 주 안에 동부도 있고, 중부도 있다는 얘기다. 배보다 배꼽이 더 크다. 두 카운티 사이에 15도 각도를 나누는 선이 지나가서일까. 아니다. 이것은 뉴욕의 흡인력을 증명하는 정치·경제적 타협의 소산이다. 비즈니스의 중심인 뉴욕과 같은 시간대에 들어가기 위해 많은 도시와 주들이 무진 노력을 기울였다. 그래서 뉴욕의 시간인 동부 시간대의 경계가 차츰 넓어지기 시작했는데, 켄터키주를 통째로 집어넣기는 무리여서 브레킨리지 카운티에서부터 서쪽 일부 지역은 동부 시간대에 들어가지 못한 것. 같은 예로, 시카고도 동부 시간대로 들어가기 위해 발버둥쳤지만 중부 시간대에서 벗어나지 못한 반면,. 시카고에서 동쪽으로 얼마 안 떨어진 디트로이트는 동부 시간대로 들어갔다.

　시간의 흐름은 자연적인 현상이지만, 그 흐름에 금을 긋는 것은 이처럼 극히 인위적인 일이다. 지금처럼 일 년, 열두 달, 365일, 주 7일, 하루 24시간, 한 시간

켄터키주와 일리노이주 사이로 흐르는 오하이오강에는 바지선이 다닌다. 10분 간격으로 운영되는 바지선에 자전거를 싣고 본궤도에 오른 여행을 자축했다.

60분, 1분 60초로 똑같이 시간에 금을 긋고 있는 것은 인류 역사상 그리 오래된 일이 아니다.

하루 24시간 중에서 언제를 몇 시로 할 것인지도 최근에서야 정해졌다. 미국에서는 19세기 말까지도 각 지역이 알아서 태양을 보고 시간을 정했다. 그래서 같은 동부에 있어도 필라델피아 시간은 뉴욕보다 5분 느렸고 볼티모어보다는 5분 빨랐다. 이 같은 '시간자치제'로 가장 고통받은 사람은 열차시각표를 정하는 철도 회사 직원들이었다. 미국을 횡단하는 열차는 100개가 넘는 다른 시간대들을 지나갔는데, 각기 다른 현지시각마다 정확한 발착시각을 표시하기 위해 시각표 담당 직원들은 불면의 날들을 보내야 했다. 문제가 더 복잡한 것은 철도 회사 자신들도 회사마다 다른 시간을 썼다는 점. 펜실베이니아 철도 회사는 필라델피아 시각, 미시간 센트럴 철도 회사는 디트로이트 시각을 사용했다. 한 기차역의 발착시각이 철도 회사마다 달랐으니, 역에는 다른 시간을 표시하는 수많은 시계들이 줄줄이 걸려 있었다.

참다못한 기차 회사들은 1883년에 미국철로협회 회장이던 W. F. 앨런이 '일반시간협정General Time Convention'을 제안하자 두말없이 채택했다. 아무 강제력이 없는, 기차 회사들끼리의 협정이었지만, 기차가 지나가는 도시들도 앞 다퉈 이 협정을 받아들였다. 얼마나 그 동안 다른 시간대로 고통받았으면……. 이 협정의 골자는 바로 미국을 15도 각도에 따라 네 시간대로 나눈 것. 이 협정의 정신인 표준시간제가 법으로 채택된 것은, 시간이 한참 흘러 우드로 윌슨 대통령 시절인 1918년이었다. 이 법에서는 주간상거래위원회[CC]에 각 시간대별 지역을 결정하는 권한을 줬는데, 위원회는 시간대를 빠른 쪽, 그러니까 동부 시간대로 옮겨달라는 지역들의 등쌀에 견디다 못해 그 권한을 교통부에 넘겨버렸다. 미국처럼 네 개의 시간대가 가능한 광활한 국토의 중국은, 이런 분란이 일어날 소지를 없애기 위해 동쪽에 치우쳐 있는 베이징 시간대 하나로 통일해버렸다. 덕분에 오전 7시에 베이징에서 해가 뜰 때 신장에서는 오전 10시가 넘어도 해를 구경할 수 없다.

주립공원으로 바뀐 19세기 '강적'의 소굴

어쨌든 중부 시간대로 들어온 데 이어, 오늘은 켄터키주를 떠나 일리노이주에 진입했다. 27일 만에 10개 주 중 세 번째 주까지 들어왔으니, 여행이 본궤도에 오른 셈이다. 일리노이주로 가기 위해서는 오하이오강을 건너야 한다. 강을 건네주는 바지선에 자전거를 실었다. 강바람이 땀을 씻어준다. 성취감에다 여행의 초반 국면을 무사히 넘긴 데 대한 안도까지 더해 뿌듯한 기분을 오래 누리고 싶었는데, 10여 분 만에 배가 일리노이주 케이브 인 록에 도착했다.

케이브 인 록에는 입구의 높이만 7.5미터나 되는 큰 동굴이 있다. 19세기 초 이곳을 근거지로 암약하던 (해적이 아니라) 강적(江賊)들은 새 삶과 넓은 평야를 찾아 강을 건너던 이민자들을 약탈했다. 한번 동굴로 들어가면 살아나온 사람이 없어서 그 희생자의 수조차 알 길이 없다고 한다. 나중에는 술집 겸 사창굴로 바뀌었다가 지금은 주립공원의 일부가 됐다. 그리고 지금 사람들은 웃으면서 오하이오강을 건넌다.

케이브 인 록에 있는 한 교회 앞에서 영국에서 온 두 마크를 다시 만났다. 앨리슨의 소식을 물으니 그들도 보지 못했다고 한다. 얼마나 멀리 갔을까 궁금했다.

쉬지 않고 계속 페달을 밟았다. 혹시 그를 따라잡지 않을까 무망한 기대를 품고서. 그러나 앨리슨은 보이지 않고 해가 저물어 오하이오 강변에 있는 엘리자베스타운의 베드앤드브렉퍼스트B&B에 여장을 풀었다. 유료 민박집이라고 할 수 있는 미국의 베드앤드브렉퍼스트는, 모텔보다 비싸기는 하지만 돈이 아깝지는 않다. 집과 같은 편안한, 때로는 고풍스런 분위기를 느낄 수 있다.

내가 묵은 이 집 마당에는 단단한 잎사귀를 가진 매그놀리아 나무가 근사하게 뻗어 있다. 이 나무 그늘 아래 긴 의자에 몸을 기대고 눕자 눈앞으로 강물이 흐

오하이오강에는 지금도 석탄선이 다닌다.

른다. 달이 떠올라 강을 비추는 광경에 왜 그렇게 빠져들었는지 모르겠다. 수천 년, 수만 년 되풀이돼온 것일 텐데 나는 꼼짝 않고 그 강물에 젖은 달빛을 바라보았다.

여행을 하다 보면 문득 정적 속에서 우주의 비밀을 접하는 것 같은 느낌이 들 때가 있다. 언젠가 지금 같은 달빛을 본 적이 있다. 2003년 2월 나일강가에서였다. 수천 년 전에 세워진, 지금도 짓기 어려운 왕릉과 석상의 유적들이 널려 있는 이집트의 룩소르. 그 기념비적인 건축물을 짓고 영생을 얻으려던 왕들은 미라의 껍데기로 남아 있는데, 나일강은 지금도 태연히 흐른다. 변하는 것은 아무 것도 없고 변하지 않는 것도 아무것도 없다. 지금 오하이오강을 보면서 그 화두가 떠오른다.

현 재 는 미 래 로 가 는 하 나 의 디 딤 돌

나는 그 동안 항상 뭘 해야겠다는 생각에 사로잡혀 살았다. 목표를 이루면 그것으로 만족하는 것은 잠시고, 곧바로 더 어려운 목표를 설정해 스스로 채찍질했다. 그래서 현재는 미래로 가는 하나의 디딤돌에 지나지 않았다. 그 무수한 디딤돌을 밟고 미래는 항상 저 멀리 달아난다. 아무리 마셔도 갈증이 가시지 않는다. 현재가 내 삶에서 소외돼 있는 것이다. 직선적 사고방식에 젖어 있는 내게는 두 점, 다시 말해 과거와 미래밖에 없었다. 그 두 점을 잇는 선분인 현재는 그 자체로서 의미를 갖지 못했다.

그런데 자전거 여행은 과거와 미래를 천천히 연결함으로써 현재에 더 집중할 수 있는 환경을 조성한다. 속도를 다투는 시간성에서 벗어남으로써 과거와 미래로부터 해방돼 무시간성 또는 초시간성을 느낄 수 있는 계기를 부여한다.

천년 만년을 흐르는 강물도 사실은 시간의 소산이다. 언젠가는 강줄기가 말라 사막이 되거나 물이 차고 넘쳐서 바다가 될 수도 있다. 그러나 그 시간의 단위가

일리노이주 엘리자베스타운에 있는 민박집의 매그놀리아 나무. 이 나무 아래 긴 의자에 누우면 오하이오강이 눈높이에 맞춰 흐른다.

워낙 아득하기 때문에 시간의 흐름에서 벗어나 있는 것 같은 착각을 주면서, 동시에 초시간성에 대해 생각해볼 단초를 제공한다.

저 강조차 영속하지 않는다면 무엇이 영속하는가. 영속하는 것이란 없는 것인가. 변한다는 것만은 영속하지 않는가. 그러나 영속하는 게 어떻게 변화하는가. 그래서 결국 변하는 것은 아무 것도 없고 변하지 않는 것도 아무것도 없다는 역설이 탄생하는 것이다. 역설은 규정할 수 없는 무엇인가를 규정하려 할 때 만들어진다. 규정할 수 없다고 해서 존재하지 않는 것은 아니다. 저기 말로 표현할 수 없는 뭔가가 있다.

우연히 우리는 지구라는 같은 우주선을 얻어 타고 매일 공짜로 우주 여행을 한다. 태양을 도는 이 우주선의 궤적에 비교해보면 우주선 안에서 자전거로 여행하는 것은 16절지에 연필로 그은 선보다 더 길지 않다. 그래도 나는 페달을 밟는다. 이 일이 위대해서가 아니라 그게 현재를 사는 방법이기 때문이다. 시간을 벌기 위해서도 아니고 많은 거리를 가기 위해서도 아니다. 바퀴를 돌리면서 현재에 더 몰입할 수 있기 때문이다. 살고 있다는 것을 더 진하게 경험할 수 있기 때문이다. 그런 생각에 빠져 오하이오강변에서 이틀이나 머물렀다.

18
평화를 위해
페달을 밟는
아름다운 동행

트랜스 아메리카 트레일을 여행하는 바이크 라이더들은 서로 마주치지 않아도 한 마을에 사는 것과 마찬가지다. 이 마을은 아마 세계에서 유례없이 가늘고 긴 띠 모양일 것이다. 6400킬로미터가 넘는 길을 따라 공동체를 이뤄나간다.

엘리자베스타운을 떠나 고질적인 기어 변속 문제를 해결하기 위해 일리노이 주 카본데일에 있는 자전거포에 들렀을 때, 나도 모르게 이 마을의 주민이 됐음을 확인할 수 있었다. 일면식 없는 주인이 수리를 마친 뒤, "너에 대해 들은 적이 있어"라고 말했다. 먼저 그 집을 들른 바이크 라이더들이 나에 대해 뭐라고 얘기하고 간 것이다. 궁금하기 짝이 없다. 주인은 말을 빙빙 돌리다가, "저 무게" 하면서 내 짐수레를 가리켰다. 내가 끌고 가는 짐이 '마을'에서 화제가 된 것이다. 분명, 평균보다 세 배나 무거운 40킬로그램의 짐을 싣고 가는 괴상한 녀석이 있다고 조롱하고 간 게 틀림없다.

라이더의 안식처, 체스터 시립공원

그런데 기이한 것은 지금까지 나를 지나쳐간 라이더들이 몇 명 없고, 그나마 그들의 이름을 대자 주인은 그들이 아니라면서 정확히 누구한테 들었는지 기억하지 못했다. 어떤 경로로 나를 알게 된 것일까. 구전은 빠르고 넓게 퍼진다. 내가 보지 못했다고 해서 여행하는 사람들이 얼마 안 되는 것은 아닐 게다.

　같은 길을 비슷한 시기에 간다고 해도 끝까지 서로 한 번도 못 볼 수 있다. 출근 지하철을 타는 것과 같다. 같은 시간에 지하철을 타도 앞 객차에 타는 사람은 뒤 객차에 타는 사람과 마주칠 일이 없다. 그런데 기분에 따라 객차를 앞뒤로 바꿔 타거나 어느 날 늦잠을 자고 또는 부부싸움을 하고 황급히 지하철에 올라타 평소와 다른 객차를 타는 바람에, 다른 승객들과 교류가 이뤄지고 동료 승객에 대한 소문이 퍼지는 것이다. 진짜 지하철 여행에서는 서로 말을 건네지 않지만, 자전거 여행에서는 만나는 순간 바로 한 마을 주민이 되기 때문에 말이 빠르게 전파된다.

　일리노이주 체스터의 시립공원 입구에서 크레이그 브록하우스라는 사람을 마주쳤을 때는 정말 소스라치게 놀랐다. 머리를 짧게 깎은 우람한 체격의 그가 대번에 "그 동안 네가 언제 오나 기다리고 있었어"라고 말했기 때문이다. "어? 나를 어떻게 알지?" "사람들한테 얘기 많이 들었어." "무슨 얘길? 무거운 짐 끌고 다니는 이상한 녀석이 한 명 올 거라고?" 브록하우스는 다소 신경질적인 내 어조에 조금 당황하며, "그게 아니고 한국 저널리스트가 올 거라고 들었는데……"라고 말끝을 얼버무렸다.

그는 라이더들을 공원으로 안내하고 먹을 것을 챙겨주는 자원봉사자. 그는 찬 스포츠 음료와 얼음을 가져다주면서 아침에는 팬케이크와 잼, 주스로 대접하겠다고 했다. 안타깝게도 나는 일찍 출발하는 바람에 먹지 못했지만. 그는 내년에는 자신의 집에 침대를 여러 개 마련하고 라이더들을 초대할 예정이라고 말했다. 도대체 왜 이렇게 잘해주는지 이해가 안 됐다. 그는 "라이더들은 내가 지금까지 본 사람들 중에서 가장 아름다운 이들"이라고 말했다.

체스터 시립공원에는 별도의 캠프장이 없고 그냥 잔디밭에 텐트를 치는 것이었지만, 마실 물과 전기가 있고 수영장에서 수영까지 할 수 있었다. 미국을 횡단하는 바이크 라이더들에게는 모든 시설이 무료다. 수영장에는 10미터는 될 듯 높은 다이빙대까지 있어서 한번 뛰어보고 싶은 생각이 간질간질했지만 해가 저물어서 하지 못했다.

그렇게 시설이 좋고 사람들이 친절한 탓인지 이곳으로 라이더들이 몰려들었다. 동진하거나 서진하는 라이더들 여섯 명과 함께 야영했다. 동료가 있다는 게 좋다. 모처럼 자전거에 자물쇠를 잠그지 않고 잘 수 있는 게 좋다. 한 달이 가까워 오도록 자전거에 올라타면 왜 아직도 엉덩이가 고문당하는 수준으로 아픈지 고충을 털어놓을 수 있어 좋다. 나처럼 그들도 어느 방향으로 가든 바람이 항상 뒤에서 불지 않고 앞에서 불어온다고 느끼는 것을 확인할 수 있어서 좋다. 공사

중인 어느 길은 피해야 하고 어느 마을 공원의 잔디밭이 텐트 치기에 부드러운지 정보를 교환할 수 있어서 좋다.

체스터 시립공원 입구에서 만난 크레이그 브록하우스(왼쪽). 첫인상은 봉사와 전혀 관계없어 보였는데, 라이더들에게 천사 같은 존재다.

팀과 수 슈락 목사 부부와 웬들 밀러(오른쪽). 개신교의 일종인 메노파 교도들인 이들은 '평화를 위한 페달밟기'라는 취지로 미국을 횡단하는 중이다. 뒤에 보이는 승합차가 그들을 따라다니는 지원차량. 사진은 웬들 밀러 제공.

　나와 같이 서진하는 라이더들 중에는 목사 부부와 초등학교 교사 일행이 있었다. 이들은 나보다 열흘 늦은 6월 5일에 출발했는데 겨우 20일 만에 나를 따라잡았다. 비결은 '얄밉게도' 차량의 지원이다. 승합차 한 대가 그들과 동행하면서 짐을 실어주기 때문에 그들은 자전거만 몰면 된다. 하루의 여정이 끝나고 목적지에 도착하면 승합차 운전자가 저녁을 지어놓고 기다리고 있다. 내가 펌프질을 해서 액체연료를 심지 위로 분사시켜 버너에 불을 피우고 물을 떠다 올려놓고 물이 끓기를 기다리며 텐트를 치고 옷을 빨고 부산을 떠는 동안, 그들은 유유히 샤워를 끝내고 깨끗한 옷으로 갈아입고 맛있게 저녁을 먹은 뒤 낮에 찍어온 디지털 사진들을 휴대용 컴퓨터에 연결해서 보고 있다.

　팀과 수 슈락 목사 부부와 6학년 담임교사 웬들 밀러는 모두 50대. 짧게는 10

년, 길게는 25년 동안 자전거를 타온 고참 라이더들이다. 이들이 더욱 '얄미운 것'은 '평화를 위한 페달밟기Pedaling for Peace'라는 미명 하에 자전거를 타면서 돈을 걷고 있다는 사실. 마라톤 대회에서 흔히 볼 수 있는 '심장병 어린이 돕기 1미터 1원 운동' 같은 것이다. 나는 이게 지능적인 사기라고 본다. 사실 요즘 체력들이 좋아서 풀코스 마라톤이나 장거리 주행을 무리 없이 소화해낼 수 있는 사람들이 많다. 그들에게는 돈을 걷어줘서 격려할 만큼 힘든 일은 아니다. 그런데 평소에 몸을 쓰지 않는 사람들은 그걸 모르고 어떻게 그 긴 거리를 뛰고 자전거를 타느냐며 지갑을 연다. 몸을 안 쓰면 사기도 쉽게 당하는 법이다.

캔 자 스 대 평 원 일 군 메 노 파

안식년을 자전거 여행으로 보내고 있는 슈락 부부는 1마일(1.6킬로미터)당 1센트씩 또는 그 열 배인 10센트씩 받고 있다. 1센트는 돈도 아니라면서 10센트씩 내겠다고 덜렁 약속했다가 그게 모두 더하면 420달러(42만원 상당)나 된다는 사실을 알고 후회하는 사람들이 적지 않을 것 같다. 달리 얘기하면 그들이 비록 차량의 지원을 받으며 자전거만 끌고 간다고 해도, 보통 사람들이 상상하는 것 이상의 긴 거리를 자신들의 힘으로 여행한다는 뜻이다.

일생일대의 경험도 쌓고 돈도 챙기니 일석이조일 것 같은데, 이 돈을 자신의 호주머니에 집어넣지 않는다는 점에서 결정적으로 사기가 아니다. 교회의 건축 헌금으로 집어넣지도 않는다. 오하이오주에 사는 슈락 목사 일행은 모금한 기금 전액을 그 주의 아홉 개 평화봉사 단체에 기증한다. 그래서 그들의 자전거 횡단은 진짜 평화에 기여하는 것이다.

슈락 목사는 메노파Mennonite에 속해 있다. 메노파는 재침례교Anabaptist의 분파인데, 유독 평화를 중시해서 군대에도 가지 않는다. 우리에게도 익히 알려진 아미쉬Amish도 같은 뿌리였는데, 근대를 거부하고 전통적인 삶을 고수한다는 점에서 메노파와 갈라진다. 재침례교도들이 유럽에서 박해를 받은 이유는 여러 가지가 있지만, 그 중 하나는 태어나면 자동적으로 세례를 받아야 하는 관행에 반대하고 사람들이 커서 예수를 진정 받아들일 때에 세례를 받도록 해야 한다고 주장했기 때문이었다. 사람의 자유의지를 존중해야 한다는 신학적 근거에서다.

메노파는 원수를 사랑하라는 예수의 가르침을 문자 그대로 믿는다. 그래서 그들을 찌르고 죽이는 사람들에게 보복은커녕 그들을 위해 기도하면서 죽어간다. 네덜란드에서 시작된 이 교파는 박해를 피해 신구 대륙을 전전하는데, 이게 인류에게는 축복이 된다. 그들은 1790년에 러시아 에카테리나 여제의 초청으로 우크라이나의 크리미아로 가서 스텝 평원을 푸른 농토로 바꾸었다. 그들은 뛰어난 농부였다. 당시 유럽의 곡물시장은 이들이 재배한 우크라이나 밀이 장악했다. 에카테리나 여제가 죽고 그가 보장한 군 복무 면제와 종교의 자유가 흔들리자, 그들은 1871년에 미국으로 건너오면서 빈손으로 오지 않았다. 그들이 들여온 '터키 레드 밀Turkey Red Wheat'로 캔자스의 대평원은 세계의 곡창지대로 탈바꿈했다. 이전까지 대평원에서는 벌레들과 섭씨 40도를 오르내리는 가문 여름 때문에 어떤 밀 품종도 통하지 않았다.

우크라이나에서 추위에 대한 내성을 키운 터키 레드 밀은 겨울에 파종해서 여름 이전에 수확할 수 있었기 때문에, 대평원에서 살아남았고 해일처럼 뻗어나갔다. 슈락 목사는 자신의 조상이 바로 1871년에 건너온 메노파라면서 물어봐줘서 고맙다고 했다.

함께 여행하고 있는 교사이자 역시 메노파인 밀러는 조지 W. 부시 대통령이 9·11 사태 이후 '두려움'으로 나라를 다스리고 있다고 비판했다. 그러면서 이라크 전쟁으로 수많은 인명이 희생되고 있는 데 대해 깊은 무력감을 느낀다고 말했다. 그래도 내 눈에는 그가 페달을 밟으며 평화의 메시지를 전파하는 위대한 일을 하고 있는 것으로 보인다.

일리노이주 체스터는 만화 캐릭터 뽀빠이를 탄생시킨 엘지 시거Elzie C. Segar의 고향이다.

빈 곤 · 문 맹 · 실 명 퇴 치 를 위 하 여

미국 자전거 횡단으로 무엇인가를 말하려는 사람들이 적지 않다. 내가 원래 합류하기로 한 리차드슨 부부는, 사하라 사막 이남 아프리카의 빈곤과 문맹이 심각함을 알리고 그것들을 퇴치하기 위한 기금을 모으기 위해 페달을 돌린다. 펜실베이니아주 하노버에서 온 커트 헴핑은 진드기가 옮기는 세균성 감염병인 라임병lyme Disease에 걸려 4년 동안 병석에 누운 누이 케이티를 생각하며, 그리고 라임병의 위험을 알리기 위해 달린다.

제프 버터워드와 A. K. 베이젠버그는 실명의 위기에 처한 고교 동창 레버스 보닝을 위해 달린다. 보닝은 망막염에 걸려 점점 시력을 잃어 운전대를 놓아야 했고, 지금은 악수를 하기 위해 내민 손을 잡지 못할 정도가 됐다. 두 사람은 지금까지 1만 5000달러(1500만 원)를 모았다고 한다. 이 돈은 실명퇴치재단 Foundation Fighting Blindness에 들어간다.

나는 자선과 기부로 사회적인 문제를 해결할 수 없다고 믿는 편이다. 인류는 아직 합리적으로 부를 분배할 방법을 찾지 못한 건 사실이다. 계획경제는 편중을 시정하기는 해도 부를 창출하지는 못했다. 시장은 노동의 등가성을 야만스럽게 무너뜨린다. 이는 자선이 아니라 제도적으로 보완돼야 한다. 특히 질병의 문제에 대해서는 철저하게 사회적으로 보장되어야 한다고 믿는다.

그래도 누이를 위해, 친구를 위해, 아프리카에 사는 동시대인들을 위해, 그리고 인류의 평화를 위해 달리는 이들은 브록하우스의 말대로 아름다운 사람들이다. 나는 제도적 개입만으로 사회 문제가 해결될 거라고도 보지 않는다. 우애와 헌신, 연대, 무엇보다 인간에 대한 따뜻한 가슴이 바닥에 깔려야 한다고 믿는다. 그래서 비록 나는 나를 위해 달리지만 이들과 함께 달리는 기분이 좋다. 이들과 한 마을의 주민인 게 좋다.

미국에서는 교통사고로 숨진 희생자를 기리고 사고의 위험성을 알리기 위해 유가족들이 사고가 난 자리에 십자가를 세운
다. 사진의 십자가는 미주리주 비즈마크 부근의 N길에서 사고를 당한 애너를 기리는 십자가와 조화들.

19
캉스 잉글리시의 오자크 고원을 건너다

새벽에 미시시피강을 건넜다.

오늘은 가족을 만나는 날이어서 저절로 눈이 일찍 뜨이기도 했지만, 무엇보다 자동차 통행량이 많아지기 전에 다리를 건널 필요가 있었다. 새벽바람이 애프터셰이브 로션처럼 살갗에 와 닿는다.

하지만 북미 대륙의 대동맥인 미시시피강을 이렇게 서둘러 건너는 게 아쉬웠다. 오하이오강과 달리 편도 1차선의 좁은 다리가 일리노이주와 미주리주 사이에 놓여서 배편 대신 달려서 건너야 한다. 차도 옆은 갓길 대신 바로 강이다. 차와 충돌하거나 추돌하지 않기 위해 피하다가 강으로 떨어지면 오히려 다행이다.

난간이 쳐져 있기 때문에 사고가 나면 그대로 차와 난간 사이에 끼이게 돼 있다. 큰 배가 밑으로 지나가도록 다리 중간이 솟아 있어서 맞은편에서 오는 차가 잘 보이지 않는다. 이럴 때에는 아예 진행 차선을 당당히 차지하고 차들을 뒤에 달고 가는 게 방법이다. 하지만 혹시 모를 사고의 위험보다 당장 뒤에서 빵빵대는 차들의 압박이 더 강하기 때문에 그렇게 할 수 있는 강심장들이 많지는 않다.

그것은 더구나 통행량이 많아 차가 서행할 때나 할 수 있는 방법. 지금은 차들이 거의 다니지 않는 새벽이어서 차선 중앙으로 가다간 쌩쌩 달리는 차에 그대로 깔릴 수 있다. 많은 라이더들이 새벽에 음주운전 차에 당했다. 그래서 할 수 없이 도로 끝에서 1미터 정도 차선 안쪽에 마음속으로 생명선을 긋고 그 생명선을 따라 마구 페달을 밟았다.

루 이 지 애 나 를 통 째 로 팔 아 버 린 나 폴 레 옹

만약 200여 년 전에 이 강을 건넜더라면 기초 프랑스어라도 외워왔어야 한다. 앞에 썼다시피 1803년에 토머스 제퍼슨 대통령이 나폴레옹 황제로부터 루이지애나를 매입하지 않았다면 말이다. 당시 루이지애나는 현재의 루이지애나주를 포함하는 미시시피강 서쪽의 광활한 땅. 그런데 발달한 도시는 미시시피강 하구에 위치한 하상 무역의 요충지 뉴올리언스 하나뿐이었다. 흥정이 이뤄지는 과정을 언급할 만하다.

먼저 나폴레옹이 쳐들어올지 모른다는 두려움이 미국 쪽으로서는 부동산 투기의 동기였다. 뉴올리언스는, 현재의 캐나다를 식민통치하고 있던 프랑스가 미국을 공격할 때 북쪽의 캐나다와 함께 양동작전의 한 축을 이루는 남쪽의 발진기지가 될 수 있었다. 제퍼슨은 나폴레옹이 북미 대륙에 상륙할 때 발판이 될 뉴올리언스를 조금 웃돈을 주고라도 매입해버리려고 했다.

마침 나폴레옹은 플로리다에서 남쪽으로 얼마 떨어지지 않는 프랑스령의 섬

산토도밍고에 3만 5000명의 병사를 보내 반란을 진압하고 있었다. 제퍼슨은 뉴올리언스가 산토도밍고 다음이 될지 모른다고 보고 협상을 서둘렀다. 대프랑스 교섭창구인 로버트 리빙스턴Robert Livingston과 제임스 먼로James Monroe에게 뉴올리언스를 750만 달러에 매입하라고 지침을 줬다.

그러자 나폴레옹은 미국에 대해 역제의를 하는데, 뉴올리언스만 떼서 팔지 않고 루이지애나 전체를 사야 한다고 했다. 대신 모두 1500만 달러, 제곱킬로미터당 7000원의 '도매금'으로 넘기겠다고 덤터기를 씌우는 모습이 왠지 우리가 아는 황제의 이미지는 아니다. 전형적인 끼워팔기다. 뉴올리언스를 파는 김에 쓸모없이 넓기만 한 땅도 팔아 치우려는 것. 제퍼슨으로서는 '불감청이언정 고소원'이었다. 미국 영토는 갑자기 주체할 수 없을 만큼 넓어졌다. 여기까지 얘기하

미주리주에 펼쳐진 오자크 고원의 전경.

오자크 고원에서 만난 스콧과 크리시. 대학 졸업 기념으로 미국을 횡단하고 있는 이들은 샌프란시스코에서 출발해 사막지역은 차를 빌려 건너뛰었다고 한다.

면 나폴레옹이 마치 소탐대실하는 소인배처럼 보인다.

사실 나폴레옹은 산토도밍고에서 나중에 '흑인 나폴레옹'으로 추앙받는 투생 루베르튀르 Toussaint L'Ouverture 가 지휘하는 현지인들의 항전에 부딪혀 병사 2만 4000명을 잃는 바람에 북미 진출을 포기했다. 대신 미국으로부터 받은 부동산 대금을 전비로 활용하여, 이미 잘 개발된 유럽의 부동산에 '투자'했다. 오스트리아, 프러시아, 러시아 등을 잇따라 쳐들어가 유럽의 맹주가 된 것은 그로부터 고작 몇 년 뒤의 일이다. 그로 봐서는 앞뒤 아귀가 맞는 계산이었지만, 국가 프랑스로 봐서는 여전히 두고두고 땅을 칠 거래다.

그로부터 202년 뒤 미시시피강을 건너 과거 프랑스령으로 들어가게 되는 나로서는 영어 하나만 써도 되니 얼마나 다행인지 모르겠다. 그런데 그 영어가 요상하다.

강을 황망히 건넌 뒤 16킬로미터가량 옥수수 평야를 지나가니, 미주리주 세인트매리에서 '여기서부터 산이 시작됩니다'라는 안내판만 없을 뿐 딱 부러지게 고개가 시작된다. 오자크 고원Ozark Plateau의 입구다. 하늘이 가까워서 조그만 목소리로 기도해도 하나님이 다 들을 수 있다는 곳이다. 그렇게 얘기하면 꽤 높은 곳에 있는 것 같지만, 사실 미주리주에서 가장 높은 산의 높이가 관악산보다 낮은 531미터밖에 안 된다. 높지는 않지만 굴곡이 워낙 심해서 바이크 라이더들에게는 '자기추동 롤러코스터 언덕self-propelled rollercoaster hills'으로 불린다. 뜻은 청룡

열차를 타는 것 같은 아찔함을 느낄 수 있다는 건데, 문제는 그 열차를 자기 발로 밟아서 몰아야 하기 때문에 금방 녹초가 돼버린다.

외지인에 배타적인 산골 마을

이곳 식당에서 스테이크 소스인 에이원 소스를 주문하면, 처음에는 못 알아듣다가 "오, 아원 소스!"라고 답한다. 여기서는 날이 '다크'해지지(어두워지지) 않고 '도크'해진다. 프랑스는 '유럽'이 아니라 '유럽'에 위치해 있고, 결혼하면 '링' 대신 '랑'을 손가락에 낀다. 영화 〈밀리언 달러 베이비〉에서 권투 선수로 분한 힐러리 스웽크가 쓰는 말이 꼭 같지는 않지만 비슷하다. 자신들의 말이 예전 영국 왕실에서 쓰던 '캉스 앙글리시 Kang's English'라고 주장하지만, 다른 지역 사람들은 "오, 그래?" 하면서 박장대소한다. 미국에는 한국처럼 표준 영어가 따로 지정돼 있지 않기 때문에 사투리라는 것도 따로 없다. 하지만 대체로 미드웨스트에서 쓰는 말을 표준말로 간주하는 경향이 있어서 그것과 다르면, 특히 오자크에서 쓰는 말처럼 한참 다르면 우스꽝스럽게 받아들인다.

오자크 주민들이 독특한 언어를 쓰고 있다는 것은 그만큼 산골에서 고립된 생활을 하고 있다는 뜻이다. 버지니아주 서부와 켄터키주 동부에 걸쳐 애팔래치아 산맥에 사는 사람들처럼, 옆으로 조금만 더 가면 넓은 들판이 있는데 굳이 산골에 처박혀 사는 사람들이다. 사실 같은 사람들이다. 오자크 주민들의 조상들을 보면 애팔래치아 산맥에서 건너온 사람들이 많다. 산에 사는 사람들은 이사를 가도 산으로 간다. 씨족사회를 이루고 살아서 사촌간의 결혼이 드문 일이 아니었다. 다른 씨족이나 외지인들에 대해서는 배타적이다.

지금도 그 분위기가 남아 있는 것은 바이크 라이더들에 대한 태도로 알 수 있다. 트랜스 아메리카 트레일이 지나가는 10개 주 중에서 어느 주가 가장 적대적이냐는 질문에 열이면 예닐곱은 미주리를 꼽는다. 잠시나마 미주리주에서 학교를 다닌 나로서는 듣기 좋은 얘기는 아니다. 러셀 데이비스가 맥주 캔에 맞은 곳도 미주리다. 동네 청년들이 시립공원에서 자고 있는 라이더의 텐트를 향해 언덕 위에서 폐타이어를 굴린 곳도 미주리다.

전날 만난 메노파 목사인 팀 슈락은 "우리 보고 욕설을 퍼붓거나 빵빵대는 바보천치가 하루에 세 명이 넘으면 그 동네의 인심에 대해 생각해보게 된다"고 말했다. 평화를 사랑하는 메노파의, 그것도 다름 아닌 점잖은 목사님의 입에서 '바보천치'라는 말이 나와서 놀라기는 했지만, 내 속이 다 후련했다. 얼마나 시달렸으면 평소에 입에 담지 않을 그런 표현을 쓰실까. 슈락 목사는 좋은 기준을 제공했다. 세 명은 통계로 치면 허용 오차 범위다. 어느 곳을 가든, 자동차를 타든 안 타든, 이상한 녀석들은 있다. 한두 녀석한테 당했다고 해서 그 지역을 싸잡아 욕하지 않기로 했다. 사실 켄터키의 개들을 빼고는 하루에 세 명 넘게 바보천치를 만나기는 힘들기 때문에, 꽤 관대한 기준을 설정했다고 생각했다.

숫자보다 인간적인 알파벳 길

미주리는 특이하게도 카운티 길이 알파벳으로 표시돼 있다. 길 이름이 그러니까 A나 T, V, Z 그렇다. 숫자로 된 길 이름을 보다가 간단한 알파벳 길 이름을 보고 어떤 작가는 길로서 미숙한 느낌을 준다고 표현했는데, 나는 정반대다. 1123, 674, 568 같은 숫자 길보다 A길, B길은 외우기도 쉽고 훨씬 인간미가 느껴진다.

미국이 길 이름에 숫자를 도입한 것은 1925년의 일이다. 그 전까지 길 이름에는 '링컨 하이웨이'나 '전사의 길Warrior's Path'처럼 역사의 숨결이 배어 있었다. 하지만 다른 동네를 지나가면 길에 얽힌 사연이 달라져 길 이름이 바뀌곤 해서 혼동을 주기 시작했다. 한 이정표에 링컨 하이웨이, 제퍼슨 불러바드, 페어팩스 애버뉴, 칼리지 스트리트 같은 이름이 덕지덕지 붙어 있곤 했다. 자동차 시대가 개막되면서 새로운 길이 많이 만들어지고 사람들이 여행하는 거리가 늘어나자 그 혼란은 견딜 수 없을 정도가 됐다. 그러자 미국 농무부는 길의 이름들을 일련번호로 바꾸는 체제를 도입했다(당시에는 교통부가 없었다). 길 이름은 마을과 함께 살아 숨 쉬는 유기체에서 생명이 없는 부호로 전락했다.

숫자로 바꾸나 알파벳으로 바꾸나 길에서 의미를 찾을 수 없기는 마찬가지지만, 그래도 알파벳이 더 친근하게 느껴진다. 그런 길을 다니는 미주리 운전자들이 더 공격적이라는 점에서 더 실망스러운지도 모른다. 차 통행이 거의 없는 길에서도 일단 경적부터 울리고 본다. 자전거를 지나갈 때 오히려 가속한다. 스쳐 갈 때 서행해서 배려해주는가 보다 하고 생각하는 순간, 차창이 열리고 "길에서 꺼져"라는 소리가 나온다. 여성 운전자도 소리를 지른다. 다른 주에서는 경험하지 못하는 일이다. 악명 그대로 미주리는 들어온 지 겨우 몇 시간 만에 바보천치의 허용치를 훌쩍 넘겨버렸다.

나는 새로운 기준을 정했다. 만약 손을 흔들어주거나 웃어주는 운전자가 있으면 그 숫자만큼 바보천치 운전자의 숫자를 빼기로 했다. 그래서 하루를 결산할 때 '+3'을 넘지 않으면 그 지역을 나쁘게 보지 않기로 했다. 이렇게 마음이 한없이 너그러워진 것은 오늘이 가족을 만나는 날이기 때문이다.

20
가족을 만나다, 더는 이방인이 아니다

한 짐 바리바리 싸서 오는 것도 큰 일이지만, 끌고 다니는 것은 더 큰 일이다. 무겁기도 하지만 간수하기가 쉽지 않다.

짐수레에 노란색 큰 가방과 배낭을 싣고 자전거 프레임에는 간이 가방을 달았다. 이민 가방을 눕혀놓은 크기의 노란색 가방에 대부분의 짐들을 집어넣었는데, 두 끝이 안 다물어져서 번지 코드라고 하는, 양쪽 끝에 갈고리가 달린 고무줄로 단단히 짐수레에 묶어야 했다.

가방 속은 심연이다. 높이가 60센티미터밖에 안 되는 그 속으로 짐들을 집어넣으면 공간의 밀도는 물론 심도까지 변한다. 러시아 인형처럼 가방 안에 또 다른 가방이 들어 있고, 그 가방 안에 주머니가 달려 있고, 그 주머니 안에 비닐봉지가 들어 있고, 비닐봉지 안에 상자가 있고……. 공간은 세포분열을 계속한다.

손 톱 깎 이   수 색 작 전

어느 날 작심하고 손톱깎이를 찾기로 했다. 손톱이 길게 자라서 끝이 날카롭게 갈라지고 있었다. 세면 도구를 넣은 가방 안에 있을 것으로 생각했는데 없다. 열몇 개의 비닐봉지를 열어봐도 없다. 가방과 배낭에 달린 작은 주머니들을 뒤졌는데도 나오지 않는다. 몇 날 며칠 수색작업을 한 끝에 자전거 수리 도구를 담아온 비닐봉지에 다른 도구들과 함께 섞여 있는 것을 발견했다. 왜 손톱깎이를 수리 도구로 분류했을까. 나도 모르는 일이다. 그런 식으로 보통은 가방 속에 있는데 못 찾는 건지 아니면 어디다 놔두고 온 건지 확인하기가 쉽지 않다.

덕분에 짐이 간소해지기 시작한다. 버지니아주 리치먼드 근처의 모텔에 5리터짜리 물통을 놔두고 왔다(애초에 5리터짜리 물통이 왜 필요했는지 생각해볼 일이다). 샬럿츠빌 부근에서 펑크 난 튜브를 갈다가 장갑 한 짝을 잃어버렸다. 쿠키 레이디의 바이크 하우스에 짐수레 뒤에 다는 안전용 깃발을 놓고 왔는데, 블루리지 하이웨이에서 만난 두 여성이 차로 가서 찾아다줬다. 슬리핑 패드가 없어져서 한참 뒤지다가 전날 묵은 위더빌 마을회관에 전화하니 그곳에서 보관하고 있다고 했다. 오늘은 일리노이주 카본데일에 있는 한 모텔에 휴대전화기를 놓고 온 사실을 확인했다.

매일 새로운 곳에 도착할 때마다 좌판을 벌인다. 큰 비닐봉지를 바닥에 깔고 텐트와 침낭, 버너, 갈아입을 옷, 비누, 수건 등을 늘어놓으면서 물적 피해를 확인한다. '음, 오늘은 그대로군.' 그러고는 다음 날 아침에 가방 속에 나름대로 차곡차곡 집어넣는데, 자전거를 타다 보면 가방 속 짐의 배열이 머릿속에서 흐트러지면서 다시 좌판을 벌이게 된다.

오자크 고원지대에 난 길. 애팔래치아 산맥과 로키 산맥 사이가 그냥 평지라고 생각하던 바이크 라이더들은, 높이는 야산 수준인데 굴곡이 심해서 오자크 고원을 통과하면서 혀를 내두른다. 심지어 로키 산맥을 넘는 것보다 더 힘들다고 말하는 라이더들도 있다. 사진은 웰든 밀러 제공.

여행이 좋은 것은 그 숱한 과정을 통해서 불필요한 것들을 걸러낼 뿐 아니라 필요한 것들의 숫자를 줄인다는 점이다. 여행을 하면 질박한 삶을 배운다. 그런데 그 여과작업은 잃어버리는 것만으로는 충분치 않고 의식적으로 버리려는 노력이 따라야 한다.

지금까지 중요한 정리가 두 차례 있었다. 첫 번째는 버지니아주 래드포드에서 의사 태드 리의 집에 머물 때였다. 여분으로 가져온 자물쇠, 양말, 장갑, 수건과 긴급구조 도구(호루라기, 부싯돌, 나침반, 정수기), 그리고 초 여섯 자루와 책 두 권, 자전거 바퀴덮개, 불쏘시개를 우편으로 집에 부쳤다. 우체국 직원한테 무게를 확인하니 3.6킬로그램이다. 전체 짐 무게가 40킬로그램이었으니 큰 감량은 아니지만, 심리적으로는 갑자기 자전거에 가속이 붙는 느낌이었다. 보낸 짐 하나하나가 소소한 욕구들을 대변하는 것이므로, 욕구를 줄이면서 마음이 가벼워져 더 빨리 달리는지도 모른다.

다른 한 번은 켄터키주 렉싱턴에서 친구 경보의 집에 머물 때였다. 미국 전도와 주별 지도, 여행지에서 받아본 소책자들, 여분의 페달, 초 두 자루(애초에 왜 이렇게 초를 많이 가져왔는지 제정신이 아니었던 것 같다. 그냥 초뿐 아니라 벌레 쫓는 향이 나는 초까지 종류도 두 가지다. 그러나 초를 켤 일이 거의 없는 게 우선 해가 지기 전 잠에 곯아떨어지기 일쑤고, 둘째는 독서를 하기에 초의 불빛이 약하기 때문이다. 약하지 않다고 해도 큰 차이는 없었을 것이다. 책을 펼치고 두 쪽을 넘겨본 적이 없다). 거기에다 강력접착제와 텐트의 솔기에 바르는 심 실러Seam Sealer 두 통. 마지막으로 《오토바이 관리의 선과 예술Zen and the Art of Motorcycle Maintenance》이라는 책을 놓고 망설였다. 로버트 M. 퍼식Robert M. Pirsig이 쓴 이 매력적인 책은 마음의 양식으로 삼고자 넣어온 것이다. 이 책마저 보내면 정신적으로 너무 팍팍한 여행이 되지 않을까 하고 부질없는 걱정을 하면서 결국 포기했다.

여 행 은   필 요 한   것 의   숫 자 를   줄 인 다

라이더들은 짐을 줄이기 위해 옷에 붙은 라벨까지도 잘라낸다. 레이서들은 바람의 저항을 줄이기 위해 다리에 난 털까지도 깎는다. 나는 지갑 속을 뒤졌다. 지갑에는 쓰지 않는 신용카드를 필두로, 비디오 가게 이용권, 유효기간이 지난 전화카드와 국립공원 입장카드, 차 보험증, 다시 볼일 없는 사람들의 명함, 낡은 영수증 등이 꺼내놓으면 한 서가를 가득 채울 만큼 들어 있다. 미련의 잔재들을 말끔히 끄집어냈다. 두 번의 대청소에도 살아남은 것은 주로 먹는 것과 관계된 것들이다. 밤에 책 읽을 데 쓰는 초는 없어도 쌀 없이는 못 산다. 고추장볶음과 김, 즉석 북엇국, 요리할 때 쓰는 꼬마 도마 등은 무사했다. 한국 음식에 대한 집착은 실로 중독이다.

그런데 내 짐이 유독 무거운 이유는 번다한 욕심도 욕심이지만, 본질적으로 휴대용 컴퓨터와 디지털 카메라를 들고 다녀야 하기 때문이다. 휴대용 컴퓨터는 말이 휴대용일 뿐 개인용 컴퓨터의 절반 무게이고, 여행을 위해서 구입한 니콘 디지털 카메라는 망원과 광각 렌즈와 함께 별도의 카메라 가방에 담아서 갖고 다녀야 한다.

이 두 가지는 건드릴 수 없다. 밥벌이 수단이기 때문이다. 그러면 나머지를 희생해야 하는데 이제 그때가 왔다. 마침 가져온 쌀은 다 해 먹었고 즉석식품도 동이 났다. 미국 식료품점에서는 보충도 안 된다.

그 동안 서쪽을 보고 달려왔다. 서부 해안에서 여행이 끝나기도 하지만 무엇보다 가족을 만날 수 있기 때문이다. 접선 장소는 미주리주 파밍턴^{Farmington}에 있는 마을 도서관. 토요일이어서 도서관이 일찍 문 닫는 바람에 밖에서 서성이고 있으니, 오후 1시를 조금 넘겨 아내 현숙과 아들 재준이 탄 차가 나타났다. 집에서 3시간 걸려왔다. 아내는 얼굴이 좀 안됐고, 숨만 쉬어도 크는 나이인 열세 살 소년은 한 뼘은 더 자란 것 같다. 내 자전거가 신기한 듯 밀어본다. 타보라고 하니까 싫다고 그대로 놔둔다. 아버지의 세계에 관심은 있지만 깊이 들어가고 싶지는 않은 눈치다.

가족을 만나는 순간 나는 더는 이방인이 아니다. 가족이 있는 곳이 세계의 중심이다. 그 중심에 서 있으니 낯선 곳이 더는 낯설지 않다. 지나온 경험들이 가족의 시각에서 재해석된다. 우리는 함께 차를 타고 일리노이주 카본데일까지 휴대전화기를 찾으러 갔다. "이런 길로 왔단 말이야?" 아내는 놀라는 표정이다. 편도 1차선. 곳에 따라 차들의 왕래가 빈번하다. "응, 괜찮아" 하면서도 스스로도 조금 놀란다.

분명 온 길을 되짚어가는데 전혀 본 기억이 없다. 방향이 바뀌었기 때문만은 아니다. 다시 이 길을 따라 카본데일에서 파밍턴으로 돌아올 때도 처음 오는 듯한 느낌이 들었다. 같은 길을 가도 어떻게 가느냐에 따라 전혀 다른 경험을 한다. 자동차 여행은 아무래도 건성이다. 자전거로 이틀을 걸려 온 길을 겨우 여섯 시간 만에 주파한다.

그런데 자전거가 속도가 느리니 경치가 더 오래 눈에 머물 것 같은데, 내 경험으로는 그렇지 않았다. 무엇을 봤는지, 특별한 장면이 떠오르지 않는다. 아마 눈을 뜨고 있었지만 안 보고 있었을 수도 있다. 그러나 여행의 진한 느낌이 있다. 자전거는 보는 게 아니라 몸으로 느끼는 여행이다. 넓고 긴 연속성에 잠수하는 경험이지, 단편적인 장면들을 모은 것이 아니다. 주체와 객체가 분리되지 않으면 객체를 인식해낼 수 없다. 아주 어렸을 때의 일을 기억할 수 없는 이유가 거기에 있다. 자신과 세계가 미분화된 상태이기 때문이다. 자전거 여행은 의식적으로 그 구분을 허물고 미분화된 상태로 들어가는 행위다. 나는 그 경치의 일부가 된다. 심해에서 수영하는 것과 똑같다. 해변으로 돌아오면 무엇을 봤는지 생각나지 않는다. 물과 나는 분리할 수 없는 바다의 일부였던 것이다.

가 족 이 있 는 곳 이 세 계 의 중 심

파밍턴으로 돌아오는 길에 전날 밤을 보낸 체스터 시립공원에 들어가 수영장에 뛰어들었다. 아들과 물장난을 치고 싶었고 앞에 쓴 대로 그 높은 다이빙대에서 한번 뛰어내리고 싶었다. 다이빙보다 세상을 향해 뛰어 들어간다는 느낌을 적절하게 표현할 방법이 없다.

올라가는 동안 다리가 후들거리고 비디오카메라의 어지러운 놀림처럼 세계가 춤춘다. 다이빙대의 끝 변에 발가락들을 정렬하고 숨을 가다듬은 뒤 하나, 둘, 셋 하고 뛰어내리면 세계는 이제 흔들리지 않는다. 나는 어느새 그 안에 있다. 아내는 비록 수영장 밖에서 기다렸지만, 이렇게 가족은 경험을 공유하면서 낯선 곳들을 익숙한 곳으로 개간한다.

여관에서 하루 같이 자면서 짐을 마저 정리했다. 나는 과감했다. 조리 도구를 다 포기했고 초로 켜는 랜턴도, 여벌의 사이클복도, 신발도 포기했다. 이제는 포기한 것보다 살아남은 것을 적는 게 더 빠르다. 휴대용 컴퓨터와 카메라, 텐트, 침낭, 손수건 크기의 수건 한 장, 세면 도구, 자전거 도구, 양말 한 켤레, 샌들, 비옷, 사이클복, 백넘버 18번의 농구복 한 벌. 농구복으로는 속옷과 겉옷을 겸할 수 있었다.

근처 주립공원에서 아내가 재온 고기를 굽고 김치찌개를 끓여서 먹었다. 음식에 대한 집착을 버리는 최후의 만찬 같은 기분이었다. 그리고 일요일 오후 6시에 그들은 나를 파밍턴에 있는 여관 앞에 떨어뜨려 놓고 갔다. 며칠 더 가족들과 시간을 보내고 싶었지만 그럴 만한 사정이 안 됐다. 재준에게 가을에는 같이 많이 놀자고 말하는데 목소리가 갈라졌다. 눈가가 흐려졌다. 친숙한 것에 대한 그리움이 몰려왔다. 세상이 다시 낯설어진다. 혼자 두 달간 더 험로를 가야 할 처지가 서러웠는지도 모른다. 차가 시야에서 사라지자 그 자리에 털썩 주저앉았다.

어차피 이제는 정주하는 인간이 아니다. 친숙한 것들은 포기해야 한다. 어디 가든 거기가 내 집이다. 그렇게 생각하자.

01
짐이 줄자
몸무게도 줄어드는
이중 감량 효과

미주리주 파밍턴에서 엘링턴까지 가는 데 100킬로미터, 일곱 시간이 걸렸다. 아침과 점심을 사먹기 위해 주유소에 멈춘 것을 빼고는 딱 한 번 쉬고 갔다. 처음 여행을 시작했을 때는 50분 동안 달리고 10분 쉬는 간격이었는데, 이제는 두 시간을 안 쉬고 갈 수 있다.

클리트를 부착한 사이클화는 효과가 컸다. 미는 힘 외에 끌어당기는 힘을 사용하면서 특정한 근육만 혹사하는 것을 피할 수 있게 됐다. 동시에 종아리에 근육이 버섯처럼 돋아난다. 잠을 잘 자는 요령은 바닥에 닿는 몸의 표면적을 최대한 넓히는 것인데, 다리에 근육이 울룩불룩 튀어나와 충분히 몸을 바닥에 붙일

수 없다. 물론 근육이 아니라, 그냥 살이 딱딱하게 부은 것일 가능성도 배제할
수 없다.

돌아서면 배가 고프다

짐을 줄인 효과가 생각보다 컸다. 이중 감량이 일어났다. 짐의 무게와 몸무게가
같이 줄었다. 배가 홀쭉하다. 자전거를 타면 대체로 한 시간에 350칼로리를 소비
한다고 한다. 짐수레를 끌고 오르막을 가면 소비량이 더욱 늘어난다. 정확히 잴
수 없지만 대체로 500칼로리라고 하고, 하루에 여덟 시간 자전거를 타면 그것만
으로 4000칼로리를 쓴다. 그래서 '아무리 먹어도 지나치지 않는다(You can't eat
enough)'라는, 《성문종합영어》에서 나오는, 'enough'와 부정문을 사용한 강조
용법이 입에서 튀어나온다.

　인간 엔진이 한번 타기 시작하면, 팔팔 끓는 난로와 같아서 안에다 무엇을 집
어넣어도 태워버린다. 장거리 라이더들을 위한 적절한 다이어트는 탄수화물 65
퍼센트, 단백질 20퍼센트, 지방 10퍼센트이고, 나머지 5퍼센트는 선택사항이라
고 한다. 하지만 나는 이 비율을 의식해서 먹고 마시는 라이더를 단 한 사람도 보
지 못했다. 대체로 즉시 연료로 전환할 수 있는 탄수화물을 많이 먹으라는 말로
받아들인다.

　쌀이나 밀가루에 많은 탄수화물은 몸에 들어와 포도당으로 바뀌는데, 이게 석
유를 정제한 가솔린과 같은 연료다. 연료통인 몸은 보통 두세 시간 운동량에 필
요한 포도당만을 비축할 수 있다. 그래서 핏속에 포도당이 많아지면 인슐린이
분비되어 남는 포도당을 글리코겐으로 바꾸어 간이나 근육에 저장한다. 이게 자
동차와 사람이 다른 점이다. 자동차는 '만땅'으로 채우면 더 들어가지 않는데,
사람은 어떻게 해서든 우겨넣는 버릇이 있다. '황제 다이어트'의 창시자 로버트
앳킨스^{Robert Atkins}가 탄수화물 섭취를 극단적으로 경계한 것은, 남는 포도당이 글

리코겐뿐 아니라 체지방의 형태로 저장되어 체중을 증가시킨다고 보기 때문이다. 차체가 계속 커지고, 움직이는 데 연료만 더 든다.

이 이론에는 적지 않은 반론이 있지만 라이더들에게는 무의미한 논쟁이다. 탄수화물을 섭취하기 무섭게 소비해버리기 때문이다. 열심히 운동해서 핏속에 포도당이 줄어들면 간이나 근육에 있는 글리코겐을 포도당으로 바꾸어 연료로 쓰고, 그것도 부족하면 복부에 비축해놓은 기름을 갖다 써버린다. 운동을 하면 항상 포도당을 소진하기 때문에 당뇨병에 걸릴 가능성이 낮은 이유가 여기에 있다.

미국 라이더들의 주식은 땅콩버터 젤리 샌드위치다. 탄수화물이 풍부하고 만들기도 쉽다. 하지만 나는 입천장에 달라붙은 땅콩버터를 혀로 떼어낼 수 없어 손가락을 넣어 긁어내야 하는 게 싫다. 그래서 나중에 개발한 방법인데, 식빵에 꿀을 발라먹는 것이다. 부드럽게 잘 넘어가고 달아서 맛도 있다. 미국에서는 꿀 한 통이 7000, 8000원밖에 안 하고, 스물네 쪽짜리 식빵 한 줄도 2000원 안팎이다. 조리시간은 겨우 몇 초. 문제는 팔팔 끓는 몸속에 식빵을 집어넣으면 신문지처럼 타버린다는 것. 돌아서면 배가 고프다. 한 번에 식빵 열 쪽이 들어간다. 그래서 뭉근히 오래 탈 수 있는 장작을 찾게 되는데, 그게 스테이크다. 이걸 속에 집어넣으면 비교적 오래 포만감을 느낄 수 있다. 매일 상복할 수는 없지만 가끔은 넣어준다. 성장하는 근육을 뒷받침하기 위해서는 몸이라는 건물에 골재와 철근 격인 단백질을 보충해줘야 한다.

라이더로서의 체질을 갖춰가고 이중 감량이 일어나면서, 또 다른 문제가 저절로 해결됐다. 내 자전거는 오르막길에서 앞기어를 저단으로 변속할 수 없다. 그래서 애팔래치아 산맥을 통과할 때 자전거에서 내려서 손으로 체인을 저단으로 바꿨다는 얘기는 이미 한 바 있다. 이제는 앞기어를 저단으로 바꿀 일이 없어졌다. 내 자전거는 모두 21단이다. 앞기어가 고단, 중단, 저단 3단이고, 뒤기어가 7단이다. 이제는 모든 기어를 다 쓸 필요가 없다. 앞기어를 고단에 놓고도 웬만한 고갯길을 올라갈 수 있게 됐다. 그렇지만 다리에 걸리는 부하에는 별 변화가 없다. 힘들기가 마찬가지다. 더 높은 부하를 감당할 수 있다는 것을 알기 때문에, 그 전에는 중단으로 갈 길을 고단으로 간다. 힘들다. 대신 속도는 빨라진다.

생각보다 일찍 도착한 엘링턴은 인구 1000명의 소도시. 가는 길에는 광산과 벌목장 트럭들이 손바닥 하나 차이로 스치고 지나간다. 그것 말고는 도전할 만한 고개들이 있고 그에 상응하는 상쾌한 내리막도 있는 좋은 주행 코스였다. 마을 자체는 '유령 마을ghost town'로 변해가는, 미국의 전형적인 농촌 마을이었다. 메인 스트레이트라고 하는 중심가의 가게들이 줄줄이 문을 닫았다. 마을 전체에 열어놓은 식당이 하나도 없었다. 할 수 없이 주유소에서 미리 조리해서 파는 간이 피자로 저녁을 때워야 했다.

앞 서 거 니 뒤 서 거 니 만 나 는 길 동 무 들

야영하러 간 시립공원도 외지고 왠지 어두운 느낌이 들어서 마을로 돌아와 여관에 묵었다. 낮잠을 자고 있는데 누가 방문을 두드렸다. 나가보니 마크 미첼과 마크 칠드런이었다. 밖에 세워둔 내 자전거를 보고 찾아온 것. 그들은 자전거나 체력 등 모든 면에서 나보다 나은데, 나와 앞서거니 뒤서거니 비슷한 속도로 여행하고 있다. 이유는 샌프란시스코에서 비행기를 타고 런던으로 돌아갈 일정을 너무 여유 있게 잡아놔서 서둘러 갈 일이 없기 때문. 샌프란시스코는, 트랜스 아메리카 트레일을 타고 가다 콜로라도주 푸에블로Pueblo에서 북쪽으로 우회전하지 않고 '웨스턴 익스프레스 트레일Western Express Trail'을 타고 네바다 사막을 건너 직진하는 코스. 그렇게 횡단하면 트랜스 아메리카 트레일보다 1600킬로미터, 기간으로는 20여 일 정도 단축해서 미국을 횡단할 수 있다.

장거리 주행이 처음인 탓에 그들은 자신들의 실력을 과소평가하고 일정을 짰다. 그렇다고 이제 와서 트랜스 아메리카 트레일로 돌아가 종착지인 오리건주의

오자크 고원지대에는 수많은 천연 용천수가 있다.
눈앞에서 샘물이 솟아올라 강을 이룬다.
앨리 스프링에는 하루 3억 리터의 맑은 물이 솟아오른다.
그 옆에 샘물을 동력으로 이용한 방앗간과
대장간이 있었는데, 지금은 박물관으로 바뀌었다.

플로렌스에 도착한 뒤 거기서 샌프란시스코로 내려가기에는 시간이 빠듯하다. 다혈질의 미첼은 고민하고 있었다. 그는 "지겹도록 천천히 가는 바람에 지금까지 주행하느라 지친 적이 없었다"면서, 완전히 탈진하는 경험을 하고 싶다고 말했다. 그 뜻은 조금 무리가 되더라도 트랜스 아메리카 트레일로 돌아가고 싶다는 뜻이다. 칠드런은 그 말을 들으면서 아직도 통증이 안 가신다며 무릎을 주무르고 있다. 발을 뻗는데 가늘고 흰 다리가 보였다. 그는 자기는 매일 피로감을 느낀다면서 트랜스 아메리카 트레일로 돌아가는 것에 간접적으로 반대했다.

나로서는 모처럼 페이스가 비슷한 라이더들을 만난 김에 더 오래 같이 가고 싶어서, 트랜스 아메리카 트레일 선상에 있는 옐로스톤과 그랜드티턴 국립공원이 압권이라고 미끼를 던졌다. 미첼은 그러냐며 마음이 더 동하는 눈치였고, 칠드런은 아무런 얘기도 안 했다. 미첼은 나중에 혹시 진로를 그쪽으로 바꿀지도 모르니 트레일 지도를 복사하겠다고 해서 지도를 빌려줬다. 그런데 정작 복사하러 가는 사람은 칠드런이다.

그들은 '캉스 잉글리시'를 쓰는 오자크 고원지대에서 좋은 대접을 받고 있었다. 내게는 여관비를 한 푼도 안 깎아주던 여관 주인이 그들에게는 선뜻 팩시밀리를 복사기로 쓰라고 빌려줬다. 사실 오자크뿐 아니다. 그들이 아무 집이나 들어가서 당연히 영국 악센트로 집 마당에서 야영해도 되느냐고 물으면, 열 중 아홉은 그러라고 마당 또는 방을 내준다고 했다. 나로 비유하자면 재미교포 집들을 다니면서 마당을 빌릴 수 있느냐고 묻는 것과 같을 것이다.

두 사람 중에서 미첼이 나와 비슷했다. 미첼은 장갑에다 속도계로 쓰는 컴퓨터도 잃어버렸다. 하지만 개의치 않고 항상 전진하는 성격이다. 반면 칠드런은 상대방을 많이 배려하고 인내심이 많지만 굼뜨다. 두 사람이 서로의 장단점을 보완하는 이상적인 팀 동료가 될지 아니면 물과 기름 같은 잘못된 만남으로 귀착될지…….

시간을 조절하기 위해 하루 더 엘링턴에 머문다는 그들을 뒤로 하고 떠났다.

오자크 국립공원을 통과하는 106번 길은 한적하고 아름다웠다. 이 공원을 가로지르는 오자크 트레일은 며칠 동안 등산을 해도 인적을 구경할 수 없을 만큼 깊은 숲 속을 지나간다. 공원에는 커런트Current와 잭스 포크Jacks Fork라는 두 강이 흐르는데, 미국에서 가장 청정한 강으로 분류된다. 이유는 지하에서 솟아나오는 용천수가 이곳에서 강을 시작하기 때문이다. 앨리 스프링Alley Spring은 그 중 하나로 하루에 3억 리터의 청정수를 뿜어낸다.

모텔에서 만난 한국인

에미넌스Eminence를 거쳐 앨리 스프링으로 가는 길은 가팔라서 앞기어를 중단으로 내려야 할 구간이 있었지만, 환장할 정도로 험하지는 않았다. 힘든 것은 한증막 같은 더위. 섭씨 38도. 땀을 너무 많이 흘려 목이 쉬고 귀가 멍멍했다. 오전 7시에 출발해서 아홉 시간을 달려 오후 4시 무렵 휴스턴에 도착하자, 좌고우면하지 않고 바로 휴스턴 모텔로 직행했다. 동진하는 라이더들로부터 싸면서도 깨끗한 모텔이라고 소개를 받았다.

모텔 사무실로 들어서자 동양인 중년 남자가 "한국 사람이죠?"라고 한국말로 물어와 깜짝 놀랐다. 여행 도중 한국 사람을 우연히 만난 건 애팔래치아 하이커 조안 박에 이어 두 번째. 찬물을 청하자 부인이 얼음을 담아서 가져왔다. 기다리는 동안 냉장고에서 스프라이트를 꺼내서 마셨다. 마치 내 집에 온 듯 행동하고 있다. 모텔 주인은 최철환 씨. 뉴욕에서 32년 동안 사업하다가 노후를 조용한 곳에서 보내기 위해 이곳으로 왔다고 했다. 경매 사이트인 이베이를 통해 모텔을 매입했다고 한다. 두 자녀는 뉴욕 로펌의 변호사와 제너럴일렉트릭사에 다니는 회사원이다. 이 모텔 건너편에 있는 중국 뷔페식당 스프링 가든도 교포인 주영업 씨가 경영하고 있었다. 인구 2000명의 소도시에 한국인 모텔과 식당이 있다. 한국인의 이민 경로가 이제는 모세혈관처럼 세밀해지고 있는 것이다.

유유

페달 밟는 박자가 점점 빨라지다

원래 미주리주 마시필드Marshfield에서 에버턴Everton까지 100킬로미터만 여행하려고 했다. 한낮에 섭씨 40도까지 기온이 올라갈 것으로 예상되는 데다가 잠을 설쳐 몸이 무거웠기 때문이다. 결과적으로는 140킬로미터를 달려 지금까지 하루 주행으로는 신기록을 세웠다. 그 과정이 유쾌했다.

마시필드에서 잠을 설친 데는 여러 요인들이 겹쳤다. 먼저 야영하는 곳이 없어 시립공원 길가 잔디밭에 텐트를 쳤는데 이목이 번다했다. 청소년들이 호기심인지, 악의인지 모르는 눈을 번득이며 지나간다. 몇몇은 텐트 앞을 몇 번이나 왕복하면서 나를 살펴본다. 미국 독립기념일이 가까워오면서 폭죽을 터뜨리는 소리가 요란하다. 주위에 텐트 친 사람이 아무도 없다. 일찍 잠을 청했지만 머릿속이 더 하얘진다. 밤 10시께 갑자기 환한 불빛 세례를 받았다. 나가보니 가로 보안등에 불이 들어왔다. 불빛을 피해 텐트를 나무 그늘 밑으로 옮겼는데, 바닥을 살피지 않아 뾰족한 나뭇가지들이 등을 찌른다. 밤 12시가 넘어도 땀이 줄줄 흐른다. 아침 7시께 출발할 때는 이미 수십 킬로미터를 달린 듯 피로했고, 눈꺼풀이 무거웠다.

인구 322명의 작은 마을 에버턴은 미국의 촌락구조로서는 드물게 마을 한복판에 정자가 있다. 하루 여정을 마칠 야영장으로 가는 길을 아이들한테 묻고 있는데, 정자 안에 있는 사람들이 소리쳐 부른다. 세 사람이다. 가보니 길을 안내해줄 뿐 아니라 큰 물통에서 얼음처럼 차가운 물을 준다. 이들은 소방서 건물을 신

미주리주 마시필드 시립공원에서 잠을 설쳐 새벽에 일어나 찍은 공원의 한밤 풍경. 불빛에 비친 나뭇잎들이 매혹적이다.

축하는 공사를 하다가 잠시 쉬고 있는 일꾼들. 다른 건물들이 스러져가고 있고 이미 소방서 건물이 버젓이 있는데, 새 건물을 짓는 이유가 궁금했다.

하루 신기록의 비결은 맥주

"새로 큰 소방차를 구입해서 그것을 집어넣을 건물이 필요하대."

이 공사를 수주한 하청업자인 에드 잉겔스Ed Engels는 자신도 이해가 안 된다는 듯 답했다. 그를 도와 함께 일하는 두 일꾼은 그의 아들 라이언Ryan과 처조카 앤서니Anthony. 가족이 한 팀이다. 그들과 애기를 나누는 동안 그들이 뭔가를 기다리며 들떠 있는 것을 알게 됐다.

잉겔스가 공구를 발명해서 라이언, 앤서니와 함께 시제품을 만들어 발명품 대행회사인 '인벤션 테크놀로지'라는 회사에 보냈고, 긍정적인 회신이 와서 며칠 전 계약서에 서명했다는 것. 그들은 이 발명품이 시판되면 로열티만 받아도 갑부가 될 것으로 기대했다. 이제 공사판에서 일하지 않아도 되는 것은 물론이고 세계 여행도 떠날 수 있지 않을까 하는 그런 애기들을 쉬면서 주고받고 있었다.

그 발명품이 쇠 같은 것을 깎아내는 기계인 것 같기는 한데, 정확히 뭐냐고 물어보면 잉겔스는 극도로 말을 아꼈다. 11년 동안 연구한 산물이어서 행여 일을 그르칠까 조심했다. 내게 인상적인 것은 작년 11월에 발명품을 완성했는데 1년도 안 돼 시판을 기다리고 있다는 사실. 그는 시판 시기를 앞당기기 위해 인벤션 테크놀로지에 기대지 않고, 직접 공구회사 100여 군데에 일일이 전화를 걸어 관심 있는 회사를 찾아냈다고 한다. 그의 발명은 신문에도 기사화됐는데, 그것도 그가 전화를 걸어서 먼저 정보를 제공했기 때문이라는 것.

이 벽지에서 한 가족의 팔자를 고칠 만한 발명품이 탄생할 수 있을지 자못 흥미로웠다. 잉겔스도 자신의 삶과 미래에 대해 모처럼 부담 없이 털어놓게 돼서 기분이 좋은지 나를 집으로 초대했다. 다만 조건이 있었다. 그는 에버턴에서 41

킬로미터 떨어진 미주리주 골든시티^{Golden City}라는 곳에 산다. 만약 내가 오늘 5시까지 그의 집에 도착한다면 아이스박스에 넣어둔 찬 맥주를 주겠다고 내기를 걸었다. 그때가 아직 3시가 안 됐을 무렵이었다. 날씨와 지형을 감안할 때 두 시간여 만에 41킬로미터를 가는 것은 무리였다. 더구나 오늘 주행을 다 끝냈다고 생각하던 터였다. 하지만 찬 맥주가 기다리고 있다는데 마다할 내가 아니다.

그들은 공사를 재개했고 나는 정신없이 페달을 밟았다. 그의 집까지 가는 구간에 오자크 고원지대가 끝나고 드디어, 다시 한번 써야 그 느낌이 제대로 전달되는, 드디어 여행을 시작한 이후 내내 기다려온 평평한 대지, 대평원이 시작된다. 세인트매리에서 오자크 고원이 시작됐듯 펜스버러^{Pennsboro}의 4.8킬로미터 서쪽에서부터 완벽한 평야가 시작됐다. 오르막으로 거리를 손해 보지도, 내리막으로 덕을 보지도 않고 자신의 힘만으로 달려나가는 기분이 좋다.

그래도 40도의 폭염이다. "맥주, 맥주"라고 외치며 힘들게 가는데, 뒤에서 차한 대가 따라붙었다. 잉겔스의 트럭이었다. 공사를 마치고 귀가하는 길이다. 라이언이 시원한 물을 줄까 했는데 시간을 잡아먹을까 봐 거절했다가 나중에 후회했다. 더운 맞바람이 분다. 오른쪽 어깨가 쿡쿡 쑤신다. A길에서 37번 길로 우회전했을 때 골든시티가 4마일(6.4킬로미터) 남았다는 이정표가 나왔다. 시간이 얼마 남지 않았다. 페달을 밟는 박자가 빨라진다. 맥주, 맥주. 2마일, 1마일. 그의집을 찾아서 현관문을 두드리고 시계를 보니 5시 19분. 5시까지 와야 맥주를 주겠다는 말이 농담이길 빈다.

전직 레이서 목수의 집에 초대받다

초등학교 4학년인 딸 대슈아가 활짝 웃으며 문을 열어줬다. 꼭 천사 같다. 잉겔스의 부인 크리스^{Chris}는 멕시코 사람이다. 라이언과 대슈아 외에 중학교 1학년인 아들 딜런^{Dylan}이 있다. 딜런은 그냥 보기만 해도 즐거운 아이다. 그 나이에 벌써

미주리주 에버턴에 있는 마을 정자에서 만난 왕년의 모터사이클 레이서 에드 잉겔스(가운데)와 그를 도와 함께 새 소방서를 짓고 있는 아들 라이언(왼쪽)과 처조카 앤서니.

부터 사냥총으로 메추라기, 토끼, 다람쥐, 뱀을 잡아서 직접 구워 먹는다고 한다. 방학 동안 뭐하고 지내느냐고 물으니까 폭죽 터뜨리고 사고 치며 지낸다며 웃었다. 수학이 가장 재미있는 과목이라고 말할 때는 가족들이 그런데 성적이 왜 그 모양이냐는 표정을 지었다. 여기에 있는 학교는 유치원부터 고등학교까지 다 한 건물에 있는데, 전교생이 300명이고 한 학년이 20명이다.

스무 살인 장남 라이언은 고교를 졸업했을 때 독립을 강요당했다. 부모는 만약 집에 머무르고 싶으면 집세를 내라면서 그를 쫓아냈다. 대신 1600만 원짜리 집을 한 채 사서 독립할 곳을 마련해줬다. 지금부터는 학교를 다니든 말든 혼자 힘으로 꾸려가야 한다고 했다. 며칠 동안 꾸물거리며 독립을 회피하던 라이언은 마침내 새 집에 안착했다. 그는 저녁 식사도 초대해야 와서 먹을 수 있는데, 오늘은 초대를 받았다.

평범한 미국 가정의 자녀들은 고교를 졸업하면 재정적으로 독립할 것을 요구받는다. 이게 미국이 딴 나라와 다른 특징이다. 영국도 이렇게까지 하지는 않는다고 한다. 물론 미국도 상류사회로 올라가면 부모의 덕을 보는 경우가 많고 조지 W. 부시 대통령이 그 실례이지만, 일하지 않는 자는 먹지도 말라는 전통은 보통 사람들 사이에서 확고하다. 라이언은 대학 1학년을 중퇴하고 아직 일자리를 못 찾아 아버지 밑에서 일하고 있다. 고속도로 순찰대에 들어갈 생각을 하고 있는 중이다.

아버지 잉겔스가 "고교를 졸업하면 독립할 수 있어야 한다. 나도 그랬다"고 말하기에 어떻게 독립했는지 물어보자, 그의 놀라운 인생사를 들을 수 있었다. 잉겔스는 모터사이클 프로선수였다. 미국뿐 아니라 유럽 무대에서도 활약했다. 주종목은 스피드웨이 경주로, 400미터 코스를 네 번 도는 경기다. 영국에서 활약할 당시에 크리스와 결혼했는데 비비시BBC 방송국이 결혼식을 보도했을 정도로 대단한 선수였다. 크리스가 그때 사진을 들고 와서 보여줬는데, 한 쌍의 왕자와 공주 같다.

나는 레이서들을 부러워하고 존경한다. 촌각을 다투는 승부사들의 세계가 멋있어 보인다. 그는 "머리가 너무 좋으면 위험을 너무 따지기 때문에, 그리고 담력이 너무 세면 너무 덤벼들기 때문에 좋은 선수가 될 수 없다"며 담력과 지력을 적당히 겸비하는 게 우승의 비결이라고 말했다.

참, 19분 늦었지만 너그럽게도 차디찬 맥주가 끝없이 제공됐다. 저녁도 멕시코 음식인 타코로 포식했다. 다음 날에도 초대받아 염치없이 이틀 연속 저녁을 얻어먹으면서 그의 인생에 대해 더 들을 기회가 있었다.

첫날 이해가 안 되는 부분이 있었다. 잉겔스가 서른한 살 전성기에 은퇴를 결심하고 목수일을 배우기 시작했다는 대목이었다. 갈채와 박수를 뒤로 하고 왜 목수로 변신했을까.

이역만리의 동갑 인생이 잠시 만나다

잉겔스는 유럽에서 고향인 캘리포니아주로 돌아와 계속 모터사이클 경주를 했는데, 점점 마약에 빠져드는 것 같은 기분을 느꼈다. 점점 더 투약량을 늘려야 하듯 아무리 우승을 해도 만족스럽지 않고, 그 다음 날에는 다음 대회에서 또 우승해야 한다는 생각에 사로잡힌다는 것. 일주일에 네 번 열리는 대회를 그는 열여덟 번 연속해서 우승하는 기록을 세웠다.

하지만 열아홉 번째 대회에서 일등으로 들어오지 못하자 참을 수 없이 화가 나서 손에 집히는 대로 집어던졌다. 그때 헤어나올 수 없는 수렁에 빠지고 있다는 걸 자각하고 은퇴를 결심했다는 것.

한 번도 후회한 적이 없다고 한다. 그는 목수학교를 다니면서 또 독학하면서 난방부터 전기시설, 지붕, 벽체, 바닥, 콘크리트 타설에 이르기까지 모든 것을 터득했다. 그 일을 하면서 오지 같은 곳인 머나먼 미주리주 골든시티까지 오게 됐다. 그러자 이발사였던 아버지도 어머니와 함께 이사를 와서 앞집에 살고 다른 친척도 이곳에 뿌리를 내려 점차 이 동네가 그의 집성촌이 되어가고 있다.

그는 11년 동안 건축 일을 하는 한편으로 공구를 연구하고 개발하여, 상품화를 앞두고 있는 것. 앞으로 두 건의 계약서에 서명하는 일만 남기고 있는데, 그는 잘될 것으로 확신하고 있었다. 승부사답게 또 한 방의 인생 역전을 노리고 있는 것. 알고 보니 그는 나와 동갑이다. 이역만리 떨어진 곳에서 각각 거의 같은 무렵에 태어나서 상반된 인생 궤적을 그리다가 내가 자전거를 타면서 한 점—마을 한복판 정자—에서 잠시 두 인생이 수렴됐다.

나는 그와 같은 한 방은 없지만 그래도 할 말은 있다. 왕년의 레이서면 다냐.

볼록 튀어나온 너의 배를 보면 누가 그걸 믿겠느냐. 기술을 개발하는 일 못지않게 중요한 현안이라고 지적했다. 그는 힘주어 배를 집어넣으면서 공구가 시판되기만 하면 당장 시정조처에 들어가겠다고 말한다.

밤 10시께 호스텔로 돌아와 짐을 꾸리는데 문을 두드리는 소리가 났다. 할아버지 댁에 가서 보지 못한 딜런과 대슈아가 작별인사를 하기 위해 발걸음을 했다. 딜런은 엄지손가락을 문지르는 돌을 선물했다. 이거 뭐에 쓰는 거냐고 물으니까, 그냥 엄지손가락을 문지르라고 했다. 그러면 기분이 좋아진다나. 대슈아는 플라스틱 실로 짠 팔찌를 내게 줬다. 잉겔스 가족의 넘치는 환대에 마음이 따뜻해진다. 나는 쿠키 레이디한테서 받은 자전거 배지를 꺼내 대슈아에게 주고 악수했다. 그렇게 건강하게, 아름답게 자라기를.

25
마음의
폭풍과 함께
폭풍이 지나가다

미주리주 골든시티의 호스텔에서 이틀을 묵은 것은 폭풍을 피하기 위해서였다. 대평원에서 부는 폭풍은 사납다. 회오리바람으로 번져 집을 뿌리째 뽑아버린다. 이번 여행에서 어떤 날씨에도 자전거를 탈 수 있다는 것을 배웠지만 예외가 있다. 번개를 동반한 폭풍이다. 물론 안전한 번개도 있다. 구름과 구름 사이에서 치는 번개가 그렇다. 구름 안에서 치는 번개는 더욱 안전하다. 하지만 번개 대부분이 공중에서 지상으로 내리찍는다. 강 건너 불이 아니다. 무슨 수를 쓰든 피해야 하는데, 대평원에서는 피할 곳도 없다. 빗발치는 번개 속에서 자전거를 타고 가는 것은 불량배한테 뺨을 내밀며 쳐봐, 쳐봐 하는 것과 같다.

전문가들은 평원에서 번개를 만나면 자전거에서 멀리 떨어진 곳에서 무릎 꿇는 자세로 엎드려 있으라고 조언한다. 자세를 낮추고 몸의 표면적을 최소화하라는 뜻이다. 무슬림들이 메카를 향해 기도하듯 그렇게 엎드리고 있으면 번개가 미안해서라도 살짝 피해갈 것 같다. 문제는 번개가 한두 번 치고 마는 게 아니라 때로는 두 시간 이상 생생한 음향 효과와 함께 불꽃 쇼를 벌인다는 점이다. 다리가 저려오면서 '신앙심'에 회의가 생겨 계속 무릎을 꿇고 있기보다 자전거를 타고 가서 10미터라도 거리를 줄이고 죽는 게 낫지 않을까 하는 생각이 들 것이다.

모 처 럼   몸 에 서   향 기 가   나 다

나는 아직 길 한가운데서 폭풍을 맞은 적이 없다. 이번에도 호스텔에 있는 동안 폭풍이 왔다. 이 호스텔은 돌로 지은 주택이어서 안전하다 못해 갑갑하다. 완벽히 돌로만 외벽을 처리한 집에서는 처음 자본다. 통나무집보다 더 습한 느낌이다. 빈집이었는데 어느 날 자전거 타는 사람들에게 빌려주기 시작하면서 호스텔로 발전했다.

이 호스텔을 혼자 썼다. 여느 가정처럼 살림살이가 없는 게 없다. 세탁기와 건조기가 있어서 모처럼 사이클복과 농구복을 다 세탁했다. 짐을 대처분한 이후 처음 있는 일이다. 여행을 하면서 청결에 대한 기대치가 꾸준히 낮아진다. 다른 말로 해서 계속 더러워진다. 여행 처음에는 주행이 끝나면 전날 세탁한 옷으로 산뜻하게 갈아입곤 했다. 옷 가짓수가 많아서 한번 빨면 여러 날을 계속 세탁한 옷으로 갈아입을 수 있었다. 지금은 하루 주행이 끝나면 백넘버 18번의 농구복으로 갈아입고 사이클복을 빤다. 다음 날에는 사이클복을 입은 채로 생활하고 농구복을 빤다. 때로는 너무 늦게 도착해서 빨래를 전혀 못하고 땀 찬 옷들을 입고 지낸다. 그래도 괜찮다. 주위에 괴로워할 사람이 없다. 그러다가 이렇게 하루 종일 세탁세제 냄새가 나는 옷을 입고 지내니 마치 내 몸에서 향기가 나는 것 같다.

밖에서 사나운 바람이 부는 동안 돌벽에 뒤통수를 기대고 베개 두 개를 등에 받치고 누워 로그북logbook을 읽는다. 라디오에서는 클래식 음악이 흘러나온다. 방명록 격인 로그북을 읽는 재미가 쏠쏠하다. 이 기록은 같이 여행하지는 않지만 같은 길을 가고 있는 사람들끼리 서로 얼굴을 익히는 다방 같은 것이다. 동진, 서진하는 사람들이 길과 숙박지에 대한 최신 정보를 교환하는 게시판이기도 하다.

서쪽에서 온 마크 부처Mark Butcher라는 이는 "콜로라도 오드웨이Ordway에 가면 종교에 미친 사람을 경계하라"면서 인상착의를 남겨놓았다. 수염을 덥수룩하게 기른 키 작은 남자로 나이는 60세가량. 자신이 선택된 사람이라며 두 시간 동안 붙잡고 늘어진다고 한다. 나는 영어를 전혀 못하는 척하면 되니까 신경 안 써도 될 것 같다. 내 연기가 그렇게 부자연스러울 것 같지 않다. 언젠가 미국 거지가 구걸하기에 앞서 나한테 "영어 할 줄 아느냐?"고 물어서 "노 잉글리시"라고 하니까 순순히 물러섰다. 손만 내밀어도 충분히 구걸하는 의사를 표시할 수 있는데 왜 굳이 내 영어 청취력을 확인하려고 했을까.

미혼 남성 라이더들에게 전하는 특별 메시지도 있다. 캔자스주 스콧시티Scott City에 가면 체육관에서 묵을 수 있는데, 기포가 뽀글뽀글 나오는 열탕인 저쿠지Jacuzzi가 딸린 수영장이 있고 무엇보다 '끝내주는 여자a hot girl'가 일하고 있다고 한다. 일제히 스콧시티에서 하룻밤 묵는 것으로 일정을 조정하는 모습들이 눈에 선하다. 나도 웬만하면 거길 들러봐야지. 핫걸이라.

여행 초반 크리스천스버그 가는 길에 만난 밥 야크를 끌고 가던 션 젠슨은 이미 일주일 전에 이곳을 다녀갔다. 더스틴 딜레이니Dustin Delaney라는 사람은 고정식 기어 1단짜리 자전거로 미국을 횡단하고 있다. 그런데 놀랍게도 엿새 동안 960킬로미터를 소화했다고 한다. 그는 언제 영국에서 온 두 마크를 만났던 모양인지, "두 마크, 빨리 쫓아와"라고 약 올리는 글을 써놓았고, "자전거 짐칸에 불꽃놀이 폭죽을 장착했는데 맞바람이 부는 캔자스가 보이면 터뜨리겠다"고 썼다.

멋있어 보일 것 같은데 농담인지 진담인지 분간은 안 됐다.

"사랑이 전염병이길" 소망한 앨리슨

체스터에서 만난 메노파 목사 부부 일행은 바로 하루 전에 지나갔다. 잘하면 이 팀을 따라잡을 수 있을지 모른다. 어떤 사람은 53세라고 나이를 밝히면서, 이번 여행이 지금까지 인생에서 가장 기분 좋은 일들 중 하나라고 적었다. 중국인으로 보이는 애덤 왕Adam Wang은 "신이여, 아메리카를 축복하소서God Bless America"라는 상투적인 메모를 남겼다.

그리고 켄터키주 매리언 마을 도서관에 쪽지를 남기고 먼저 떠난 앨리슨의 종

미국 농촌은 쇠락하고 있다. 사진은 미주리주 에버턴에 있는 건물. 은행과 작은 호텔이 있던 건물이라고 하는데, 심하게 훼손됐다.

적을 확인했다. 그는 문장을 직선이 아니라 원형으로 늘어놓는 특유의 방식으로 "사랑이 전염병이었으면 좋겠다"고 소망했다. 눈이 번쩍 뜨였다. 날짜를 보니 닷새 전에 여기에 묵었다. 열흘 전에 헤어졌으니 나보다 두 배나 빨리 여행하고 있는 것 아닌가. 그를 혹시 따라잡을지 모른다고 생각한 게 얼마나 무망한 일이었던가. 좀더 얘기를 나누고 싶은 사람이었는데…….

냉장고에 그가 붙여놓은 쪽지를 발견했다. 꼭 유서 같다.

바라는 것(Desiderata).

소란스러움과 서두름 속에서도 평온함을 유지하기를. 정적에 싸인 곳을 기억하기를. 쉽게 굴복하지 않으면서 모든 사람들과 좋은 관계를 맺기를. 당신의 진실을 조용히 그리고 분명하게 말하기를. 그리고 다른 사람들에게, 심지어 아둔하고 무지한 사람들에게도 귀를 기울이기를. 그들도 그들 나름의 이야기가 있으니. 사납고 나쁜 사람들을 피하기를. 그들은 영혼을 갉아 먹으니. 스스로를 다른 사람과 비교한다면 공허해지거나 잠시 기분이 나아질 뿐. 세상에는 항상 당신보다 낫거나 못한 사람들이 있거늘.

앞일을 계획하는 것만큼 지금까지 이뤄낸 것들을 음미하길. 아무리 보잘것없는 일이라도 그것이 당신이 할 일이라면 그 일에 흥미를 잃지 않기를. 시간에 따라 운은 변할 수 있지만 그것은 변하지 않는 당신의 천직이 될 것이니. 사업을 할 때는 조심하기를. 세상에는 사기가 판치고 있으니. 그러나 이것 때문에 좋은 일들에 대해 눈감는 일이 없기를. 많은 사람들이 높은 이상을 위해 분투하고 있고 영웅적인 노력들로 세상이 가득 차 있으니. 당신 자신이 되기를. 관심이 있는 것처럼 가장하지 말기를. 사랑에 대해 냉소적이지 말기를. 아무리 무미건조하고 정나미가 떨어지는 일들이 벌어져도 사랑이야말로 잔디처럼 끊임없이 솟아나는 것이니.

젊음의 것들을 우아하게 단념하면서 세월의 흐름에 순응하기를. 갑작스런 재난에서도 당신을 지켜줄 영혼의 힘을 키우기를. 그러나 상상의 것으로 스스로 괴롭히지 말기를. 두려움의 대부분은 피로와 외로움에서 싹트나니. 엄격한 자기수양을 넘어서 자신에게 온화하기를. 당신은 우주의 자녀이니. 나무와 별보다 못한 존재가 아니니. 당신은 여기에 있을 권리가 있거늘. 그리고 당신이 의식하든 못하든, 우주는 마땅히 그래야 하는 대로 끝없이 펼쳐지고 있으니. 그러므로 신과 융화하길. 신이 당신에게 어떤 모습이든 간에. 그리고 삶의 시끄러운 혼란 속에서 당신이 무엇을 열망하고 무엇을 위해 다투고 있든 간에 당신의 영혼과 조화를 이루길. 세상은 거짓과 허영과 무너진 꿈으로 가득 차 있어도 여전히 아름답거늘.

조심하기를. 행복하기 위해 분투하길.

이 글을 읽으면서 그를 좀더 이해하게 됐다. 그와 만날 기회가 없다고 해도 그리 섭섭하지 않을 만큼 충분히 얘기를 나눈 듯한 느낌이다. 맘에 와 닿는 구절은 '굴복하지 않으면서 모든 사람과 좋은 관계를 맺기를'이라는 대목이다. 우리는 생각이 다르면 원수가 된다. 나이가 들수록 더욱 생각이 좁아지고 더욱 말을 나눌 사람들이 적어진다. 때로는 그게 싫어서 자신의 생각을 포기하고 남한테 맞춰나간다. 그의 메시지는 자신의 생각을 버리지 않으면서도 생각이 다른 사람들을 받아들이라는 뜻이다. 그래도 세상에는 좋은 관계를 맺을 수 없는 사납고 나쁜 사람들이 있다. 이들을 미워하거나 경멸하기에 앞서 피하라는 말도 좋았다. 우리는 그런 사람들을 미워하면서 닮아간다.

상상의 것으로 스스로 괴롭히지 말라는 말도 내게는 적절한 충고였다. 여행을 하면서도 여행이 끝난 뒤 뭘 할까 하는 생각으로 마음이 어지러웠다. 가족도 있는데 이대로 백수로 지낼 수 있을 건지, 아니면 어떤 직업을 가져야 할지, 어떤 일을 한다고 할 때 그 일이 과연 만족스러울지……. 어느 것 하나 여행하는 동안에는 답할 수 없는 질문들이다. 현재의 고민이 없으면 미래의 고민을 끌어다가 한다고 한 누군가의 말이 생각난다. 앨리슨은 그처럼 상상의 것들로 괴롭히지 말라고 충고한다. 그래, 여행하는 동안에는 여행에만 충실하자.

골든시티에 대해 마지막으로 언급할 만한 것은 '쿠키스Cooky's'라는 식당. 이 식당 파이의 맛이 트랜스 아메리카 트레일에서 최고라는 평이다. 레몬파이를 먹었는데 뭐 오르가즘까지는 아니더라도 행복했다.

폭풍은 지나갔고 이제 다시 출발할 때. 정신적으로나 육체적으로 충분히 안식을 취했다. 동쪽으로 폭풍이 지나간 자리에는 미풍이 남아 있었지만 파도가 한차례 지나가고 난 뒤의 소강 상태다. 다음 파도가 올 때까지 어서 잔잔한 바다를 건너가야 한다. 그렇게 페달을 밟았고 파죽지세로 캔자스를 향해갔다.

4부

나는 움직인다, 고로 존재한다

캔자스주 대평원에서 콜로라도주 오드웨이까지

여행은 매일 이름 모를 항구에 도착하
는 것이다. 자전거를 세우고 낯선 거
리를 걸으면 오랜 항해 끝에 부두에
내린 선원이 된 듯하다. 선원은 정복
자가 아니라 마을에 대한 그리움으로
가득 찬 이방인이다. 내일이면 떠날
나그네라는 점에서, 아무런 이해관계
가 얽혀 있지 않다는 점에서, 호기심
만으로 세상을 본다는 점에서, 참을
수 없이 가벼운 존재 다.

캔자스주의 주화는 해바라기다. 그러나 좀처럼 보기 어려운 해바라기 들판이었다.

24

페달로 반주하는
여기는
대평원 노래방

무한한 대지. 길이 지평선으로 사라진다. 아니 하늘까지 잇닿는다. 수막현상
때문에 길 끝이 하늘빛을 머금고 있다. 저 끝까지 가면 하늘로 올라가지 않을까.
하늘을 향해 달린다. 캔자스 대평원은 공간을 깨끗이 단순화한다. 하늘과 대지.
그 사이를 내가 간다. 지도에서도, 현실에서도 길은 굴곡 없이 일직선이다. 여기
서는 길을 잃어버리기가 더 어렵다. 쭉쭉 직선으로 달려나가 캔자스주에 들어온
첫날은 채누트^{Chanute}라는 곳에서 멈췄다. 8시간 50분 만에 144킬로미터를 달렸
다. 또다시 하루 주행으로 최장 거리다.

　이런 페이스라면 캔자스는 단숨에 건널 수 있을 것 같다. 바람만 아니라면 그

럴 수 있을지도 모른다. 하지만 서쪽 하늘이 심상치 않다. 검은 띠가 보인다. 또 다시 폭풍이 몰려오고 있다.

지 평 선 이   이 어 진   하 늘   향 해   달 리 다

트랜스 아메리카 트레일로 여행하는 사람들 중에 오리건주에서 출발해 버지니아주로 향하는 동진 라이더들이 많은 것은 바로 바람 때문이다. 미국 대륙에서 지배적인 바람은 서쪽에서 동쪽으로 부는 서풍이다. 뒤에서 바람이 불어주면 여행이 한결 수월하다. 그런데도 내가 맞바람을 받으며 서진하는 이유는 동진하면 마치 역사책을 뒤에서부터 읽는 듯한 느낌일 것 같아서였다. 유럽인들이 미국 대륙을 찾아와 정복하고 식민하는 과정을 뒤밟아보고 싶었다.

그러면서도 끊임없이 바람의 방향에 대해서는 불평을 늘어놓았다. 놀라운 것은 동진하는 라이더들도 바람의 방향에 대해 고마워하기는커녕 때로는 나처럼 불평한다는 사실이었다. 바람은 한 방향으로 부는데, 정반대로 여행하는 사람들이 동시에 바람에 대해 불평하는 일이 벌어지는 것. 물론 남풍이나 북풍이 불어서 똑같이 옆바람을 받기 때문에 그럴 수도 있다.

사실 바람이 뒤에서 웬만큼 불어줘서는 그 후광을 느끼기 어렵다. 만약 시속 16킬로미터로 자전거를 타고 가는데 같은 방향의 바람이 시속 16킬로미터로 분다면 바람의 영향을 느낄 수 없다. 같은 속도로 움직이기 때문이다. 만약 페달을 세차게 밟아 시속 20킬로미터로 달리면 시속 16킬로미터로 움직이는 공기보다 빨라서 공기의 저항을 느끼게 된다. 그러면 뒤에서 부는 바람인데도 맞바람이 부는 것 같은 착각이 든다. 그럴 때는 반대로 달려보면 그 동안 바람의 음덕을 입고 있었음을 알 수 있다. 세상에는 그렇게 뒤에서 바람이 불어줘서 남보다 빨리 달리고 있다는 걸 모르고, 자유경쟁이 아름답다느니 어쩌느니 하는 사람들이 있다.

캔자스Kansas라는 지명은 아메리카 인디언 부족의 이름인 '칸자Kansa' 또는 '커 Kaw'에서 따왔는데, '남풍의 사람들people of the south wind'이라는 뜻이다. 이름의 기원대로 캔자스에서는 남쪽 또는 남서쪽에서 주로 바람이 불어왔다. 옆바람이다. 세게 불어서 때로는 자전거를 길 밖으로 밀어낸다. 내 자전거는 차체가 단단한 쇠로 돼 있고 크기가 작아서 바람에 잘 견디는 편이다. 대신 바퀴살에서 슬픈 비파소리가 난다. 맞바람보다 옆바람이 불 때 소리가 더 요란해져서, 마치 계속 사이렌을 울리며 가는 것 같다. 핸들의 방향을 바꾸면 소리가 달라진다. 이렇게 해서 음의 고저장단과 음색을 조절할 수 있다면 나는 '자전거 거문고' 연주자로 새로운 인생을 개척할 수 있을지 모른다.

사실 자전거는 훌륭한 반주 악기다. 언제부턴가 생각이 멈추고 노래가 입에서 흘러나왔다. 노래를 부를 때 고질적인 문제는 박자맞추기. 자전거는 그 문제를 해결해준다. 만약 노래가 4분의 4박자면 '강·약·중강·약'으로 페달을 밟는다. 8분의 6박자라면 페달을 '강·약·약, 중강·약·약'으로 밟는다. 단조로운 대평원을 건너는 게 얼마나 지루하기에 이렇게 별짓을 다하는지. 그렇게 생각해도 할 수 없다. 노래 부르는 게 좋다. 인적 없는 대평원이 광활한 노래방으로 변한다.

지난 2년은 노래 없는 삶이었다. 미국 사람들은 우리가 노래 부를 때 춤을 춘다. 그래서 미국에서는 노래방이라는 데가 드물다. 무엇보다 남의 말로 일하고 공부하느라 노래 부를 여유가 없는 생활이었다. 여행을 시작하고 얼마 지나지 않아 잠에서 깨어났을 때 노래를 흥얼거리는 스스로를 발견하고 얼마나 놀랐는지 모른다. 마치 실어증에 걸린 사람이 다시 말을 시작한 순간 같은 느낌이었는데, 정작 놀란 것은 선곡에 있었다. 그 노래는 평소에 내가 좋아하던 노래도 아니고, 불러본 적도 없고, 가사도 끝까지 모르는 노랜데, 이 이역만리에서, 그것도 아무 관련 없는 맥락에서 몇 소절이 입에서 튀어나왔다.

"사랑은 연필로 쓰세요/ 쓰다가 쓰다가 틀리면/ 지우개로 지워야 하니까."

전영록 씨한테는 미안한 얘기지만, 내 입에서 이 노래가 나왔다는 사실을 지우개로 지우고 싶다. 누구는 키플링Joseph Rudyard Kipling의 시 〈동서의 발라드Ballad of East and West〉를 외우면서 미국을 횡단했는데, 그 정도의 교양은 없더라도…….

멋진 이 시를 외운 이도 처음 이 시를 기억에서 복원하기까지 8킬로미터를 달려야 했다고 한다. 내 레퍼토리는 지난 2년의 가무 공백에 앞서 노래방 기계가 다 지워버렸다. 가사가 화면에 흐르지 않으면 노래가 되지 않는다. 나는 〈그날이 오면〉을 부르고 싶었다.

끊 임 없 이   처 음 으 로   되 돌 아 가 던   ' 그 날 이   오 면 '

"한밤의 꿈은 아니리/ 오랜 고통 다한 후에/ 내 형제 빛나는 두 눈에/ 뜨거운 눈물들/ 한 줄기 강물로 흘러/ 고된 땀방울 함께 흘러/ 저 넓은 평화의 바다에/ 뜨거운 눈물 넘치는 꿈/ 그날이 오면/ 그날이 오면/ 내 형제 그리운 얼굴들/ 그 아픈 추억도/ 아 피맺힌 내 젊음도/ 헛된 꿈이 아니었으리/ 그날이 오면/ 그날이 오면."

이 노래의 치명적인 결함은(나처럼 기억력이 안 좋은 사람에게 말이다) '내 형제 빛나는 두 눈에'가 후렴에 나오는 '내 형제 그리운 얼굴들'과 가사가 비슷하다는 점. 후렴의 '그날이 오면'이 끝나고 '내 형제 그리운 얼굴들'로 들어가야 할 때, 내 입에서는 '내 형제 빛나는 두 눈에'가 나왔다. 그러니 노래가 계속 후렴으로 못 가고 다시 처음으로 돌아가 버린다. 아무리 머리를 쥐어짜도 '내 형제 그리운 얼굴들'이 떠오르지 않았다. 머릿속에 도돌이표가 박혀 있는 듯했다. 머리가 돌아버릴 지경이다. 엉켜버린 기억의 실타래는 내 힘으로 풀리지 않았다.

다마스커스에서 만난 한 애팔래치아 트레일 종주 하이커는 빌리 조엘의 노래를 흥얼거리면서 걸었는데, 2절이 생각나지 않아서 괴로운 나날을 보냈다고 한다. 그러다 어느 날 한 마을에 들렀을 때 가게에서 노래가 흘러나오는데 바로 그

캔자스주 유레카에 있는 한 모텔에서 바라본 서쪽 하늘. 금방 먹빛으로 변했다.

곡이었다. 그는 배낭을 던져놓고 주저앉아 정신없이 받아 적고 난 뒤에 마음의 평화를 찾았다고 한다.

혹시 지하철 2호선 시청역 레코드 가게라면 모를까. 〈그날이 오면〉이 이곳 어느 마을 가게에서 흘러나올 리 만무하다. 할 수 없이 인터넷 접속이 되는 마을 도서관에서 게시판에 글을 올렸다. 제발 부탁인데 이 노래 가사 좀 띄워주세요. 미쳐버릴 것 같아요. 도와주세요. 그렇게 쓰지는 않았지만, 그렇게 절박한 기분이었다. 이용재 형이 자비롭게도 가사를 띄워줬다.

노래를찾는사람들이 부른 이 노래는 1980년대의 애창곡. 어깨를 걸고 그 노래를 같이 부를 때는 군사정권이 끝나고 자유와 민주주의가 꽃피는 날을 그렸을 것이다. 그래서 그날이 왔을까. 내게 '그날'은 오지 않았다. 10개 주 6400킬로미터를 달려 서부 해안에 자전거의 앞바퀴를 담그는 그날까지 이 노래를 부를 작정이다.

바 람 의 벽 에 구 멍 을 내 며 달 리 다

캔자스에 부는 바람은 대평원을 오르막길로 바꿔버린다. 같은 평지인데 바람이 세지면서 자전거 속도가 시속 25킬로미터에서 10킬로미터로 떨어졌다. 흔히들 대평원을 거대한 러닝머신이라고 말하곤 한다. 러닝머신에서는 아무리 뛰거나 걸어도 제자리다. 나는 폭풍이 만드는 계곡을 지나가고 있는 중이다. 미주리주 골든시티에서 피한 폭풍에 이어 또 다른 폭풍이 기둥처럼 몰려오고 있는 그 사이에 있다. 바람이 옆바람에서 맞바람으로 바뀌면서 고개를 들 수 없다. 고개를 들면 바람이 사정없이 따귀를 때린다.

사실 이번 여행에서 여러 가지 장비를 부실하게 준비해왔지만, 단 한 가지 내세울 게 있다면 핸들바에 단 유바U-bar다. 막대기 두 개를 'U'자 모양으로 붙여놓은 것인데, 핸들바에 설치한 받침대에 두 팔꿈치를 얹고 두 손으로 두 막대기를 붙잡으면 자전거 핸들바에 상체를 기댈 수 있다. 상체와 하체가 90도 각도를 이루면서 바람의 저항을 줄인다. 바람 때문이 아니더라도, 이 유바에 기대어 상체의 피로를 줄일 수 있다.

맞바람이 불 때의 주행방법을 구분동작으로 설명하면 이렇다. 머리를 쳐들지 않고 송곳처럼 앞으로 뻗어서 바람의 벽에 구멍을 낸다. 그 다음 유바에 상체를 기대서 몸을 유선형으로 만든 뒤 그 구멍으로 상체부터 쑥 밀어넣는다. 상체가 빠져나가면서 구멍이 넓어지고, 페달을 밟아 그 구멍 속으로 하체까지 집어넣는다. 이때 하체는 접영의 발차기처럼 순간적으로 구멍을 향해 솟구친다. 연속동작으로 설명하면 고개를 치켜세우지 않고 마구 페달을 밟는다는 것이다.

100킬로미터가량 달려 유레카^{Eureka}에 도착하자, 이미 서쪽 하늘을 검정이 장악했다. 오늘도 할 수 없이 야영을 포기하고 모텔에 묵어야 했다. 방에 들어와 텔레비전을 켜니 한 기자가 캔자스주 서쪽에 테니스 공만 한 우박이 떨어지고 있다고 급박한 소리로 보도했다. 폭풍이 동쪽으로 시속 100킬로미터 속도로 이동하고 있다. 그 일기예보를 들은 지 한 시간 뒤에는 온 하늘이 먹빛이었다.

밖에 나와 캔자스 특유의 폭풍이 몰아치는 모습을 구경하고 있는데, 사이클복을 입은 한 사내가 여관 주인과 얘기를 나누고 있었다. 그 역시 혼자서 서진하고 있는 미국 횡단 라이더. 그의 이름이 낯익다.

데이비드. 골든시티에 있는 호스텔의 로그북에 53세라고 나이를 밝히면서, 이번 여행이 지금까지 인생에서 가장 좋았던 일들 중의 하나라고 적은 그 사람이다. 비바람이 처마지붕 안으로 세차게 들이쳐 방으로 대피하는데, 그가 자기 방으로 나를 초대했다.

그와 얘기를 나누면서 나는 완벽한 여행 동반자를 만났다고 생각했다. 그 역시 그렇게 생각하는 눈치였다. 혼자고, 남자고, 그리고 묶인 일정 없이 여행하는 방식도 비슷했다. 문제는 자전거를 타는 속도인데, 서로 호흡을 맞출 수 있는지 내일 같이 여행해보기로 했다. 아침 7시에 같이 출발하기로 하고 헤어졌다. 폭풍우가 가져다준 특별한 만남이라고 생각했다.

25
내게 아주 '특별한' 첫 동행남

아침 7시에 출발하기로 했는데, 7시에 잠이 깼다. 황급히 데이비드의 방으로 가니 그는 이미 사이클복을 다 입고 아침도 먹고 짐을 꾸리고 있는 중. 오랜만에 만난 동행인데 혹시 먼저 가버릴까 봐 맘이 급해졌다. 30분만 시간을 주면 다 준비해서 오겠다고 말했다. 사정하는 조였다. 그는 괜찮다고 서두르지 말라고 했지만, 신병의 일조점호 준비자세로 볼일을 다보고 짐을 꾸리고 일기예보까지 확인하고 그의 방으로 가니 7시 26분.

그런데 그는 아직도 짐을 싸고 있었다. 전날 그가 짐 싸는 데 보통 한 시간 반이 걸린다고 해서 농담인 줄 알았다. 매일 짐을 싸는 데만 수원역에서 서울역까지 전철 타고 출근하는 시간이 걸린다니……. 아직도 싸지 못한 짐들이 방 곳곳에 널려 있다. 오히려 내가 20분을 더 기다려서 7시 46분에야 유레카를 뜰 수 있었다.

이번 여행에서 누구랑 같이 자전거 타는 게 처음이어서 어떻게 호흡을 맞춰야할지 몰랐다. 먼저 가라고 말하고 보니, 먼저 가는 사람이 바람을 먼저 맞아 더힘이 들 것 같다. 그래서 내가 먼저 가겠다고 하니, 그는 번갈아 앞에 서자고 했다. 그는 앞서 가다가 30분도 안 돼 멈추고, 숲으로 가서 소변을 보고 왔다. 불길한 전조였다.

짐 여덟 개나 달고 달리는 데이비드

그는 트레일러라고 부르는, 자전거로 끄는 짐수레 대신 패니어^{pannier}에 짐을 싣고 간다. 패니어는 자전거에 다는 가방인데, 예전에 말과 당나귀의 등 좌우로 늘어뜨려 달던 광주리에서 유래한 말이다. 패니어라는 말을 알면 자전거 여행에 대해 뭔가 아는 사람으로 대접받는다. 자전거 앞뒷바퀴 양쪽에 각각 걸이를 달고 패니어를 걸친다. 자전거의 무게 중심이 뒤쪽으로 쏠려 있기 때문에 짐 무게의 60퍼센트를 앞바퀴 패니어에 배정해야 좋다. 좌우 양쪽 짐의 무게가 균형을 이뤄야 함은 물론이다. 이런 것들이 성가셔 패니어 대신 짐수레를 끌고 가는 사람들이 많이 보인다. 짐수레에 짐이 더 많이 들어가기도 한다. 목적지에 도착하면 짐수레를 분리시켜 자전거만 타고 돌아다닐 수 있는 이점도 있다. 실제 그렇게 하게 되지는 않지만.

그는 패니어 두 쌍 그러니까 가방 네 개에다 핸들바와 뒷바퀴의 짐 선반 위에 각각 가방 두 개씩 모두 여덟 개의 가방을 싣고 간다. 그러니 무겁기도 무겁지만 부피가 커서 바람의 저항을 많이 받는다. 그의 뒤를 바싹 쫓아가면 그의 자전거가 바람을 막아줘서 편히 갈 수 있을 거라고 기대했는데, 그는 너무 느렸다. 내

장대하고 광활한 캔자스 대평원을 달리는 데이비드의 머리 위로 무해한 흰 구름이 지나간다.

리막길에서는 무게가 워낙 많이 나가는 바람에 가속도가 붙어서 나보다 더 빨리 달렸지만, 캔자스 대평원에는 내리막길이 거의 없다.

같이 달리는 기쁨도 잠시. 그가 선두로 나갈 때 나는 속도를 줄여야 했을 뿐만 아니라 자주 멈춰야 했다. 그는 가게가 나올 때마다 들렀고 가게가 안 나오면 안 나오는 대로 길가에 멈춰 뭔가를 먹었다. 그는 저혈당이어서 빨리 칼로리를 섭취하지 않으면 급격히 체력이 떨어진다고 설명하면서 양해를 구했다. 어떻게 만난 동행인데 양해하지 않을 수 있겠는가. 나는 그 동안 먹고 마시는 간격도 통제해서 물도 한 시간에 한 번씩 마셔왔다. 거의 30분마다 한 번씩 그가 물 마시는 것을 보기 위해 멈춰야 하는 게 쉬운 일은 아니었다.

그는 음식만 먹는 게 아니었다. 핸들바에 있는 그의 가방 속을 살펴보니 약통만 다섯 개가 있었다. 비타민제에다 두통약, 알레르기약 등등. 그는 사무실에 있을 때는 계속 콧물이 나왔는데 자전거를 타고 대지로 나오니까 알레르기가 없어진 것 같다고 하면서도 약병을 버리지 못했다. 그리고 멈출 때마다 휴대전화를 열어보며 서비스가 되는지를 확인했다. 훌훌 털어버리지 못하고 두고 온 세계와 연결되고 싶어 집착하는 모습이 좀 안돼 보인다. 가족도, 직장도 없어 전화 올 데가 없어 보이는데.

그의 목소리는 50대라는 게 믿어지지 않을 만큼 부드럽고 윤기가 있다. 악센트가 동부 쪽이어서 알아듣기도 쉽다. 그는 '테크놀로지컬 라이터technological writer' 다. 번역하면 '기술작가'. 건축용 소프트웨어의 사용설명서를 쓰는 게 그의 일이다. 까다로운 기술언어를 보통 쓰는 말로 바꾸는 게 직업이어서 그런지 복잡다단한 얘기도 그는 쉽게 할 줄 안다.

나는 전부터 사용설명서 쓰기가 신문기사나 시, 소설보다 더 중요한 글쓰기라고 생각해왔다. 기술의 세계에서는 아라비안나이트의 주문이 필요하다. 주문을 모르면 기계가 꿈쩍도 하지 않는다. '열려라 참깨'와 같은 주문이 매뉴얼이다. 세상에는 뜻 모를 매뉴얼이 너무 많다. 아들이 초등학교 3학년일 때 조립설명서를 보고 모형비행기를 대신 조립해주는데 눈이 아릴 지경이었다. 새벽 1시가 넘어 아들은 완성품을 보려다가 지쳐 쓰러져 잠들고, 나는 설명서의 난해한 언어에 절망했다. 내가 초등학교 4학년 때에 한 것과 똑같이 막대기들을 고무줄로 둘둘 말아서 모형항공기라고 만들어놓고 나도 잠들었다.

데이비드는 그런 문제점을 없애기 위해 자기가 다니던 회사에서는 기술작가들이 소프트웨어를 개발하는 단계에서부터 참여하거나, 이해할 수 없는 대목이 나오면 개발자에게 직접 문의할 수 있는 통로가 열려 있다고 한다. 그렇게 사용자의 관점에서 기술을 통제할 수 있다면 기술이 사람을 통제하는 것을 막을 수 있을 것 같다. 그런 점에서 기술작가들을 소중히 여겨야 하고, 기술작가들은 사용자들의 권익을 대변하기 위해 분연히 싸워야 한다고 믿는다.

펜 실 베 이 니 아 토 박 이 , 미 국 횡 단 에 나 서 다

그런데 자전거타기 기술 같은 기술만 있다면 기술작가들은 굶어 죽을 것이다. 사용설명서조차도 필요 없는, 인간 친화적인 기술이기 때문이다. 직관적으로 이해할 수 있고 실용적이며 인간과 하나가 된다. 나는 궁극적으로 기술작가들이 밥 먹고 살기 어려운 세계를 꿈꾼다.

데이비드는 이번 여행을 위해서 직장까지 관뒀다. 펜실베이니아주 토박이인 그는 반세기 이상 사는 동안 미시시피강 서쪽으로 가보지 못했다. 더 늦기 전에 텔레비전에서만 보던 서부를 보기 위해 장도에 올랐다. 원래는 2년 전에 출발했다. 그때 동부에 비가 많이 왔다. 쫄딱 젖은 채 650킬로미터를 달렸을 즈음에 그 악명 높은 켄터키 개의 습격을 받았다. 송아지만 한 개가 사납게 으르렁거리며 쫓아와서 페달을 세게 밟아 개를 따돌리려고 했다. 이 정도면 더는 쫓아오지 못하겠지 하고 뒤를 돌아보는 순간 균형을 잃으면서 자전거와 함께 길에 나뒹굴었다. 엉덩이로 먼저 떨어졌는데 아파서 바로 일어날 수 없었다. 사람들이 달려와서 부축하고 자전거를 일으켜 세우는 동안, 그 개를 풀어놓은 주인은 멀뚱히 쳐다보다가 집 안으로 들어가 버렸다고 한다.

동네 병원 의사는 허벅지에 죽은피가 뭉쳐 있다면서 주사로 뭉친 피를 뺐다. 그러자 뭉친 피가 빠진 공간으로 주위에서 대기하고 있던 피가 몰려들면서 허벅지가 퉁퉁 부어버렸다. 걸을 수가 없는 상태. 의사는 태연히 이제 다리를 절단해야 할지도 모른다고 말했다. 켄터키 사람답다. 기겁한 그가 의사가 자리를 비운 사이 간호사에게 도대체 의사가 뭘 알기는 알고 치료하는 거냐고 물으니 간호사가 "글쎄, 잘 모르겠다"고 말해서, 그 길로 펜실베이니아주에 있는 자신의 집 근처 병원으로 옮겼다. 이 병원 의사는 주사로 죽은피를 빼낸 게 잘못된 처방이었다면서 어쨌든 자전거 여행을 계속하는 것은 불가능하다고 선고했다.

그 뒤 절치부심 2년 동안 준비한 끝에 다시 미국 횡단에 나섰다. 배수의 진을 치듯 월세 살던 집도 정리해서 모든 짐을 창고에 맡겨놓고 왔다. 내가 갖고 있는 개 스프레이보다 훨씬 강력한 치한 퇴치용 스프레이를 장착했다. 반 정도 썼다고 한다. 켄터키주를 건너는 동안 미친 듯이 스프레이를 뿌렸을 그의 모습이 눈에 선하다.

그래도 임시로 돌아갈 곳은 있었다. 여행 후 다시 직장을 구할 때까지 애인 집에 기식할 예정이었다. 그러나 어제 나를 만나기 직전에 애인의 전화를 받았는데, 그는 그 뒤부터 정신적 공황 상태에 빠졌다. 애인은 아이를 입양하게 될 것 같다면서 그러면 사회복지사들이 다른 남자가 입양아와 같이 사는 것을 허용하

데이비드의 자전거에는 무려 8개의 가방이 달려 있어 바람의 저항을 많이 받아 속도를 잡아먹었다.

지 않을 것이라고 말했다고 한다. 이 말의 뜻은 그가 들어올 자리가 없다는 것. 갑자기 여행 이후의 삶이 붕 뜨면서 그야말로 집도, 절도 없는 신세가 돼버렸다. 사실 열한 살 연하인 애인이 변심한 것에 더 상처를 받은 것은 물론이다.

휴대전화 서비스를 확인하는 것은, 혹시 애인이 마음을 고쳐먹고 전화하려는데 서비스가 불통이어서 통화가 안 되는 건지, 아니면 서비스가 되는데도 전화를 안 거는 건지를 확인하기 위해서인 듯했다. 트랜스 아메리카 트레일이 지나가는 미국은 외져서 휴대전화 서비스가 안 되는 지역이 많다. 그런데 그에게는 서비스가 되는 지역이 나오는 게 더 가슴이 아프다. 전화기가 울리지 않는 시간이 견디기 어렵다.

그 는   오 지   않 는 다

실연한 쉰세 살 남자에게 마흔한 살 남자가 해줄 말은 많지 않았다. 기다려봐. 다른 여자가 생길 거야. 그렇게 말하기도 어렵다. 부드러운 그의 목소리를 감안하면 혹시 모른다. 근사한 여자친구가 나타날지도. 내가 해줄 수 있는 얘기는 스콧시티에 있는 호스텔에 가면 끝내주는 여자가 일하고 있다는 것뿐이었다. 그는 정보 제공에 고마워하기는커녕 "너는 결혼한 몸인데, 왜 그런데 관심을 두느냐?"고 힐문하듯 말했다. 그러면서 "나는 이제 자유의 몸이지만 말이야" 하고 덧붙였다. 실연을 당한 와중에 아직 만나지도 않은 여자에 대해 문단속부터 한다.

엘도라도Eldorado에서 점심을 같이 먹은 뒤로는 선두를 빼앗아 먼저 달렸다. 그가 따라오는지 돌아볼 때마다 그는 점점 까만 점으로 사라진다. 한참을 기다리니까 그가 숨을 헐떡이며 도착해서는 좀 쉬었다 가자고 한다. 가게에서 그는 한번에 다 먹지도 못할 물과 먹을 것을 사서 안 그래도 무거운 짐을 더욱 무겁게 했다. 나이가 들면 되새길 추억만으로도 짐스러운 판인데……

나는 더는 그와 보조를 맞추기가 어려워서 갈림길이 나오면 멈춰 기다리겠다며 뒤를 안 보고 달렸다. 폭풍의 계곡이 끝난 대평원에서는 이마를 간질일 정도로만 바람이 분다. 페달을 밟아 피를 온몸으로 뿜어내니 충만감이 몸 구석구석 퍼진다. 시속 40킬로미터로 내쳐 달려 뉴턴^{Newton}으로 들어가는 갈림길에서 멈췄다. 고속도로 다리 밑에 드러누웠다. 그는 안 보인다. 기다리는 게 아니라 그가 올 때까지 시간을 많이 벌어놓은 듯한 느낌이다. 이렇게 한 세상 살다 가는 거지 뭐. 두 다리를 들어올려 교각에 걸쳐놓고 기억에서 지워진 노래 한 곡을 복원했다.

"저 하늘에 구름 따라 흐르는 강물을 따라/ 정처 없이 걷고만 싶구나. 바람을 벗 삼아 가며/ 눈앞에 보이는 옛 추억, 아 그리워라/ 소나기 퍼붓는 거리를 나 홀로 외로이 걸으면/ 그리운 부모 형제 다정한 옛 친구/ 그러나 갈 수 없는 신세 홀로 가슴 태우다/ 흙 속으로 묻혀갈 나의 인생아."

그는 오지 않는다.

26
다시 혼자다, 외로움이 더 크다

데이비드가 오기는 왔다. 걱정이 돼서 다시 가볼까 하는 생각이 들 무렵, 기다린 지 한 시간 만에 그의 모습이 시야에 들어왔다.

유레카부터 오늘 목적지인 뉴턴까지 123킬로미터. 그는 "하루에 100킬로미터 넘게 달린 게 오늘이 처음이어서 좀 힘이 들었다"면서, "앞으로는 더 잘 탈 것 같다"고 말했다. 앞으로 일찍 들어오게 하고 말하는 외박한 남편의 어조다.

다리 밑에서 뉴턴까지는 겨우 8킬로미터. 그러나 반도 못 가 돌아보니 보이지 않을 만큼 그는 뒤로 처졌다. 뉴턴으로 들어오고 길이 엇갈리지 않도록 갈림길에서 다시 기다리면서, 그의 문제점에 대해 생각해봤다.

마치 뉴욕 시민들이 뉴욕 양키스를 응원하고 양키스 로고가 붙은 모자를 쓰고 다니듯 미국인들은 성조기를 좋아한다. 옥외 화장실까지 성조기로 도배를 해놓았다.

많은 짐을 달고 가는 것 말고도 주행자세가 문제다. 그는 사람들에게 손을 흔들어주느라 많은 에너지를 소비한다. 캔자스는 바이크 라이더들 사이에서 가장 우호적인 주로 꼽힌다. 비우호적인 미주리주 옆에 있어서 더 대조적이다. 주의 경계를 넘으면 갑자기 손을 흔들거나 엄지손가락을 들어올려 환영하는 운전자들이 많아진다. "사실 나도 자전거 혁명 대의에 동조해. 시절이 하수상해서 지금은 차를 타고 있지만. 무사히 잘 끝내길 바라." 그렇게 명시적으로 말하지는 않지만 나한테는 그렇게 해석되는 메시지를 보낸다.

인 심 지 수 양 호 한 캔 자 스

언젠가 픽업트럭이 맞은 편 차선 옆 빈터에 멈춰 서더니 운전자가 차에서 내려 나를 기다리는 게 보였다. 맞바람이 세게 부는 허허벌판에서 검문하려는 듯 서 있는 그의 모습에 더럭 겁이 났다. 방어할 아무런 무기도 없고 자전거로는 도망칠 수 없고 도와줄 행인도 없다. 그냥 태연하게, 얼굴에는 세상에서 가장 친근한 표정을 지으면서 지나치려는데, 그가 길을 건너서 내 차선 쪽으로 왔다. 60대 중년 사내. 무기만 없다면 맞서 싸워도 될 듯. 인상착의는 나쁘지 않은 편. 그에 관한 신상정보가 머릿속에서 빠른 속도로 처리된다.

그는 악수를 청하며 "캔자스에 온 것을 환영한다"고 말했다. 그리고 내민 내 손바닥에 25센트짜리 동전인 쿼터를 쥐어주며 "바람 때문에 미안하다"고 말하고는 차선을 건너갔다. 그가 차에 올라타 손을 흔들고 가는 동안 나는 그대로 쿼터를 손에 쥐고 선 채로 쳐다보고만 있었다.

무슨 뜻일까. 그 동안 카페에서 밥값을 대신 내준 할아버지도 있었고 먹을 것을 싸준 아주머니도 있었지만, 25센트 적선의 의미는 알 수 없다. 다음 나온 마을에 마침 25센트짜리 탄산수를 파는 자판기가 있어서 이 동전을 썼는데, 음료수를 마시면서 혹시 그 쿼터가 액운을 방지하는 부적 같은 게 아니었을까 하는 생각이 들었다. 그걸 마시면 갈증만 더 나는 싸구려 음료수와 바꿔버리다 니…….

캔자스라고 라이더에게 야박하게 구는 운전자들이 없는 것은 아니지만, 내가 개발한 인심 지수에 따르면 압도적으로 플러스 점수다. 팀 슈락 목사의 말에 힌트를 얻어 만든 이 인심 지수는 라이더를 박대한 사람 수는 마이너스, 환대한 사람의 수는 플러스로 계산해서, 두 숫자를 합산해 '-3'이 넘으면 인심이 험한 동네라고 간주하는 것이다. 캔자스에서는 경례하듯 이마에 손을 가볍게 댔다가 떼는 화물차 운전사까지 목격됐다. 라이더들은 보통 목례만 하거나 한 손을 들어서 빨리 답례하고 다시 핸들을 잡는다. 나는 아직도 두 손으로 핸들을 잡지 않으면 불안해서 고개만 끄덕이거나 웃어주기도 하고, 유바에 상체를 기대고 주행할 때는 엄지손가락만 들어 보인다.

그런데 데이비드는 환영하는 운전자를 만나면 왼손을 뻗어 허리에서 머리 위까지 90도 각도로 들어올리는 동작을 몇 차례나 되풀이한다. 투르 드 프랑스에서 결승선을 통과한 랜스 암스트롱이라도 관중들에게 저렇게까지 팔을 펄럭이지는 않을 것이다. 내가 보기에는 그냥 코를 파려고 손을 들다가 그가 격렬하게 인사하는 것을 보고 화들짝 놀라 인사하는 동작으로 바꾸는 운전자도 있었다. 답례하는 수준을 넘어서 치어리더처럼 환영을 선도하는 인사법 때문에 칼로리 소모가 많고 저혈당인 그로서는 그럴수록 자주 보충해줘야 하니 자연히 여행 속도가 느리다. 그러나 알레르기에다 저혈당, 여행을 중단해야 했던 뜻밖의 개 사고까지 딛고 직장도 관두면서 꿈에 그리던 일을 하루하루 성취하고 있다는 점에서 그는 암스트롱 못지않은 작은 영웅이다.

다시 한참 있다가 따라붙은 그는 늦어서 미안하다는 말 대신, 다짜고짜 "오늘 저녁은 서브웨이 샌드위치다"라고 외쳤다. '서브웨이가 아니면 죽음을 달라'는, 타협의 여지가 없는 말이었다. 머릿속에 그 샌드위치를 그리며 마지막 몇 킬로미터를 견뎌온 듯했다. 중국 식당에서 저녁 먹기로 한 약속은 너무 지치고 힘들어서 잊어버린 듯했다. 나로서는 아침도 빵, 점심도 빵, 저녁도 빵이니 죽을 맛이다. 조리 도구를 모두 집으로 보내버린 뒤 중국 식당은 단맛과 짠맛이 아닌 맛을 볼 수 있는, 맛의 사막에서 오아시스 같은 곳이다. 내가 발견한 또 하나의 법칙은 인구 3000명이 넘는 마을에는 중국 식당이 반드시 한 곳 이상 있다는 것. 뉴턴의 인구는 1만 8000명이나 되니까 나의 중국 식당 분포법칙에 따르면 서너 집은 될 것으로 보고 입맛을 다시며 왔는데……, 쩝.

하 루 만 에 끝 난 동 행

모처럼 다시 시립공원에서 야영을 했다. 미국 독립기념일이 다가오면서 그 동안 폭음탄과 폭죽 때문에 눈과 귀가 따가웠다. 독립기념일인 오늘은 그 절정이다. 미국에서 몇 년 살았지만, 뉴턴처럼 불꽃놀이를 요란하게 하는 동네는 처음이다. 시가 주관하는 불꽃놀이 말고도 개인들이 수백 달러씩 들여 폭죽을 쏘아 올린다. 축하라기보다는 스트레스 해소 또는 화풀이 차원의 불꽃놀이로 보인다. 여기저기서 수류탄처럼 던지는 폭죽이 터지고 공중을 향해 발사하는 포화와 같은 폭죽도 퍼붓는다. 화염이 장소를 가리지 않고 사방에서 피어오른다.

그 무정부 상태에서도 나는 숙면을 취하고 아침 6시 반에 일어났다. 이미 깨어 있던 데이비드는 "바그다드에 있는 것 같았다"면서 자기도 이곳처럼 어지럽게 불꽃놀이하는 동네는 처음 본다고 말했다. 그는 그러면서 개 짖는 소리 때문에 잠을 설치지 않았느냐고 물었다. 아니라고 말하자 다리 건너편 집에서 개 한 마리가 밤새 짖었는데 그 소릴 못 들었냐며 믿지 않는다는 표정을 지었다. 자신은 그 소리에 너무 화가 난 나머지 새벽에 일어나 300미터쯤 떨어진 다리까지 걸어가서 "제기랄, 입 닥쳐!"라고 말하고 오기까지 했다는 것. 그 말을 들은 개가 잠시 잠잠하다가 다시 짖기 시작해서 지금까지도 계속 짖고 있다면서, 진짜 소리 안 들리느냐고 물었다. 귀를 기울여보니 희미하게 개 짖는 소리가 들린다. 누구 보고 짖는 소리가 아니라 아파서 낑낑대는 소리 같다. 병원에 데려가야 할 환견이다. 잠을 깨울 만큼 소리가 큰 건 아니지 않느냐고 말하니, 지금은 주위가 소란해서 그런 것이고 밤에는 두 배쯤 더 시끄러웠다고 정색을 하며 말했다. 그는 조금 있다가 누가 찾아와서 말을 붙이자, 이번에는 개 짖는 소리가 간밤에 세 배쯤 더 시끄러웠다고 말했다. 이래저래 그는 개와 악연이다.

아침을 나눠 먹으면서 그는 뜻밖의 말을 했다. "이틀 연속 잠을 설쳐서 오늘은 멀리 못 갈 것 같다"면서 "네가 혹시 혼자 가더라도 책망하지 않겠다"고 말했다. 말이 묘했다. 자전거를 같이 타기로 한 지 하루 만에 멀리 못 가겠다고 자빠진 게 누군데, 내가 그냥 가도 책망하지 않겠다니! 그는 빨리 주행을 끝내고 여관에서 푹 쉬어야겠다고 말했다. 쉴 곳으로 겨우 40킬로미터 떨어진 불러^{Buhler}를 짚었는데, 거기에는 여관이 없다. 그래서 쉬려면 뉴턴에 여관들이 몇 개 있으니 여기서 쉬고 가라고 조언했고, 그가 이를 받아들임으로써 우리의 동행은 하루 만에 끝이 났다.

실망스러웠지만 한 가지 기특한 것은 그가 짐 몇 가지를 소포로 부치기로 했다는 점. 매일 짐 싸는 데만 한 시간 반이 걸리기는 했지만, 어쨌든 캔자스까지 끌고 온 짐을 정리한다는 것은 대단한 결심이다. 그는 그 많은 짐이 자기한테는 꼭 필요한 것들이라고 말해왔다. 보내는 짐에 녹음기가 있어서 사람들 인터뷰도 했느냐고 물으니 그의 말이 걸작이다. "사람도 아니고 녹음기에 대고 혼자 계속 수다를 떠는 게 겸연쩍어서 며칠 하다가 그 동안 안 하고 있었거든."

그는 매일 겪고 느낀 점을 적는 게 귀찮아 말로 녹음하려고 녹음기를 가져온 것. 전화기도 아닌 녹음기에 대고 혼자 얘기하기는 낯간지러울 것 같다. 물통도 다섯 개여서 내가 생각하기에는 부칠 짐들이 더 많아 보였지만 아무 말도 하지 않았다. 그는 "오늘부터는 새 여자를 찾아봐야겠다"고 선언했다. 계속 정리하는 분위기다. 새 여자를 사귀어서 '괘씸하기 짝이 없는' 여자친구에 복수하겠다는 의지가 쉰셋이라는 나이를 무색하게 했다.

　헤어지기 전 도심에 있는 다방에서 마지막 커피를 마셨다. 간밤 독립기념일 축제의 피로가 잔뜩 묻어나는 두 여자가 아침 커피를 끓였다. 그 중 한 여자가 괜찮아 보였는데, 그는 벌써 작업에 들어간 듯 주문하는 데 시간이 오래 걸렸다. 다방에는 달콤한 이탈을 유혹하는 노라 존스의 〈컴 어웨이 위드 미^{Come away with me}〉가 흘러나왔다.

캔자스주 뉴턴에서 독립기념일에 벌어진 불꽃놀이는 이라크 바그다드에 있는 듯한 기분을 불러일으켰다.

먹구름을 뚫고 다시 혼자가 되다

오늘도 구름이 잔뜩 끼었다. '곳에 따라 천둥번개를 동반한 비'다. 무책임한 일기예보다. 가야 할지, 그와 함께 여기서 하루를 더 보내야 할지 헷갈린다. 그는 노골적이지는 않지만 번개 칠 때 주행하는 게 가장 위험한 일이라면서 같이 머물 것을 권했다. 나로서는 몸이 멀쩡한데 그냥 하루를 노닥거리며 보내기 싫어서 계속 가기로 했다. 그는 여관을 찾으러 갔고 나는 길을 찾아 떠났다. 우리는 서로 다시는 못 만날 것을 알았다. 나는 멈추지 않을 테고 그는 빈둥댈 테니까. 그는 언제 여행을 마칠지 기약할 수 없다고 말했다. 돌아갈 곳이 없으니 특별히 끝내야 하는 날이 있는 것도 아니라고 했다. 다만 통장 잔고가 매일 줄어들고 있어 마냥 자전거를 타며 손을 흔들고 다닐 수만은 없다고 했다. 다니면서 살기 좋고 일자리가 있는 곳이라면 아예 주저앉을 거라고 말했다.

나는 백수를 자처하며 여행하고 있지만 아직도 빈둥대는 것은 익숙하지 않다. 끊임없이 뭔가 일을 찾아서 하고 있다. 이 여행도 글을 신문에 연재하다 보니 한편으로 일이 돼버렸다. 그는 빈둥댈 줄 아는 사람이다. 미국을 빈둥대면서 자전거로 횡단할 수 있다면 백수로서 사부급이다. 그게 진정한 놀이고 여행일 것 같다.

다시 혼자다. 한번 동행을 겪은 터라 외로움이 더 크다. 거기다 먹구름까지 밀려오고 있었다. 모든 것을 잊는 방법은 주행에 집중하는 것이다. 불안해서, 외로워서 자전거를 세게 몰았다.

자전거를 타고 구름 밖으로 벗어나는 건 희한한 경험이었다. 그 넓은 구름이 어느 새 동쪽으로 밀려나 있다. 시속 16킬로미터로 구름이 바람을 타고 동진하고 내가 시속 20킬로미터로 서진하면, 시속 36킬로미터의 속도로 우리는 서로 멀어지고 있는 것이다. 그래서 지름 100킬로미터의 구름장이 하늘을 덮고 있다고 해도 세 시간이면 그 영향권에서 벗어날 수 있다. 빗방울 한 방울 안 맞고 니커슨^{Nickerson}을 거쳐 스털링^{Sterling}으로 갔다.

07
통신선 찾다가
'골드 러시'
마차와 마주치다

샌타페이[Santa Fe]로 가는 길을 만났다. 이른 아침 숲길을 걷다가 거미줄에 걸리듯 뜻밖의 마주침이었다. 어떤 길은 지도가 아니라 역사 속에만 표시돼 있는데, 샌타페이 트레일이 그렇다. 미주리주 프랭클린[Franklin]에서부터 뉴멕시코주 샌타페이까지 미국 중부를 대각선으로 가로지른다. 사실 미국을 횡단한다면 이 빗금을 피하기 어렵다.

  이 트레일은 퇴장한 지 오래여서 직접 대면하고서야 그 존재의 깊이를 실감할 수 있었다. 미야자와 리에의 누드집으로 각인된 샌타페이에 대한, 최초의, 뭐랄까, 나른한, 관능적 이미지도 벗어버리게 됐다('Santa Fe'는 스페인어로 '성스러운 믿음'이라는 뜻이다. 그런데 열여덟 살 소녀 리에는 '발칙하게도' 여기까지 와서……).

신문에 원고와 사진을 송고할 때가 되면 큰 마을을 찾게 된다. 트랜스 아메리카 트레일이 지나가는 미국은 워낙 외져서 사진 같은 대용량 정보를 보낼 만한 통신선이 없다. 모텔 전화선으로는 사진을 보낼 수 없고, 도서관은 밖에서 디스크를 가져와 파일을 전송하는 것을 허용하지 않는다. 원고와 사진을 송고하라. 그게 오늘의 임무였다. 트랜스 아메리카 트레일에서 벗어나 인구 2만 명의 '대도시(!)'인 캔자스주 그레이트벤드Great Bend로 향했다. 큰 도시에는 대용량 정보를 송신할 수 있는 무선 인터넷 카페나 여관이 있다.

스털링에서 출발해 그레이트벤드로 가는 길에 처음 나오는 도시인 라이언스Lyons에서 흥미로운 역사 인물과 마주쳤다. 시청 옆에 딸린 코로나도 퀴비라 박물관에서였다. 박물관 이름이 희한했다. 코로나도의 정식 이름은 프란시스코 바스케스 드 코로나도Francisco Vazquez de Coronado. 캔자스에 처음 발을 디딘 유럽인의 이

름이다. 퀴비라Quivira는 당시 캔자스 중부에 살던 인디언 부족 이름. 그러니까 물과 기름처럼 전혀 어울리지 않은 정복자와 피정복자의 이름 두 개를 붙여놓은 박물관이었다. 혹시 무선 인터넷이 깔려 있을까 해서 이 박물관을 찾다가 깔려 있다는 말을 듣고 잠시 흥분했으나 작동이 안 됐다.

스페인 사람 코로나도는 1000여 명의 부하를 이끌고 1540년에 멕시코에서 미국 내륙으로 2400킬로미터의 원행에 나선다. 그의 임무는 황금의 도시를 찾는 것이었다.

원정대를 '사지'로 안내한 인디언

'할 수 없이' 박물관을 관람하다가 마주친 흥미로운 인물은, 코로나도가 아니라 그의 캔자스 원정을 안내한 인디언 투르크Turk였다. 미국 대륙에 대한 연고권을 선착순으로 주장한다면—그 전부터 살고 있던 아메리카 인디언들에게는 기가 막힌 일이지만—오늘날의 미국은 스페인의 식민지여야 했다. 스페인은 16세기 초에 이미 아스텍 문명을 작살내고, 오늘날의 멕시코와 미국의 남서부를 포함하는 넓은 땅에 뉴스페인을 건설했다. 뉴스페인 총독 멘도사의 지시를 받고 코로나도는, 1540년에 기병과 보병 등 1000명의 원정대를 끌고 멕시코의 콤포스텔라Compostela를 출발하여 미국 내륙을 향해 2400킬로미터의 원행에 나선다. 영국 청교도들이 매사추세츠주 플리머스에 상륙하기 80년 전의 일이다.

스페인 사람 코로나도는 유럽인으로서 미국 대평원에 첫발을 내디뎠다. 영국 청교도들이 미국에 오기 80년 전의 일이었다.

그의 임무는 황금이 차고 넘친다는 '시볼라의 일곱 도시Seven Cities of Cibola'를 찾는 것. 출발한 지 며칠 만에 퀴비라 부족이 살고 있는 땅이 그런 곳이라며 길 안내를 자청하는 인디언 노예를 만났다. 이 노예의 이름이 투르크. 그는 내가 지금 있는 라이온스까지 질러오지 않고, 텍사스의 사막으로 그들을 끌고 갔다. 무더운 날씨에다 물까지 부족하자 원정대는 떼죽음 직전의 위기까지 갔다.

그게 투르크의 계산이었다. 그는 인디언 부족의 땅에서 스페인 침략자들을 몰아내기 위해 일부러 사지로 끌고 갔다. 목숨을 건 유인작전이었다. 불행히도 이 작전은 같은 인디언인 이소피트Isopete가 일러바치면서 탄로가 났다. 투르크는 살해당하고 이소피트는 나중에 자유의 몸이 된다. 천신만고 끝에 사막지역을 벗어나 라이언스까지 온 스페인 원정대는, 전설의 금이 존재하지 않는다는 사실을

미주리주 프랭클린에서부터 뉴멕시코주 샌타페이에 이르는 샌타페이 트레일은 다섯 개 국가들이 연고가 있다. 캔자스주 라이온스에 있는 코로나도 퀴비라 박물관은 영국, 프랑스, 스페인, 멕시코, 미국 다섯 개 국가들의 국기와 캔자스 주기를 전시하고 있다.

확인하고 빈손으로 돌아간 뒤 다시는 대평원에 눈독을 들이지 않았다. 그들이 라이언스까지 온 사실은, 당시 원정대원 한 명이 칠칠치 못하게 사슬갑옷을 이 곳 부근에 있는 카우 크리크^{Cow Creek}라는 곳에 흘리고 갔는데, 이것이 434년 뒤인 1974년에 발견됨으로써 밝혀졌다.

만약 투르크가 스페인 원정대를 사막으로 끌고 가지 않아 그들의 식량과 자원 이 고갈되지 않았다면, 그래서 스페인 원정대가 더 멀리 여행해서 혹시 금이라 도 발견했다면 오늘날의 미국은 없다. 지금 대평원은 황금빛으로 빛나는 밀밭이 다. 늦었지만 지금이라도 앵글로색슨의 미국은 투르크의 황금 동상을 세워줘야 한다. 투르크가 바란 게 오늘날의 미국인지는 몰라도.

라이언스에서 그레이트벤드로 가는 56번 길은 역사 속에 존재하는 샌타페이 트레일과 부분적으로 겹쳤다. 샌타페이 트레일을 처음 개척한 것은 코로나도 원 정대다. 물론 더 거슬러 올라가면 물소들이다. 물소들이 먼저 갔고 그 뒤를 아메 리카 인디언들이 좇으면서 길이 생겼다. 그런데 샌타페이 트레일을 다룬 자료나 책을 보면 이런 사실을 언급하지 않는 경우가 많다. 대신 윌리엄 베크넬^{William Becknell}을 '샌타페이 트레일의 아버지'라고 부른다.

그는 1821년에 노새에 공산품을 잔뜩 싣고 프랭클린에서 출발해 1500킬로미 터를 달려 샌타페이에 도착함으로써 샌타페이 교역로를 개척한 인물. 그 전해까 지만 해도 샌타페이는 스페인령이었고, 스페인은 국경을 넘어오는 사람들을 잡 아가두고 물건들을 압수했다. 억세게 운이 좋은 그는 뜻밖에 열렬히 환영받았는 데, 도착 직전에 스페인으로부터 독립한 멕시코가 미국과 교역하기를 원했기 때 문이다. 그는 많은 차액을 남기고 물건들을 다 팔았다. 그가 돌아와 이 같은 사 실을 소문 내자 너도나도 멕시코와의 교역에 뛰어듦으로써 샌타페이 트레일이 확립된다.

얘기가 샛길로 더 나가기 전에 베크넬이 왜 목숨을 걸고 국경을 넘었는지 그 동기가 궁금했다. 미국인들은 새로운 곳을 개척하려는 진취적인 기상으로 미국 역사가 싹트고 만개한 것처럼 얘기들 한다. 베크넬 역시 그런 정신의 표상으로 기려진다. 그러나 미국 국립공원공단에서 펴낸 자료에 따르면, 그는 빚에 몰린 파산자였다고 한다. 감옥행을 피하기 위해서는 일확천금을 해야 하고 그게 무모한 샌타페이행의 동기였다. 미국의 이민사, 특히 서부개척사는 이처럼 황금에 눈먼 사람들의, 죽음을 무릅쓴 도박으로 가득 차 있다.

우 측 통 행 만 든 마 차 길 자 국

교역량이 많아지면서 사람들은 노새를 버리고 우마차에다 짐을 싣고 갔다. 짐마차가 다니면서 길이 분명해졌다. 그 전에는 길을 잃어버리지 않도록 길 주변 나뭇가지를 꺾어서 표시했는데, 이제는 마차의 바퀴자국만 보고 따라가면 됐다. 그때 짐마차의 대표 브랜드가 '코네스토가Conestoga'. 피츠버그에서 생산되던 이 짐마차는 2, 3톤의 짐을 끌 수 있어 불티나게 팔렸다.

코네스토가가 미국인의 삶에 미친 결정적 영향은 운전석을 왼쪽에 둔 디자인이었다. 전부터 식민모국이던 영국은 좌측 통행인데 식민지이던 미국은 왜 우측 통행인지가 궁금했는데, 이 디자인에서 그 의문을 풀었다. 마차의 왼쪽에 앉은 마부들은 길의 오른쪽으로 마차를 몰았다. 코네스토가의 바퀴가 커서 자국도 굵었다. 뒤에 오는 마차들은 코네스토가 마차들이 내놓은 자국을 따라 운전하면 편리했기 때문에 코네스토가의 진행방향이 미국 도로의 진행방향으로 굳어졌다는 것.

한국은 조금 이상하다. 우리는 걸을 때는 좌측 통행인 것 같은데, 차는 확실히 우측 통행이다. 보행이 좌측 통행인 것은 일제의 잔재인지도 모른다. 일본은 좌측 통행이다. 세계적으로 좌측 통행인 나라는 영국과 싱가포르, 말레이지아 같은 과거 대영제국권의 국가들과 일본밖에 없다. 우리나라 차들이 우측 통행을

인적이 드문 대평원에서 나를 지켜보는 것은 소들뿐이다.
소들은 호기심이 많아서 내가 시야에서 벗어날 때까지
고개를 돌려 쳐다본다.

하게 된 것은 짐작건대 미군정의 유산이 아닐까. 일제와 미군정을 거치면서 사람과 차의 통행방향이 뒤죽박죽 돼버린 거라면, 그리고 현행의 이중 통행체계에 내가 모르는 어떤 이점이 있는 게 아니라면 이제라도 한 방향으로 정리할 필요가 있지 않을까. 다음 대선에서 좌우측 통행 단일화를 제안하는 후보에게 한 표.

길도 흥망성쇠 한다. 청장년기인 1860년에 한 해 교역물량이 지금 화폐가치로 5300만 달러(530억 원)에 이를 만큼 번성하던 샌타페이 트레일은 60세를 일기로 숨을 거두었다. 1880년 2월 14일에 샌타페이의 한 지역 신문은 1면에 굵은 활자로 "옛 샌타페이 트레일, 망각 속으로 사라지다"라는 '부음' 기사를 실었다. 이날 기차가 샌타페이에 도착해 마차 시대를 밀어냈고, 샌타페이 트레일은 퇴장했다.

선의로 이어진 '연대의 거미줄'

그레이트벤드에 들어가기 전에 엘우드Ellwood라는 작은 마을의 피자 뷔페에서 점심을 먹는데, 옷에 페인트 얼룩을 잔뜩 묻힌 레이먼드 퍼티그라는 사람이 찾아와서 내 식탁에 앉았다. 한눈에 그가 라이더라는 것을 알았다. 라이더들끼리는 스스럼이 없다. 그는 캔자스주를 자전거로 서너 번 횡단한 경험이 있다면서, "미국을 횡단하는 너에 비하면 아무것도 아니지만"이라고 말했다. 전에 장거리 자전거 여행을 한 번도 한 적이 없는 초심자로서 고참 라이더한테 이런 얘기를 들으면 황송해진다. 그는 38년간 고교 교사로 일하다가 은퇴한 뒤에는 페인트칠로 용돈을 벌고 있다고 한다.

그가 인터넷 전송에 어려움을 겪고 있다는 내 사정을 듣고 도서관으로 가서 자기 이름을 대고 부탁해보라고 하는데, 마침 도서관 사서가 식당으로 들어왔다(정말 작은 마을이다). 샤론이라는 이 사서도 도서관에 가서 자기 이름을 대고 얘기하면 도와줄 거라고 했다. 도서관에 갔더니 친절한 이 도서관은 샤론을 들먹일 것도 없이 개인 디스크 이용을 제지하지 않아 파일을 무사히 전송할 수 있었다. 임무 완수.

혼자 여행하는 것 같지만 어려울 때마다 도움의 손길이 뻗쳐온다. 내게는 보이지 않는, 거대한 네트워크를 둔 교통상황실 같은 곳에서 나를 지켜보고 있는 게 틀림없다. 엘우드로 표시된 지역단추를 누르니 퍼티그가 내게 다가와 도움을 제의하고⋯⋯. 그 네트워크를 나는 선의라는 실로 이어진, '연대의 거미줄'이라고 부른다.

28
가시철조망에 환장하다니, 환장할 노릇이네

버지니아의 돌담이나 켄터키의 목책은 오래 묵으면 자연의 일부가 된다. 반면에 캔자스 대평원의 가시철조망은, 아무리 오래돼도 눈에 거슬린다. 같은 울타리인데 왜 그럴까. 출입을 막는 목적 외에 출입하려는 사람이나 동물을 해하려는 의도가 가시로 드러나 있기 때문인 것 같다. 그래서 처음 철조망이 발명됐을 때 '악마의 줄devil's rope'이라고 부르기까지 했다.

대평원은 하늘과 잇닿은 무한한 대지이면서, 동시에 철조망으로 갈가리 찢겨진 빈터의 집합이다. 길은 평행을 이루며 끝없이 달리는 두 줄기 가시철조망 사이에 낀 좁고 긴 띠일 뿐이다. 'Private, No Trespassing'이라는 표지판들이 철조망에 덕지덕지 붙어 있다. '사적인 지역임. 무단침입 금지' 또는 '민간인 지역임. 무단침입 금지'라고 번역해야 할까. 까다롭다. 한국의 군사시설 보호구역에 붙어 있는 '민간인 출입 금지'라는 표지판과 정반대인, 하지만 같은 강도의 메시지다.

가 시 철 조 망 의 세 계 수 도 , 라 크 로 스

미국에서는 '사^{private}'가 신성불가침이다. '공^{public}'은 때로는 공산주의와 동의어로 치부된다. 이곳에서 사유재산권은 아름답다. 사유재산을 추구하고 천문학적으로 끌어 모은 이야기는 영웅담이 되고 나중에는 전설로까지 승화된다. 주체하지 못할 만큼 쓸어 담은 부를 지키는 방법도 여기서 발달했다. 나무와 쇠가 귀한 대평원에서 처음에는 석회석 바위말뚝으로 소유의 경계를 표시했는데, 침입을 막을 정도로 촘촘히 박을 수가 없었다. 한두 평도 아니고 수백만 평인데, 그 둘레에 일일이 바위말뚝을 박다 보면 비용 면에서 배보다 배꼽이 더 클 수 있다.

이때 땅부자들의 고민을 일소해준 '위대한 발명품'이 탄생했으니, 바로 가시철조망이었다. 저렴하고 효과적으로 넓은 땅에 살벌한 테두리를 칠 수 있게 됐다. 대평원에서 생긴 가시철조망은 점점 더 뻗어나가, 미국을 넘어서 나라와 나라를 가르고, 공산주의와 자본주의 진영을 가로질러, 지금도 한국의 남북을 갈라놓고 있다.

트랜스 아메리카 트레일에서 6.5킬로미터 떨어진 캔자스주 라크로스$^{La Crosse}$는 '가시철조망의 세계수도'라고 자처하는 곳이다. 인구 1376명의 작은 마을이 당당히 세계수도라고 자처할 정도라면 허풍이라고 쳐도 뭔가 대단한 것이 있는 게 아닐까. 그런 호기심 때문에 돌아가는 것을 무릅쓰고 라크로스로 향했다. 가는 길에 강력한 바람폭탄이 터진 듯 맞바람이 불어서, 재미만 없어 봐라 하는 심사로 페달을 밟았다.

그곳에는 박물관이 있었다. 미국에 감옥박물관이나 꼰 실 박물관 같은 이색적이지만 싱거운 박물관들이 많이 있지만, 이 박물관은 희한하다는 점에서 또 다른 일가를 이루고 있었다. 시립공원 안의 허름한 단층 건물인 이 박물관은 입구부터 심상치 않았다.

그림 두 점이 전시돼 있는데, 하나는 '미국을 가로지른 쇠줄Steel Strings Across America'이라는 제목이고, 다른 그림의 제목은 '악마의 줄Ⅱ'. 나는 가시철조망 박물관 안에 들어온 것이다. 분명 아름다운 뭔가가 있어서 전시해놓은 그림일 텐

'가시철조망의 세계수도'를 자처하는 캔자스주 라크로스. 가시철조망이 평원을 갈가리 찢어놓고 있다. 사진은 웰든 밀러 제공.

데, 분단국가에서 온 나로서는 가시철조망의 미학이 괴상망측하다는 느낌밖에 들지 않는다. 사유재산권이 아름답기 때문에 그 재산권을 지켜주는 철조망도 아름다운가.

그런데 박물관은 기대를 저버리지 않았다. 경이로움 그 자체였다. 이 좁은 박물관에 2000가지 철조망들이 연대표와 함께 정렬돼 있다. 베를린 장벽에서 가져온 철조망도 있다. 철조망을 만드는 도구들은 원과 삼각형, 사각형, 좌우대칭, 전후대칭 등의 기하학적 도형들을 이루며 전시돼 있다. 전문 큐레이터가 아니라 동네 애호가들의 솜씨라고 하는데, 의도하지 않은 전위예술의 진수를 보는 것 같다. 형광등 조명으로 빛이 반사되는 점만 빼놓으면 환상적인 전시였다.

카 우 보 이 를   몰 아 낸   가 시 철 조 망

박물관을 돌아보면서 '가시철조망의 아버지'가 있다는 사실을 알게 됐다. 조지프 글리든Joseph Glidden. 1874년에 그가 특허를 낸 '더 위너The Winner'라는 철조망은 현재 쓰이고 있는 가시철조망의 원조이며, 역사상 가장 성공적인 철조망으로 꼽힌다고 한다. 그는 커피 원두를 가는 데 쓰는 날카로운 금속 조각들을 다른 철사를 이용해 매달아 가시철조망을 발명했다. 이렇게 단순한 디자인도 발명이 될까 싶은데, 그의 발명은 저렴하게 날카로운 울타리를 만들고자 한 숱한 시도들의 연장선 위에 있었다.

1859년에 존 크레니거John Crenniger라는 사람은 나무 울타리 위에 날카로운 금속 조각을 박아 넣었다. 1867년에 루시언 스미스Lucien B. Smith는 쇠기둥 사이에 줄을 잇고 돌이나 날카로운 금속 조각의 실패를 걸어놓았다. 글리든의 디자인과 크게 다를 바 없는 개념이었다. 1873년에 헨리 로즈Henry Rose가 나무 난간에 날카로운 금속 조각들을 박은 울타리를 선보였는데, 글리든은 이 울타리를 응용해 잽싸게 특허를 출원했다. 글리든이 발명한 뒤에도 무려 570가지 철조망의 특허가 출원

됐다고 하니, 기술을 개발하려는 의지와 철조망에 대한 미국 사회의 편집증에 가까운 집착을 엿볼 수 있다.

2004년 텍사스주 샌안토니오에 갔을 때 알라모 요새 근처 시내 거리에 '세계 최초의 가시철조망 시연 장소'라는 사적 표지판이 붙어 있는 걸 보았다. 그때는 사전 지식이 없어 그냥 지나쳤는데, 그곳이 바로 '더 위너'라는 글리든의 제품이 처음 선보인 곳이었다. 이들은 광장에 철조망을 치고 소 떼들을 몰아넣어 소 떼들이 과연 철조망을 뚫고 나가는지를 사람들 보는 앞에서 시험했다. 소 떼들은 '멍청하게도' 철조망을 뚫고 나가려다 상처를 입고는 움찔했다. 대성공. 그들은 '공기보다 가볍고, 위스키보다 세며, 먼지보다 값싼 울타리'라고 선전했다. 60세에 철조망을 발명한 글리든은 자신의 특허권을 팔아서 텍사스에 25만 에이커의 목장과 호텔, 신문을 구입하고, 철조망에 둘러싸여 여생을 보냈다.

철조망의 발명은 카우보이 시대에 종지부를 찍었다. '열린 목장'은 '닫힌 목장'에 밀려났다. 대평원에는 그 전까지 스페인의 전통적인 목축방식인 '이동 방목ranshumance'이 통했다. 소 떼를 이끌고 이곳저곳 다니면서 풀을 먹이는 것이다. '라인 라이더line rider'라고 불리는 카우보이들은 소 떼들이 곡식이 자라는 곳으로 가지 않도록 막고, 또 멀리 달아나지 않도록 몰고 다녔다.

캔자스주 라크로스에 있는 가시철조망 박물관에 2000여 가지의 철조망들이 가지런히 전시돼 있다.

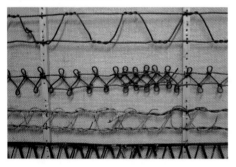

그런데 철조망이 소 떼들의 자유로운 움직임을 봉쇄함에 따라 카우보이들은 일자리를 잃고 낭만적 의미도 상실했으며, 끝내 로데오 선수로 변신했다. 다른 측면에서 철조망으로 인건비가 크게 절약됐다. 하루 아침에 방목권을 상실한 사람

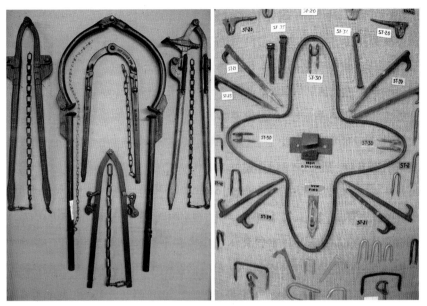

가시철조망 박물관에는 철조망은 물론 철조망 제작에 쓰이는 도구들이 다양한 이미지를 형성하며 배열돼 있다.

들과 철조망으로 사유재산권을 지키려는 사람들 사이에 충돌이 잇따랐고, 캔자스는 '울타리법Fence law'을 제정해 분쟁을 조정해야 했다.

미국은 집이 하나의 우주다. 유럽이나 아시아에서 마을이 하나의 우주인 것과 완전히 다른 개념이다. 미국에서 가족이 최우선적 가치로 강조되고 있는 이유도 여기에 있다. 미국의 가족은 핵가족을 의미한다. 근대적 개인들이 전통 사회에 들이닥쳐 수천 년 동안 연속해온 문명을 파괴하고 사유재산권에 기초해 세운 나라이기 때문이다. 사유재산권은 지금에서 보면 당연한 것 같지만, 왕이 모든 땅을 보유하던 국가에 살던 사람들에게는 낯선 개념이었다. 영국의 식민통치를 몰아낸 미국인들은 개인들이 어마어마한 규모로 땅을 매집했다. 조지 워싱턴 초대 대통령은 대표적인 땅투기꾼이었다. 미국 독립은 그들에게 복권 당첨과 같았다. 광활한 땅들이 투기꾼들의 수중에 넘어갔다. 절반 이상의 미국 국민들이 당시 땅 한 평 갖지 못했고 재산이 없는 사람은 투표권도 주어지지 않은 점을 감안할 때, 그것은 당신들의 축제였다.

그러나 정복전쟁과 매입으로 서쪽으로 영토가 확장되자 땅을 나눠줄 여유가 생겼다. 링컨 대통령 시절에 제정된 '자작농지법Homestead Act'은 대평원에 정착하고 싶은 사람들에게 160에이커씩 땅을 공짜로 넘겼다. 대평원은 바둑판처럼 잘게 쪼개졌고, 사람들은 집을 짓고 철조망을 두르고 바둑판형 사회를 이뤘다. 캔자스가 바로 그 전형이다.

박물관 관람을 마치고 박물관의 유일한 직원인 매리에게 "어떤 사람들이 찾아오느냐?"고 묻자 그는 "캔자스뿐 아니라 멀리 텍사스, 캘리포니아에서도 우리 박물관을 보러 온다"고 말했다. 한 해에 2000명가량. 이 박물관에서는 21가지 철조망 조각을 모아놓은 액자를 31달러 95센트에 판다. 그는 "어제 온 어떤 사람은 그것도 모자라 39가지 철조망 조각을 사갔다"고 하면서, "사람들은 철조망을 보면 환장한다"고 덧붙였다. 그래서 한국에서는 철조망이 분열과 비극을 상징하고 있다고 했더니, 그는 콜로라도스프링스Colorado Springs에 살 때 미용사가 한국 여자였다고 엉뚱한 소리를 했다.

대 평 원 은   애 초 에   누 구 의   것 도   아 니 었 다

철조망을 보면 다른 의미에서 환장할 사람들이 아메리카 인디언들이다. 그들에게 땅은 그들의 것도, 누구의 것도 아니었다.

"나는 대초원에서 태어났다. 그곳은 바람이 자유롭게 불고, 태양의 빛을 부술 수 있는 것은 아무것도 없었다. 나는 울타리가 없는, 모든 게 자유롭게 숨 쉬는 그곳에서 태어났다. 나는 벽으로 둘러싸이지 않은, 바로 그곳에서 인생을 마치고 싶다."

코만치 부족의 텐 베어스Ten bears 추장이 남긴 말이다. 그의 소망과 달리 대평원에는 철조망이 쳐졌고, 철조망으로 분할된 땅이 상품으로 거래됐고, 코만치 부족은 인디언 보호구역으로 쫓겨났다. 그러나 가시철조망에 갇힌 사람에게는 대평원이 없다. 그들에게는 1필지, 2필지의 빈 집터 또는 가로세로 몇백 에이커의 농경지일 뿐이다.

대평원은 가시철조망으로 둘러친다고 한들 그 안에 가둬지지 않는다. 가시철조망은 한없이 뻗어가는 내 시선을 차단할 수 없다. 나는 땅 한 뼘 없지만 대평원을 누릴 자격이 있다고 믿는다. 대평원은 그 공간만큼 달리는 사람의 것이다. 박물관에서 나와 트랜스 아메리카 트레일로 복귀하면서 가슴 깊이 숨을 들이마셨다. 온몸 가득히 바람을 받았다. 광대한 평원 한가운데에 있음을 느낀다. 하늘을 나는 독수리처럼 자전거를 타고 가는 나는 자유롭다. 소유하지 않아도 세상을 누리는 법을 배운다.

29
더 달리라고
몸이 앙탈을
부린다

여행하면서 되도록 야영을 하고 싶었는데, 며칠 동안 그렇게 하질 못해 좀이 쑤셨다. 오늘은 반드시 해야지 하고 찾은 곳이 캔자스주 네스시티Ness City 외곽에 있는 시립공원. 역시 야영하는 사람은 나 말고 아무도 없다.

이 도시는 지금까지 지나온 캔자스주의 어떤 도시보다 인심이 고약했다. 시립도서관 사서는 인터넷 사용에 관한 서약서에 서명하도록 요구했고 또 운전면허증으로 이름을 대조했다. 그리고 나서 인터넷 사용 일지에 다시 이름을 기재하라고 했다. 두 대밖에 없는 컴퓨터치고는 지나치게 엄격한 3중 보안절차다. '데릭 인'이라는 여관에 딸린 식당의 아줌마는 내가 밖에 세워둔 자전거를 보려고 블라인드를 조금 열어놓자 사정없이 닫아버렸다. 내가 다시 열면서 자전거를 지켜보기 위한 것이고 식사 끝나면 블라인드를 다시 닫아놓겠다 했더니, "아무도 네 자전거를 가져가지 않아"라고 쏘아붙였다. 샌드위치를 시켰더니 흰 식빵 두 쪽에 달랑 치즈 한 장과 소고기 한 조각을 넣어 가지고 왔다. 아마 교통의 요충지여서 외지인들이 많이 왕래하는 탓에 인심이 험해진 것 같다.

저녁을 일찍 챙겨 먹고 잠들 채비를 하는데 사람들이 모여들었다. 하필이면 공원 야구 경기장에서 어린이 야구 시합의 야간 경기가 벌어지는 날이었다. 온 동네 사람들이 다 모인 것 같다.

동 네 꼬 마 들 의 자 전 거 시 승

텐트 안에 들어가 누워서 책을 읽는데, 크레이그라는 이름의 4학년짜리 소년이 다가와서 텐트의 얇은 천을 사이에 두고 질문을 던진다. 서로 얼굴은 안 보인다. 어디서부터 어디까지 자전거를 타느냐? 힘드냐? 조금 있다가 다시 와서, 어디서 왔느냐? 한국이라고 하니까, 그래서 네가 하는 말이 우리가 하는 말하고 다르고 이상했구나. 한국말 해봐라. 안녕하세요. 그가 말을 붙이니까 친구들이 몰려들어서 질문 공세에 가세했다. 하루에 자전거를 얼마나 타느냐? 친구는 없느냐? 마치 내외를 하듯 텐트의 천을 사이에 둔 집단 인터뷰는 꽤 오래 진행됐다. 크레이그는 결국 본심을 드러냈다. 네 자전거 한번 타 볼 수 있느냐? 할 수 없이 텐트에서 나왔다. 크레이그로 끝나지 않을 것이라는 걸 알았다. 크레이그에 이어 마이크, 마이크에 이어 매트, 매트에 이어 메릴린……. 내 자전거를 타보려고 동네 아이들이 줄을 늘어섰다.

야구 첫 경기는 둘 다 빨간색 유니폼 상의를 입은 팀들의 경기인데, 그 전에 치른 1차전에서 패배한 팀들끼리의 대결. 경기가 마지막 회인 7회 말에 7 대 6으로 뒤집혔다. 회색 바지 팀이 흰색 바지 팀에 극적으로 역전승을 거두자 사람들이 환호하고 자동차 경적을 울리고 난리가 났다.

그렇게 소란스럽다가 밤 10시가 되니까 민방위 훈련하는 것처럼 소등하고 일제히 귀가했다. 나도 책을 덮고 잠을 청했으나 잠이 안 왔다. 여전히 사람들의 환호성이 귀에 쟁쟁한데 주위는 시커먼 정적이다. 그 대조가 신경을 긁었다. 밤 12시께 갑자기 자동차 전조등이 내 텐트를 정면으로 쏘았다. 각오하던 순간이 온 것이다. 나는 항상 혼자 텐트를 치면서 한번은 나쁜 일이 일어날 것으로 예상해 왔다. 이 순간에 어떻게 행동해야 할까. 나도 모르겠다. 과연 몇 명이나 될까.

텐트 밖으로 나왔다. 자전거로 가서 개 스프레이를 손에 쥐었다. 불빛은 30미터쯤 떨어진 주차장에서 발사되고 있었다. 광원을 뚫어지게 쳐다보고 있는데, "디니, 디니" 하고 외치는 소리가 나더니 불빛이 꺼지고 차가 사라졌다. 아마 잃

캔자스주 네스시티에 있는 3층짜리 은행 건물. 대평원의 스카이스크래퍼skycrapper라고 불린다. 평평한 이 일대에서는 이 건물이 초고층 빌딩이다.

어버린 개를 찾아 헤매는 가족인 것 같다.

야영, 우주의 기운 빨아들이기

휴우, 오늘도 무사히 하루가 지나가는군. 하늘엔 별빛들이 총총하다. 내 텐트를
바라본다. 큰 모기같이 생겼다. 앞이 모기 눈알처럼 크고 몸이 길쭉하다. 처음엔
텐트 안이 너무 좁아서 몸을 구겨 넣느라 발에 쥐가 났다. 1.4킬로그램으로 초경
량인 대신 면적이 0.6평밖에 안 된다. 감옥의 독방도 이보다 좁지는 않을 것이다.
텐트 속에서가 아니라 텐트처럼 생긴 헐렁한 옷을 입고 잔다는 표현이 어울린다.

　텐트는 내가 생각할 수 있는 가장 겸손한 집이다. 텐트 안 치고 침낭 속에 들어
가서 자는 사람도, 침낭 밖으로 내민 얼굴이 모기들의 구내식당이 되는 것을 막

캔자스주 네스시티에 있는 시립공원에서 야영을 했는데, 어린이 야구 경기가 열려 온 동네 사람들이 다 몰려들었다. 꼬마
아이들한테는 내 자전거를 줄줄이 태워줘야 했다.

기 위해 머리만 가릴 수 있는, 삿갓처럼 생긴 작은 모기장을 쓰고 자는 사람도 봤다. 하지만 그들은 '집'에서 자는 것이 아니다. 집이 되려면 최소한 지붕과 기둥이 있어야 한다. 내 텐트는 하늘을 찌르지 않으려는 듯 둥그렇게 휘어진 두 기둥이 받치고 있다. 지붕 천은 얇아서 별들이 운행하는 소리도 들릴 듯하다.

기다란 칠각형인 텐트를 고정시키기 위해 일곱 개의 말뚝을 대지에 꽂는다. 땅을 파고 심을 박아 넣는 게 아니라 대지에 상처가 나지 않도록, 하룻밤만 버틸 수 있는 강도와 심도로, 침을 놓듯 세심하게 말뚝을 찌른다. 바람이 불어오는 방향으로 텐트의 아래쪽, 그러니까 발바닥 쪽을 놓는다. 바람이 발가락 사이를 스치고 올라와 목을 간질이고 얼굴을 쓰다듬는다. 바람이 불어오는 방향에 머리부터 놓으면 머리가 높고 커서 바람의 길을 막아버린다. 굳이 바람이 없어도 좋다. 공기가 흐르는 것을 몸으로 느낀다. 기온 차가 심해서 새벽에는 침낭 안으로 기어들어가지만, 대기와 체온의 변화가 동조하는 게 좋다. 그래서 웬만하면 텐트 위에 플라이를 치지 않는다.

무엇보다 바닥이 중요하다. 슬리핑 패드를 버지니아주에 두고 온 뒤로 바닥에 뾰족한 나뭇가지나 돌이 없는지 깐깐하게 살핀다. 바닥은 마루다. 짙은 풀밭에 누우면 마치 마루에 융단을 깔고 누운 것 같다. 이 마루는 아침이면 촉촉이 젖는다. 그 과정이 서서히 일어나기 때문에 등이 축축해져도 불쾌하지 않다. 아침에 일어나면 텐트 안에 구슬 같은 물방울들이 맺혀 있다. 대기와 대지가 한밤에 겪는 변화를 함께 한다.

만약 기라는 게 있다면, 그리고 그걸 체득할 줄 안다면 우주의 기운을 빨아들였다고 말할 수 있을 것 같다. 앨리슨이 골든시티 호스텔의 냉장고에 붙여놓은 메모에서 썼듯이, 나는 그 순간 우주의 질서를 훼방하지 않는 돌이나 나무 같은 존재였다고 말할 수 있다. 그래서 그런지 야영을 하면 잠도 일찍 깨고 몸도 찌뿌드드하지 않다. 아메리카 인디언의 원뿔형 천막인 티피에서 자면 이런 기분이

들 것 같다. 반면 공기의 흐름이 차단된 여관에 들어가면 답답하고 몸이 한없이 꺼진다. 일어나질 못한다. 야생과 온실에서 재배한 채소의 차이다.

기분 좋게 야영하고 일어나 스콧시티Scott City로 향했다. '끝내주는 여자'가 일하고 있다는 호스텔이 있는 그 스콧시티다. 가는 길에 심한 바람을 맞으면서, 30년 전 이 구간을 비행기를 타고 건넌 두 저널리스트를 생각했다. 딕 도거티Dick Dougherty와 허먼 아크Herman Auch 두 사람은 자전거를 타고 가다가, 사이 히긴스Cy Higgins라는 마을 유지를 만나 농경용 비행기를 얻어 타고 콜로라도주까지 넘어갔다. 180킬로미터의 거리를 번 것은 둘째 치고, 2100미터 상공에서 내려다보는 대평원은 분명 달랐을 것이다. 그런 횡재가 내게는 일어나지 않았다.

나는 움직인다, 고로 존재한다

동진하는 두 쌍을 차례로 만났다. 대학생들인 마일스와 줄리언은 5월 22일에 오리건주에서 출발했다고 한다. 역시 대학생들인 채드와 리즈는 나와 같은 날인 5월 26일에 오리건주에서 출발했다. 그럼 이제 여행의 중반을 넘어서는 셈이다. 그건 기분 좋은 일이지만, 앞으로도 45일 정도가 남아 있다는 게 마음에 걸렸다. 조금 일찍 여행을 끝내고 아들이 개학하기 전에 가족과 함께 시간을 보내려고 했는데 안 될 것 같다.

스콧시티 체육관의 호스텔은 생각보다 못했다. 끝내주는 여자도 보이지 않았다. 카운터에서 일하는 아주머니를 유심히 쳐다봤다. 설마 이 아주머니를 두고 한 얘기는 아니겠지. 하마터면 그 아주머니에게 '핫걸'이 어디 있느냐고 물어볼 뻔했다. 핫걸이 있다고 한 것은 동료 라이더지, 호스텔이 아니다. 12달러 76센트를 내면 이 클럽의 하루 회원권을 살 수 있다고 한다. 그러면 수영장과 자쿠지를 이용할 수 있는 것이다. 수영복을 이미 집으로 부쳤기 때문에 농구복을 입고 수영해도 괜찮으냐고 했더니, 아주머니는 일언지하에 안 된다고 했다. 그럼 하루 회원권을 살 이유가 더욱더 없다. 그런데도 이 회원권을 팔았다. 확실히 끝내주지 않는다.

방도 따로 없고 체육관 옆에 딸린 작은 응접실에 침낭을 깔고 자야 한다. 라켓볼 룸에 딸린 응접실은 창문이 없어 답답하다. 저녁이 되니 '끝내주는 여자'도 퇴근하고 스포츠클럽에 나 혼자 남았다. 왠지 무료했다. 빨아서 널어놓은 농구복을 도로 입고 수영장으로 갔다. 개 한 마리가 지키고 있다. 그도 이미 수영을 한 듯 몸이 흠뻑 젖었다. 노을을 받아 보랏빛과 분홍빛으로 출렁이는 물속으로 몸을 던졌다. 척척 몸에 감기는 물을 느릿느릿 밀어내거나 잡아당기면서 수영장을 맴돌았다.

동진하는 한 쌍의 라이더. 마일스(왼쪽)와 줄리언은 나와 거의 같은 시기에 정반대 방향에서 여행을 시작했다. 여행이 중반을 넘어가고 있다는 뜻이다. 이들은 오리건주에서 버지니아주로 간다.

평소 같으면 이렇게 호젓한 시간을 보내는 것만으로 좋았을 것이다. 그런데 왠지 불만스럽다. 지나쳐간 두 쌍을 보고 샘이 났나? 그것보다는 사실 충분히 달려주질 못한 탓인 것 같다. 바람을 핑계로 이틀 동안 160킬로미터밖에 달리지 않았다. 숨을 헉헉 내뱉도록 달려본 게 너무 오래전인 것 같다. 이제 몸은 일정한 수준 이상으로 달리지 않으면 무력감을 느낀다. 갑갑해한다. 앙탈을 부린다.

겨우 몇 주 전까지도 몸이 내 뜻대로 따라주지 않아서 힘들어했는데, 이제는 몸이 나를 끌고 가려고 한다. '나는 생각한다. 고로 존재한다'가 아니라 '나는 움직인다. 고로 존재한다'로 바뀌어가고 있다. 전부터 나는 내 몸을 손님처럼 잘 모셔야 할 별도의 존재로 생각했는데, 알고 보니 몸이 점차 주인이 되고 그 전에 내 주인이라고 생각하던 정신이 몸의 지시를 따라간다. 이번 여행의 주제가 몸의 발견으로 변해간다.

원래부터 몸과 정신이 분리된 두 개의 실체가 아니라, 움직임을 통해 합쳐지는 자기의 두 가지 질료인지도 모른다. 마치 바텐더가 보드카와 오렌지 주스를 1 대 3의 비율로 셰이커에 넣고 흔들면 스크루 드라이버라는 칵테일이 되는 것과 같다. 나는 이제 정신이 1이면 몸이 3인 칵테일이다. 자전거는 그 둘을 세게 뒤섞는 셰이커다. 내일은 캔자스주를 넘어서 콜로라도의 이즈Eads까지 흔들어보자. 170킬로미터다.

캔자스주에는 마을이 있는 곳에 반드시 '그레인 엘리베이터'라고 부르는 큰 곡식창고가 있다. 멀리서 보면 꼭 등대같이 보인다.

30
하루 170킬로미터, 돛단배처럼 나아가다

캔자스주 스콧시티에서 이번 여행의 여섯 번째 주인 콜로라도주로 넘어가는 길은 딱 하나였다. 주도인 96번. 지나가는 차를 봐도 반가운, 트랜스 아메리카 트레일에서 가장 외로운 길 중 하나다.

　오늘은 여러 가지 기록을 세웠다. 170킬로미터를 달려 하루에 가장 멀리 갔다. 하루에 100마일(160킬로미터) 이상 달리면 '센추리century'라고 부른다. 역시 알아두면 자전거 여행에 대해 뭔가 아는 사람으로 대접받는 자전거계의 속어다. 미국을 책읽기로 비유한 적이 있었는데, 오늘은 무려 지도를 네 쪽 반이나 넘긴 셈이다. 그리고 오전 6시 반에 출발해 11시간 반을 달려서, 오후 6시가 아니고 5시에 도착했다. 중부 시간대에서 산악 시간대로 진입했으니, 또 한 시간을 번 것이다.

그 시간대가 같은 캔자스주 안의 위치토 카운티에서 그릴리 카운티로 가면 바뀐다. 뜻밖에 이 외진 곳에서 언론인 호러스 그릴리^{Horace Greeley}에 대한 존경심의 흔적을 발견한다. 카운티 이름만 그의 성을 딴 게 아니라 그의 이름인 호러스를 딴 마을도 있고, 그가 창간하고 오랫동안 편집인으로 일한 《뉴욕 트리뷴》의 이름을 딴 트리뷴^{Tribune} 마을도 지났다. 그의 절친한 친구 별명이라고 하는 화이틀로^{Whitelaw}를 이름으로 붙인 마을도 그릴리 카운티 안에 있다.

그는 19세기 중반에 일자리를 못 찾아 거리를 방황하던 뉴욕의 젊은이들에게 "젊은이들이여, 서부로 가라^{Go west, young man}"라고 하며 서부개척을 촉구한 인물로 유명하다. 그는 일하는 사람들과 억압받는 사람들을 위해 필봉을 휘둘렀다. 그가 남북전쟁 도중에 에이브러햄 링컨 대통령과 교환한 서신은 링컨 대통령의 노예제에 대한 생각이 드러나는 중요한 문서로 간주된다.

링 컨 의 위 대 함 미 화 하 는 가 짜 생 가

남북전쟁이 시작된 지 1년 반쯤 뒤인 1862년에 미국 의회는 북군에 가담한 흑인들을 노예 신분에서 해방시켜주기로 하는 법을 통과시켰지만, 북군인 연방군은 이 법을 집행하지 않았다. 그러자 그릴리는 링컨에게 법대로 집행할 것을 촉구하면서 "당신은 괴이하게도 그리고 불길하게도 법 집행을 태만히 하고 있다"고 강력히 비판하는 편지를 보냈다. 링컨은 답신에서 "이 전쟁의 궁극적인 목적은 노예제를 지키거나 없애려는 게 아니고 연방을 지키는 것"이라고 말해 노예 해방이 부차적인 목적임을 언명했다.

그리고 1년 뒤인 1863년에 그는 노예 해방을 선언했는데, 그 내용은 연방군에 맞서 싸우는 지역, 그러니까 남부의 노예를 해방하는 것이었고 연방군 쪽에 있는 노예에 대해서는 일언반구의 언급도 없었다. 그러니 남부군 쪽에서 "자기들 노예나 먼저 해방하시지, 그래" 하면서 링컨을 비웃을 만했다.

링컨이 죽은 뒤 미국 역사는 그를 가장 위대한 대통령으로 미화하기 위해 쓰인다. 이번 여행에서 국립사적지로 지정된 켄터키주의 링컨 출생지도 들렀는데, 사당과

켄터키주에 있는 에이브러햄 링컨 출생지에 가면 링컨의 생가를 사당처럼 모신다. 하지만 진짜 생가가 아니라 나중에 지은 모조 집이다.

같은 건물 안에 오두막집을 정성스럽게 보존하고 있어서 그게 그의 생가인 줄 알았지만 알고 보니 나중에 만든 가짜였다. 그런데도 생가인 것처럼 떠받들어지고 이 집을 보려고 사람들이 사방에서 모여든다.

그릴리는 남북전쟁에 앞서 1846년에 미국과 멕시코의 전쟁에서도 미국을 맹렬히 비난하는 사설을 쓴 용기 있는 언론인이었다. 이 전쟁은 사실상 미국이 멕시코가 관할하던 캘리포니아와 뉴멕시코주 등을 빼앗으려는 정복전쟁이었다. 하지만 미국 내에서 대중적으로 인기를 끈 전쟁이었는데, 그는 "폐허가 된 그리스와 로마의 역사를 보면 무력으로 제국을 확대하는 것이 결국 무엇을 의미하는지 우리에게 교훈을 주지 않느냐?"며 일갈했다. 노동자의 권익을 대변하던 그가 창간한 신문은, 묘하게도 1966년에 인쇄 노동자들의 파업으로 결정적 타격을 입고 문을 닫았다.

곡식창고는 등대, 자전거는 돛단배

이제 캔자스가 끝이다. 캔자스는 마을마다 '그레인 엘리베이터grain elevator'라고 부르는 큰 곡식창고가 우뚝 서 있어 인상적이었다. 시야를 가리는 게 없는 평평한

콜로라도주 올빼미봉에는 백년설이 군데군데 쌓여 있다.

대지여서 20, 30킬로미터 떨어진 곳에서도 곡식창고가 보인다. 바람을 피하기 위해 고개를 푹 숙이고 한참 달린 뒤 다시 고개를 들면, 곡식창고는 여전히 머나 먼 곳에 있다. 나는 그 곡식창고를 등대 삼아 달렸다. 자전거는 바람의 영향을 많이 받는다는 점에서 돛단배와 같다. 화물차가 지나가면 그 후폭풍에 큰 배가 일으키는 파도에 밀리는 돛단배처럼 자전거가 휘청거린다. 화물차는 물보라 같은 먼지를 내 뺨에 뿌리고 간다. 때로는 앞으로 나가는 게 아니라 뒤로 미끄러지는 것 같지만, 곡식창고가 보이는 한 나는 제대로 길을 가고 있는 것이다. 그렇게 꾸준히 페달을 밟으면 결국은 목적지에 도착한다.

만약 지구온난화로 빙하가 녹아서 여기까지 물에 잠긴다면 저 곡식창고를 진짜 등대로 쓸 수도 있겠다 싶다. 나중에 고고학자들은 항해하던 선체를 찾기 위해 이 넓은 바다를 헤맬지도 모른다. 배가 발견되지 않는다면 이 곡식창고가 외침을 탐지하기 위해 곳곳에 세운 망루라고 생각할지도…….

여행은 매일 이름 모를 항구에 도착하는 것이다. 자전거를 세우고 낯선 거리를 걸으면 오랜 항해 끝에 부두에 내린 선원이 된 듯하다. 선원은 정복자가 아니라 마을에 대한 그리움으로 가득 찬 이방인이다. 내일이면 떠날 나그네라는 점에서, 아무런 이해관계가 얽혀 있지 않다는 점에서, 호기심만으로 세상을 본다는 점에서, '참을 수 없이 가벼운 존재'다.

그러나 꼭 그렇게 가벼운 마음으로 여행하기는 어렵다. 콜로라도주에 들어온 뒤 마을 이름에 특별한 의미가 있는, 또 하나의 마을을 지나쳤다. 지도에 우체국 하나만 달랑 표시된 작은 마을 시빙턴^{Chivington}. 1864년에 백인 민병대를 이끌고 아메리카 인디언들을 학살한 존 시빙턴 대령의 이름에서 따왔다. 나로서는 도저히 이해가 되지 않는 지명이다.

시빙턴 조금 못 미쳐 나는 빅 샌드 크리크라는 바짝 마른 개울을 건넜다. 개울가 나무 그늘에서 물을 마시며 141년 전인 1864년에 이곳에서 일어난 일을 떠올렸다. 샤이엔Cheyenne과 아라파호Arapaho 부족의 인디언 500명은 콜로라도주 정부에 투항해 이곳에 임시로 머물러 있었다. 그런데 손쉽게 인디언을 무찌를 기회라고 여긴 시빙턴 대령은 야음을 틈타 민병대를 이끌고 이들을 포위한 뒤 대포를 무차별 발사했다. 무방비 상태에서 당한 샤이엔의 추장 '검은 주전자Black Kettle'는 미국 성조기를, 항복을 표시하는 흰 깃발과 함께 들고 나왔다. 오인공격을 피하는 방법이라고, 그 전에 미국 기병대가 일러줬다. 하지만 공격은 멈추지 않았다. 콜로라도 민병대들은 단지 죽이는 것으로 만족하지 않고 말에 묶고 다니기 위해 얼굴 가죽을 벗기고 신체 부위를 잘라냈다.

인디언들은 저항해도, 투항해도, 때로는 백인들의 용병이 되어 같은 인디언들을 죽이는 데 앞장을 서도 결과는 마찬가지였다. 백인들에게 인디언 문제를 해결하는 마지막 방법은 공존이 아니라 완전한 격리이기 때문이다. 보호구역으로 밀어넣든지 죽이든지. 추장 검은 주전자는 민병대의 기만적인 공격으로 부족 식구들 150명을 잃었지만, 여전히 백인들에게 협조적이다가 몇 년 뒤 제7기병대에 의해 살해됐다. 기구한 삶이다.

빅 샌드 크리크를 건너고 시빙턴을 지나가는 동안 이 학살의 현장으로 안내해주는 어떤 표지판도 찾을 수 없었다. 대신 학살자의 이름만 마을 이름으로 지도에 당당히 표시돼 있는 게 놀라웠다. 근처에 있는 저수지의 이름도 시빙턴이었다. 이렇게 역사를 기억하는 방법도 있는가.

사 설 교 도 소 를   여 관 방 처 럼

민가가 거의 없는 96번 길가에서 동진하는 로렐Laurel과 마이크 시핵Mike Cihak 부부를 만나 외로움을 잠시 잊었다. 로렐은 49세로 미시간주의 고교 수학교사. 남편인 마이크는 62세로 퇴직 교사인데, 벌써 미국을 두 차례 횡단한 경력이 있다. 두 사람은 6월 12일에 샌프란시스코를 출발해 웨스턴 익스프레스 트레일을 타고 오다가 콜로라도주 푸에블로에서 트랜스 아메리카 트레일로 바꿔 타고 오는 중. 이렇게 직선으로 미국을 횡단하는 사람들이 많다. 내가 혼자 자전거를 타면서 아직도 외로움을 털어버리지 못했다고 말하니까, 로렐은 그렇게 외로우면 자전거를 돌려서 자기들과 같이 동쪽으로 가자고 엄청난 농담을 했다.

　같은 대평원인데 이렇게 다를 수가 없다. 캔자스는 푸른 평원인데, 콜로라도는 사막과 같은 척박한 대지다. 오늘 정박할 '항구'인 콜로라도주 이즈는 모래 바람이 심하게 불어서 먼지 속에 뒤덮여 있다. 어느새 해발고도가 1300미터라는 점에서 콜로라도는 캔자스와 높이가 다르다. 그 동안 내내 평지만 달려왔다고 생각했는데, 의식하지 못한 채 점진적으로 올라온 것이었다. 캔자스에서는 끝이 안 보이는 지평선이라고 한다면, 콜로라도에서는 지평선이 솟아올라 있다.

　땅이 척박한 이유는 따로 있었다. 이즈 동쪽 슈거시티Sugar City 근처에는 메리단

콜로라도 이즈에 들어와 묵은 이코노 로지 모텔의 지붕 위로 구름이 몰려가고 있다.

호와 헨리호 등 큰 호수가 두 곳이 있어 농사를 지을 수 있겠다 싶었다. 그런데 동네 사람들 얘기가, 인근 도시인 콜로라도스프링스에서 식수원을 확보하기 위해 호수를 매입하는 바람에 주민들이 농업용수를 구할 수 없게 됐다고 한다. 할 수 없이 농사를 포기한 지금, 푸르던 대지는 갈색 사막으로 바뀌고 바람이 불면 먼지기둥만 일어난다.

척박한 땅답게 이곳에는 감옥이 두 군데 있는데, 그 중 하나는 주에서 운영하고 다른 하나는 사설교도소라고 한다. 사설교도소라. 교도소를 짓는 속도가 사람 가두는 속도를 못 좇아가 교도소도 빌려야 할 판이다. 민간업자는 마치 여관방처럼 감방을 내주고 돈을 번다고 한다. 희한한 사회다.

동진하는 라이더들로부터 푸에블로로 가기 전에 오드웨이에 있는 질리언^{Gillian}의 집에서 일박하라는 권유를 많이 받았다. 밥도 먹여주고 샤워도 할 수 있고 공짜로 인터넷까지 쓸 수 있는 곳이라는 것. 당연히 주소를 들고 그의 집을 찾아갔다. 나중에 알고 보니 그는 교도관이었다. 이전에 쓰던 말로 하면 여간수였다.

51
3463미터 로키 산맥,
시험대가
다가오고 있다

미국을 횡단하는 바이크 라이더들이 나처럼 혼자 가는 사람은 거의 없고, 다양한 조합을 이룬 2인조들이라는 사실을 오늘도 확인할 수 있었다.

먼저 오스트레일리아에서 온 57세의 제프Geoff와 48세의 패스티Pasty 부부. 이글거리는 태양 속을 달릴 줄 아는 사람들이다. 검게 탄 피부가 빛난다. 제프는 퀸즐랜드에서 여러 사람을 두고 개인사업을 하고 있다. 샌프란시스코에서 출발했는데 웨스턴 익스프레스 트레일을 타고 네바다 사막을 건너 바로 오는 보통의 경우와 달리, 서부 해안을 타고 북상하여 오리건주 애스토리아까지 가서 거기서트랜스 아메리카 트레일을 타고 오고 있는 중. 내가 여행을 출발한 버지니아주 요크타운까지 간 뒤 거기서 노스캐롤라이나주로 내려갈 예정이라고 한다. 이 여행을 위해 6개월간 휴가를 냈다고 하는데, 미국을 긴 호흡으로 천천히 음미하면서 횡단하고 있다.

두 번째 조는 엘리자베스 케네디Elizabeth Kennedy와 에이미 밴디버Amy Vandiver. 학생이거나 학교를 갓 졸업한 젊은 미국 여성들이다. 오리건주 유진Eugene에서 출발, 지금까지 나흘만 쉬고 매일 달렸다고 한다. 여성이어서 더 힘든 점은 하나도 없고, 오히려 사람들로부터 더 많은 관심을 받아서 좋았다고 한다. 동부 해안의 사우스캐롤라이나주까지 갈 예정이라고 하니, 역시 긴 여정이다.

아 름 다 운   부 녀 의   동 반   주 행

세 번째 조는 로저Roger와 조리 메스먼Jorie Messman 부녀. 처음엔 중년의 남자와 묘령의 아가씨가 함께 자전거를 타고 와서 좀 수상쩍은 관계로 생각했는데, 아버지와 딸이었다. 로저는 54세이고 조리는 21세. 고참 라이더인 로저는 조리가 어릴 때부터 자전거를 가까이할 기회를 준 결과, 오늘처럼 대학생인 딸과 함께 장거리 여행을 하는 복을 누리고 있다.

그들은 복잡하게 미국을 건너고 있는 중이다. 시카고에서 출발하여 버지니아주 요크타운까지 간 뒤, 거기서 비행기를 타고 대륙을 건너 샌프란시스코에 도착해서, 웨스턴 익스프레스 트레일을 따라 자전거를 타고 캘리포니아주를 통과했다. 네바다 사막은 차를 빌려서 건너 콜로라도주 푸에블로까지 온 뒤, 다시 자전거를 타고 트랜스 아메리카 트레일을 따라 동진하고 있는 중. 그들은 캔자스주 알렉산더에서 트랜스 아메리카 트레일을 벗어나 아이오와주를 가로질러 시카고로 돌아갈 예정이다.

그들은 시카고에서 요크타운으로 동남진할 때 버지니아주에서 서진하는 메노파 목사 팀 슈락 일행을 마주쳤다고 한다. 그리고 어제 다시 동진하다가 서진하는 그들과 재회했다고 한다. 목사 일행이 얼마나 놀랐을까. 분명 한 달 반 전에 버지니아주에서 동진하던 사람들이 유령처럼 몇천 킬로미터 서쪽에 있는 콜로라도주에서 나타나 여전히 동진하고 있으니······.

로저는 고교 수학교사다. 미국 횡단 라이더들 중에 왜 이렇게 수학교사가 많은지 알 수가 없다. 어제 만난 로렐 시핵도 수학교사였고, 메노파 목사 일행인 웬들 밀러는 초등학교 교사지만 수학을 주로 가르친다고 했다. 수학적으로 인생을 풀어보면 언젠가 자전거로 미국을 횡단해야 한다는 게 답으로 나오는 모양이다. 조리는 대학에 들어간 뒤 타향에서 살다가 여름방학을 아버지와 함께 보내는 게 기쁘다고 말했다. 로저는 아들도 있는데, 아들은 아버지와 함께 자전거 여행하는데 관심이 없다고 말했다. 부녀의 동반 주행은 아름다워 보이기까지 했다.

지금까지 여행하면서 마주친 라이더 커플들 중에서 가장 아름다운 커플이다. 로저와 조리 메스먼 부녀로, 로저는 수학교사, 조리는 대학생이다.

작렬하는 태양과 부글부글 끓는 아스팔트 사이에서 대화를 나누는 것은 불편한 일이지만, 워낙 특별한 만남이어서 그런지 라이더들은 개의치 않고 얘기를 나눈다. 그리고 헤어질 때면 작별인사를 서너 차례씩 한다. "행운을 빌어." "다치지 말아야 해." "언젠가 또 보자."

또 보자는 말에는 사실 힘이 없다. 완전히 다른 인생들을 살다가 어느 날 같은 시기에 미국 횡단을 결심하고, 서로 다른 방향으로 3000여 킬로미터를 달리다가 어느 한 지점에서 인생이 교차한다. 그러니 짧은 인연에 비해서 긴 작별인사를 나누는 것이다. 출발하고는 다시 뒤돌아보고. 다시는 볼 수 없기에 더 각별한 만남이다.

수 상 생 활 하 며   두   아 들   키 운   질 리 언

여러 사람들이 추천한 대로 오드웨이에 있는 질리언의 집으로 갔다. 질리언은 키가 183센티미터로 여성치고는 '건장한' 체격이다. 뉴질랜드인이라는 점도 특이했다. 8년 전에 이곳으로 와서 정착했는데, 3년 전에 막내아들이 군에 입대하자 방이 비어서 바이크 라이더들에게 빌려주고 있다. 올해만 해도 열두 명의 라이더들이 막내아들이 군에 입대한 혜택을 입었다.

질리언은 뉴질랜드 오클랜드에서 10년간 수상생활을 했다고 한다. 작은 배를 타고 피지, 사모아, 뉴칼레도니아, 오스트레일리아 등을 항해했다. 아무런 간섭도 받지 않고 독립적인 생활을 영위할 수 있기 때문에 배를 좋아한다고 한다. 그러다 배가 바다 한가운데서 고장 나면 어떻게 하지? 일단은 배를 수리할 줄 알아야 하지만, 궁극적으로 마지막 해결책은 죽음을 받아들일 수 있어야 한다고 그는 담담히 말했다.

그는 배에서 아이 둘을 키웠다. 배 위에서 지내는 생활은 삶을 단순화한다. 많은 것을 갖고 탈 수 없다는 점에서 자전거 여행과 같다. 기본적인 욕구만 충족되

글렌우드스프링스로 들어가는 70번 길의 마지막
20킬로미터는 콜로라도 강을 거슬러 황토 빛 계곡 속으로
긴 길의 문을 열고 들어가는 것과 같았다. 이 강은 남쪽으로
내려가면서 길이 347킬로미터와 폭 최장 32킬로미터의
심곡인 그랜드케니언을 파놓고 지나가는데 여기서는
강폭 몇 미터밖에 안 되는 시냇물이다.

뉴질랜드 출신 질리언은 오랫동안 수상생활을 하면서 두 아들을 키웠다. 그러다 어느 날 미국인과 사랑에 빠져 미국의 외진 콜로라도주 오드웨이까지 흘러들어와 교도관으로 살고 있다.

면 행복할 수 있다. 큰아들은 스물여덟 살로 뉴질랜드에 있고, 스물한 살인 작은 아들은 해안경비대에 입대하여 배를 타고 세계를 일주하고 있는 중. 6월에는 인천에 들렀다고 한다. 질리언은 미국 해안경비대가 인천에 입항한 사실이 한국에서 큰 뉴스로 보도되지 않았느냐고 물었다. 글쎄 그게 뉴스가 될까? 인천 시장인가, 경기도 지사가 배로 올라와 환영했다고 하는데도 뉴스가 안 되느냐고 했다. 배에서 오래 살아서 그런지 세상 물정을 잘 모른다. 질리언에게 배에서 내려 콜로라도주의 외진 마을까지 흘러온 이유를 묻자, 미국인 남자와 사랑에 빠져 여기까지 오게 됐다고 말했다. 이혼한 듯하고, 아이들이 집을 떠나자 혼자 살고 있다.

감 옥 은   미 국   사 회 의   축 소 판

그의 직업은 앞서 소개했다시피 교도관. 푸른 제복을 입고 수인들을 감시하는 게 일이다. 그는 감옥이 사회의 축소판이라면서 감옥에서 미국 사회가 몰락하고 있음을 생생하게 목격하고 있다고 말했다. 보통 2인 1실로 돼 있는 미국의 교도소는 아침 5시부터 오후 10시까지는 수인들이 자기 방에서 나와 자유롭게 왕래할 수 있도록 허용한다고 한다. 한 사동에는 160명의 수인이 있는데, 감시하는 사람이 세 명밖에 없어 교도소 내에서 살인, 강간, 마약 복용 등이 난무한다. 교도관들이 개입하러 들어갈 때에는 이미 상황이 끝나 있곤 한다고 질리언은 말했다.

죄인들은 흑인 이슬람교도 갱, 흑인 비이슬람교도 갱, 백인 기독교도 갱, 백인 비기독교도 갱, 아시아 갱, 히스패닉 갱 등으로 나눠진다. 교도소는 평화를 유지하기 위해 한 사동마다 각 파벌을 비슷하게 안배한다. 얼마 전에는 히스패닉 숫자가 늘어나서 세력 균형이 무너지자 폭동이 일어났고, 교도소가 불에 타고 헬기가 뜨고 무장 장갑차가 출동하는 사태로 번졌다고 그는 말했다.

그는 특히 미국의 교정정책에 동의할 수 없다면서 미국은 50년형, 30년형 같은 무거운 형벌로 죄인들을 사회에서 격리하는 데만 급급하지, 죄인들을 양산하는 사회구조에 대해서는 무관심하다고 말했다. 젊은 수인들을 보면서 그는 자신이 그들을 키웠다면 그들이 감옥에 오는 일이 없었을 거라고 했다. 젊은 수인들이 교도소의 기존 위계질서를 무너뜨리면서, 지금의 교도소는 혼돈 그 자체라고 말했다.

그는 날마다 수인들과 생활하는 데서 오는 스트레스를 이겨내기 위해 바이크 라이더들을 집에 초대하고 있다. 그는 "바이크 라이더들은 하나같이 다 좋은 사람들이어서 그들과 하루라도 생활을 같이하면 정신건강을 유지할 수 있다"고 말했다. 그는 당번제인 교도소 근무의 특성 때문에 저녁에 집을 비울 때도 있는데 그때도 바이크 라이더들이 묵고 갈 수 있도록 문을 열어놓고 간다. 딱 두 가지 주의사항이 있다. 첫째, 부엌에 있는 정수기로 온수를 쓰지 말 것. 둘째, 동물들에게 먹이를 주지 말 것.

그의 집에는 동물농장이 딸려 있다. 말과 개, 고양이를 각각 두 마리씩, 그리고 오리와 닭 수십 마리를 키운다. 팔기 위해서 키우는 게 아니라 함께 생활하기 위한 것. 동물을 좋아하는 이유에 대해 질리언은 "그들은 환경을 조작하지 않기 때문"이라고 말했다.

질리언의 집에서는 로키 산맥이 보일 듯 말 듯했다. 자전거로 미국을 횡단해보자는 생각을 최초로 불러일으킨 그 로키 산맥이다. 가슴 설렐 준비를 하면서 멀리 시선을 던지지만, 여전히 로키 산맥은 모습을 보여주지 않는다. 날이 좋으면 보이기도 한다던데.

여행을 앞두고 읽은 다른 사람들의 미국 횡단기들에 따르면 로키 산맥을 넘는 것이 생각만큼 힘들지는 않다고 한다. 문제는 힘들지 않다는 게 아니라 생각만큼 힘들지 않다는 것. 어떻게들 생각했는지 알 길이 없으니 힘든지 안 힘든지 종잡기 어렵다.

트랜스 아메리카 트레일에서 가장 높은 곳은 로키 산맥의 후지어 패스^{Hoosier} Pass다. 무려 1만 1542피트(3463미터). 높이 1000미터 안팎의 애팔래치아 산맥 구

간에서 그렇게 힘들어했는데 과연 이 높이를 소화해낼 수 있을까. 지금까지의 주행은 끊임없이 스스로의 체력에 대해, 주행 실력에 대해 회의하고 스스로를 단련시키고 그래도 회의를 버리지

질리언이 일한다는 콜로라도 주립교도소.

못하는 과정이었다. 조금이라도 하루에 주행하는 거리가 줄어들면 그렇게 해서 어떻게 로키 산맥을 넘겠다는 거냐 하는 소리가 내 속에서 들려왔다. 아직 스스로에 대한 믿음이 약했다.

한편으로 그 시험대가 다가오고 있다는 게 기다려졌다. 지금까지 견뎌오고 버텨오고 늘려온 내 주행 실력을 발휘할 기회다. 지금까지 한 바퀴 한 바퀴 자전거를 굴릴 때마다 나는 할 수 없는 것으로 생각해오던 것을 할 수 있는 것으로 바꾸어왔다. 꿈에도 내가 미국을 자전거로 횡단할 수 있을 거라고 생각지 않았는데, 이미 절반 이상 그 가능성을 실현시켰다. 하지만 후지어 패스를 넘기 전에는 속단하기 어렵다. 아직도 오른쪽 어깨가 쑤신다. 패스를 오르다 쭉 미끄러져 내리는 모습이 자꾸 떠오른다.

이를 악물고 로키 산맥이 언제부터 시야에 들어올지 정면을 응시하면서 푸에블로로 향했다.

5 부

스스로의 힘으로,
의지로, 규율로

콜로라도주 푸에블로에서 토궈티 패스까지

그 말 속에 답이 있었다. 그냥 좋기 때문이다. 재미있기 때문이다. 나는 로키 산맥을 넘기 위해 자전거 여행을 시작했다고 믿었다. 후지어 패스에 오르는 순간 절정의 감격 같은 것을 기대했다. 하지만 그런 강렬한 감정은 일어나지 않았다. 목표에 대한 집착에서 벗어나면서 그냥 마음이 편해졌을 뿐이다. 그런데 그 뒤부터 페달을 밟는 게 즐거워졌다. 페달을 밟는 것 자체가 목적이고 과정이 됐다.

와이오밍주

토궈티 패스
듀보이스
랜더 · 캐스퍼
제프리시티 · 롤링스

월든 · 핫설퍼스프링스
· 덴버
브레켄리지
후지어 패스 · 오드웨이
페어플레이 푸에블로
콜로라도주 캐니언시티

인구 10여만 명의 아담하고 아름다운 도시 푸에블로. 도시 한복판을 흐르는 아칸소강변에는 큰 벽화 그림들이 그려져 있다.

3교
1000미터 오르막, 아무리 마셔도 목마르다

여행이란 때로는 놀라운 선물을 선사한다. 그것이 내겐 3700킬로미터의 외진 길을 달린 끝에 초밥과 정종으로 나타났다. 푸에블로로 가는 길에 계속 부정적인 생각만 떠올라서 괴로웠는데, 한방에 분위기가 역전됐다.

　로키 산맥으로 가는 길목에 있는 푸에블로를 베이스캠프로 정했다. 본격적으로 등정하기 전에 거기서 체력과 영양을 보충하기로 했다. 그래서 하루 거리로는 좀 짧은 96킬로미터만 달렸는데, 푸에블로 시내에 들어와 길을 잃어버렸다. 그러다 우연히 일식집 간판을 발견하고 식욕이 동했다. 점심때였다. 한식집이면 금상첨화겠지만 일식집도 웬 떡인가.

미국 산간 소도시에서 만난 일식집 주방장

첫눈에 한국인이 하는 일식집이라는 것을 알았다. 스탠드에 붙은 주방에서 회를 썰고 있는 주방장 아저씨는 애써 흰색 바탕에 검은 줄무늬의 일본 전통의상을 입고 있었지만, 날카로운 눈매 때문에 한국인임을 감추지 못했다. 노란 셔츠에 검정 팬츠의 사이클복을 입은 국적 불명의 손님이 들어와 "한국 사람이죠?"라고 대뜸 한국말로 물으니, 주방장은 같은 한국 사람을 만나 반갑기도 전에 김이 샌 표정을 지었다. 그게 자신의 눈매 때문인지도 모르고…….

창가에 앉아 우동을 시키고 공깃밥을 말아서 후루룩후루룩 집어넣고 있는데, 이번엔 주인 아저씨가 앞자리로 와서 앉았다. 박남준 씨로 의정부에서 살다가 5년 전에 이민 와서 비교적 빨리 미국에 정착했다. 통성명을 하고 이런저런 얘기를 나눴다. 돈을 안 받겠다는 걸 우겨서 냈다. 그래야 저녁에 다시 올 수 있으니까.

저녁에 식당에 들어가자마자 주인 아저씨가 주방장과 마주보는 스탠드로 와서 앉을 것을 권했다. 자리에 앉자마자 주방장을 모르느냐고 물었다. 점심때 한번 마주친 것 외에 알 리가 없는데 무슨 뚱딴지같은 소리인감. 한 눈매 하는 주방장이 칼을 들고 나를 내려다보고 있어 모른다는 말이 바로 나오지 않았다. 한국에서 날리던 사람인감. 시간을 끌다가 기어들어가는 목소리로 "잘 모르겠는데요"라고 하니까, 주인은 가만있는데 주방장이 그 말을 낚아채며 "날 몰라?" 하고 반말로 나왔다.

지금까지 봉변을 잘 피해왔는데 동족인 한국 사람들을 만나 당하는구나 하고 긴장하는 순간, 주방장이 "몇 회야?"라고 물었다. 뭐가 몇 회냐고 하는 건가? 일식집이니까 회를 몇 접시 시키겠느냐는 뜻인감. 순간적으로 머리를 굴려보니 학교 얘기다. "고등학교요?" "응." 계속 반말이다. "중경 말이에요?" 그는 거기서 못 참겠다는 듯이 "나 십 회야"라고 말했다. "예에?" "그런데 날 몰라?" "그게 저, 하도 오래전이라서……."

저 칼에 당할 일은 없구나 하고 안도하면서 이렇게 기막힌 일이 있을까 싶었다. 내가 나온 중경고교는 학생수가 그렇게 많지 않은 학교다. 난 11회로 주방장은 1년 선배였다. 학교 다닐 때 선도부장인지 지도부장인지를 하느라 교문 앞에 부원들을 이끌고 서서 복장과 두발을 단속하던 선배였다. 눈매를 가만 살펴보니 언젠가 민방위훈련 하는 날에 교련복을 안 입고 와서 걸린 기억이 되살아났다. 그때도 저 눈을 부라리며 흰 장갑을 낀 두 주먹으로 내 가슴을 쳤다. 그 구타가 이 선배와의 유일무이한 접촉인 것 같다. 그 뒤 25년 만에 미국의 산간 소도시에서 주방장과 백수 라이더로 마주쳤으니……

선배 배윤식 씨는 아버지의 광산업을 맡아서 하다가 사업에 실패하고 도미하여, 초야에 묻혀 살고 있었다. 부인 문정자 씨도 고교 동창으로 지도부원이었다.

이 식당에서 첫 식사는 창가 테이블에서 우동을 먹었으나, 두 번째 식사인 저녁에는 스탠드에서 선배가 말아주는 초밥과 캘리포니아 롤, 그리고 다른 요리사 아저씨가 썰어서 밀어준 회 한 접시를 주인 아저씨가 따라주는 정종 반주로 먹었다(자전거 여행뿐 아니라 미국에 공부하러 와서 이런 성찬을 누린 적이 없다). 세 번째 식사인 다음 날 아침에는 주방 안에서 함께 라면을 먹었다. 그리고 점심을 건너뛰고 네 번째 식사인 저녁은 주인 아저씨가 댁으로 초대했다. 끼니마다 점점 더 깊이 더 들어간다. 테이블에서 스탠드, 스탠드에서 주방, 주방에서 주인집 식탁. 저녁 식사는 삼계탕과 소주. 소주를 너무 많이 마셔 순간적으로 정신을 잃었다. 그래도 좋았다.

푸에블로 중앙역 앞 가로등에 불이 들어오고 있다.

윤식이 형은 줄담배였다. 우리는 간단히 각자 지나온 삶을 발제하고 인생에 대한 얘기를 새벽까지 나눴다. 부도까지 날 정도로 쫄딱 망했지만, 실의에 빠지지 않고 일식 요리를 배워 회칼을 잡고 일어나 자식 네 명을 키우고 있는 그는 단단한 사람이다. 눈매가 아직 죽지 않았다. 자전거 여행을 인생의 하프타임이라고 한 내 말을 받아 "그래, 우리, 아직 후반전이 남아 있잖아"라고 말했다. 그나나나 아직 40대 초반일 뿐이다.

주인집 아들의 침대에서 잠을 자고 일어나서 로키 산맥으로 떠날 채비를 갖췄다. 아침에 식당에 들러 자전거를 찾았다. 윤식이 형은 내게 봉투를 내밀었다. 차비라고 한다. 자전거 타는 데 무슨 차비가 드느냐고 했지만, 한사코 받으라고 해서 여비로 받았다. 이건 순 한국식이다 하면서도 마음이 찡했다. 내가 줄 게 없어 미안했다. 그래도 괜찮을 거다. 윤식이 형은 잘될 테니까.

3 1 6 미 터 현 수 교 에 서 눈 요 깃 거 리 가 되 다

출발하자마자 뒷바퀴와 짐수레를 연결하는 스큐어^skewer가 빠져버리고, 스큐어의 손잡이가 떨어져 나가는 고장이 발생했다. 지금까지는 큰 고장 없이 왔는데 주행거리 4000킬로미터에 가까워오자 자전거가 슬슬 앙탈을 부릴 태세다. 그 동안 내가 자전거에 대해 얼마나 친숙해졌는지를 시험하는 것이다. 길가에서 임시로 고쳐서 근처 자전거포로 끌고 갔더니 말끔히 손봐줬다. 돈도 안 받았다. 앞으로도 고장이 나더라도 이렇게 자전거포 옆에서 나야 할 텐데.

푸에블로에서는 멀리 로키 산맥이 눈에 들어온다. 그다지 높아 보이지는 않는다. 온몸에 무거운 햇살을 받으며 캐니언시티^Canon City를 거쳐 로열 고지^Royal Gorge까지 직행했다. 캐니언시티의 캐니언은 철자가 'Canon'이지만 '캐논'이 아니라 '캐니언'으로 발음한다. 원래 '협곡'이라는 뜻의 'Canyon'을 쓰려고 했으나, 틀리게 쓴 철자가 굳어진 것이다. 그렇게 틀리게 쓴 철자를 보고 옳게 발음하라니,

아칸소강에서 316미터 위에 있는, 세계에서 가장 높은 현수교를 건너고 있다. 콜로라도주 로열 고지를 가로지르는 이 다리 주변은 관광지여서 나는 숱한 관광객들의 눈요깃거리가 됐다.

미국 지명을 제대로 발음하는 건 거의 불가능하다.

　로열 고지에는 세계에서 가장 높다는 계곡 현수교가 있다. 아칸소강에서 수직으로 316미터 위에 놓인 다리다. 그 위를 자전거로 달려보고 싶은 욕심에 트랜스 아메리카 트레일을 벗어나 꾸역꾸역 올라갔다. 이 다리에는 놀이공원이 있어서 관광객들로 붐볐다. 관광객들은 여기까지 자전거로 올라오다니 하는 못 믿겠다는 표정으로 쳐다봤다. 다리 위에서 바라본 로키 산자락에는 한여름에 눈이 덮여 있다.

　로열 고지 일대는 관광지이기 때문에 텐트를 치는 데 24달러나 달라고 해서, 좀 떨어진 곳에 있는 요기 베어라는 캠프장으로 가서 일박했다. 척박한 땅이어서 그늘을 드리울 만한 나무도 없다. 말라비틀어진 소나무밖에 없다. 남녀들이 야영하는 곳을 피해 외진 곳에 텐트를 쳤다. 해가 저물자 텐트의 얇은 천 위로 달빛이 은은히 비춘다. 바람이 얼굴에 남아 있던 대낮의 잔열을 날려주고 대지는 부드럽게 내 등을 받쳐주는데 잠이 오지 않았다. 트랜스 아메리카 트레일에서 가장 높은 3463미터의 고지를 앞에 두고 있어 긴장한 탓일 게다.

여 성 단 독 라 이 더 앞 에 서 체 면 차 리 다

다음 날 중간 기착지인 하트셀Hartsel을 향해 출발했다. 하루에 1000미터 이상 올라가야 하는 강행군이다. 쉽지 않은 도전인 게 비단 오르막길이기 때문만은 아니다. 몸이 받아들이는 산소의 20퍼센트는 뇌로 간다. 그래야 뇌가 정상적으로 작동하는데, 갑자기 높은 산에 올라가면 산소 흡입량이 줄어들고 뇌에 적정한 양의 산소를 배정하지 못하게 된다. 그러면 뇌의 지시를 받는 신체의 각종 기능이 혼선을 일으킨다. 머리가 무겁고 속이 메스꺼워지는 것은 고산병의 첫 번째 증세다. 높은 산으로 올라갈 때 시간을 두고 천천히 올라가는 것은, 올라갈수록 줄어드는 산소의 흡입량에 몸이 적응할 수 있는 시간을 벌기 위한 것이다.

그런데 나는 푸에블로에서 출발한 지 겨우 사흘 만에 후지어 패스를 등정할 계획을 세우고 밀어붙이고 있다. 역시 무리였나 보다. 입술이 바짝바짝 탄다. 수통에 든 물은 직사광선에 데워져 미적지근하고 아무리 마셔도 갈증이 가시지 않는다. 아침으로 과자 한 조각만 먹었는데도, 점심때가 되도록 허기를 느끼지 못한다. 구간 속도가 시속 5킬로미터대로 떨어졌다. 평지에서 걷는 속도와 큰 차이가 없다. 구피Guffey라는 곳에서 점심을 먹으려고 했으나, 트레일에서 1.6킬로미터가량 벗어나 있어 거리가 부담스러웠다. 그냥 내처 올라갔다. 역시 뇌의 기능에 혼선이 생기면서 잘못 판단한 것이다. 기력이 떨어져 가는데 요기할 거리가 바닥났다. 물도 떨어졌다. 가게는 전혀 없고, 가끔 민가가 있었지만 철조망과 대문에 '침입 금지'라는 간판이 붙어 있어 선뜻 들어갈 엄두가 나지 않는다.

낑낑대면서 오르막길을 올라가는데 여성 라이더 한 사람이 내려오고 있었다.

여성이 단독으로 주행하는 것은 처음 봤다. 그가 내 차선 쪽으로 건너왔다. 영국 뉴캐슬에서 금융 회사의 행정직원으로 일하는 '방년' 마흔 살의 캐럴린 사우스 Carolyn South. 특별휴가를 내서 미국을 서쪽에서 동쪽으로 횡단하고 있는 중이다. 5월 중순에 오리건에서 출발했으니 꽤 천천히 가는 편. 그는 사람들과 만나서 얘기를 하다 보니 진도가 안 나갔다면서, 하루에 65킬로미터가량 달린다고 했다.

영국을 종단한 경험이 있는데, 그때는 지원차량도 따라붙고 다른 사람들과 같이 여행했기 때문에 단독 장거리 주행은 처음이라고 한다. 지금까지는 혼자 여행하는 게 뿌듯하다고 했다. 스스로의 힘으로, 스스로의 의지로, 스스로의 규율로 이 고단한 여행을 이겨내는 게 가장 소중한 경험이라고 했다. 그리고 여자가 혼자 여행하고 영국 악센트를 구사하는 게 여행에서 큰 도움이 되고 있다고 말했다. 사람들이 도와주고 싶어서 몸살을 앓는다는 것.

그것은 내가 여행하다가 한국 사람을 만나면 특별한 대우를 받는 것과 다를 바 없다. 차이는 이곳에 한국 사람이 거의 없고 어디 가나 앵글로색슨 천지라는 것. 그는 더 얘기하고 싶은 눈치였지만, 나는 너무 목이 말라 오래 있을 수가 없었다. 그에게는 상쾌한 내리막길이 내게는 고통스런 오르막길이다. 그에게 물을 달라고 했으면 기꺼이 수통째 줬을 것이다. 하지만 그 말이 나오지 않았다. 알량한 자존심은 남아가지고……. 다시 자전거에 올라탔다.

55
아메리카 트레일의
정점,
기분 좋은 실망

다행히 캐럴린 사우스와 헤어진 이후 트레일은 험난하지 않았다. 때로는 시속 20 킬로미터까지 내면서 하트셀로 달려갔다. 9번 길을 달리고 있었는데 53번 길로 갈라지는 지점에 '하트셀스프링스 목장Hartsel Springs Ranch'이라는 건물이 보였다. 트레일 지도에 따르면 호스텔이 있다는 목장이다. 간이건물처럼 생긴 곳 안으로 들어가서 일단 물부터 한 대접 받아 들이킨 뒤, 여기서 하룻밤 묵어도 되냐고 물었다. 제니라는 이름의 직원은 피식 웃으면서 여긴 사무실이라고 말했다. "아니 지도에 따르면……." "아, 그거." 그는 이전에 오두막집 형태의 모텔을 다른 곳에 운영했지만, 지금은 안 하고 있다고 했다.

작은 마을인 하트셀에는 다른 숙박시설이 없고, 다음 마을인 페어플레이^{Fairplay} 까지는 36킬로미터를 더 가야 한다. 체력이 고갈돼 갈 수가 없다. 절망한 내 표정을 읽은 제니는 "지금은 버려진 그 오두막집에서라도 잘래?"라고 물었다. 두말이 필요 없다.

그 오두막집은 트레일에서 3.6킬로미터 떨어진 호숫가에 있었다. 예전에는 호수의 바닥이었을 것 같은 거친 들판에 있었다. 현관문은 떨어져 나가고, 방 두개, 부엌, 화장실이 있는 집 안에는 파리가 들끓었다. 집 밖에는 제비 같은 새들이 휙휙 날아다니며 파리가 나오기를 기다리고 있었다. 제 발로 나갈 리가 없는 파리들은 나한테 몰살당했다.

고도 3000미터의 위력

괴이한 것은 큰 방 문고리와 부엌의 문고리 사이에 살인사건이나 교통사고가 났을 때 출입통제선으로 쓰는 노란 테이프가 쳐져 있다는 점. 그래서 문들이 닫히지 않는다. 끊임없이 죽여도 새로운 파리들이 문틈으로 들어온다. 큰 방에는 옷가지들이 두 개의 침대와 바닥에 어지럽게 떨어져 있다. 이런 흉가가 없다. 물을 마시려고 수돗물을 트니 녹물이 나온다. 그런데 뜻밖에 욕조에서는 온수가 나오고, 전기 오븐도 있고 냉장고도 작동하고 있다. 대충 샤워를 하고 침대에 누웠다. 왜 겉으로는 멀쩡하고 내부시설도 잘돼 있는 이 오두막집이 버려졌을까. 창가에 핏

피로와 허기에 지쳐 들어간 콜로라도주 하트셀의 버려진 오두막집 안에 노란 테이프가 쳐져 있어서 마치 범죄 현장 같은 분위기를 풍겼다.

자국이 덕지덕지 묻어 있다. 놀라서 일어나 자세히 보니 내가 죽인 파리들에서 나온 피다.

해발고도 3000미터. 백두산보다 높은 고원이다. 산소가 부족해서 조금만 움직여도 숨이 가쁘고 머리가 무겁다. 생각하기 싫다. 여기서 누가 살해됐든, 칼부림이 났든, 자살을 했든, 허허벌판 한가운데든, 문이 있든 없든, 침대가 더럽든 깨끗하든 상관없다. 내 등을 누일 한 평 반의 면적만 있으면 그만이다.

아침에 일어나 식탁에 앉아서 어제 먹다 남은 햄버거를 우적우적 씹고 있는데 수염을 덥수룩하게 기른 한 남자가 불쑥 들어왔다. 깜짝 놀랐다. 혹시 그의 집이 있는지도 모른다. "어제 제니가 여기서 자도 된다고 했다"고 더듬더듬 말하니까, 브래드라는 이름의 이 남자는 "커피 필터를 찾으러 온 것일 뿐"이라면서 개의치 않았다. 그리고 커피를 마시고 싶으면 1번 오두막집으로 오라고 했다. 내가 있는 곳은 3번 오두막집이다.

1번 오두막집은 안온했다. 라디오도 틀어놓아 도시의 소리들이 흘러나왔고 난로도 켜져 있었다. 여긴 여름에도 밤에는 섭씨 5, 6도까지 내려간다. 조금 있으니 커피가 다 끓었다. 브래드는 하트셀스프링스 목장에서 일하는 인부다. 어제는 새벽 5시부터 밤 10시까지 일했다고 한다. 그래도 돈은 시간당 10달러씩 여덟 시간만 쳐서 준다고 불만스러워했다. 그가 일하는 목장은 땅 2만 8000에이커를 보유하고 있고, 아메리카 들소 600마리를 키우고 있다. 그는 그냥 내버려두고 있는 땅까지 포함하면 이 목장에 속한 땅이 60만 에이커(2428제곱킬로미터)라고 했다. 그는 주중에 밤늦게까지 일할 때만 이 오두막집에 머물고, 보통은 애인이 있는 근처 마을에서 출퇴근한다고 했다.

마음대로 도살하던 들소, 이제는 키우면 보조금을
이 목장은 사냥꾼들에게 들소를 잡도록 해주고, 한 마리 잡는 데 600달러(60만 원

상당)를 받는다고 했다. 한 마리의 몸무게가 보통 680킬로그램에서 1360킬로그램 정도 하니까 매우 싼 편이다. 그리고 정육으로 만들어주는 사람이 따로 있어 파운드당 15센트씩 받고 고기를 떠준다. 일부 한국 사람들이 좋아하는 간, 천엽 같은 내장은 다 버리고 고기만 뜨는데, 그냥 먹으면 너무 써서 며칠 동안 걸어놔야 한다.

그는 어제 잡은 고기를 보여주며 자전거 타고 가면서 말려가며 먹으라고 한 덩어리를 꺼냈다. 저걸 말리면서 뜯어 먹으며 가면 꼭 카우보이가 된 기분일 것 같다. 정중히 거절했다. 이곳에는 들소 고기가 흔하다. 어제 카페에 들렀을 때도 들소 고기 햄버거 메뉴를 봤다.

직원들에게는 1년에 두 마리씩 공짜로 잡을 수 있는 기회를 준다고 한다. 브래드는 바로 어제 그 권리를 행사해서 두 마리를 잡았다. 들소 사냥법은 의외로 간단했다. 들소를 쫓아다니거나 숨어서 지나가기를 기다리지 않는다. 그냥 차를 타고 들소들이 모여 있는 곳으로 가서 맘에 드는 들소를 고른다. 다가가서 들소의 귀 밑에 총을 대고 방아쇠를 당긴다. 그때까지 들소가 가만히 귀를 대주고 있다니 믿어지지 않는다. 들소의 문제점은 총을 맞고 난 뒤에 생명력이 발휘된다는 데 있다. 명이 질겨서 어제는 한 마리 잡는 데 여섯 발을 쐈다고 한다. 처음엔 왼쪽 귀 밑에 한 발을, 끄떡도 안 해서 연달아 세 발을 더, 그래도 안 죽어서 방향을 바꿔 오른쪽 귀 밑에 한 발을 쐈다. 그런데 그래도 안 죽어서, 결국은 미간에 한 발을 쏴서 쓰러뜨렸다고 한다.

원래 들소는 아메리카 인디언들의 의식주였다. 들소 가죽으로 천막집인 티피와 옷을 짓고 뼈로 도구를 만들었다. 특히 농토가 전혀 없던 이 일대에 살던 아메리카 인디언 부족 우테Ute에게 들소는 밥줄이었다. 함부로 잡지 않았다. 그러니 백인들은 인디언들을 직접 죽일 필요가 없었다. 총으로 들소를 마구잡이로 도살하면서 인디언들이 살아가는 데 필요한 삶의 원천을 없애버렸다. 지금은 들소를 키우면 나라에서 보조금을 준다고 한다. 이건 병 주고 약 주고도 아니고…….

하트셀에서 페어플레이까지 36킬로미터는 너무 쉬워서 약간 맥이 풀렸다. 그러면서 다리도 긴장이 풀어졌다. 앨마Alma까지 10킬로미터 구간도 쉬웠다. 눈 덮인 산이 점점 더 다가온다. 고원지대에 흐르는 시내는 평평한 곳을 헤치며 가는데도 물살이 세차다.

후지어 패스에 대한 도전은 결국 마지막 6.4킬로미터 구간으로 압축됐다. 사정없는 오르막길이다. 갓길이 손바닥 한 뼘의 폭으로 줄어들고 교통량이 많아지면서 정신을 바짝 차려야 했다. 지금까지 애팔래치아 산맥을 오르면서, 앨러게니 산맥을 넘으면서, 오자크 고원을 지나면서 키워온 근육과 쌓아온 주행 기술을 총동원하리라.

2 0 여 년 전 딸 이 횡 단 한 길 따 라

앞기어를 중단이나 저단으로 내리지 않았다. 고단으로 버텨볼 작정이었다. 그러다 안 되면 기어를 내리는 한이 있어도 일단 내 체력과 정신력을 모두 시험해보고 싶었다. 중간에 멈춰 쉬지도 않으려고 했는데, 도중에 사진을 찍기 위해 한번 자전거에서 내렸다. 부근에 있는 링컨산에서는 검은 구름이 몰려와 번개가 치고 천둥이 울렸다. 빨리 먹구름을 벗어나야겠다는 생각에 맘이 급하다.

자전거에 올라타고 갈 길을 재촉하는데 맞은편에서 내려오는 라이더를 만났

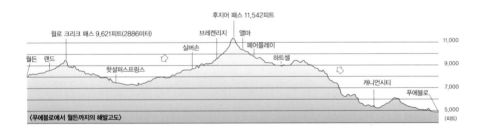

드디어 후지어 패스에 오른 나. 높이 1만 1542피트(3463미터)의 후지어 패스를 푸에블로에서 출발한 지 사흘 만에 예정대로, 미국 횡단 여행을 시작한 지 50일째에 올랐다.

다. 그냥 가버릴까 하다 자세히 보니 누워서 타는 자전거인 리컴번트를 타고 온다. 뉴욕주 시러큐스에서 온 63세의 브루스 쉬케르트Bruce Schechert. 오리건 애스토리아에서 6월 3일에 출발, 비교적 짧은 거리인 하루 80킬로미터씩 타면서 미국을 횡단하는 중이다. 그는 내가 버지니아주 요크타운에서 출발했다고 하니까, "동과 서가 만났군" 하면서 악수를 청했다. 목소리가 카랑카랑하다.

그는 세상을 더 많이 보고 더 많은 사람들과 얘기를 나누기 위해 일부러 천천히 달리고 있다고 말했다. 천천히 달리는 것은 빨리 달리는 것 못지않게 힘들다. 일단 안장에 올라타면 계속 달리고 싶어진다. 그는 천천히 달리기 위한 마인드 컨트롤 삼아 내리막길로 질주하는 도중에 자전거를 세워서 풍경사진 찍는 연습을 한다고 한다. 내리막길을 전속력으로 내려가줘야 관성의 힘을 이용해 오르막길을 쉽게 올라가는데, 그는 그 역학을 뿌리치면서까지 천천히 가고 있는 것.

그의 횡단 여행 동기는 더 근사하다. 1982년에 그의 딸이 대학 졸업 기념으로 트랜스 아메리카 트레일을 횡단했다고 한다. 그때 그는 딸과 함께 가고 싶었지만 그렇게 오랜 시간을 낼 수가 없었다고 한다. 기술 담당 매니저로 일하다가 은퇴한 지금에서야 그 아쉬움을 풀고 있는데 재미있는 것은 딸이 남긴 여행 일기를 읽으면서 23년 전 딸의 행로를 답사하고 있다는 점. 어느 주에서는 딸이 마을 이름은 밝히지 않고 '데이라이트 도넛Daylight Doughnut'이라는 가게에 들렀다고 썼는데, 어느 날 아무 생각 없이 지나가다 눈을 들어보니 '데이라이트 도넛'이라는

63세의 브루스 쉬케르트 씨는 딸과 함께 트랜스 아메리카 트레일을 횡단하는 중이다. 딸은 23년 전 이 트레일을 지나갔다. 그는 딸이 남긴 여행 기록을 읽으면서 딸의 족적을 따라가고 있다. 멋진 리컴번트를 타고서.

간판이 유령처럼 나타났다고 했다. 이렇게 23년의 시차를 두고 딸과 함께 여행하는 방법도 있다. 그러나 23년 동안 강산이 많이 바뀌어서 딸의 종적을 확인하는 게 쉽지만은 않다고 했다.

그의 리컴번트는 차체만 250만 원 나가는 고가품. 고개를 올라갈 때는 안장에서 일어서서 페달을 밟을 수 없어 힘들지만, 내리막길에서는 공기 저항이 적어 일반 자전거보다 훨씬 빠르다고 말했다.

그와 헤어진 뒤 얼마 안 있어 'U' 자 표지판이 보이고 그 턱을 넘어서자 후지어 패스가 나타났다. 처음 만나는 미국 대륙 분기선이기도 하다. 물방울이 떨어져 동쪽으로 튀면 대서양으로 가고 서쪽으로 튀면 태평양으로 간다는 그 지점이다.

주위에 더 높은 산들이 둘러쳐져 있어서 1만 1542피트(3463미터)의 고지에 올라왔다는 느낌이 들지 않는다. 정상이 아니라 툭 터진 산마루다. 약간 허탈했다. 지금까지 트랜스 아메리카 트레일의 정점을 넘기 위해 마음 졸인 게 다 풀어졌다. 그러나 기분 좋은 실망이다.

길이 생각보다 쉬운 것은 사실이다. 하지만 앞기어를 고단으로 놓은 채 정점에 올랐다는 것은 내 몸이 그 동안 강해졌다는 뜻이다. 신기하게도 그 동안 내내 고통스럽던 오른쪽 어깨의 통증이 씻은 듯이 사라졌다. 어깨의 통증은 진짜 아파서라기보다 자신에 대해 의심하는 신호였던 것이다. 그게 진짜 아픈 건지도 모른다. 자신을 믿지 못하는 병. 그리고 보니 오늘이 여행을 시작한 지 50일째다. 이제야 그 병을 고친 듯하다. 나를 믿어주기로 했다.

34
호모 루덴스,
나는 놀기 위해
태어났다

후지어 패스를 넘고 나서 오랫동안 나를 물고 늘어지던 질문에 대한 답이 떠올랐다. 왜 로키 산맥은 나를 그토록 끌어당겼는가? 왜 나는 자전거로 미국을 건너고 있는가? 내 스스로 던진 질문만은 아니었다. 만나는 사람들로부터 수없이 듣는 질문이기도 했다. 할 말을 찾지 못했다. 나는 왜 이렇게 달리고 있지?

질문을 받기가 부담스럽다. 그래도 피할 수가 없다. 미국을 횡단하려 한다는 시도에서부터 특이하게 작은 몰튼 자전거를 몰고 다닌다는 점도 궁금하고, 무엇보다 라이더들 중에서는 거의 유일한 동양인의 외모 때문에 가는 곳마다 호기심을 불러일으켰다.

후지어 패스로 가는 길에 만난 단출한 차림의 라이더. 그는 미국을 횡단하는 게 아니라, 이 지역을 한 바퀴 돌고 있었다. 그의 뒤로 설봉들이 보인다.

아침 시골 카페에 들어서면 일제히 식사를 멈추고 바라보는 백인들의 시선이 따갑다. 죄송합니다 하고서 문을 닫고 도로 나가고 싶은 심정이다. 하지만 나도 먹고 살아야 한다. 눈에 힘을 줘서 사열하는 장군의 눈빛으로 식당 안을 둘러본다. 눈을 마주치기도 전에 시선들이 우르르 식탁으로 떨어진다. 식사 도중 안 보는 것처럼 하면서 지켜보는 기색을 느낀다. '저 시커멓게 생긴 동양 녀석이 왜 우리 동네에 굴러들어왔어?' 또는 '뭐 하는 놈인지 궁금해 죽겠는데 말을 걸 핑계가 없네' 하는 표정들이다. 한국전에 참전했거나 한국에 주둔한 경험이 있는 사람들이 항상 먼저 다가온다. "어디서 왔어?" "미주리주." "아니, 원래 말이야." "한국." "한국 어디?" "서울." "그래? 나, 1967년부터 1968년까지 동두천에 있었어." "아, 그래? 한국에 온 게 너의 첫 해외 여행이었지?" 그렇게 말문이 트이면 다른 사람들이 합세해서 호기심을 실컷 충족시킨다.

왜 횡 단 하 나 ?

그때 받는 숱한 질문들 중에서 가장 곤혹스러운 게 바로 왜 자전거로 횡단하느냐는 것이다. 효율성과 생산성 그리고 속도에 익숙한 사람들에게는 시간 낭비거나 미친 짓일지 모른다. 하지만 그래서 답하기가 까다로운 게 아니다. 나도 왜 하는지 잘 모르기 때문이다. 자전거 혁명을 일으키자. 취지는 좋은데 진짜 좋아하지 않으면 계속할 수 없는 중노동이다.

그런데 그 말 속에 답이 있었다. 그냥 좋기 때문이다. 재미있기 때문이다. 나는 로키 산맥을 넘기 위해 자전거 여행을 시작했다고 믿었다. 후지어 패스에 오르는 순간 절정의 감격 같은 것을 기대했다. 하지만 그런 강렬한 감정은 일어나지 않았다. 목표에 대한 집착에서 벗어나면서 그냥 마음이 편해졌을 뿐이다. 그런데 그 뒤부터 페달을 밟는 게 즐거워졌다. 페달을 밟는 것 자체가 목적이고 과정이 됐다.

나는 다른 사람들도 마찬가지일 거라고 믿는다. 세상의 평화를 위해서 또는 아프리카의 문맹 퇴치 기금을 모금하기 위해 횡단하는 사람들도 사실은 자기가 좋아서, 페달밟기에 몰입하는 게 좋아서 하는 것일 테다. 그렇지 않으면 주야장 천 자전거를 탈 수 없다.

혹시 미국 횡단 자전거 여행을 하고 싶은 분들이 있다면 맘을 정하기에 앞서 이렇게 일주일을 보내보시길 권한다. 토요일 아침 한강에 나가 암사동에서 행주 대교까지 36킬로미터를 한 번 왕복한다. 아마 대여섯 시간 걸릴 것이다. 상쾌한 기분으로 집에 와서 밥을 맛있게 먹고 잠을 푹 자고 일요일 아침에 일어나면, 몸이 뻑적지근할 것이다. 교회에 가자는 아내와 같이 축구하자는 아들의 청을 뿌리치고 자전거를 끌고 나간다. 이번에는 짐수레를 끌거나 짐수레가 없으면 배낭을 메고 자전거를 탄다. 배낭에는 이희승의 《국어대사전》 같은 두꺼운 책을 너덧 권 집어넣는다. 이번에는 한강 고수부지에서 100킬로미터만 달려본다. 집으로 돌아가는 길에 몸이 천근만근 무겁다고 느낄 것이다. 월요일 아침에 출근 지하철을 타면, 잠깐 눈을 붙인다고 생각했는데 오이도나 동막 같은 낯선 곳에서 깨어날 확률이 높다. 그러나 지하철을 타고 회사에 갈 월요일 아침에도 역시 자전 거를 끌고 나간다.

한강은 지겨우니 이제 서울에서 대전까지 달려본다. 이번에는 배낭에 전날의 사전에다 갈아입을 속옷까지 챙겨 넣는다. 대전에 도착해 여관에서 자고 대충 끼니를 때운 뒤, 화요일 아침에 자전거를 타고 서울을 향해 출발한다. 만약 그날 집에 도착할 수 있다면 집에서 자고, 수요일 아침에 이번에는 춘천을 향해 출발 한다. 배낭에 있던 사전을 들어내고 텐트와 침낭, 코펠 등을 집어넣어 실전상황 을 방불케 하는 여행을 한다. 춘천역 앞 광장에 도착해 한 귀퉁이에 텐트를 치고 잔다. 불안해서 오지 않는 잠을 억지로 청하고 목요일 아침에 일어나 역 화장실 에서 고양이 세수를 하고 다시 서울을 향해 출발한다.

금요일 하루는 집에서 푹 쉰다. 그리고 토요일 다시 한강으로 자전거를 끌고 나가다가 이렇게 십수 번을 되풀이해야 미국을 횡단할 수 있다는 걸 느끼는 순간, 그냥 한강으로 뛰어들고 싶은 충동에 사로잡힐 것이다.

그런 일을 왜 하느냐고 물으니 말문이 막혔다. 그러나 이제는 "재미를 위해서 For fun"라고 간결히 말한다. 이렇게 하는 게 좋다. 그게 놀이의 본질이라고 생각한다. 시켜서 하거나 다른 목적이 있어서 하는 일이 아니라 스스로 재미있기 때문에 하는 것이다.

'일 예찬론'은 이데올로기

나는 돈이나 권력, 지위보다도 재미있게 잘 노는 사람이 가장 부럽다. 나는 놀 줄 모른다. 어쩌다 사람들이 춤을 추는 곳에 휩쓸려 들어가도 뻣뻣하게 서 있을 줄밖에 모르는 내가, 벽에 머리를 찧고 싶을 정도로, 싫다. 나뿐 아니라 우리들은 집단적으로 잘 놀 줄 모른다. 그게 근대화가 우리 머릿속에 새긴 집단적 무의식인지 또는 자본주의의 의식화인지 모르겠으나, 우리에게는 끊임없이 일을 해야 한다는 강박 같은 게 있다. 나는 30대가 넘어서 신문사에 다닐 때에도 다음 날할 일을 생각하다가 "국·영·수 해야지"라는 말이 내 입에서 튀어나오는 것을 듣고 소스라치게 놀란 적이 한두 번이 아니다. 공부를 열심히 한 모범생도 아니던 내가 그럴 정도라면?

노는 것은 항상 죄악시됐다. 놀면 어쩐지 맘 한구석이 불편하다. 노는 것은 일하는 또는 공부하는 중간의 일탈된, 주변적인 행동일 뿐이다. 그건 서양에서도 마찬가지다. '여가, 오락'을 뜻하는 'recreation'은 다시 만들어낸다는 뜻. 다시 뭔가를 만들어낼 힘을 충전하기 위해 논다는 뜻이다. 우리는 개미와 거북이를 떠받들고 베짱이와 토끼를 멸시한다. 우리는 일하는, 만들어내는 사람으로서의 인간인 '호모 파베르Homo faber'다. 일을 통해서 자기를 실현한다고 배운다.

그런데 과연 그럴까. 예술가 같은, 전체 인구의 1퍼센트가 아닌 이상 자신이 하고 있는 일에서 잠재적 가능성을 확인하고 발현하는 사람이 몇 명이나 될까? 보통은 일이 생활비를 벌거나 축재 또는 출세의 도구다. 전혀 창의적이지 않다. 똑같은 일을 기계적으로 반복하거나 때로는 눈치를 봐야 하고 비굴해지는 것도 참아야 하는 노역일 뿐이다. 사람이 일하기 위해 태어났다고 주장하는 것은 창의적인 일을 하는 몇몇을 위한 이데올로기이며, 다수를 부려먹는 소수의 논리다.

하지만 그다지 원치 않는 일을 하고 사는 사람들일수록 그런 일을 하지 않고 노는 사람들을 더 지탄하는 모습을 흔히 발견한다. 시간을 헛되이 쓰고 인생을 낭비하고 있다고. 자식들에게도 맘껏 놀아보라고 하지 않고, 시켜서 하는 일을 잘하는 사람이 되라고 한다. 그러니 인생이 뻔해진다. 개성을 상실한 채 사회적 기능과 의무를 다하는, 전체의 일부로 살다 간다.

쉼 없 이 일 하 고 쉼 없 이 사 들 이 고

너도 나도 쉬지 않고 일하는 판이니 세상에는 물건들이 엄청나게 쏟아져 나온다. 찬장을 열어보면 일 년에 한두 번 쓸까 말까 하는 찻잔 세트들이 즐비하다. 옷장에는 입지 않는 옷들이 차곡차곡 쌓여 있다. 그런 것들을 사 모으기 위해 쉬지 않고 일한다. 자원들이 고갈돼간다.

나는 '호모 루덴스Homo ludens'이고 싶다. 놀 줄 아는 사람이 되고 싶다. 나는 놀기 위해서 세상에 태어났다. 놀면서 이 세상에 있다는 거, 살아 있다는 것을 실감한다. 놀기 위해서 일하는 것이다. 노는 데는 어떤 의무나 조건도 붙어 있지 않다는 점에서 자유롭다. 자유는 신의 특징이다. 신은 누구의 창조물도 아니고 다른 누구를 위해 일하지 않으며, 세계는 제우스의 장난이라는 니체의 말대로, 세상을 창조해야 하기 때문에 창조한 것도 아니다. 신은 스스로 연유하며 스스로 완결된다. 노동이 신성한 게 아니라, 놀이가 더 신의 속성을 닮았다. 놀이는 일상적이고 지루하고 관습적이고 당위적인 세계에서 벗어나, 즉흥적이고 자발적이며 사소하며 창의적인 세계로 가는 몸짓이다. 천진난만한 아이가 되는 것이다. 백수들이 추구하는 세계다.

노는 게 당위론적으로도 좋은 이유는, 놀면서 뜻하지 않게 자신을 알아가고 얻어가며 넓혀나가기 때문이다. '호모 파베르'이던 나는 자전거 여행을 시작한 뒤 '호모 루덴스'로서의 나를, 그리고 장거리 여행의 스트레스를 이겨낼 수 있는 내 몸을 발견한다. 그래서 미국 단독 횡단이라는, 그 전에는 생각도 할 수 없을 만큼 큰 판의 유희에 하루하루 희희낙락하면서 그 꿈을 한발 한발 이뤄가고 있는 중이다. 로키 산맥이 나를 부른 것은 바로 크게 한 판 놀아보자는 유혹이었던 것이다.

나는 실존주의자들처럼, 세상에서 가장 좋은 날이 아직 오지 않았다고 믿는다. 오늘이 최상이 아니라는 뜻이 아니라, 점점 더 좋은 날로 가는 도중의 하루라는 뜻이다. 오늘이 남은 생애의 첫날이라는 말도 맞다. 하지만 그것은 왠지 과거를 지우고 싶어하는 사람이 미래에 대해 갖는 부질없는 희망처럼 들린다. 과거에 무슨 일이 있었든, 그것들은 더 나은 날들을 위해 바닥에 깔리고 모여지는 것이다. 나는 바퀴를 굴리면서 내 몸의 가능성이 쉬지 않고 이뤄지고 펼쳐지고 있는 것을 느낀다. 후지어 패스를 넘었어도 여전히 성취해야 할 험한 산들이 기다리고 있다. 세상은 더는 관조하는 대상이 아니라 내가 교문을 열고 뛰어들어가는 운동장이 된다. 나와 세상의 관계는 자전거를 타고 들어가면서 역동적으로 바뀐다.

체력이 향상된다는 것과는 다른 뜻이다. 내 몸은 의지가 육화된 표현기관이다. 반대로 내 의지는 몸이 조성하는 정신적인 힘이다. 의지와 몸은 정반합의 변증법적인 관계를 이루며 하루하루 더 나를 강건하게 한다. 하루는 의지가, 하루는 몸이 나를 이끌고 간다. 나는 물질과 정신, 가능성과 불가능성, 무한과 유한,

순간과 영원, 자유와 당위, 절대와 상대, 진짜와 가짜, 확실성과 불확실성, 보이는 것과 보이지 않는 것의 끊임없는 충돌이자 화해의 접점이다. 노동이 충돌이라면 페달밟기는 화해다. 달리면서 세계와 나의 거리가 줄어든다. 나는 어디로 가고 있는 게 아니라 세상 안에 펼쳐지고 있다. 후지어 패스를 넘은 뒤 나는 더 세게 놀아보기로 했다.

55
황 무 지 가 왜 이 토 록 아 름 다 울 까

처음에 왜 'bicycle'을 자전거라고 번역했는지 짐작할 수 있을 것 같다. 말이나 소가 끌지 않는데도 움직이기 때문이다. 일본에서도 '지텐샤(自轉車)'라고 하고 중국에서도 '쯔싱처(自行車)'라고 한다. 하지만 틀린 말이다. 자전거는 저절로 굴러가지 않는다. 페달을 밟아야 간다. 그래서 인력거라는 말이 더 어울리지만, 인력거는 이미 사람들이 끄는 수레를 지칭하는 말로 굳어졌다. 더구나 인력거는 다른 사람이나 짐을 싣고 가지만, 자전거는 싣고 가는 게 다름 아닌 자신이다. 그럼, '자신거(自身車)'라는 표현은 어떨까. 하지만 자동차도 자신을 싣고 간다. 그래서 내가 제안하는 단어는 '몸수레'다. 팔다리, 어깨, 허리, 이두박근, 엄지발가락 등 온몸을 써서 끌고 가는 동시에 자신의 몸을 싣고 가는 수레이기 때문이다.

내 리 막 길 1 0 0 킬 로 미 터 를 강 과 경 주 하 다

그러나 때로는 자전거라는 말이 맞다. 저절로 간다. 로키 산맥의 후지어 패스를 넘고 난 길이 그랬다. 'ㄹ' 자로 꺾어지는 가파른 내리막길의 연속이어서 한번 기분 내다 평생 먼저 가는 일이 없도록, 달리 말해서 공중으로 날아가지 않도록 브레이크 핸들을 꽉 쥐어야 했다. 너무 오래 꽉 쥐고 있어 손바닥이 얼얼하고 땀이 났다. 경치를 완상할 여유가 없다. 그런데 페달을 밟을 필요는 없었다. 영어로 '스위치백switchback'이라고 부르는 예각의 내리막길이 곧 끝나고, 도로공법의 승리인 경사각 8퍼센트 이하의 편안한 내리막길이 나오기 시작하자 무려 100킬로미터를 흘러 내려갔다. 옆으로 블루강이 흐른다. 흰 거품을 일으키며 내려가는 검푸른 강물과 내 몸수레가 앞서거니 뒤서거니 경주를 벌였다.

미국에서 가장 높은 곳에 위치한 스키 리조트인 브레켄리지Breckenridge에 이르자 갑자기 자전거 타는 사람들이 넘쳐난다. 예전에 여의도 5·16 광장에서 자전거 군중 속으로 휩쓸려 들어갈 때 느낌이 든다. 브레켄리지에서 실버손Silverthorne까지는 34킬로미터 길이의 자전거 전용로가 숲 속으로 나 있어 너도나도 자전거를 탄다.

브레켄리지는 미국이 정복전쟁과 부동산 투기로 정신없이 땅을 주워 담다가 뒤에 흘린 땅이었다. 브레켄리지와 이른바 미들 파크Middle Park에 속하는 주민들은 미국이 프랑스, 스페인 등과 체결한 영토 협정에 자신들이 누락돼 있는 것을 뒤늦게 알았고, 1936년에야 콜로라도주의 일부로 편입하는 의식을 거행했다고 한다. 만약 내가 그 주민들 중 한 명이라면 서운해서라도 편입을 거부하고 독립국을 세우자고 했을 것 같다.

경치는 북쪽으로 올라갈수록 더욱 거칠고 황량했다. 황무지의 원형을 보는 것 같다. 그런데 무정한 황무지가 왜 이토록 아름답게 느껴지는 것일까. 그리고 이 황무지를 혼자 가는 게 이제는 왜 외롭지 않을까. 캔자스에서 만난 한 농부는 콜로라도에 갔더니 경작할 수 없는, 쓸모없는 땅만 잔뜩 있더라고 말했다. 내게는 인간의 손이 미칠 수 없는 광대한 대지가 있다는 깨달음을 준다. 나를 미물로 만드는, 그래서 내가 하찮은 존재가 되는 게 아니라 작더라도 이렇게 광활한 우주에 속해 있다는 명징한 세계 인식을 주고 있기 때문에 아름다운 게 아닐까. 이대로 고꾸

콜로라도주 브레켄리지는 미국에서 두 번째로 인기 있는 스키 리조트다. 여름에도 더위를 피해 많은 사람들이 온다. 사진은 도시 한복판을 흐르는 블루강에서 아이들이 물장난치는 모습. 이 도시는 연방정부가 스페인, 멕시코 등과 영토를 협상할 때 연방정부에 편입시키는 것을 깜박 잊어버려 1930년대에야 미국에 편입됐다.

아메리카 자전거 여행

라져 죽어도 아무 말이 필요 없는 그런 아득한, 비인간적인 세계. 그런 절대 세계를 목격하고 있으니 인간 세계에 대한 동경에서 자유로운 것이 아닐까.

굽이굽이 돌 때마다 새로운 전경이 펼쳐진다. 핫설퍼스프링스Hot Sulphur Springs로 들어가는 40번 길의 마지막 6킬로미터는 콜로라도강을 거슬러 황토빛 계곡 속으로 문을 몇 겹이나 열고 들어가는 것 같았다.

그러나 핫설퍼스프링스의 시립공원에서는 불편하게 1박을 했다. 지금까지 야영한 곳 중에서 최악인 모기떼의 습격이 있었고, 세수하기 위해 들어간 콜로라도강은 물살만 빨랐지 미적지근했다. 송어들도 물이 찬 상류로 올라가 버려 플라이 낚시하는 사람들은 하릴없이 더위를 불평했다. 이곳에는 유황온천이 있어서 역시 단체 여행 온 동양 사람들이 눈에 띄었다. 제7안식일 한인 덴버 교회 승합차로 온 한국 사람들이 유황온천 앞 공원에서 고기를 구워 먹는 모습을, 모락모락 김 나는 식당 안을 들여다보는 집 없는 소년처럼, 군침을 삼키며 지켜봤다. 부근에 있는 텐트들에서는 어디서 술을 마셨는지 밤늦게 와서는 모닥불을 피우고 새벽까지 떠들어댔다.

아침에 40번 길을 따라 가다가 좌회전, 125번으로 꺾어지면서 다시 오르막이 시작됐다. 콜로라도강과도 거기서 작별했다. 이 강은 남쪽으로 내려가면서 길이 347킬로미터와 폭 최장 32킬로미터의 심곡인 그랜드캐니언을 파놓고 지나가는데, 여기서는 강폭 몇 미터 밖에 안 되는 시냇물이다. 40번을 타고 좀더 올라가면 강이 시작되는 지점을 볼 수 있을 텐데……

우주 여행의 장수 만세 동반자들

125번 길은 우주 생성의 비밀을 풀어가는 것처럼 더욱더 태초의 느낌이 들었다. 차도 거의 안 다닌다. 트랜스 아메리카 트레일에서 세 번째로 높은, 높이 2886미터의 윌로 크리크 패스Willow Creek Pass를 지나간다. 랜드Rand를 거쳐 월든Walden으로

69세의 바브(왼쪽)과 62세의 제리가 엄청난 무게를 끌고 대륙 분기선을 따라 미국 종단 여행을 하고 있다. 이 코스는 비포장 도로인 산길로 주로 가기 때문에 힘들다.

가는 길은 노스 파크North Park라고 불리는 광야. 나는 지금 앨리슨의 말대로 우주 여행을 하고 있다.

이틀 동안 대조적인 장수 만세의 부부 라이더들을 만났다. 먼저 만난 블랜차드Blanchard 부부. 그들은 내가 이틀 전에 넘은 후지어 패스를 향하고 있었다. 워싱턴주 올림피아에서 왔는데 부인 바브가 69세라고 해서 놀랐다. 남편 제리는 62세니까 평균 연령 65.6세의 커플이다. 제리는 아직도 중학교 수위로 일하고 있고, 바브도 1년 8개월 전까지 보험회사에서 소비자 전화상담원으로 일했다. 그러니까 돈이 있어서 늘그막까지 레저를 즐기는 게 아니다.

그들은 언제나 여유가 있다. 30년 전인 1976년에는 미국 건국 200주년을 기념해 트랜스 아메리카 트레일을 따라 미국을 횡단한 2000여 명에 들어 있었다. 오리건주 애스토리아에서 출발하여 버지니아주 요크타운까지 갔는데, 바브는 열다섯, 열여섯 살이던 아들 둘과 열두 살이던 딸을 데리고 갔다. 13명이던 일행 중에서 최연장자는 68세의 여성이었다고 한다. 그때 제리는 바브의 남편이 아니라 남편의 친구였다. 제리는 친구가 먼저 세상을 뜨자 일곱 살 연상의 바브와 결혼했다.

그들은 사우전드 트레일스라는 회원제 캠프장 회사에서 함께 일했다. 그런 뒤 바브는 레이니어산Mt. Rainier 국립공원의 공원경찰이 됐는데, 그때를 가장 행복한 시기로 기억한다. 공원경찰은 자연을 사랑하는 사람들에게 가장 이상적인 직업이다. 바브는 돈을 많이 버는 대신 몸을 많이 써왔다. 뛰고 걷고 자전거 타고…….

마라톤을 좋아하던 그는 몇 년 전 달리기를 포기하는 어려운 결정을 내렸다. 무릎에 무리라는 신호가 왔고, 무엇보다 계속 달리다가는 제일 좋아하는 등산까지 못하게 될 것을 우려했기 때문이다. 그는 올해도 열흘 동안 산 속에서 지내다 돌아왔다. 지금은 미국 종단 여행을 하고 있는 중. 미국 종단 코스 중에서 가장 힘들다고 하는 콘티넨털 디바이드 트레일(미국 대륙 분기선)을 따라 남하하고 있다. 이 트레일은 캐나다에서 멕시코까지 로키 산맥을 따라가는데, 비포장 도로인 산길이 대부분이어서 포장 도로를 주행하는 것보다 몇 배 더 힘들다. 그들은 제리가 아직까지 일하기 때문에 한번에 종주하지 않고 해마다 여름휴가에 맞춰 구간을 나눠서 여행한다. 올해는 와이오밍주 롤링스Rawlings에서 출발해 뉴멕시코주까지 갈 예정.

나는 그렇게 많은 짐들을 끌고 가는 사람들은 처음 봤다. 제리는 모텔에서 자지 않고 야영하기 때문에 6일치의 식량을 한꺼번에 넣어 가지고 다닌다고 대수롭지 않게 말했다. 평소에 돈보다 몸을 더 소중히 한 결과, 만년 청춘을 누리고 있다. 나도 69세가 됐을 때 그들처럼 모험을 떠날 수 있을까.

믿을 수 없이 젊은 노부부 라이더

다음 날에는 그들과 정반대 성향의 60대 부부를 마주쳤다. 월든에 도착하여 한 모텔에 사이클복이 빨래로 널려 있는 것을 보고 주저 없이 이 모텔에 투숙하기로 결정했다. 여주인은 시원한 맥주 한 병을 선사했고, 자신의 사무실에서 인터넷을 쓸 수 있도록 배려해줬다. 자전거를 방 안으로 집어넣으려고 낑낑대고 있는데, 사이클복의 임자가 나타났다. 칩Chip이라고 했다. 은퇴 운운해서 나이를 물어보자 61세라고 밝히는데 믿을 수가 없었다. 부인 캐티Kathy 역시 동갑인데 더 믿기 어려울 정도로 젊어 보인다. 두 사람은 야생적인 바브나 제리와 달리 헬스클럽형이다. 매사추세츠주 보스턴 근처에 있는 윈체스터Winchester 출신이어서 한결

보스턴 근처의 원체스터에서 온 칩(왼쪽)과 캐티 부부는 집을 팔아서 은행에 넣어두고 그 이자로 미국 횡단 여행을 하고 있다. 간판 내용은 '라이더 환영, 애완 동물도 괜찮음' 정도의 의미인데, 사람과 동물을 같이 취급하는 듯한 오해를 살 수 있다며 캐티가 라운드업 모텔의 간판을 장난스럽게 가리키고 있다.

동부의 세련된 도회지 분위기를 풍겼다. 부인 캐티는 자신이 다니던 생명공학 회사가 합병되면서 자리가 없어지자 넉넉하게 보상받는 것을 기회로 은퇴해버렸다. 칩은 부동산 금융회사에 다니면서 돈을 모아 캐티와 동반 은퇴했다.

그들은 집을 처분한 돈을 은행에 넣고 거기서 나오는 이자로 여행을 하고 있다고 말했다. 텐트를 가져왔으나 아직 한 번도 치지 않았다고 말하는 것으로 봐서 이자, 아니 원금이 상당한 액수로 추정된다. 그들은 두 아이들이 사는 샌프란시스코까지 자전거를 타고 가서 거기서 살 집을 구할 예정이라고 했다. 여기까지 오는 데 남보다 훨씬 긴 두 달 보름이 걸렸지만, 서두를 이유가 하나도 없다. 그들이 유한계급의 사치를 누리고 있다고 할 수 있을까? 나는 그렇지 않다고 본다. 미국 횡단 자전거 여행은 물질적 풍요를 누리는 사람일수록 떠나기 어려운 여행이다. 그런 점에서 나는 이들도 존경한다.

캐티는 까다로운 성격이었다. 숙박시설에는 반드시 수세식 화장실과 샤워시설이 있어야 한다고 고집했다. 그런 야영장을 찾기가 쉽지 않으니 여관에서만 자게 된다. 누가 먼저 이 여행을 제안했느냐고 물어봤다가 부부 싸움을 일으킬 뻔했다. 캐티는 "칩이 하자고 했다"며 원망조로 말했다. 칩이 "당신도 동의는 했잖아"라고 말을 받긴 했는데 기가 약했다. 힘든 고개를 넘을 때마다 부인한테 "왜 이 고생을 사서 하느냐?"는 닦달을 받아온 듯했다.

두 사람은 다음 날 몇 시에 출발할지를 놓고 또 한판 붙었다. 캐티는 아침 5시 반, 칩은 6시. 큰 차이는 아니다. 내가 아침에는 추워서 일찍 출발할 이유가 없다고 거들자, 칩이 힘을 얻어 "봐, 도대체 왜 일찍 출발하자는 거야?"라고 캐티에 도전했다. 캐티는 점심 식사를 다음 행선지인 리버사이드Riverside에서 하려 하기 때문이라고 일축했다. 그러면서 캐티는 자기가 칩보다 생일이 몇 달 빠르다는 것을 강조했다. 스물두 살에 결혼하여 39년을 함께 살아왔으니, 상대방에 대한 전력 파악은 끝난 지 오래다. 칩은 말대꾸하지 않았다.

아침에 밖에서 그들이 출발하는 소리에 잠이 깼다. 시계를 보니 6시였다. 결국 칩이 주장한 그 시간이었다. 웃음이 나왔다. 말싸움에서는 지지만 결국 자신의 뜻대로 관철시키고 있는 것이다. 며칠 뒤 전혀 뜻밖의 곳에서 이들을 다시 상봉하게 된다.

56
나는 적토마, 물과 먹이만 달라

도저히 멈출 수가 없다.

오늘 하루 풍성한 기록들을 양산했다. 일곱 번째 주이자, 미국에서 인구가 가장 적은 주(49만 명)인 와이오밍주에 진입했고, 처음으로 지도 다섯 쪽을 넘겼고 하루 최장 거리인 176킬로미터를 달렸다. 호랑이 등에 올라탔다. 한번 몸을 쓰기 시작하면, 그래서 몸이 움직이는 데 익숙해지면, 그 다음부터는 몸이 나를 끌고 다닌다. 그래서 멈출 수가 없는 것이다. 69세가 돼도 몸 쓰기를 멈출 수 없는 바브처럼.

콜로라도주 월든부터 와이오밍주 롤링스까지는 해발고도 2460미터에서 2070

미터까지 완만히 400미터를 내려가는 길. 그러나 월든에서 140킬로미터 지점에 있는 월컷Walcott까지는 옆바람, 월컷에서 롤링스까지는 맞바람이 강하게 불어 오르막길 못지않았다. 특히 마지막 36킬로미터 구간에는 강풍 주의보 표지판까지 세워져 있었다.

굉 음 잡 는 백 미 러

처음으로 선글라스에 백미러를 달고 달렸다. 이 거울은 칩과 캐티 부부가 선물로 준 것이다. 이 부부는 갖추지 않은 장비가 없었다. 가장 인상적인 장비는 '데이저Dazer'라는 초음파 발사 총이었다. 이 총을 발사하면 사람들은 들을 수 없지만 개들만 들을 수 있는 초음파가 나와서 송아지만 한 개도 퇴치할 수 있다고 한다. 캐티는 내가 그토록 개들한테 시달린 켄터키주를 오히려 이 총을 쏘는 재미에 흠뻑 빠져 신나게 통과했다고 한다. 4만 원 정도 하니까 그렇게 비싼 것도 아니다. 나도 마찬가지지만 켄터키 개의 추격에 횡단 여행을 중단한 전력이 있는 데이비드가 이런 무기가 있는 줄 모르고 치한 퇴치용 스프레이를 뿌리고 다닌 것이 애석할 따름.

이 부부는 백미러도 여벌로 가져와서 하나를 내게 줬다. 나는 백미러의 각도를 맞춰서 뒤를 보기가 여간 어렵지 않아 집에 놓고 왔다. 뒤를 보려고 우물쭈물하는 동안 균형을 잃어 앞에서 오는 차에 당할 수 있다. 하지만 장거리 라이더들 사이에서는 필수품이다. 그 동안 나는 거울 대신 귀를 쫑긋 세워 뒤에서 차가 오는 것을 느껴왔다. 이제는 굉음만 듣고 대충 어떤 차가 지나갈지 짐작할 정도가 됐다. 이대로 미국 횡단을 계속한다면 서부에 도착할 즈음에는 용불용설에 따라 귀가 코끼리 귀만큼 커질 것이다.

그래도 실험해보기로 했다. 백미러는 선글라스 왼쪽 테에 부착하기 때문에 왼쪽 눈에서 전방으로 45도 각도에 거울이 있다. 꼭 맹점 같다. 대신 뒤의 전망이 열렸다. 처음엔 각도가 잘 안 맞아 뒤에서 오는 차들을 몇 번 놓쳤지만 차츰 익숙해졌다. 왼쪽 눈만으로 곁눈질해서 보는 것으로 귀가 더 커지지 않는 대신 이제는 눈이 사시가 되지 않을까. 그런데 신기한 것은 내가 끔찍하게도 싫어하던 굉음이 더는 들리지 않는다. 눈으로 보게 되니까 귀가 작동하지 않는다.

오늘 세운 마지막 기록은 주간 고속도로를 처음 달렸다는 것. 자청한 것은 아니었다. 오늘 주행한 176킬로미터 중 20킬로미터는 다른 길이 없었다. 보통 주간 고속도로에서 자전거로 주행하는 것은 불법이지만, 길이 발달하지 않은 미국 북서부에서는 간간이 허용한다. 물론 갓길을 달리지만, 그래도 쉴 새 없이 그것도 시속 120킬로미터로 쌩쌩 지나가는 화물차들에게 담력을 시험받는다. 화물차들은 고막을 찢어놓는 경적으로 자신들의 텃밭을 침범한 데 대해 화를 냈다. 자식들아, 나도 빨리 빠져나가고 싶다. 지독한 강풍 때문에 마음만 급하다.

거대한 정유공장이 있는 싱클레어Sinclair를 만나 주간 고속도로에서 빠져나가 주도인 76번으로 접어들었는데, 바로 후회했다. 이 길은 말이 포장 도로지, 표면이 자갈이 박힌 깨강정 같았다. 맞바람에다 마찰이 심한 노면으로 막판 15킬로미터가 엿가락처럼 길게 늘어졌다. 길옆에 난 철길을 따라 유니온퍼시픽 화물열차가 기적 소리조차 없이 석양을 향해 미끄러져 간다. 왠지 역사 속으로 퇴장하는 듯한 느낌이 들었다.

괜찮았다. 끄떡없었다고 말할 수는 없어도 그 강도의 운동을 큰 무리 없이 소화했다. 나는 물과 먹을 것만 주어지면 끝없이 달릴 수 있는 적토마가 된 것 같다. 서른여덟 살에 수영을 처음 배운 내가 어느 날 25미터를 가게 되고, 며칠 뒤 50미터, 그런 뒤 100미터, 200미터, 그리고 500미터, 나중에는 따뜻한 인도양의 몇 킬로미터를 쉬지 않고 수영할 수 있게 되자, 그 뒤로 물만 마시면 끝없이 수영할 수 있게 된 것과 똑같은 이치다. 몸의 구속에서 자유로워지고 있는 것이다.

스플릿 록은 멀리서도 잘 보여 미국 개척민들이 미국을 횡단하다 서로 만나는 지점으로 쓰였다.

5 0 0 0 킬 로 미 터 를   종 단 하 는   하 이 커 들

롤링스에서 특별한 이들을 만났다. 점심때 시내에 있는 아낭스 타이 식당에 갔다가 콘티넨털 디바이드 트레일을 종주하는 하이커 다섯 명을 만났다. 캐나다, 미국, 멕시코 세 나라에 걸쳐 있는 콘티넨털 디바이드 트레일은 앞에서 바브와 제리가 종주하고 있는 길로 소개했는데, 그것은 차도 다닐 수 있는 길이고 이들이 다니는 길은 산길이다.

미국을 종단하는 등산 코스는 이 트레일 말고 서부 해안을 따라가는 퍼시픽 크레스트 트레일Pacific Crest Trail과 여행 초반에 소개한 바 있는 동부의 애팔래치아 트레일까지 모두 세 줄기가 있다. 이 중에서 콘티넨털이 가장 길고 가장 험한 코스다. 전체가 트레일로 연결돼 있지 않고 군데군데 끊겨 있어서, 하이커들이 알아서 길을 만들며 가야 한다. 70퍼센트 정도 연결돼 있다고 한다. 중간에 사막 구간도 꽤 있다. 거리는 4300킬로미터에서 5000킬로미터 정도로 잡고 있다. 애팔래치아 트레일은 3360킬로미터, 퍼시픽 크레스트 트레일은 4300킬로미터다.

그래서 콘티넨털 코스를 종주하는 하이커는 많지 않다. 연간 50명 정도. 남쪽에서 출발해 북쪽으로 올라가는 등산의 경우, 성공률이 극히 낮아 어느 해에는 단 한 명이 종주하는 데 성공했다고 한다. 그렇게 드문 북진 하이커들을 다섯 명이나 한꺼번에 만났다. 이들은 세 명이 원래 한 팀이었는데, 도중에 두 명이 합류해서 같이 움직이고 있었다. 같이 움직인다고 해서 항상 같이 걷는 것은 아니다. 대충 비슷한 시간대에 걷는다는 것일 뿐이다.

하이커들에게는 도회지가 각별하다. 이들도 마음이 들떠 있었다. 메인주에 있는 베이츠 대학에서 스쿼시를 가르치는 강사 존 일리그John Illig는, 이미 다른 두 트레일을 종주해서 책도 두 권이나 냈고 마지막으로 콘티넨털에 도전하고 있는 중이다. 나와 동갑이다. 그는 어느 나라나 그 나라를 대표하는 종주 코스가 있다고 한다. 종주를 통해서 종교적 순례에 못지않은 국토에 대한 존경을 배우게 된다고 말했다. 그게 바로 국토 순례다. 한국에 백두대간이 있듯이. 세 가지 종주 코스 중에서 존은 퍼시픽 크레스트 트레일이 가장 좋다고 소개했다. 태평양 해변을 따라 시에라네바다 산맥을 타고 가는 이 코스는 경치도 경치지만, 모기가 없고 비도 오지 않으며 자동차 도로도 많이 나 있지 않아 원시림을 마음껏 누릴 수 있다고 한다.

　버지니아주에서 온 스물세 살의 가브리엘 콜커^{Gabriel Colker}는 애팔래치아 트레일이 너무 사람들로 북적대서 이쪽 코스를 선택했다고 하는데, 1년에 3000명 정도가 시도하지만 3360킬로미터라는 길이와 출발시기가 각기 다르다는 점에 비춰볼 때 절대 붐빌 일이 없다. 인구 밀도에 대한 하이커들의 느낌은 다른 모양이다. 하이커들은 닉네임이 있다고 소개한 바 있는데, 스물여섯 살인 제이슨 포토

와이오밍주 롤링스에 있는 타이 식당에서 만난 콘티넨털 디바이드 트레일 종주 하이커 다섯 명. 왼쪽부터 토드 브래들리, 가브리엘 콜커, 브렛 윌킨슨, 제이슨 포토, 존 일리그. 종주까지 3분의 1 정도를 남겨놓은 이들에게는 자신감과 팀워크가 넘쳐났다.

Jason Porto는 포토가 포르노와 비슷해 포르노라고 불린다. 스물일곱 살인 브렛 윌킨슨Brett Wilkinson은 환경잡지의 편집자 출신. 20대의 이 세 사람 모두 이번 종주를 위해 직장을 그만뒀다. 이들에게는 아침 9시에 출근해서 5시까지 일하는 생활을 20, 30년씩 계속하는 사람들이 오히려 더 경이롭다.

이들은 4월 13일에 멕시코 국경을 넘어갔다가 북상하기 시작하여 석 달 닷새 만에 여기까지 왔고, 앞으로 두 달을 더 걸으면 최종 목적지인 글레이셔 국립공원까지 갈 수 있을 거라고 말했다. 다마스커스에 만난 애팔래치아 하이커들과 달리 등반 경험도 많고 또 지금까지 석 달 이상 어려움을 딛고 온 탓인지 눈이 반짝반짝 빛났다. 스스로 부여한 험한 도전을 이겨냈을 때 찾아오는 자신감과 여유가 흠뻑 느껴진다. 이들 얘기로는 첫 3주가 고비인데, 콘티넨털은 중간에 그만두고 싶어도 도로나 인가가 없는 산 속이어서 며칠 더 걸어야 하고, 그러다 보면 계속 걷게 된다고 한다. 다섯 번째 하이커인 토드 브래들리Todd Bradley와는 안타깝게도 얘기할 사이가 없었다.

젊은 하이커들과 몰려다니다

그 동안 너무 오래 혼자 있었던 탓인지, 그들의 팀워크가 부러우면서도 여러 사람과 함께 있는 게 불편해지기 시작해서 도서관 간다는 핑계로 먼저 나왔다. 그리고 저녁을 먹으러 타이 식당에 갔다가 이들과 다시 조우했다. 이들은 저녁을 먹고 영화를 보러 간다면서 같이 가자고 했다. 귀가 솔깃했다. 극장을 가본 게 몇 세기 전 같다. 야영을 포기하고 그들이 묵고 있는 모텔에 체크인한 뒤 함께 영화를 보러 갔다. 극장이 시내에서 멀리 떨어져 있어 택시를 대절했는데, 여섯 명이 겨우 끼여 타고 갔다. 존은 라이더에 대한 하이커들의 대접이라면서 영화를 공짜로 보여줬다.

거기까지는 좋았는데 영화가 문제였다. 〈찰리와 초콜릿 공장〉. 다 보고 나서 이 영화를 보기 위해 이런 법석을 떨었나 싶었다. 그런데 20대들의 반응은 달랐다. 다시 대절한 택시를 타고 가는 길에 스물세 살 가브리엘이 감동 그 자체였다고 말을 꺼내자, 20대의 다른 두 친구들이 이구동성으로 맞장구를 쳤다. 40대의 존이나 나는 "솔직히 잘 모르겠다"고 에둘러 말했다. 그랬더니 가브리엘이 이 영화의 오리지널을 봤으면 그 차이를 알 수 있고 훨씬 더 감동을 받았을 거라고 말했다. 과연 그랬을까?

다음 날은 보름이었다. 이들은 그레이트베이슨Great Basin이라는 사막성 분지를 건널 예정이었다. 낮에는 무덥기 때문에 저녁까지 기다린다고 했다. 보름달이 떠올라 사막을 비출 때 출발한다. 같은 길을 가는 나는 아침에 북풍이 잔잔하기 때문에 새벽 일찍 출발할 예정. 우리는 밤에 작별인사를 했다. 영화는 재미없었지만 영차영차 몰려다니는 기분은 좋았는데…….

달빛 아래 사막을 걷는 그들의 모습이 그려진다. 곧 지워질 발자국을 모래밭에 새기며, 그보다 더 먼저 사라질 그림자를 길게 드리운 채 터벅터벅 걸을 것이다. 제이슨은 사막처럼 전망이 펼쳐진 곳을 걷는 게 무섭다고 말했다. 가도 끝이 없는 게 보이기 때문이라고 한다. 앞이 보여서 꼭 좋은 것만은 아닌가 보다. 뻔한 인생을 사는 것도 그런 느낌일 것 같다. 그럼 고개를 푹 처박고 걸을 수밖에.

한때 번성하던 광산도시였으나 우라늄 수요가 급감하면서 유령의 도시로 변한 와이오밍주 제프리시티. 그러나 제일 침례
교회는 커티스 블랙먼 목사의 집념으로 죽지 않고 살아 있다.

57
목사님!
제발 그만,
오! 주여

와이오밍주 제프리시티^{Jeffrey City}는 한때 인구 5000명이던, 날로 번성하던 마을이었으나, 우라늄 광산이 문을 닫으면서 유령마을로 바뀐 곳이다. 가는 길은 해발고도 2000미터의 그레이트베이슨에 나 있다. 길 자체는 평탄했지만 막판에 불어온 바람 때문에 동작이 슬로 모션으로 바뀌고 숨이 턱에 찼다.

제일 침례교회는 마을의 외진 곳에 있었다. 비포장 흙길이어서 자전거가 나가지 않는다. 낑낑거리며 자전거를 밀고 가서 교회 옆에 있는 간이주택(트레일러하우스)의 문을 두드렸다. 목사 커티스 블랙먼이 반갑게 맞이했다. 이 목사는 교회 곳곳을 안내하면서 교회를 바이크 라이더들에게 개방한 과정을 소상히 설명했다. 몸이 녹초가 돼서 빨리 앉고 싶은데, 말이 계속 이어진다.

"이 마을에 있는 유일한 모텔과 식당 주인이 교회 신도라서 그들의 처지를 감안해 라이더들을 받는 것을 몇 년 전에 중단했다. 작년에는 아내가 뇌출혈로 쓰러져 간호하느라 더 받을 수 없었는데, 올해 3월에 목사들 모임에 갔다가 기도하던 중 '전 세계에서 온 사람들을 네게 보내겠노라'라는 하나님의 메시지를 들었다. 마침 모텔도 문을 닫게 돼서 라이더들에게 교회를 개방하고 있다."

지금까지 묵은 교회들은 장소만 빌려주지, 전도는 하지 않았으나 블랙먼 목사는 달랐다. 자신이 뒤늦게 목사로 전신하게 된 경위를 설명하기 시작하더니 저녁에 하는 성경 공부에 참가할 의향이 없느냐는 묵시적 권유에 이르기까지 다각도로 공략해왔다. 나는 목이 말랐고 그저 앉고만 싶었다. 세상에나, 카우보이용 성경이 따로 있었다. 성경책 제목은 《카우보이의 길The Way for Cowboys》이다. 총천연색의 이 성경은 말을 타고 소뿔을 뽑고 로데오 경기를 하는 카우보이들의 간증을 곳곳에 끼워넣고 있다. 한 권 가져가라고 하는데, 무게 때문에 한번 훑어보고 내려놨다.

초콜릿이 먹을 것의 전부?

한국에서 왔다고 한 게 잘못이었다. 그는 한국과 맺은 깊은 인연을 설명하기 시작했다. 신학교를 다닐 때 한국인 동료들이 있었고, 성가를 전공하는 아들이 다니는 음악대학원에도 한국 학생들이 있으며, 예전에 다니던 교회의 목사가 한국인이었으며……. 하마터면 "그만해!" 하고 소리를 지를 뻔했다.

그가 마침내 교회 문을 열고 나가려 하자 나는 "바이, 바이"라고 인사했는데, 인사라기보다는 다시는 보지 말자고 쐐기를 박는 어조였다. 미안해서 "다시 봐요"라고 급히 덧붙였지만, 목사는 이미 전도 효과가 없었다는 걸 알아차리곤 실망한 표정을 지었다.

교회에 붙은 실내체육관의 농구 골대 밑 콘크리트 바닥에 침낭을 깔고 누웠다. 지금까지 잔 곳 중에서 가장 천장이 높은 곳이다. 저녁 성경 공부가 시작되기 전에 교회를 빠져나가려고 했는데 목사와 마주치고야 말았다. "배가 고파서 마을에 저녁 먹으러 간다"고 양해를 구하고 잽싸게 빠져나갔다.

마을은 몰락한 지 오래인 듯 번성하던 흔적도 거의 없었다. 지금도 문을 열고 있는 캠프장의 길 이름은 '방울뱀길Rattlesnake Road'. 장기간 묵고 있는 몇 대의 캠핑카 외에는 황량하게 비어 있다. 누가 방울뱀길 옆에 텐트를 치고 싶을까. 그러고보니 교회도 '먼지악마길Dust Devil Road'에 있다. 악마의 길을 통해야 교회에 갈 수 있다는 얘긴데, 흠, 어쩌면 맞는 말 같기도 하고.

큰길가에 있는 술집 겸 카페에는 여자 바텐더와 중년 남자 손님 한 명밖에 없어 휑하다. 이 바텐더는 스탠드를 사이에 두고 손님과 맞담배를 피고 있다가 들어간 나를 뻔히 올려다봤다. 장사하겠다는 생각이 없는 표정. 담배를 많이 핀 탓인지 고르지 않은 치열이 누렇고, 기름통 몸매에다 눈매까지 매서웠다. 거기다 사나운 말투까지 겸비했으니, 가히 바텐더로서 필요한 조건을 하나라도 갖췄다고 말하기 어렵다.

아무 거나 먹을 걸 달라고 했더니, 케첩 병, 겨자 병 그리고 나중에는 밤톨보다 작은 키세스 초콜릿을 던져 주면서 그게 먹을 것의 전부라고 말했다. 장난인지 박대인지 분간이 안 될 만큼 얼굴에 표정이 없다. 손님이 스테이크라도 만들어주라고 내 역성을 들어줬다. 이 바텐더는 "그럼, 네가 만들어주지 그래?" 하고 되받는다.

이 손님이 내게 호기심을 보였다. 역시 주한미군 출신이다. 내게 맥주 한 병을 사줬다. 지금까지 만난 주한미군 출신 미국인들은 한국에 대해 하나같이 좋게 얘기했고 나를 도와주려고 했다. 그런데 나는 그들과 얘기하는 게 즐겁지 않다. 그들이 기억하고 있는 한국은 내가 잊고 싶은, 가난하지만 부지런하고 예의 바른……, 판에 박힌 이미지들이기 때문이다.

섹스는 피자와 같다

어쨌든 마이크라는 52세의 이 아저씨는 자칭 바텐더에게 정 음식을 만들어주지
않겠다면 진짜 자기가 부엌에 들어가겠다고 압박했다. 바텐더는 하는 수없이 담
뱃불을 끄고 햄버거와 양파튀김을 만들어왔다. 고맙다고 했더니 마이크한테 고
마워하라고 퉁명스럽게 말했다. 그러고는 다시 마이크와 잡담하기 시작했는데,
"저 아이^{kid}한테는 말하지 마" 하고 말하는 게 들렸다. 계속 엿듣는데 자신이 내
년이면 서른여섯 살이 된다는 것 아닌가. 사실 나보다 나이가 많은 줄 알고 '아
이'라고 부른 것을 그냥 넘어갔는데……. 장유유서의 나라에서 온 내가 가만있
을 리 없다. "나, 마흔하난데 나보고 아이라고 했어?" 이 여자, 넉살은 좋아서 대
답하길, "어, 그래. 바텐더는 말이야. 여자친구이기도 하고, 상담자이기도 하고,
부인이기도 하고, 엄마이기도 하고 모든 게 다 될 수 있는 거야. 그래서 난 아무
한테나 아이라고 불러."

할 말을 잃고 술병들이 놓인 선반을 바라보자 덕지덕지 붙은 '격문'들이 눈에
들어온다.

"섹스는 피자와 같다. 좋으면 무지 좋은 거고, 나빠도 여전히 좋다(Sex is like
Pizza. If it is good, it is pretty good. If it is bad, it is still good)."

"채식주의자는 서부에서 사냥을 못하는 사냥꾼을 부르는 말이다(Vegetarian is a
name in the West for a bad hunter)."

이런 경고문도 있다.

"우리는 내버려둔 성인(그리고 여성들)에 대해서는 책임지지 않음(No responsible
for adults [and women] unattended)."

재치 있는 이 구절들을 읽어줄 손님들은 이제 오지 않는다. 식사를 마친 후 바
텐더에게 "고마워, 엄마"라고 인사하고 나왔다. 바텐더의 표정이 찌그러졌다.

교회로 돌아와서 성경 공부를 끝내고 돌아가는 신도 두 명과 목사, 그리고 뇌출

혈로 전신이 마비돼 휠체어를 타고 있는 목사 부인 패트리샤를 만나 인사했다. 블랙먼 목사가 패트리샤의 휠체어를 밀면서 교회 문을 나가려는 순간, 내가 예의상 신도가 몇 명이냐고 물은 게 잘못이었다. 블랙먼 목사는 기다렸다는 듯이 말문을 열었다. 그러고는 서서 30분간 얘기했다. 여전히 휠체어의 손잡이를 잡은 채.

그는 '시어스Sears'라는 큰 백화점의 간부였다. 25년 전인 1981년에 그곳을 그만둘 때 월급이 3만 5000달러였다고 하니까 잘 나가던 사람이었다. 그때 나이 44세. 하나님의 뜻을 전하기로 결심한 뒤, 퇴사하고 텍사스주 포트워스에 있는 신학교에 다녔다. 어디서 목회활동을 할까 고민하던 중에 하나님으로부터 제프리시티로 가라는 계시를 받았다. "오! 주여, 왜 하필 제프리시티입니까?" 그는 망

제프리시티의 텅텅 빈 마을을 영양 떼가 접수한 듯하다. 사진은 웰든 밀러 제공.

설였지만 그곳에 교회가 있기를 바라는 하나님의 뜻을 받들어 이곳으로 왔다. 16년 전이다.

" 원 전 흥 하 면 교 회 일 어 나 겠 죠 "

제프리시티는 과거에 '홈 오브 더 레인지Home of the Range'라고 불렀다. 레인지는 탁트인 목장을 뜻한다. 그런데 이곳에 우라늄이 매장돼 있는 것이 알려지고 우라늄을 채광하면서 마을이 번성하기 시작했다. 광산의 소유주이던 찰스 제프리가 자신의 이름을 따서 '제프리시티'로 개명했다. 제프리는 이 마을이 유령도시의 상징으로 변한 지금은 무덤 속에서 개명한 것을 후회하고 있을 것이다.

1979년에 펜실베이니아주 스리마일섬에서 일어난 방사능 누출사고가 결정적이었다. 원전의 위험성에 대한 인식이 확산되면서 우라늄 수요가 급감하자, 광산들이 문을 닫았다. 지금은 인구 160명의 죽어가는 마을이다. 이렇게 작은 마을에 교회가 존재하는 것은 오로지 68세 노목사의 집념 때문이다. 등록된 신자 수는 18명이지만, 일요일마다 교회에 오는 사람 수는 10명 안팎이다.

블랙먼 목사는 이미 마을이 죽어가던 시기에 이 교회에 왔다. 헌금으로는 먹고 살 수 없다는 걸 알고서. 그는 기도했다. "주여, 저는 신도들에게 경제적으로 어렵다는 얘기를 하고 싶지 않습니다……. 하나님께서 제 생활을 책임져주십시오." '그래, 네 먹고 사는 데 어려움이 없게 하겠다'는 하나님의 음성을 들었고, 15년 동안 어떻게든 먹고 살고 있다고 말했다. 특히 2004년에 뇌출혈로 쓰러진 패트리샤의 병원비로 보험에서 부담하는 것을 제외하고도 5만 달러가 나왔지만, 하나님께서 마련해주셨다고 했다. 그의 생활비 자체는 얼마 들지 않는다. 20년 된 고물차를 타고 다니고, 트레일러하우스에서 산다. 이게 초미니 마을에 교회가 건재하고, 그래서 라이더들이 사막을 건너는 길에 하룻밤 신세 지고 갈 수 있는 오아시스가 있는 배경이다.

제프리시티가 다시 번성하고 그래서 이 큰 교회에 신도들이 가득 찰 날이 올지 물었더니, 그는 석유 값이 올라가면서 핵 발전소에 대한 필요성이 커지면 혹시 그런 날이 올지도 모른다고 말했다. 요즘 들어 부쩍 사람들이 다시 광산의 문을 열 날이 올지 모른다고 얘기하고 있지만, 누가 알겠느냐고 말했다.

　그러나 제프리시티가 재기하는 날은 세계인들에게 불행한 날이다. 그만큼 사람들이 에너지를 마구 써서 재앙이 잠재적으로 얼마나 클지 모르는 원전을 더 필요로 하는 날이 온다는 뜻이다. 그러나 자전거 혁명이 성공해서 사람들이 자동차 대신 자전거를 타기 시작한다면 그런 날은 오지 않는다. 그러면 반대로 제프리시티는 아예 임종을 맞이하게 될 것이다. 블랙먼 목사와 우리는 서로 의식하지 못한 채 대척점에 서 있는 것이다.

58
사 막 에 서
다 시 만 난
'친 절 한 캐 티 씨'

바람의 강으로 번역하면 딱 맞는 윈드강 Wind River.

와이오밍주 랜더 Lander에서 내리막과 평지가 끝나고 트랜스 아메리카 트레일에서 두 번째로 높은, 해발고도 2897미터의 토귀티 패스 Togwotee Pass로 가는 오르막 길이 시작됐다. 후지어 패스도 넘었는데 이 정도 고개를 못 오르랴 싶어 방심한 탓에 고생을 많이 했다.

하지만 바람의 강을 따라가는 287번 길의 경관은 비현실적으로 아름다워 눈이 황홀하기는 했다. 바람의 강은 살구색 사막에 난 파란 젖줄 같다. 어미의 젖에 달라붙은 갓난 송아지들처럼 강 주변에 푸른 마을들이 주렁주렁 매달려 있다.

과거에 아메리카 인디언 부족들이 이 강을 놓고 치열하게 다퉜는데, 19세기 중엽에 쇼쇼니족^{Shoshone}과 크로족^{Crow}은 사흘 동안 강 계곡을 놓고 전투를 벌였지만 승부를 가릴 수 없었다. 그러자 쇼쇼니족의 와샤키^{Washakie} 추장과 크로족의 빅 로버^{Big Robber} 추장은 둘이서 맞대결을 하기로 하고, 사방으로 수십 킬로미터가 내려다보이는 바위 봉우리 위에 올라 일합을 겨뤘다. 여기서 이긴 와샤키 추장이 강의 영유권을 따낸 데서 그치지 않고, 빅 로버의 심장을 도려내 씹어 먹었다거나 창 끝에 매달았다는 전설이 내려온다. 그래서 이 봉우리를 크로하트봉 Crowheart butte(크로족의 심장봉)라는 이름으로 부른다. 지금은 200만 에이커의 윈드 강 인디언 보호구역을 제외하고는 백인의 땅이 되어 무위한 대결이 돼버렸지만, 그 장렬함은 사람들의 기억 속에 선혈처럼 묻어 있다.

이렇게 능청맞은 인간으로 변할 줄이야

랜더에서 자전거에 탈이 났다. 앞바퀴에 펑크가 났는데, 여행을 시작하자마자 연달아 세 번 펑크가 난 이후 거의 50일 만에 처음이다. 뒷바퀴도 차축에서 빠져버리고 기어도 말을 안 듣는다. 자전거포에 손님이 너무 많아서 성의 있게 수리하는 것 같지 않았다. 점점 자전거에 대한 믿음을 잃어간다.

불안한 마음으로 점심때가 다 돼서 출발했다. 하루 묵을 예정인 듀보이스^{Dubois}까지 113킬로미터. 먼 거리는 아니지만 오르막길에다 바람의 강을 따라가는 길답게 맞바람이 거셌다. 거기다 먹구름까지 몰려왔다. 날이 한순간에 어두컴컴해졌다. 내 자전거에는 전등이 없어 밤에는 안 달리는 것을 원칙으로 하고 있는데, 뜻밖에 길에서 이른 어둠을 맞이한 것. 갓길조차 분명하지 않아 차에 치일까 무서웠다.

특히 무서운 건 트럭이다. 여기서 다니는 광산 트럭은 장난이 아니다. 나중에 와이오밍 대학에 석탄을 배달하는 트럭 운전사를 만나 얘기를 나눴는데, 트레일러 두 대를 연결한 트럭의 길이가 27미터나 된다고 했다. 웬만한 수영장 길이보다 더 길다. 바퀴는 모두 30개. 빈 트럭 무게만 16.761톤. 여기에 36.240톤의 석탄을 싣는다. 총 무게 53톤. 석탄 36.240톤이면 10만 가구에 1년 동안 난방을 공급할 화력이라고 한다. 전동차 한 량만 한 이 어마어마한 트럭이 시속 120킬로미터로 질주하니 빗맞아도 사망이다.

이들이 서두르는 이유는 빨리 배달하면 한 탕 더 뛸 수 있기 때문이다. 이 트럭 운전사는 와이오밍 대학까지 한 번 왕복할 때마다 125달러를 받는다고 했다. 한 여섯 시간 걸리는데, 빨리 달리면 하루에 두 탕을 뛸 수 있다고 한다. 그 동안 트럭 운전사들이 라이더들에게 왜 그렇게 야박하게 굴었는지 알 수 있었다. 이들

와이오밍주를 관통하는 윈드강은 사막 속의 푸른 젖줄이다. 이 강의 영유권을 둘러싸고 아메리카 인디언 부족들이 혈투를 벌였다.

에게는 시간이 돈이다. 자전거 때문에 서행해야 하는 상황을 받아들이기 어려울 것이다. 그래서 자전거를 신경질적으로 길 밖으로 밀어붙인다. 대적할 힘이 없는 우리로서는 밀려날 수밖에. 그래, 모든 게 내 탓이다.

날이 추워졌다. 식은땀을 흘리면서 페달을 세차게 밟아 듀보이스에 도착하니 밤 9시. 케이오에이KOA 캠프장은 야영비가 비싼 것으로 악명이 높지만, 선택의 여지가 없었다. 서둘러 텐트를 치고 샤워를 했다. 샤워하기 전 옆 텐트를 보니 중국인 남녀와 미국인 남자로 구성된 일행 셋이 나를 호기심 어린 눈으로 쳐다보고 있었다. 이들은 장작불에 불을 피워놓고 핫도그용 소시지를 구우면서 맥주를 마시고 있었다.

군침이 돌았다. 그 동안 숱한 친절을 접하면서 터득한 친절 유도법을 써먹을 때다. 이들은 내게 관심이 있고 친절을 베풀고 싶은 눈치가 역력한데 어색해서 거리를 극복하지 못하고 있다. 그 거리를 없애줌으로써 이들에게 그렇게 바라는 친절을 베풀도록 해줘야 할 사명이 내겐 있다. 나는 그들에게 다가가 샤워하는 동안 봐달라며 배낭을 맡겼다. 샤워를 마치고 배낭을 찾으러 가서 자연스레 장작불을 쬐니 예상한 대로 구워놓은 소시지와 아이스박스에 넣어둔 사과 맥주를 권한다. 내가 이렇게 능청맞은 인간으로 변할 줄 여행을 떠나기 전엔 나도 몰랐다.

그런데 소시지를 핫도그 빵에 넣어 한입 베어 물려는 순간 복숭아 씨만 한 빗방울이 떨어졌다. 비바람이 엉성하게 쳐놓은 텐트들을 불어가 버린다. 주인들이 화들짝 일어나 텐트를 고정하러 갈 때도 나는 움직이지 않고 먹었다. 비가 그치고 그들이 돌아왔을 때는 석쇠 위에 어떤 음식도 남아 있지 않으리.

친 절 은 인 구 수 와 반 비 례

그러나 갈수록 비바람이 거세져서 나도 세탁실로 대피했다. 거기에는 웬걸 노르웨이에서 온 두 가족이 동작도 빠르게 식탁을 차려놓고 저녁을 먹고 있는 중이다. 중국인 일행이나 이들은 모두 유명한 관광지인 그랜드티턴과 옐로스톤 국립 공원으로 가는 길에 여기서 1박하는 사람들이다. 이제 노르웨이 음식을 맛볼 차례다.

이들과 얘기해보니 노르웨이는 흥미로운 나라다. 2005년은 그들의 독립 100 주년이라고 한다. 노르웨이는 덴마크 밑에서 무려 500년 동안 식민지였고, 이어 스웨덴의 지배도 90년 동안 받았다고 한다. 제2차 세계대전 당시에는 독일의 침략까지 받았을 정도로 외세에 지긋지긋하게 시달려온 나라. 하지만 지금은 1인당 국민소득이 세계 2위인 부국이다. 이 가족은 부국이라는 점보다 가장 평등한 나라, 가장 중산층이 많은 나라라는 점에 자부심을 느낀다고 했다. 한국의 주시경 선생처럼 거기도 노르웨이어를 지켜온 사람들이 있어서 그게 독립하는 데 힘이 됐다고 한다. 잘 사는 비결은 수출의 35퍼센트를 차지하는 석유와 풍부한 수력 발전.

네덜란드 사람도 만났다. 캠프장의 종업원인 안자. 그는 네덜란드에서 주당 70 시간씩 일하다가 더는 이렇게 사는 게 의미가 없다고 선언한 뒤, 남편과 캠핑카를 사서 세계를 여행하는 중이다. 돈이 떨어지면 이렇게 한곳에 눌어붙어서 일한다. 잠은 캠핑카에서 자고. 내 경험상 네덜란드인들의 영어 발음이 세상에서 가장 알아듣기 쉽다. 미국을 여행하면 이렇게 세계 각지에서 온 사람들을 만날 수 있는 이점이 있다.

서쪽으로 올수록 인구 밀도는 줄어들지만 친절은 인구와 반비례하는 것 같다. 와이오밍을 가로지르는 287번 길 주변은 가게도, 인가도 거의 없는 사막이다. 물과 음식을 충분히 들고 가지 않으면 중간에 탈진할 우려가 있다. 그걸 알지만 자전거에 한번 올라타면 계속 가고 싶은 심리적 함정에 빠져 오랜만에 가게가 나와도 내리기가 귀찮아 그냥 지나쳐버린다. 그러다 강풍을 만나 속도가 줄어들면 물과 음식이 빨리 동이 난다. 때로는 물 한 모금이 50킬로미터 떨어진 곳에 있다.

그래도 괜찮다. 사람이 적을수록 친절망이 더욱 촘촘히 가동한다.

제프리시티에서 랜더까지 갈 때가 그랬다. 에너지가 고갈되는 것을 느끼면서 힘겹게 페달을 밟으며 가는데, 언덕 아래서 소형 택시가 서더니 두 사람이 내렸고 그 중 한 사람이 내게 힘차게 손을 흔들었다. 이 사막에서 아는 사람을 만날 확률이 몇 퍼센트나 될까.

캐티였다. 옆에 남편 칩이 서 있는데, 조금 불편한 표정이다. 콜로라도주 월든

와이오밍주 토귀티 패스로 가는 287번 길가에 있는 철도 인부 기념탑. 19세기 중엽 미국 이민사는 철로 부설용 노동자들의 수입사였다고 할 수 있다. 여기서 나무를 베어 철로용 침목을 만든 뒤 뗏목으로 엮어 윈드강을 따라 내려 보내던 노동자들의 희생과 노력을 기리고 있다.

에 있는 모텔에서 만난 61세 동갑 부부. 그들은 롤링스에서 택시를 대절해서 듀보이스까지 가는 길이었다. 이 길은 역풍이 센 것으로 악명 높다. 은행에 넣어둔 돈의 이자로 여행하고 있는 부자 라이더답게 이 구간을 택시로 건너다 나를 발견한 것.

택시를 대절한 것은 당연히 캐티의 아이디어다. 칩은 힘든 구간이라고 해서 택시 타고 건너뛰면 무슨 미국 자전거 횡단이냐는 불만에 찬 표정. 칩은 내게 마실 물을 줬고, 캐티는 에너지 보충용 초콜릿 바와 샌드위치를 싸주면서 "우리가 말이야, 꼭 네 지원차량인 것 같아"라고 말했다. "맞아. 지금 먹을 게 떨어져 가서 안 그래도 걱정하고 있던 차였어." 내가 말했다. 캐티 얼굴에서는 생기가 돈다. 더욱더 60대라고 보이지 않는다. "베스트 웨스턴 호텔에서 이틀 쉬고 택시 타고 가는데 생기가 왜 안 돌겠어?" 칩이 말했다. 나는 캐티가 새치기했다기보다 트랜스 아메리카 트레일의 전 구간을 페달을 밟아서 건너겠다는 집착으로부터 자유롭다고 느낀다. 그들이 택시를 타고 떠나는 모습을 보니까 운전사 옆 좌석에 캐티가 앉았다. 당당하고 자의식 없는 말괄량이 소녀다.

마 음   따 뜻 한   곳 이   바 로   서 부

얼마 안 가서 사막 한가운데 물통을 들고 서 있는 또 다른 중년 부부를 만났다. 이들은 내 물통에 있는 미적지근한 물을 시원한 물로 갈아줬다. 듀보이스를 지나 콜터 베이 빌리지Colter Bay Village로 가는 길에 만난 브라이언 부부는 땅콩을 주면서 오리건주에 오면 자기 집에서 재워주고 바비큐도 해주고 공항까지 태워주겠다고 약속했다. 어느 식당의 식탁 위에 놓인 팸플릿에서 '서부가 시작되는 곳'이라는 제목의 시를 보고 나는 내가 서부에 있다는 걸 알게 됐다. 이 시는 아서 채프먼Arthur Chapman의 원작시를 줄여놓은 것이었다.

손잡는 힘이 조금 더 세게 느껴지는 곳

미소가 조금 더 오래 머무는 곳

그곳이 서부가 시작되는 곳이니

한숨보다는 노래가 많고

주는 게 많아서 살 필요가 적으며

한번 친구를 사귈 때는 마음을 다하는 곳

그곳에서 바로 서부가 시작되거늘.

서부는 상대적인 개념이다. 미국을 건국할 당시에는 애팔래치아 산맥 서쪽이 서부였고, 한동안은 미시시피강 서쪽이 서부였다. 20세기 초 콜로라도주 덴버에서 언론인으로 활동한 채프먼은 덴버가 서부라고 생각하고 그런 시를 지었을 것이다. 하지만 지금은 로키 산맥 서쪽을 서부로 여긴다. 지리적으로 어디가 서부인지는 중요치 않다. 마음이 따뜻한 곳이 바로 서부다. 나는 그런 곳에 들어왔으며 더욱 깊숙이 들어가고 있다.

6부

진정한 바이크 라이더가 되는 법

와이오밍주 그랜드티턴 국립공원에서 오리건주 플로렌스까지

자전거를 타고 미국을 횡단하는 것은 우주에서 티끌 같은 존재인 인간의 조건에 대한 은유라는 생각이 들었다. 크기와 속도에 압도돼 좌절하기보다는 자신의 한계를 받아들이면서 한바퀴마다 의미를 두고 앞으로 나아가려는 노력이다. 광대무변한 우주에 비춰볼 때 미국 횡단은 엄청난 성취가 아니다. 자전거타기는 긴 거리를 달려서가 아니라 자신이 페달로 밟은 몇 미터의 거리에도 성취감을 느낄 줄아는 삶의 한 방법이다.

59
'혼수 상태'에 빠진 자전거

해발고도 2897미터 토쿼티 패스에서 2000미터의 그랜드티턴 국립공원까지는 20킬로미터의 가파른 내리막길. 브레이크 손잡이를 쥐었다 놨다 하면서 때로는 시속 60킬로미터의 초고속으로 내려가는데, 얼핏 그랜드티턴의 영봉들이 눈에 들어왔다. 나도 모르게 급브레이크를 잡았다. 앞으로 고꾸라질 만큼 아름다웠다. 이 영봉들을 보는 것만으로도 이 여행은 충분히 남는 장사다 싶다. 흰 눈의 축복을 받은 회색 바위들이 평지에서 갑자기 해발고도 3000미터 높이로 솟아나 지질학적 경이를 이루고 있다. 예전 프랑스 사냥꾼들이 붙인 '티턴'이라는 이름은 안 어울리게도 프랑스어로 '가슴'을 뜻한다고 한다. 엄청나게 큰 가슴이라는 뜻인데, 봉우리들이 뾰족해서 잘 연상되지 않는다.

그랜드티턴 국립공원 안의 콜터 베이 빌리지 캠프장은 한여름에도 밤 기온이 섭씨 5도 안팎으로 떨어지기 때문에, 모기도 없고 습기도 적어 공기가 파삭파삭하다. 여기서 스페인에서 온 카를로스와 고르고 형제를 만났다. 30대 초중반의 이들은 3년째 자전거 여행을 하는 중인데, 아프리카와 중동, 남아시아, 중국을 거쳐 미국에 들어왔다. 동생인 고르고는 3만 4600킬로미터, 형인 카를로스는 3만 킬로미터를 달려 각각 지구의 둘레 4만 77킬로미터에 육박하고 있었다.

지 구 반 바 퀴 돈 스 페 인 형 제

고르고는 시정부, 카를로스는 중앙정부에서 일하고 있어 5년 이상 일하면 자기가 일한 기간만큼 무급 휴가를 쓸 수 있다고 한다. 이들의 차림은 수수했다. 자전거도 20만 원 안팎으로, 대당 보통 100만 원이 넘는 여행용 자전거가 아니었다. 바퀴를 손쉽게 뺄 수 있는 퀵릴리스 레버도 없다. 사이클화도 신지 않았다. 속도계도 없다. 잠은 길가나 야영장에서만 잔다. 눈빛이 너무 맑다. 세상을 보고 싶어서 다닌다고 했다. 욕심을 줄이면 더 많은 세계를 경험할 수 있다는 이치를 이들에게서 다시 확인한다.

그러나 일정이 맞지 않아 먼저 출발하려는데 자전거가 뒤로 나자빠졌다. 체인이 빠져버렸다. 체인을 집어넣으면서 보니까 뒤 변속장치에 문제가 있었다. 근처에 자전거포가 없어서 자전거를 다시 움직일 수 있는 상태로 고치는 데만도 반나절이 걸렸다. 할 수 없이 출발을 연기하고 스페인 형제와 하루 묵은 뒤, 다음 날 옐로스톤 국립공원 안의 그랜트 빌리지Grant Village를 향해 함께 출발했다. 64킬로미터밖에 안 떨어진 곳이지만, 경사의 변화가 심한 오르막길이고 자전거 상태가 안 좋아 조마조마하는 마음이었다. 거기서 하루 머문 뒤 궁극적으로는 150킬로미터 떨어진 웨스트옐로스톤에서 수리를 맡긴다는 계획이었다.

그랜드티턴의 영봉들을 보는 것만으로도 여행이 충분히 행복했다. 흰 눈의 축복을 받은 해발고도 3000미터급의 회색 바위 산들이 평지에서 갑자기 솟아나 지질학적 경이를 이루고 있다.

처음엔 내가 먼저 출발했으나 고르고는 정말 빨랐다. 오르막길을 안장에서 일어서서 페달을 밟는 자세로 훌쩍 넘어갔다. 일어서서 페달을 밟으면 페달에 체중을 얹을 수 있지만, 선 자세를 지탱하는 데 산소와 에너지가 많이 소모돼 오래 지속하기 어렵다. 고르고는 놀랍게도 긴 오르막길 전체를 일어서서 소화했다. 카를로스는 앞서 가지 않고 내 뒤에서 따라왔다.

그런데 내리막길에서는 내가 빨랐다. 내 짐이 무거워 가속도가 붙기 때문이 아닐까 착각했는데, 그들이 휘파람으로 나를 부르고 있었다. 고르고가 느려진 것은 뒷바퀴가 펑크 났기 때문이었다. 자전거를 세우고 걸어가서 고르고가 튜브를 갈아 끼우는 것을 도와줬다. 세계를 여행하는 동안 이게 겨우 여섯 번째의 펑크라고 한다.

처음 36킬로미터는 신나게 달렸다. 뒤기어가 제멋대로 움직였지만 앞기어를 조절해가면서 무난히 달렸다. 기왕 이렇게 달릴 수 있을 바에 웨스트옐로스톤까지 내처 달릴까도 생각했다. 그랜트 빌리지는 너무 가까워서 하루 묵기에 아까웠고, 무엇보다 빨리 기어 문제를 해결하고 싶었다.

그들에게 "기적적으로 자전거가 잘 굴러가고 있다"면서 "오늘 바로 웨스트옐로스톤까지 가버릴까 한다"고 말하자마자, 체인이 빠져버렸다. 입방정의 대가다. 다시 체인을 끼우고 얼마 안 가서 이번에는 뒷바퀴가 빠져버렸다. 짐수레가 무거워서 항상 뒷바퀴 축에 무리한 힘이 가해지기 때문에 뒷바퀴가 자주 이탈한다. 성가신 일인 것이 다시 바퀴를 끼우려면 짐수레를 분리하고 자전거를 거꾸로 뒤집어서 바퀴를 집어넣은 뒤, 축의 나사를 조이고 다시 자전거를 일으켜 세워 짐수레를 결합해야 한다. 문제는 짐수레와 자전거를 결합하려면 자전거가 넘어지지 않도록 받쳐놓을 나무나 기둥이 필요하다. 내 자전거에는 자전거를 땅에 받칠 수 있는 킥 스탠드가 없다. 받칠 데가 없이 혼자서 끼우려면 자전거를 거꾸로 올라타서 프레임에 엉거주춤 엉덩이를 걸치고 두 손으로 짐수레의 두 손잡이를 붙잡아 뒷바퀴 축에 끼워 넣어야 한다. 자전거가 균형을 잃어 넘어지면 날카로운 톱니바퀴에 종아리나 정강이 또는 무릎이 죽 찢어진다. 톱니바퀴는 이미 내 피로 얼룩덜룩하다.

이번에는 고르고가 자전거를 잡아줘서 일이 쉽다. 동반자가 있다는 것은 이래서 좋다. 길은 계속 오르막이다. 체인에 부하가 많이 걸린다. 저 언덕을 넘을 때까지만 무사하기를 빌면서 가는데, 체인이 뒤기어에서 또 빠졌다. 그랜트 빌리지까지 가는 여정이 점점 엉망진창이 되고 있는 것이다. 나를 배려해 뒤따라오던 고르고와 카를로스가 다가왔다. 나는 미안해서 그들에게 먼저 가라고 했다. 하지만 그들은 기다려도 전혀 문제되지 않는다며 일을 거들어줬다. 나는 체인을 끼운 뒤 그들에게 "다음에 또 내 자전거에 문제가 생기면 멈추지 말고 그냥 그랜트 빌리지까지 가라. 거기서 만나자"고 했다. 나로서는 도움이 아쉬웠지만, 그들의 하루를 망치고 싶지 않았다.

이번에는 그들이 먼저 출발했다. 언덕의 꼭대기가 바로 저긴데, 저기만 넘으면 될 것 같은데, 체인이 또 빠졌다. 다행히 그들의 모습은 보이지 않았다. 언덕을 넘어가버린 듯했다. 혼자 체인을 끼우고 있는데, 어느새 고르고가 언덕을 내려왔다. 한번 올라간 언덕을 다시 내려오는 것은 보통 성의가 아니다. 나는 죽어도 그렇게 못한다. 그에게 "내가 문제를 해결할 수 없으면 차를 얻어 타고라도 갈 테니 다시는 돌아오지 말라"고 했다.

무 정 한   히 치 하 이 킹   금 지 법

나는 어처구니없을 정도로 관찰력이 없다. 페달을 밟으면 앞뒤의 바퀴가 동시에 움직이는 줄 알았다. 체인이 뒷바퀴에만 연결돼 있어서 뒷바퀴가 움직이면 앞바퀴가 따라서 움직인다는 걸 알고는 그 동안의 내 무지에 한숨이 나온 적이 있다. 기어라는 것은 결국 뒷바퀴의 속도를 조절하는 것이다. 요즘 자전거들은 그 조절을, 프랑스 사람이 개발해 철자가 복잡한 드레일러^{derailleur}로 한다. 드레일러는 앞뒤기어에 각각 있는데, 뒤드레일러를 가만히 보면 조그만 바퀴 두 개가 있다. 이걸 폴리라고 부르는데, 드레일러는 이 폴리의 위치를 변경함으로써 기어를 변속하는 것이다. 내 자전거는 이 폴리의 위치가 흔들려서 뒤기어를 조절할 수 없었는데, 얼마 지나지 않아 폴리 두 개가 모두 떨어져나갔다. 드레일러가 완전 해

엘로스톤 국립공원. 엘로스톤이라는 이름이 붙은 것은 계곡의 바위가 노란빛을 띠기 때문이다. 하지만 가서 보니 오히려 붉은 산에 가까웠다.

체돼버렸다. 자전거는 혼수 상태에 빠졌다.

망연자실 고개 위를 바라보았다. 그들은 다시 돌아오지 않을 것이다. 아마 그랜트 빌리지에서 기다리다 알아서 점심을 먹겠지. 그러고는 구경을 다니겠지. 고개 옆으로는 기기묘묘한 바위틈으로 찬란한 햇빛을 튀기며 시냇물이 흐르고 그 맞은편에는 산이 딱 막아서고 있다. 언덕 아래를 바라본다. 행여 속도를 늦추면 흘러내리기라도 하는 듯 차들이 올라와 전속력을 내며 씽 스쳐간다.

미국 사람들은 친절하지만 관광객이 되면 안 그렇다. 관광객들은 밝은 빛만 보려는 사람들이다. 그들은 보려고만 하지, 개입하려고 하지 않는다. 그게 관광의 본질이다. 만약 내가 외진 길에서, 또는 국립공원이 아닌 곳에서 이런 일을 당했으면 친절망이 가동했을 것이다. 그러나 결국 손을 들어 도움을 청해야 관광객에서 다시 더불어 사는 시민으로 돌아가는 운전자가 나타날 것이다.

손을 들까 말까 고민했다. 미국의 많은 주들이 낯모르는 사람을 길에서 태워주는 것을 법으로 금지하고 있다. 히치하이커들이 범죄를 저지르는 일이 가끔 있기 때문에 그런 법이 생겨났겠지만, 참 무정한 법이다. 대중교통과 인도가 발달하지 않은 미국에서 히치하이킹은 때로는 유일한 통행방법이다. 내가 지금 서 있는 와이오밍주에 그런 법이 있는지 모르겠지만, 그 법이 무서워서 손을 못 들고 주저하는 것은 아니었다. 뭔가 께름칙했다. 이 여행을 시작할 당시 나는 미국을 횡단하는 데 차가 주는 편의를 이용하지 않겠다고 다짐했다. 하지만 앞서 켄터키주에서 친구 경보 집에 갈 때 다짐을 어겼다.

지금은 가장 절실히 차가 필요한 상황이다. 이 고장 난 자전거에다 짐수레를 끌고 110킬로미터를 걸어간다는 것은 상상도 할 수 없는 일이다. 콜로라도주 오드웨이에서 하루 신세를 진 뉴질랜드인 질리언의 말이 생각났다. 항해를 좋아하는 질리언은 망망대해에서 배가 기관 고장을 일으켰을 때 어떻게 해결하느냐고 묻자 이렇게 말했다.

"최종적인 해결책은 죽음밖에 없음을 받아들이는 것이다."

그에 비하면 길가에서 자전거가 고장 난 상황은 그냥 불편한 정도에 지나지 않는다. 그렇게 믿고 마음을 가볍게 먹자. 사실 내가 실망한 것은 자신에 대해서다. 나는 아직 자전거와 라이더, 그리고 자전거 수리 기술자가 삼위일체로 이뤄진 진정한 바이크 라이더가 되지 못한 것이다. 전날 잠정적으로 자전거를 고치면서 그 기술을 깨우친 줄 알고 좋아했지만, 사실 문제를 잠시 연기했을, 아니 더 악화시켰을 뿐이었다.

다시 자전거 도구를 꺼내다

손은 들지 않았지만 잔뜩 불쌍하면서도 악의는 없는 얼굴을 지으면서 지나가는 차들을 바라보았다. 관광 온 미국인들은 큰 차를 선호하다 못해 집을 몰고 다니기 때문에 얼마든지 자전거와 수레를 넣을 공간이 있다. RV^{Recreational Vehicle}(레크리에이션용 차량)라고 하는 차들은 때로는 그 집만 한 차로도 부족해 뒤에 스포츠 유틸리티 차량이나 승용차를 달고 간다.

차 한 대의 길이가 10미터가 넘는 게 수두룩하다. 그래서 그 동안 나는 RV를 미워했다. 그것은 제국주의적 여행이다. 여행이라는 것은 잠시 기존의 삶이 주던 혜택을 단념하고 새로운 세계에 자신을 던지는 것이다. RV는 새로운 세계에 자신이 누리던 삶의 방식을 강요하는 것이다. 그 안에는 화장실, 부엌, 침실에다 응접실마저 있다. 그들은 이슬에 젖지도 않고 새소리에 눈을 뜨지도 않는다. 그리고 무엇보다 좁은 편도 1차선 길을 독차지하고 지나가면서 종종 자신의 덩치를 의식하지 못하고 바이크 라이더에게 몸을 바싹 붙인다. 그 매연은 또 어떠하며. 그런데 지금은 그 차들을 향해 사람 좋은 미소를 지으며 도움을 청하고 있으려니 스스로 배알이 꼴렸다. 다시 자전거 도구들을 꺼냈다.

40
불 가 마 품 은
옐 로 스 톤,
꿈 틀 꿈 틀

나로서는 상상도 할 수 없는 대수술을 하려 한다. 차량 통행이 빈번한 옐로스톤 공원의 도로와 도로 난간 사이 빈터에 큰 비닐봉지를 깔았다. 다리 절단 수술을 준비하는 집도의 같은 표정이었을 것이다. 수술 도구들을 가지런히 놓았다. 체인커터기, 렌치, 알렌 키……. 자전거의 중추신경이라고 할 수 있는 체인은 수십 개의 마디로 이뤄져 있고, 그 마디들은 말초신경 격인 조그만 리벳으로 연결돼 있다.

　리벳 하나를 체인커터로 뽑아냈다. 체인이 툭 끊겨버린다. 이어 신경계에 해당하는 뒤드레일러 전체를 들어냈다. 그리고 앞드레일러도. 그런 뒤에 앞기어에는 고, 중, 저 3단 중에서 중단, 7단까지 있는 뒤기어에는 5단의 톱니바퀴에 체인을 앞뒤로 걸어 길이를 잰 뒤 체인을 맞춰 잘랐다. 이제는 봉합 수술로 들어갈 차례. 리벳을 집어넣어 체인을 다시 연결했다. 말처럼 쉽지 않았다. 리벳이 잘 빠지지 않고 잘 들어가지도 않는다. 어쨌든 그렇게 해서 기어 21단짜리 자전거가 그냥 1단짜리 자전거가 됐다. 19세기 자전거 수준으로 후퇴했다. 시험 주행하려고 페달을 몇 번 밟으니까 체인이 맥없이 끊어져버린다. 리벳이 제자리에 정확히 들어가지 않은 탓이다. 다시 체인을 끊어서 떼어내고 붙이고 땡볕 속에서 세 시간을 씨름한 끝에 자전거가 전신마비 상태에서 깨어났다. 응급 수술에 성공한 것이다. 페달을 밟으니 간다. 물론 빨리 가지는 않는다. 하지만 움직인다는 게 중요하다. 응급실에서 나와 첫 걸음을 내딛는 느낌이 이럴까.

자 전 거   혁 명 이   꿈 꾸 는   사 회

고통스럽게 느린 그 자전거로 30여 킬로미터를 달려 그랜트 빌리지에 도착했다. 함께 먹기로 한 점심 무렵이 훨씬 지난 오후 4시, 물론 카를로스와 고르고 형제는 보이지 않는다. 캠프장 숙박명부에서 이름을 확인하고 그들이 텐트 친 곳으로 갔다. 나중에 그들이 돌아왔다. 그들은 캠프장 직원에게 내가 오면 자기 쪽으로 안내하라고 말해놨는데, 그 직원이 근무를 교대하는 바람에 전하지 못한 것. 마치 이산가족과 상봉하듯 감격적으로 해후했다.

우리는 우리 앞에 텐트를 친 아이반하고도 인사를 나눴다. 스위스 베른에서 온 그는 알래스카 앵커리지에서 출발해 남아메리카의 끝 아르헨티나까지 갈 예정이다. 독일어가 모국어이고, 영어도, 이탈리아어도, 스페인어도 잘했다. 엔지니어링 회사의 중역으로 일하다가 이번 여행을 위해 퇴사했다. 3년간 주유천하할 예정. "중역으로 더 일하면 더 많은 돈을 벌 수 있다. 하지만 쓰지도 못할 돈을 벌어서 무슨 의미가 있는가. 나는 여행할 만한 충분한 돈이 있다. 높은 자리에 올라갈수록 더 높은 자리를 원하게 되고 돈을 벌게 되면 더 벌고 싶은 욕심에는 끝이 없다. 이제는 그 고리를 끊을 때가 됐다." 미혼인 그는 나랑 동갑인데, 훨씬 성숙하고 독립적인 인간으로 보였다.

카를로스와 고르고 형제와 함께 호숫가를 산책하면서 이런저런 얘기를 나눈 끝에 고르고의 직업이 가로청소원이라는 것을 알게 됐다. 처음에 시정부에서 일한다고 해서 고위공무원을 연상했다. 중앙정부에서 일한다고 하는 카를로스는 건설부에 소속된 도로를 포장하는 인부였다. 그래도 세계 여행을 할 수 있다. 자전거로 여행하면 돈이 들지 않기 때문이다.

내가 와인 한 병을 사와서 네 사람, 회사 중역 출신의 스위스인과 가로청소원, 도로포장 인부인 스페인인 두 사람, 그리고 백수인 한국인이 조촐한 저녁 잔치를 벌였다. 이게 자전거 혁명이 꿈꾸는 사회다. 무슨 일을 하든, 어떤 자전거를 타든, 자전거 여행을 떠나는 순간 우리의 신분은 같다. 라이더다. 우리 주위에서 야영을 하는 사람들이 구운 감자 네 알과 브라우니를 갖다줘서 식탁이 더욱 풍성해졌다.

아침에 일어나니 텐트에 얼음이 얼어 있었다. 옷이 없어서 벌벌 떨었다. 나뭇가지를 주워와 모닥불을 피워 함께 몸을 녹이고 아침 식사를 한 뒤 우리는 헤어졌다. 아이반은 남쪽으로, 카를로스와 고르고 형제는 옐로스톤을 더 보기 위해 동쪽으로, 나는 북서쪽으로 향했다. 잠시 허전하긴 했지만 이제는 그런 느낌이 오래가지 않는다.

나도 제법 독립적이다.

숨은 씨앗 퍼뜨리는 산불

내 자전거에서는 씩씩 소리가 난다. 체인의 길이가 정확히 앞뒤 톱니바퀴에 맞지 않는 탓이다. 응급 수술을 받은 환자에게는 무리한 노동이다. 지금 가는 길은 2004년에 가족들과 함께 여행한 길이어서 가족들 생각이 많이 났다. 길은 메디슨강을

스위스에서 온 엔지니어링 회사 중역 출신 아이반(오른쪽)에게 스페인에서 온 고르고(가운데)가 길을 가르쳐 주고 있다. 왼쪽은 고르고의 형인 카를로스.

따라 서쪽으로 휜다. 미국에서 국립공원으로 처음 지정된 옐로스톤은 노래 〈비목〉을 떠올린다. 초연은 아니지만 산불이 쓸고 간 깊은 계곡이기 때문이다. 1988년 여름에 번개로 발화된 불이 가을비가 올 때까지 탔다. 소방관 수천 명이 달라붙었지만 수없이 많은 나무들이 타거나 쓰러지는 것을 막기에는 역부족이었다.

그래서 옐로스톤은 지금도 나무들이 집단학살 당한 현장처럼 보인다. 사실 그게 자연이다. 산불은 나무를 태워 쓰러뜨리기도 하지만, 동시에 땅에 흩어져 있는, 솔방울 모양의 씨주머니를 터뜨려 씨를 퍼뜨린다. 로지폴Lodgepole이라는 소나무가 그렇다. 이 나무의 씨는 솔방울 속에 보통은 50, 60년, 길게는 150년 동안 갇혀 있다가 산불이 씨주머니의 외피를 터뜨려주면 세상 밖으로 나와 땅에 뿌리를 내리기 시작한다. 나무로 성장하기 전까지 내게는 영겁처럼 느껴지는 시간을 견디는 참을성이 오묘하다. 캘리포니아 삼나무도 이 같은 과정을 통해 나온 씨에서 시작해서, 높이 110미터까지 치솟는 나무가 된다. 산불로 탄 나무 재들이 이 씨와 어린 묘목 들의 비료가 되는 것은 말할 것도 없다. 근위병들의 교대의식 같은 게 없을 뿐이지, 보이지 않는 곳에서 나무들은 장엄하고 정중하게 삶을 교대한다. 내가 사는 동안 나무가 무성한 옐로스톤을 보지 못할 거라는 게 슬프지 않다.

옐로스톤은 수온이 제대로 조절되지 않고 곳곳에서 파이프가 새는 목욕탕과 같다. 여기저기 간헐천에서 나오는 수증기가 하늘을 가린다. 수온이 최고 섭씨 238도까지 올라가니 그런 열탕이 없다. 이유는 지표 5킬로미터 밑에 사시사철 들끓는 불가마가 있기 때문이다. 그걸 지질학에서 마그마라고 부르는데, 단층과 단구를 통해 지표수가 흘러 들어오면 따끈따끈하게 데워서 위로 올려준다. 이 옐로스톤 '불가마'는 64만 년 전에 보일러공이 잠시 한눈을 팔았는지 폭발사고를 일으켜서 목욕탕을 날려버렸다. 그 재가 멀리 루이지애나와 캘리포니아주에서까지 발견된다고 한다. 55킬로미터 곱하기 80킬로미터 크기의 이 '초대형 불가마'가 다시 사고를 치는 날이면, 미국 대부분이 두터운 잿더미에 덮일 거라고 한다. 앞으로 수천 년 안에는 그런 날이 안 올 거라고 하는데, 누가 장담할 수 있을까.

질 러 가 라 고   유 혹 하 는   갈 림 길

옐로스톤에서 화상을 입지 않고 빠져나와 여덟 번째 주인 몬태나로 들어갔다. 몬태나는 〈흐르는 강물처럼〉이라는 영화에서 깊은 인상을 받아 마음이 설레었다. 공원 밖에 있는 마을인 웨스트옐로스톤에는 자전거포가 두 곳 있었다.

처음 들른 곳에서는 자전거 기술자가 여성이었다. 이름이 멀리샤인 이 기술자는 드레일러를 뒷바퀴 축에 거는 걸쇠가 휘어서 드레일러가 빠져버린 것이라고 정확히 진단하면서, 하지만 내 자전거에 맞는 걸쇠가 없으니 다른 자전거포에

1959년에 지진으로 산사태가 일어나 메디슨강의 수로를 막아버리는 바람에 지진 호수가 생겨났다. 물에 잠긴 나무들은 당시 강변에 있던 나무들.

가보라고 길을 일러줬다. 다른 자전거포에는 미국 횡단 여행 중 처음으로 내 자전거가 몰튼이라는 것을 알아보는 자전거포 주인과 기술자가 있었다. 몰튼은 자동차 완충 장치에 관한 여러 개의 특허를 갖고 있는 항공엔지니어 출신 알렉스 몰튼 박사가 설계한 영국 자전거. 영국에서는 널리 알려져 있지만, 미국에서는 아는 사람이 거의 없었다. 이 자전거는 보통 26인치 안팎인 다른 여행용 자전거보다 작은 20인치 바퀴로 간다. 몰튼 박사는 바퀴가 작을수록 더 쉽게 가속할 수 있다는 개념으로 몰튼 자전거를 개발했다. 이 자전거포의 기술자 레스는 36년 동안 자전거만 수리해온 베테랑으로 없는 부품이 없었고 고치지 못하는 고장이 없었다. 내 자전거는 화타와 같은 레스의 손으로 다시 건강을 찾았다.

웨스트옐로스톤에서 287번을 타고 메디슨강을 따라가는 길에 데이브와 잭이라는 두 라이더를 만났다. 61세인 데이브는 의사로 일하다 은퇴하고 자전거포에서 시간제로 일하고 있다고 말했다. 오리건주 애스토리아에서 출발한 그들의 주행기록은 2260킬로미터. 나는 애스토리아보다 가까운 오리건주 플로렌스에서 여행을 끝낼 예정이다. 그렇다면 6400킬로미터의 여정이 2000킬로미터 이내로 줄어들었고, 하루에 100킬로미터씩 20일을 가면 여행을 끝낼 수 있다는 얘기다.

왜 자꾸 끝을 보려고 서두르는지 모르겠다. 콜로라도주 푸에블로로 갈 때도 트랜스 아메리카 트레일로 돌아가지 말고 웨스턴 익스프레스를 타고 샌프란시스코로 직행하고 싶은 유혹에 흔들렸다. 그러면 최소한 20일은 절약했을 것이다. 옐로스톤에서도 몬태나로 돌지 말고 바로 아이다호주를 건너 오리건주로 가고 싶은 생각이 끈질기게 달라붙었다. 일주일은 여정을 앞당길 수 있다. 신기하게도 그런 유혹을 이겨내고 트랜스 아메리카 트레일로 계속 가고 있기는 하다. 하지만 서두르면 안 그래도 짧은 인생이 더욱더 짧아진다는 걸 아직도 체득하지 못한 것 같다.

옐로스톤 공원 일대에는 일 년에 1000번에서 3000번까지 지진이 일어난다. 경미한 지진들이지만, 어떤 것은 규모 3, 4도짜리도 있다. 1959년에 일어난 지진은 내가 달리는 287번 국도를 막아버렸다. 산사태가 일어나 도로뿐 아니라 매디슨 강의 수로를 차단하는 바람에 호수가 생겨났다. 이제 나이가 46세밖에 안 되는 지진 호수Earthquake Lake에는 아직도 당시 강변에 있던 나무들이 물에 잠긴 채 그때의 수로를 표시하고 있다. 그때 야영을 하던 28명이 떼죽음을 당했는데, 시체를 찾지 못해 아직도 120미터의 흙더미 아래 묻혀 있다고 한다. 그때 여기서 100킬로미터가량 떨어진 옐로스톤의 올드 페이스풀 간헐천에서 보통 한 시간이나 한 시간 반 간격으로 뿜어나오던 수증기가 하루 종일 쉬지 않고 올라왔다고 한다.

그렇게 지구는 살아 있다. 꿈쩍도 안 하고 있는 것처럼 보이는 산맥도, 비디오를 빨리 감아보면, 매우 역동적이라는 것을 알 수 있을 것이다. 단지 하루살이가 인생을 알 수 없듯 사람은 자연의 움직임을 인식할 수 없다.

옐로스톤강 근처의 르하디래피즈Le Hardy Rapids 지역은 1923년 이후 지금까지 72센티미터가 솟아올랐다. 옐로스톤 '불가마' 바닥은 1984년까지 계속 솟다가, 1985년부터는 10년 동안 가라앉았다고 한다. 밟힌 지렁이처럼 옐로스톤은 꿈틀대고 있다. 언제 무슨 일이 일어날지 모른다.

지진 호수로 가는 길 중간에 점심 먹으러 들른 헤브겐 호숫가의 술집에 남자들은 엉덩이, 여자들은 가슴을 노출시킨 폴라로이드 사진들이 잔뜩 전시돼 있었다. 게다가 화장실에는 창문 밖에서 벌거벗은 여자가 두 가슴을 내밀며 소변기를 쳐다보고 있어 깜짝 놀랐는데, 다시 보니 인조인형이다. 언제 무슨 일이 일어날지 모르니 질탕하게 놀고 보자는 건가.

41
늘던 대로 따뜻한 서부

몬태나는 굵은 산줄기가 날카롭지 않고 부드럽다. 산으로 물결치는 들판에는 키 작은 잡초들이 노란 호수를 이루고 있어 전체적으로 꿈을 꾸는 것처럼 따스한 느낌이다. 사람들도 따뜻하다. 서부다.

도중에 길옆 풀숲에 뭔가 털썩 떨어지는 소리가 나서 보니, 지나가는 자동차가 나를 겨냥해 페트병을 던지고 간 것. 하지만 나를 맞추지 못했고, 내 마음의 평안도 깨지 못했다. 페달이 저절로 돌아간다. 하루는 120킬로미터를 달렸고 다른 하루는 140킬로미터를 달렸는데, 오늘은 아침에 해발고도 2000미터, 저녁에 1800미터짜리 고갯길을 넘고도 끄떡없었다.

조그만 마을 통째로 산 부부

스쳐가는 마을들의 역사도 재미있다. 287번 길가에 있는 캐머런^{Cameron}이라는 마을 식당의 탁자에서 신문기사 스크랩을 읽었다. 제리^{Jerry}와 미나 애덤스^{Myrna Adams} 부부가 아니었으면, 이 마을도, 식당도 없었을 것이라는 사실을 알게 됐다. 이 마을은 내가 저녁을 먹은 척 웨건 식당과 블루문 살롱, 주유소, 잡화점, 여섯 채의 오두막집, RV 공원으로 이뤄진 꼬마 마을이다. 1997년에 애덤스 부부는 스러져가던 이 마을을 통째로 샀다. 부인 미나는 자신을 시장 겸 경찰서장으로 임명했다. 이에 질세라 남편 제리는 판사로 부임했는데, 이유는 부부싸움을 하다 부인이 자신을 체포할 것에 대비하며 언제든 자신을 석방하기 위해서였다나.

몬태나주는 1862년에 금이 발견돼 한때 각광을 받았지만, 금이 바닥나고 사람들이 떠나면서 많은 마을들이 버려졌다. 버지니아시티^{Virginia City}도 그 중 하나인데, 1940년대에 찰스^{Charles}와 수 바비^{Sue Bovey} 부부가 찾아와 헌신적으로 복원했고, 지금은 마을 전체가 국립사적지로 지정돼 있다. 근처에 있는 네바다시티^{Nevada City}와 함께 우리로 치면 민속촌을 이루고 있어, 미국 전역에서 관광객들의 발길이 닿는다.

지금은 인구가 130명인 버지니아시티 일대는 채광이 한창일 당시에 인구가 3만 명에 이르렀다. 그런데 무장강도들이 들끓어 금을 캐도 무사히 싣고 나가기가 어려웠다. 하지만 법은 침묵하거나 강도의 편이었다. 당시 이 일대의 보안관이던 헨리 플러머^{Henry Plummer}는 알고 보니 무장강도의 수괴였다. 한 손에는 법을, 다른 손에는 총을 거머쥐니 완벽한 그들의 천국이었다. 법으로 구현되지 않은 정의는 폭력으로 회복됐다. 시민들은 참다못해 자경단원을 조직한 뒤 보안관을 비롯하여, 22명의 강도들을 체포하고 공개 교수형에 처했다.

나는 이곳에 들러 문득 관광객들이 뭘 보고 갈까 하는 생각이 들었다. 복원된 19세기 마을의 껍데기만 보고 가지는 않을 것이다. 조상들이 왜 여기까지 위험을 무릅쓰고 왔는지를 알고 갈 것이다. 그 동기는 일확천금이다. 미국인들은 이런 사적지들을 방문함으로써 이윤을 추구하는 것을 삶의 목표로 자연스럽게 내면화하는 게 아닐까. 인간세상을 구하기 위해 내려온 환웅이 웅녀랑 결혼해서 단군을 낳고 이 단군이 평양성에 도읍을 정하고 고조선을 창건했다고 하는 것과는 확실히 다른 건국신화인 것이다.

몬태나주 스프링 힐 캠프장 숲 속에 친 내 텐트. 비바람이 불 때면 수만 명의 군중이 박수 치는 소리를 내지만, 조금도 바람이 느껴지지 않는다. 로지폴 소나무가 서로 몸을 비벼대며 바람을 막아주기 때문이다.

표 지 판   오 역 의   대 가

뷰트^{Butte}에서 1박하고 트랜스 아메리카 트레일의 사령부인 어드벤처 사이클링 어소시에이션이 있는 미줄라^{Missoula}까지 가다가 길을 잃었다. 이 구간을 안내한 책에는 이렇게 써 있었다.

"Exit to Dillon and Idaho Falls via I-15 South on your right."

이것을 오른쪽에 보이는, 주간 고속도로 15번의 남쪽 방향, 딜런과 아이다호 폴스로 빠져나가라는 말로 잘못 해석했다. 외국어는 십 년을 해도 감이 부족하다. 이 말뜻은 그냥 오른쪽에 딜런과 아이다호 폴스로 가는 주간 고속도로 15번의 나들목이 있다고 설명한 것뿐이었다. 불필요한 설명을 왜 해놨는지 신경질은 나지만 빠져나가라는 뜻은 아니다. 빠져나가라고 한다면 'exit'를 "Exit I-15"처럼 전치사 'to' 없이 동사로 쓴다.

오역의 대가를 톡톡하게 치렀다. 빠져나가서는 안 되는 나들목으로 빠져나가 맞바람이 부는 오르막길을 한 시간가량 달렸다. 고개를 핸들바에 푹 처박고 가다가 아무래도 아닌 것 같아 자전거를 세웠다. 책을 꺼내 꼼꼼히 읽어보고 잘못을 알았다. 이틀 계속 무리한 주행으로 몸이 피곤해 신경이 날카로운 상태여서 부아가 치밀었다. 20킬로미터 정도를 돌아갔다는 생각에 몸이 더 뻣뻣해졌다. 제 길을 찾아 1번 국도를 타고 50킬로미터를 더 올라가니까 둥그런 자전거 바퀴가 사각형으로 변한 듯하다. 한 발 밟기가 천근만근을 누르는 것 같다. 100킬로미터도 못 달리고 멈춘 것은 실로 오랜만이었다. 몸의 태업이었다.

스프링 힐 캠프장 간판이 보이자 바로 들어가 텐트를 쳤다. 타이밍이 기가 막히게 맞았다. 빗방울이 텐트 지붕에 떨어진다. 비바람이 불면 쏴 하고 수만 명의 군중들이 동시에 박수를 치는 것 같은, 가슴 시원한 소리가 난다. 그런데 바람 자체는 느낄 수 없다. 키 큰 로지폴 소나무숲이 방풍림 역할을 하기 때문이다. 곧게 뻗은 이 나무들이 서로 몸을 비벼대면서 바람을 이겨내는 모습이 눈물겹다.

머리가 띵할 만큼 차가운 샘물을 마시고 주위를 돌아보니 할아버지 오토바이 족들이 캠핑하고 있다. 그들도 호기심 어린 눈으로 나를 쳐다보고 있었지만, 말문을 열기가 귀찮아 내처 낮잠을 잤다. 밤에 일어나 나뭇가지를 주워 모닥불을 피웠다. 깊은 산중의 어둠을 핥는 불길이 내 마음의 먼지를 닦아내는 것 같다.

그리고 다음 날 물경 174킬로미터를 달려 미줄라에 도착했는데, 어려울 때에야 좋은 사람을 만날 수 있다는 것까지 체감한 실로 소중한 날이다. 미줄라에 이르는 마지막 56킬로미터 구간은 주간 고속도로 90번의 갓길을 달려야 했다. 다른 길이 없다. 시속 130킬로미터로 달리는 차들 때문에 도로에는 얼씬도 할 수 없었고, 갓길에는 깨진 병 조각들과 잔돌이 무수했다. 미줄라를 8킬로미터 남겨놓은 지점에서 지뢰를 밟고 말았다. 다시 뒷바퀴다. 펑크가 났다. 날은 푹푹 찌는데, 짐수레를 자전거에서 분리한 뒤 자전거를 거꾸로 세워놓고 뒷바퀴를 빼내고 타이어에서 튜브를 끄집어냈다.

그때 빨간색 소형 승합차가 내 뒤에 멈춰 서더니 청년 한 사람이 웃으며 다가왔다. 갓길에 차를 세우는 것은 불법 정차다. 그는 내게 타이어가 몇 인치인지 물어보더니 내 바퀴에 맞는 20인치 튜브를 가져왔다. 자기의 리컴번트가 마침 20인치 바퀴여서 여분의 튜브를 갖고 다닌다고 했다.

나는 여분의 튜브가 두 개나 있어서 받지 않았다. 그는 말을 더 붙이고 싶은 눈치였지만 무색해져서 차로 돌아갔다. 그 사이 새 튜브에 바람을 넣었는데 공기 주입구가 떨어져나가면서 못 쓰게 됐다. 남은 마지막 튜브에 바람을 넣으려는데 또다시 공기가 샜다. 성한 튜브가 하나도 없게 됐다. 미줄라까지 8킬로미터를 자전거와 수레를 끌고 가야 한다는 뜻. 그것도 태양이 이글거리는 주간 고속도로의 갓길을. 정신이 아찔해지면서 그 청년 쪽으로 돌아보았다. 그는 출발하지 않고 나를 지켜보고 있었다. 부랴부랴 달려가서 차 문을 두드리고, 아까는 잘못했어요, 죽을죄를 졌어요, 튜브 하나만 주세요 하는 표정으로 튜브를 달라고 하니까, 그는 그럴 줄 알았다 하는 표정이 아니라 도움을 주게 돼서 반가운 표정으로 차 안에서 나왔다. 그렇게 우리의 만남이 시작됐다.

그는 친절했다. 나는 미줄라의 호스텔에서 하루 머물 예정이었는데, 그는 그 호스텔이 문을 닫았다면서 숙박할 곳을 알아봐주겠다고 했다. 그는 먼저 출발했다. 자전거를 타고 미줄라로 들어가는 나들목이 나올 때까지 가는 동안 그는 돌아오지 않았다. 그냥 가버린 게 아닐까, 그럼 미줄라로 들어가서 스스로 알아보는 게 낫지 않을까 망설이고 있는데 뒤에서 경적이 울렸다. 그였다. 그 동안 전화번호부에 여관 항목 부분을 찢어서 일일이 다 체크해가며 전화를 건 결과, 토요일이어서 미줄라에는 빈 방이 없고 이스트미줄라에 방이 하나 비어 있는 것을 확인하고 예약까지 마친 것이다.

영화 〈흐르는 강물처럼〉이 촬영된 블랙풋강 부근 숲 속에서 트레일러하우스를 짓고 사는 벤 가족. 스물여덟 살과 스물아홉 살인 벤과 로니 부부와 열 살인 장남 개빈.

영화 〈흐르는 강물처럼〉의 강물

그의 이름은 벤^{Ben}. 자전거가 펑크 나지 않았으면 못 만났을 좋은 사람이다. 7대째 몬태나에 사는 토박이다. 제재소에서 일하는데, 4일 동안 하루 12시간씩 야간 근무하고 4일은 쉬는 근무형태다. 그의 일은 제재소에서 만든 판자와 목재가 정부 기준에 적합한지 시험하는 것이다. 미줄라에서는 이틀 머물 예정이어서 다음 날은 저녁을 함께 먹고 그의 집에서 잠을 잤다.

28세의 청년 벤은 놀랍게도 자녀 셋의 학부모였다. 열일곱 살에 열여덟 살이던 로니와 결혼하여, 슬하에 열 살, 일곱 살인 아들 개빈^{Gavin}과 마크^{Mark} 그리고 여덟 살짜리 딸 캐슬린^{Kathleen}을 두고 있다. 키가 훤칠한 미인인 로니는 동네 우체국 임시 직원. 집은 미줄라에서 산 속으로 36킬로미터가량 들어간 곳에 있는데, 트레일러하우스다. 밤에는 코요테 우는 소리가 가깝게 들렸다. 마크와 애비라는 개 두 마리가 있는데, 이곳에 많은 아메리카곰이 다가오면 사납게 짖는다. 벤이 "아메리카곰"이라고 말만 해도 짖는다. 그런데 지난 봄에 정작 아메리카곰이 집 안으로 들어왔을 때는 뒤꽁무니를 빼서 지금도 가족들의 놀림을 받고 있다. 로니가 프라이팬을 두드려서 아메리카곰을 쫓아냈다고 한다. 나도 이 집으로 가는 길에서 한 살배기 곰 한 마리와 큰 뿔을 단 엘크 세 마리를 연달아 봤다. 벤은 "사냥철이 되면 잡아야지"라고 말했다.

집 앞에는 블랙풋강^{Blackfoot River}이 흐른다. 이 강이 바로 영화 〈흐르는 강물처럼 A River Run Through It〉의 무대가 된 강이고 여기서 촬영했다. 이 강에서 아이들이 고무튜브에 누워 물을 따라 몇 킬로미터를 흘러내려간다.

내게는 강물에 흘러가는 게 시간으로 느껴지고 그렇게 유유자적 시간이 흘러가는 모습을 보는 게 좋다. 사냥꾼이면서 훌륭한 낚시꾼인 벤은 이 강에서 플라이 낚시로 송어를 잡는 게 시시해서 멀리 원정 낚시를 다닌다고 했다. 그가 잡은 물고기들의 사진을 보니까 철갑상어^{sturgeon}도 있었다. 이곳에는 민물에서만 사는 철갑상어도 있다.

벤은 직접 파나로사 소나무를 베어서 집을 짓고 있는 중인데, 나는 그가 지은 게스트 하우스의 첫 손님이다. 우리는 밤늦도록 '거제이보gazebo'라고 불리는 정자에서 장작불을 피워놓고 마가리타를 마시며 얘기를 나눴다. 그의 꿈은 소박하다. 제재소에서 일하면서 돈을 모아 땅을 사는 것. 스물아홉 살에 벌써 아이들을 다 키우다시피 한 로니의 꿈은 시험 봐서 우체국의 정식 직원이 되는 것이다. 나는 그들의 꿈이 이뤄지지 않는다면 그게 이상한 일이라고 생각한다.

42
해변 따라
코리안 트레일을
달리는 꿈

호수에 잠겨 있다가 북극의 빙하가 내려와 둑을 터뜨리는 바람에 졸지에 육지로 떠오른 몬태나주 미줄라는 인구 6만 명의 아름다운 소도시다. 몬태나 대학이 여기에 있다. 이틀 동안 머물면서 입이 즐거웠다. 내가 좋아하는 베트남 국숫집이 있고 한국 음식점도 있다. 점심때 주소를 보고 베트남 국숫집을 찾아갔다. 일요일이어서 문을 닫았다. 너무 아쉬워서 식당 안을 기웃거리니까, 주인 아주머니가 나와서 오늘은 장사하지 않는다고 한다. 물러설 내가 아니다. "이 집에서 베트남 국수를 먹기 위해 4800킬로미터를 자전거 타고 달려왔다." 넉살도 늘었다. 베트남 사람인 이 아주머니는 배시시 웃으면서 들어오라고 했다. 나만을 위해 베트남 국수를 끓이고 베트남 커피까지 대접했다. 텅 빈 식당을 혼자 차지하고 베트남 국수 먹는 기분이 삼삼하다. 자전거는 사람들 마음의 문을 연다는 말이 맞다.

여덟 번째 펑크 난 뒷바퀴

아주머니가 베트남 국수를 준비하는 동안 지도를 가지러 자전거에 가보니 뒷바퀴가 주저앉았다. 일곱 번째 펑크. 그 전에 들른 자전거포에서 산 튜브로 다시 갈고 자전거포로 끌고 가서 타이어에 바람을 넣는데, 이번에는 폭음탄 터지는 소리를 내며 여덟 번째 펑크. 뒷바퀴가 20인치라고 하지만 림의 실제 크기가 조금 작은 탓에 계속 펑크가 난다.

저녁에는 '나라^{Nara}'라고 하는 한국 음식점에서 벤과 함께 식사했는데, 이 식당은 미국의 다른 여느 한식당처럼 한국 사람이 일식당을 겸해서 하는 식당이 아니라 미국인이 경영하는 한식과 일식 겸용 식당. 그런데 일식이라고 하지 않고 한식을 앞세운 것은 특이한 일. 보통 일식을 앞세운다.

어쨌든 미국인이 요리한 한식은 처음 먹어보았다. 종업원들도 다 흰색 셔츠에 검정색 바지로 유니폼을 통일한 젊은 미국인 남녀들이다. 불갈비를 시켜서 가스불에 구워 먹었는데 맛이 괜찮았다. 고추장도, 된장도 없고 단지 고기를 입에 넣을 만한 크기로 한 점 한 점 썰어서 불에 구워 상추쌈에 싸먹는다는 것 외에는 한식과 닮은 점이 없었지만, 그래도 스테이크보다 낫다. 그리고 김치와 숙주나물, 시금치무침은 진짜 한식. 소주 대신 일본 청주를 팔았다. 뭔가 졸가리가 없다. 그래도 한식이 미국인의 식성에 파고드는 것 같아 어깨가 으쓱했다. 종업원들에게 "음, 진짜 한국에서 먹는 갈비는 말이지……" 하면서 잘난 척도 할 수 있다. 벤은 김치까지 맛나게 먹었다. 오늘은 벤에게 한 턱 쏘는 날이다.

먹는 얘기는 그만하고, 미줄라에 온 이유는 어드벤처 사이클링 어소시에이션을 방문해서 트랜스 아메리카 트레일의 공동 창시자인 그레그 시플을 만나는 것. 이

번 여행을 앞두고 《휴먼 파워드 비이클 저널》에 편지를 보내 미국을 횡단하는 동안 회원들을 만나보고 싶다는 의사를 표시했다는 것은 앞서 얘기한 바 있다. 이 편지는 이 저널의 뉴스레터에 인쇄돼 배포됐다. 하지만 회원들의 반응이 전무하다시피 해서 상심했다. 같이 혁명하자는 데 동지들이 이럴 수 있는 거야? 원인은 회원들의 무관심이 아니라 지연된 인쇄에 있었다. 내가 일곱 번째 주인 와이오밍주에 들어왔을 때야 뉴스레터가 인쇄돼 발송됐다. 이미 초대일자가 지난 초청장이 돼버린 셈이다. 딱 두 사람이 이메일을 보냈는데, 결정적인 두 사람이었다.

트랜스 아메리카 트레일

한 사람은 토니 하들랜드^{Tony Hadland}로 영국에서 유명한 자전거 저술가다. 그는 몰튼 자전거 클럽의 기관지인 《몰트니어^{The Moultoneer}》의 편집장을 겸하고 있는데, 몰튼을 타고 횡단하는 것을 반가워하며 기고를 요청했다. 자전거 초심자가 가장 세련된 자전거족 기관지에 글을 싣는다는 것은 신데렐라가 되는 기분이다.

다른 한 사람은 그레그 시플. 그는 미줄라를 지나갈 때 꼭 들르라고 했다. 그는 어드벤처 사이클링 어소시에이션의 미술감독으로 일하고 있었다. 트랜스 아메리카 트레일의 공동 창시자를 '알현'하는 것만도 영광이지만, 나는 그에게 꼭 물어볼 질문이 있었다. 미국 횡단길을 되도록 일직선으로 하지 않고 이렇게 휘게 그렸는지가 궁금했다. 때로는 화가 날 정도로 돌아간다. 몬태나는 캐나다와 인접한 주다. 여기까지 올라올 이유가 없다. 물론 경치와 사람들이 그런 불만을 잠재우지만, 그래도 도는 건 도는 거다.

시내에 있는 어드벤처 사이클링 어소시에이션은 장거리를 주행하는 바이크 라이더들에게 성소와 같은 곳이다. 건물 자체도 교회였다고 한다. 여기에 들르면 즉석사진을 찍어서 벽에 붙여놓는다. 반가운 얼굴들이 눈에 띈다. 과자와 음료, 인터넷 이용이 무료로 제공된다. 그레그는 나를 다정히 맞이하며 사무실 곳곳을 안내했다. 그런 뒤 교회 건물 뒤편으로 데려가 흰 장막을 치고 흑백 필름으로 또다시 나와 내 자전거의 사진을 찍었다. 그는 1982년부터 지금까지 특별한 바이크 라이더들에 한해서 흑백으로 초상 사진을 찍고 있다. 이 사진들은 '국립 자전거 여행 초상 컬렉션National Bicycle Touring Portrait Collection'에 들어간다.

나는 이 컬렉션에 포함된 약 2000명의 라이더 대열에 들어가는 영광을 입었다. 이유는 한 가지. 내가 트랜스 아메리카 트레일을 타고 미국을 횡단한 최초의 한국인으로 간주되기 때문이었다. 물론 내가 미국을 자전거로 횡단한 최초의 한국인은 아니다. 트랜스 아메리카 트레일이라는 길을 횡단하고 이 사무실에 들러서 국적을 밝힌 최초의 한국인이라는 게 정확한 표현이다. 어쨌든 개인적으로는 영광이지만, 한국인 전체로는 조금 창피한 일일지도 모른다. 바이크 라이더 같지

트랜스 아메리카 트레일의 공동창시자인 그레그 시플이 자신이 예술감독으로 있는 어드벤처 사이클링 어소시에이션의 건물 앞에서 사진 촬영에 응했다. 월남전 참전을 거부해 양심적 병역기피자가 된 그는 미국 건국 200돌을 기념해 떼 지어 미국을 횡단하자는 아이디어 하나로 오늘날 여기까지 왔다.

도 않은 홍동지에게 그런 영광을 주다니. 아니 그보다 한국인들이 그만큼 지금까지 자전거 여행을 등한히 했다는 반증이라는 점에서 유쾌한 기록이 아닐 것이다.

그는 59세이다. 그러니까 서른 살 나이에 트랜스 아메리카 트레일을 생각해낸 건데, 실제 착상한 것은 그 몇 년 전이다. 그러니까 1973년에 부인 준June과 친구 부부인 댄Dan과 리즈 버든Liz Burden과 함께 알래스카 앵커리지에서 아르헨티나로 서반구 종단 여행을 하던 도중이었다. 여행을 끝내면 다음에는 뭘 할까 고민하다가 다가오는 건국 200주년을 맞이해 자전거를 타고 떼 지어 미국을 횡단하면 어떨까 하는 데 생각이 미쳤다고 한다. 그런데 미국 건국 200주년 기념위원회가 그들의 아이디어를 높이 사서 거액의 자금을 지원했고, 이것을 밑천으로 해서 사무실을 구하고 지도를 그리고 선전을 하고 집단 라이딩을 조직했다.

그때 트레일은 자전거와 200주년의 합성어인 '바이크센테니얼 트레일 BikeCentennial Trail'이라고 불렸다. 정확히 몇 명이 참여했는지는 집계할 수 없었다고 한다. 트레일이 지나가는 마을 곳곳에서 라이더들이 뛰쳐나와 구간을 동참한 뒤 돌아가곤 했다고 한다. 줄잡아 4000명이 참여했고, 그 중 절반이 완주한 것으로 추산된다.

48년, 자전거와 한평생

그는 월남전에 반대한 양심적 병역기피자였다. 병역 대신 2년간 사회봉사활동을 했다. 양심적 병역기피자를 거의 매국노로 보던 당시 사회 분위기에 비춰볼 때, 그는 영원히 사회의 주변인물이 될 운명이었다. 직장 잡기도 어려웠고 2년제 미술학교 졸업장도 그리 화려해 보이지 않았다. 그래서 그는 그때 4년제 미술대학으로 진학할까 생각하는 중이었는데, 이 일을 계기로 평생 자전거와 함께 살게 된다.

공동 창시자 네 명 중에서 오직 그만이 이 일을 계속하고 있다. 아이디어 하나가 그를 먹여 살렸을 뿐 아니라, 하고 싶은 일에 평생 매진할 수 있는 기회가 돼주었다. 그는 1957년 그러니까 열한 살부터 지금까지 자전거로 통학하거나 통근해왔다. 집을 구할 때면 자전거로 통근할 거리를 먼저 계산했다고 한다. 서반구 종단을 기획한 것도 당시로서는 혁명적인 일이었는데, "자전거로 먼 거리를 여행할 수 있다는 것을 세상에 보여주고 싶었다"고 그는 말했다.

그런데 그 자신은 정작 트랜스 아메리카 트레일을 완주한 적이 없다고 말해 깜

트랜스 아메리카 트레일을 최초로 완주한 한국인이라는 점 때문에 그레그 시플이 나를 국립 자전거 여행 초상 컬렉션에 초대했다. 사진은 건물 뒤편에서 흰 장막을 치고 찍었다.

몬태나주 미줄라시에 있는 몬태나 대학의 구내 도로에서
사슴이 태연히 길을 건너고 있다.

짝 놀랐다. 아니, 트레일을 만들어
많은 사람들에게 이 고생을 시켜놓
고 창시자 본인은 해보지도 않았다
니……. 그야말로 사이비 교주 아닌
가. 그는 1976년에는 사무실을 지키
느라고 못 했고, 그 이후 지금까지는
협회를 만들고 트레일을 다른 곳으
로 확장하느라 그렇게 오랜 시간을
낼 수가 없었다고 말했다. 어쩜 불행
한 교주인지도 모른다. 이 좋은 것을 경험하지 못했으니까.

"왜 이렇게 트레일이 돌아가도록 설계했는가?"

내 질문이 따지는 것으로 들리지 않기를 바랐다. 근데 그의 대답에 다시 맥이
빠졌다.

"그때는 1976년 한 해만 하는 행사로 여겼다. 그러니 길을 좀 돌게 만들어도
큰 상관이 없을 것으로 생각했다."

그게 두 가지 이유 중 하나고, 다른 이유는 당시 자동차를 타고 다니면서 경로
를 그린 리즈 버튼이 하필이면 지질학을 전공한 사람이어서, 미국의 다양한 지
리와 지형을 보여주려고 했다는 것. 더구나 그는 몬태나 대학에 다녔다. 트레일
이 여기까지 올라온 것은 그의 이력으로 보면 너무 자연스런 일이었을 것이다.
리즈가 국제정치학을 전공했다면 멕시코와 캐나다 양쪽 국경으로 다 끌고 다녔
을 판이니, 지질학을 전공한 것만으로 감사드려야 하나? 어쨌든 이 트레일은 횡
단용이라기보다는 국토지리 답사용이다.

함께 해보니까 좋아서 마음을 바꿔 1977년에도 똑같은 횡단 행사를 기획했다
고, 그레그가 말했다. 그러나 축제는 끝이 났다. 참가자가 거의 없어서 조직이

와해될 위기를 겪었다. 유능한 최고경영자를 영입해 고비를 넘긴 뒤, 지금은 직원 20명이 넘는 비영리단체로 성장했다.

그 동안 자전거 혁명이 확산됐을까.

"미국에서는 자전거가 아이들의 장난감으로 취급된다. 미국은 차에 미친 사회다. 트랜스 아메리카 트레일을 봐도 청년들보다는 은퇴한 노인들이 많지 않은가. 젊은 사람들은 자전거를 타지 않는다. 하지만 랜스 암스트롱이 분위기를 바꾸는 데 큰 기여를 할 것으로 기대한다."

그가 그렇게 희망을 포기하지 않고 있지만, 어드벤처 사이클링 회원들의 평균 연령은 48세이다. 장년이 돼서도 자전거 타는 모습이 보기 좋지만, 이 세대가 퇴장하면 뒤를 이을 세대가 보이지 않는다.

그는 한국 상황에 대해 물었다. 한국은 더 비극적이다. 근대화의 속도에 거추장스러운 자전거는 멸종의 직전까지 갔다가 이제 흐름이 좀 생기고 있다. 그는 미국 횡단이라는 단순한 아이디어가 불러일으킨 파장을 상기시키며 한국에도 그런 트레일을 만드는 데 앞장서는 게 어떠냐고 했다. 바로 그게 내 꿈이다. 한국은 땅덩어리가 작으니 한반도의 해변을 한 바퀴 도는 '판 코리아 트레일Pan Korean Trail'을 만드는 거다. 내가 좋아하는 말처럼. 혼자 꿈꾸면 몽상이지만, 같이 꿈을 꾸면 현실이 된다.

45
특별한
하룻밤의
동행

몬태나를 지나 이번 여행의 아홉 번째 주이면서 마지막에서 두 번째 주인 아이다호로 들어오자 풍경이 확 바뀌었다. 원시림에 가까운 삼림이 펼쳐진다. 서쪽에서 오는 비구름이 캐스케이드 산맥을 가뿐히 넘고 로키 산맥에 2차 도전을 하다가 실패하여, 공중에서 우물쭈물하다가 힘이 빠져 빗방울이 돼서 떨어지는데 그덕분에 아이다호가 촉촉이 젖는다. 나무가 잘 자라 삼나무들이 무성하다. 흠이라면 날씨가 변덕스러워 5분 뒤 날씨를 점칠 수 없다.

파월Powell 부근의 화이트하우스 야영장에 도착해 텐트를 치려는데 세찬 비가내렸다. 모닥불을 지펴 깡통 스파게티를 끓여 먹으려던 차였다. 버너와 코펠을 집으로 보낸 뒤 그 동안 조리를 단념해왔는데, 카를로스와 고르고 스페인 형제에게 '비법'을 전수받았다. 그들은 요리할 기구가 없어도 매일 따뜻한 음식을 먹었다. 그 비결은 캔에 든 음식을 사서 모닥불 위에 통째로 올려놓고 끓이는 것이었다. 따로 그릇과 불 피울 도구가 필요 없다. 성냥과 젓가락 한 벌만 있으면 되니 요긴한 방법이다.

그들이 김을 후후 불어가면서 스파게티를 먹는 것을 보고 당장 따라서 했다. 식료품점에는 캔에 든 음식 가짓수가 생각보다 다양했다. 아스파라가스, 옥수수, 콩, 스파게티, 소시지 등. 여행자의 간결한 삶이 풍요로워진다. 누가 그렇게 하고 있는 나를 보고 미국에서는 집 없는 거지들이 그렇게 조리한다고 일러줬지만, 나는 "그게 어쨌다고?"라고 반문했다. 매일 등을 누이는 곳이 내 집이라는 점에서 집 없는 사람들과 다를 바 없는 생활이다. 차이가 있다면 내게는 한시적인 생활일 뿐이라는 것. 하지만 인생 자체가 한시적이다. 근데 이 조리법에서 한 가지 유의할 점은 캔 속의 음식이 밑은 타고 위는 데워지지 않기 때문에 젓가락으로 꼭 저어줘야 한다는 점.

원 시 림 무 성 한 아 이 다 호 주

단점은 이렇게 비가 쏟아지면 불을 피울 수 없다는 것이다. 나는 잽싸게 나무를 한 단 해가지고 지붕이 있는 화장실로 튀었다. 천둥과 번개가 요란하더니만 30분 만에 거짓말처럼 날씨가 말끔히 개었다. 해질 무렵이어서 붉은 노을이 물들었다. 불을 피우며 바라보니 옆으로 록사강Lochsa River이 우당탕탕 흐른다. 록사강은 인디언말로 '거친 강'이라는 뜻. 지금까지 묵은 곳 중에서 가장 아름다웠다. 내 옆 사이트에는 픽업트럭을 타고 온 두 남자가 아까부터 음악을 크게 틀어놓고 텐트를 치고 있다. 처음 들어올 때 인사를 나눴는데, 왠지 경계하는 표정이었다. 일부러 다른 사람들과 멀리 떨어진 곳에 자리를 잡은 것 같은데, 내가 그 옆에 바

치과 의사인 해리와 해리의 어머니 91세의 제시 그리고 해리의 부인이자 간호학과 교수인 바바라. 여름 한동안 록사강변에 RV를 대고, 해리는 수채화를 그리고 바바라는 플라이낚시를 한다.

짝 몸을 붙인 셈.

미국을 여행하면서 바이크 라이더 외에도 다종다양한 사람들을 만나지만 내게 관심을 두고 접근하는 사람들은 뭐랄까, 조금 교양과 수준이 있는 사람들이 대부분이다. 살기 바쁜데 자전거 타고 여행하는 동양 녀석에 대해 관심을 베풀 겨를들이 보통은 없다. 이 야영장에서 만난 해리와 바바라 같은 사람들이 바로 접근하는 사람들이다. 남편 해리는 치과 의사고, 부인 바바라는 간호학과 교수다. 이들은 91세인 해리의 어머니 제시와 함께 이곳에 RV를 대놓고 한 달 동안 자연 속에 푹 파묻혀 지낸다. 해리는 수채화를 그리고 바바라는 록사강에서 플라이 낚시를 한다. 그림 같은 삶이다.

플라이 낚시는 파리 모양의 인공 미끼를 써서 플라이 낚시라고 한다. 핵심은 미끼를 흐르는 물에 띄우는 것. 물 속으로 집어넣는 게 아니다. 물을 따라 파리가 흘러가듯 미끼를 던지면 컷스로트 송어cutthroat trout가 공중으로 날아서 물로 내려오는 길에 미끼를 덮친다. 그때 낚싯대를 잡아당겨야 하는 게 플라이낚시의 요령. 바바라는 20여 가지가 넘는 플라이 미끼를 가지고 있는데, 모양이 진짜 파리처럼 정교하게 생겼다.

이들은 자식은 없고 자식만큼 사랑하는 개 한 마리가 있다. 세 사람 모두 목에다 호루라기를 매고 개가 멀리 가면 호루라기를 불어서 불러들인다. 이 망할 놈의 개가 나를 보고 계속 짖어댔다. 그들은 아침에 뜨거운 커피와 과자 그리고 파인애플을 내게 대접했고, 바바라는 아몬드와 무화과 열매 그리고 마시멜로를 비닐봉지에 담아놓았다가 여행할 때 먹으라고 건네줬다. 91세의 제시는 무사히 여행할 것을 기원하면서 내 볼에 입맞춤을 했다. 특별한 축복이었다.

그리고 돈과 론도 특별했다. 그들이 바로 내 옆 텐트 사이트의 주인공들. 두 사람은 인근 도시에서 온 식당 요리사들이었다. 그들은 내가 미국을 횡단하는 중이라고 하자 한순간에 경계를 풀고 자신들의 사이트로 초대했다. 둘 다 1963년생으로 나와 동갑. 론이 온몸에 문신을 한데다 교도소를 다녀왔다고 말해서 잠시 움찔했다. 그러고 보니 미국에 와서 전과자와 얘기한 적이 한 번도 없는 것 같다. 그는 말끝마다가 아니라 한 단어에 하나꼴로 '퍽fuck'과 '싯shit'을 번갈아 썼다. 욕설이다. 한국의 '조폭' 영화를 보면 현실성 있게 묘사한다고 욕을 어색할 정도로 많이 섞는데, 론은 그 이상이다. 그는 "You fucking wanna stone?"이라고 물었다. '제길, 마약 한번 할래?'라는 뜻이다. 그 비싼 마약을 공짜로 주겠다니. 마다할 내가 아니었을 것이다. 한 십 년 전이었다면.

특별한 하룻밤의 동행

돈이 난리가 났다. "마약 좀 그만해, 그리고 재한테 좀 잘할 수 없어?" 그렇게 대조적이었다. 돈이 시엔엔 방송을 자주 본다면서 북한의 핵 문제에 대해 질문을 하는데, 내 머리가 뻐근했다. 그는 북한의 김정일이 정신적으로 안정돼 있느냐고 물었다. 미국의 식당 요리사한테, 그곳도 원시림 속의 야영장에서 예상할 수 있는 질문이 아니었다.

우리는 모닥불을 피워놓고 맥주를 마시면서 얘기를 나눴다. 돈은 자식이 여섯 명이라고 했다. 자기 자식 둘에 동거녀의 자식 넷. 동거녀는 자기보다 열세 살 연상. 론도 동거녀가 있다. 자식이 있느냐고 물으니 론은 없다고 잘라 말했다. 그러자 돈이 "너 있잖아?"라고 따졌다. 론은 다시 없다고 말했는데 말에 힘이 없다. 돈은 또 "너 있잖아?"라며 언성을 높였다. 론은 없다고 말하면서 고개를 떨어뜨렸다. 둘 다 조금씩 이성을 잃어간다. 점잖은 돈도 론에게 전염돼 '퍽'과

'싯'을 쓰는 빈도가 늘어간다.

이들은 여자들을 피해 숲 속에서 남자들끼리 맘껏 맥주 마시며 웃고 떠들려고 텐트를 샀다고 했다. 이베이에서 100달러 주고 샀는데, 집 한 채의 크기다. 사용 설명서가 안 와서 세 시간에 걸쳐 텐트를 가지고 씨름했단다. 안 풀리면 맥주 한 병씩 마시다 보니 텐트가 다 세워졌을 때는 이미 취한 상태였다. 그때 나를 만난 것. 그들은 그렇게 오래 자전거를 타고 다니면서 여자 생각 안 나느냐고 물었다. 자전거 타는 것도 힘든데 여자 생각이 나겠느냐는 내 말이 뭐가 우스운지 이들은 허리를 접어가며 낄낄댔다. 가만있기 어색해진 나도 따라 웃기 시작해서 셋이 한 30분은 웃은 것 같다. 두 사람은 눈물까지 흘렸다.

밤이 깊어가자 론은 더 참지 못하고 텐트 안에 가서 마리화나를 가져왔다. 돈

요리사인 두 사람은 여자들을 피해 록사강변 캠프장에서 남자들만의 시간을 갖고 있었다. 내게는 이번 여행에서 마주친 특별한 만남 중의 하나로 기억될 것이다. 왼쪽이 돈이고 오른쪽이 론(모자이크 처리)이다.

은 그런 모습을 나한테 보여주는 게 못마땅한 듯 론에게 욕설을 퍼부었다. 나는 미국에 마약 문제가 심각하다고 들었지만 실제로 마리화나 피우는 걸 보는 건 처음이어서 호기심이 발동했다. 그는 담배처럼 말아서 피우는 게 아니라 찌그러진 깡통 속에 넣고 불을 붙여 연기를 들이마셨다. 몇 모금 흡입하니까 그대로 표가 났다. 론의 눈알이 똥그래지면서 마치 자다가 찬물을 뒤집어쓰고 깨어난 것 같은 표정이 됐다. 깨어나긴 했는데 다른 세상에 깨어난 것 같다. 더 이성을 잃어갔다.

아침에 일어나 보니 론이 깨어 있었다. 맥주를 마시고 있는데, 벌써 아침에만 네 병째. 내게 다가와서 어제 미안했다고 사과하면서 겸연쩍은 표정을 지었다. 열일곱 살 이후 자르지 않은 그의 머리카락이 땋으니 허리까지 내려간다. 그는 "사실 이 나라가 내 나라라는 생각은 없지만, 어쨌든 남의 나라를 이렇게 횡단하는 네 모습에 감명을 받았다"고 말했다. 늦게 일어난 돈은 햄 터키 샌드위치 두 개와 스포츠 음료 한 통을 싸줬다. 그는 내게 한국에 돌아가서 우편엽서를 한 통 보내주면 평생 기념으로 간직하겠다면서 주소를 적어줬다. 내게도 그들은 특별한 하룻밤의 동행이었다.

세 탁 겸 목 욕 겸 록사강 잠 수

로웰Lowell까지는 록사강을 따라 끝없이 'ㄹ'자로 휘돌아 내려가는 길이다. 한국 같으면 매운탕, 보신탕, 산채비빔밥 집으로 온통 뒤덮였을 계곡에 인적이 없다. 지금도 이렇게 외진데, 에이브러햄 링컨 대통령이 아이다호 지역을 근처의 오리건주와 워싱턴주로부터 독립시키면서 주지사를 물색할 당시에는 얼마나 더 외진 곳이었을까. 주지사를 하겠다고 나타난 정치인들이 거의 없었고, 주지사직을 받아들인 사람들은 이 지역에 얼굴을 보이지 않았다고 한다.

로웰의 와일드 구즈 캠프장Wild Goose Campground에 텐트를 치고 록사강에 비누 한

장 들고 목욕하러 갔다. 물론 옷을 벗지 않고 세탁도 겸해서 한다. 합성세제인 비누와 몸의 때 중 어느 쪽이 강물을 더 오염시킬까. 미안한 마음으로 몸에 비누 칠하고 수영을 한다. 머리도 감아야 하기 때문에 물속으로 잠수했다. 물고기 떼들이 이상한 괴물의 침입에 놀라 흩어진다.

내 옆 사이트에는 RV가 주차했다. 샌프란시스코 근처에서 온 헌터 부부. 차는 길이가 13.5미터나 됐고, 뒤에 지프차도 매달고 있었다. 이 차량은 한 대가 1억

샌프란시스코에서 온 헌터 부부가 강변 식탁에 진녹색 보를 깔고 잘 닦인 금속 나이프와 포크를 놓았다. 그리고 브로콜리 스파게티와 20년 된 적포도주로 대접했다.

원이 넘는다. 1960년에 독일에서 건너온 이들은 여전히 독일식 악센트를 쓴다. 헌터는 관광업계서 일하다가, 부인 엘리너는 보석 골동품점을 하다가 은퇴한 뒤 이 차를 타고 세상을 유람한다.

저녁 식사에 초대한 헌터 부부는 강변에 진녹색 식탁보를 깔고 그 위에 잘 닦인 금속 나이프와 포크를 놓았다. 피보다 붉은 1985년산 리버벤드 멀록 포도주를 땄다. 그리고 브로콜리를 곁들인 스파게티를 차 안의 부엌에서 요리해서 내왔다. 깡통에 든 즉석 스파게티와는 현격한 차이다. 해질 무렵의 근사한 저녁이었다. 나는 술 욕심이 나서 거의 반 병 이상을 내가 마셨다. 그러고는 취기로 숨이 가빠져서 텐트 안에 눕자 스스로가 못마땅해졌다. 기껏 여행으로 맛난 음식과 좋은 술에 대한 갈망을 키우고 있는 건 아닌가. 내핍을 통해서 고작 배우는 게 풍요로운 소비에 대한 향수인가. 그렇다면 나는 내 안으로 들어가지 못한 거다. 그럼 안 되지. 앞으로는 주는 대로 다 받아먹지 말자.

아이다호에 있는 '돌아오지 못하는 강'으로도 불리는 새먼강.

44
아이다호에
홀딱
반하다

아이다호주까지 아홉 주를 여행하는 동안 사람들은 어느 주가 가장 아름다우냐
고 묻곤 했다. 처음에 어느 주가 좋다고 얘기했다가 금방 답이 달라져서 갈수록
그런 답을 안 하게 됐다. 한 줄기의 장거리 여행이 아니라 날마다 떠나는 새로운
여행이다. 장편시가 아니라 연작시다. 그런데 아이다호를 여행하면서 또 생각이
바뀌었다. 아이다호가 제일 좋다.

화이트 버드 힐White Bird Hill 정상에서는 노란 산들이 두 줄기로 출렁거리면서 북
서쪽으로 몰려가는 모습이 한눈에 들어온다. 이 산괴의 사이가 화이트 버드 계
곡이다. 나는 이 꼭대기까지 오는 동안 12번, 13번, 그리고 95번 길을 타고 왔는

데, 그 전에는 전혀 모르던 인디언 부족 네즈 퍼스^{Nez Perce}의 도주로를 거슬러 올라온 것이었다. 곳곳에 사적 표지판이 세워져 있다. 정상에 있는 표지판은 화이트 버드 계곡에서 네즈 퍼스 부족이 거둔 위대한 승리를 전하고 있다.

'산 속 에 서   울 리 는   천 둥 '의   투 항

추장 조셉이 이끄는 네즈 퍼스 부족은 1877년에 백인들의 공격을 피해 도피하던 중 이곳에서 미국 기병대에게 기습적으로 공격을 받았다. 그들은 흰 깃발을 들고 공격을 중지하라고 요청했지만, 페리 대위가 이끄는 기병대는 총격을 멈추지 않았다. 할 수 없이 네즈 퍼스 부족은 70명의 전사를 보내 100여 명의 기병들과 대적했는데, 승부는 0 대 34. 기병대는 34명의 사망자를 내고 물러갔고, 네즈 퍼스 쪽에는 전사자가 한 명도 없었다.

이 사건으로 자존심을 다친 백인들은 네즈 퍼스 부족을 잡기 위해 혈안이 됐고 네즈 퍼스는 필사적으로 도망쳤는데 좀 멀리까지 갔다. 캐나다 국경지대까지 1800킬로미터를 걸었다. 750명 중 500명의 부녀자와 아이들을 데리고 말이다.

무엇보다 2000마리의 가축도 끌고 갔다. 여러 번 매복도 당하고 기습공격도 받았지만, 소걸음의 네즈 퍼스 부족은 말 탄 부대를 유유히 따돌렸다. 자유와 안전의 나라 캐나다로 넘어가기 직전, 국경에서 64킬로미터 떨어진 지점에서 넬슨 마일스 장군이 이끄는 2000명의 습격을 받았다. 닷새 동안 치열한

네즈 퍼스의 추장 조셉. 그는 2000명의 미국 기병대를 피해 750여 명의 부족원들을 이끌고 1800킬로미터의 대장정에 오르지만, 캐나다 국경 조금 못 미쳐 곰발 산맥에서 무릎을 꿇는다.

전투가 벌어졌다. 추위와 허기에 시달린 그들은 곰발^{Bear Paw} 산맥에서 무릎을 꿇는다. 내겐 영화 〈텔마와 루이스〉에서 수전 서랜던과 지나 데이비스가 멕시코까지 가지 못하고 그랜드캐니언에서 허무한 종말을 맞이하는 장면이 떠오른다. 그때 조셉 추장이 계속 싸우자는 동료들에게 항복을 설득하며 한 말이 더 가슴을 친다.

"내 말을 들어라, 추장들이여. 나는 지치고 내 가슴은 쓰라리고 슬프니, 이제 태양이 비추는 곳에서는 영원히 싸우지 않으리."

투항이 고난의 끝은 아니었다. 그들은 고향으로 돌아가지 못했다. 캔자스주 동부로 소개됐다가, 나중에 인디언 집단거주지역이 되는 오클라호마주로 끌려 갔다. 그곳은 그들이 사는 산악지대와 천양지차인 사막성 평원이다. 조셉 추장은 러더퍼드 헤이에스^{Rutherford Hayes} 대통령에게 통사정하기 위해 수도 워싱턴까지 걸음을 했다. 그들은 1885년에야 태평양 연안의 북서부로 돌아갈 수 있었는데, 여전히 고향 왈로와 계곡^{Wallowa Valley}에서 멀리 떨어진 곳이었다.

네즈 퍼스라는 말은 '뚫은 코'라는 프랑스어에서 유래한 것인데, 1805년에 루이스와 클라크 원정대를 수행한 프랑스 통역이 잘못 갖다 붙인 게 그대로 굳어졌다. 그들은 코를 뚫는 풍습이 없다. 자신들은 '니미푸^{Nee-Me-Poo}'라고 부른다. '진정한 사람'이라는 뜻이라고 한다. '진정한 사람'이라는 근사한 부족명이 '뚫은 코'로 불리고 있으니……. 역사는 확실히 승자가 기록한다. 그러나 역사를 바꾸는 것은, 그러나 패자들이라고 하면 상상력의 비약일까. 조셉 추장의 원래 인디언 이름도 '힌-무트-투-야-라트-케크트^{Hin-mut-too-yah-lat-kekht}.' 뜻은 '산속에서 울리는 천둥'이라는 뜻이다.

95번 길은 새먼강^{Salmon River}을 따라 상류로 거슬러 올라갔다. 마치 내가 회귀하는 한 마리 연어가 된 것 같다. 여행을 시작할 때는 연어의 강 상류에서 부화돼 바다를 향해 떠내려가는 치어였다. 쉽게 지치고 힘들어하고 조바심도 냈다. 오랜 여정을 거쳐 지금은 미끈미끈한 비늘을 가진 성어가 돼서 물길을 거슬러 올라간다. 고무보트를 타고 강을 내려가는 래프팅족들이 손을 흔들어준다. 새먼강과 리틀새먼강이 합쳐지는 리긴스^{Riggins}라는 마을은 다이너마이트로 폭파시켜 인공적으로 만들기 전에는 그런 형상이 나올 수 없을 것 같은 희한한 모양의 산들에 둘러싸여 있다.

새먼강은 1500만 년 전부터 흘렀다고 하는데 수심도 깊고 여울에서는 물살도 빠르다. 그래서 '돌아오지 못하는 강$^{A river of no return}$'으로도 불린다. 검푸른 바다 빛이다. 키 15센티미터의 어린 치누크 연어와 스틸헤드 송어가 바다에서 돌아올 때는 몸무게 9~13킬로그램의 수영 선수가 돼서 돌아온다고 한다.

새먼강을 경계로 다시 산악 시간대로 변경됐다. 몬태나에서 아이다호로 넘어올 때 시간이 산악 시간대에서 태평양 시간대로 들어와 또 한 시간(지금까지 모두 세 시간)을 벌었는데, 새먼강을 건너 리긴스에 들어올 때 산악 시간대로 되돌아간다. 리긴스는 아이다호에서 서쪽에 있는데, 동쪽보다 시간이 한 시간 빠른 이유가 뭘까. 리긴스의 시청 서기도, 음식점 주인도 그 이유를 몰랐다. 그래서 연구를 좀 했다.

미국에서는 4월 마지막 주 일요일에 시침을 한 시간을 앞당기는 일광시간 절약제가 실시된다. 이 상태로 10월 마지막 주 일요일까지 간다. 안 그래도 일찍 일어나는 농부들은 꼭두새벽에 일어나야 한다. 생활의 리듬이 깨진다. 그래서 싫어하는 사람들이 많았다. 그런데 연방법은 일광시간 절약제를 실시하지 않으려면 주 전체가 빠져야 한다고 규정했다. 새먼강 서쪽에 사는 일광시간 절약제 폐지론자들은 아이다호주 전체의 동의를 얻어내는 데 실패하자, 대신 주민투표를 통해 새먼강 서쪽 지역의 시간대를 태평양 시간대에서 산악 시간대로 한 시간 빠르게 옮겼다. 그러니까 일광시간 절약제가 시행되면 오전 2시를 오전 1시로 시침을 옮겨야 하는데, 이미 시간대를 한 시간 빠르게 옮겨놓아 오전 3시니까 한 시간 앞당기면 원래의 오전 2시가 돼서 정상을 회복하는 것이다. 10월 말에는 시침을 오전 3시로 시침을 늦추기 때문에 원래 시간보다 한 시간 늦지만, 당기는 것은 몰라도 늦추는 것에 불평하는 사람은 없다. 한 시간 더 늦게 출근해도 된다. 나로서는 자전거를 타고 시차가 바뀌는 것을 경험하려면 몇 개 주를 달려야 했는데, 아이다호에 와서 며칠 상관으로 시차를 두 번이나 바꾸는 '기적 같은' 경험을 하니 기분이 나쁘지 않다.

날이 점점 더워지기 시작한다. 섭씨 38도. 쉽게 지치고 목이 마르다. 리긴스가는 길에 살 썩는 냄새가 나더니 새끼 사슴이 눈을 뜬 채 죽어 있다. 이어 단내가 났다. 길가에 산딸기가 지천으로 열려 있다. 이 사슴은 산딸기를 먹으려고 찻길을 건너다 횡사한 듯하다. 자전거에서 내려 이 사슴 몫까지 산딸기로 배를 채웠다. 손바닥과 입가가 검붉게 물이 들었다. 서울에 살 때도 탄천을 뛰다가 천변에 산딸기 밭이 나와서 갈증과 허기를 달래던 기억이 났다. 지금은 없어졌겠지.

소 도 시 의   로 데 오   경 기

케임브리지Cambridge에서는 로데오 경기가 열렸다. 소일거리가 없는 이 일대에서는 프로야구 챔피언시리즈와 맞먹는다. 360명의 마을 인구보다 훨씬 많은 관중들이 경기장으로 몰려들었다. 식전 행사는 엄숙했다. 관중들은 사회자의 요청에 따라 모두 일어서서 테러와의 전쟁에서 이기도록 기원하고 국가에 대한 충성 맹세를 했다. 테러는커녕 좀도둑도 없을 것 같은 이 촌에서 지나친 의식 같아 보인다. 미국 농촌에서는 압도적으로 자신들의 이해와 상반되는 자유무역주의의 공화당을 지지한다. 케임브리지의 여왕도 뽑았는데, 아이다호 주립대생 앤드레아 윌킨슨이 케임브리지의 여왕으로서 한 일이라곤 금박이 요란한 옷을 입고 경기가 끝날 때까지 그냥 말 위에 앉아 있는 것이었다.

경기 종목은 황소에서 안 떨어지기, 수송아지에서 안 떨어지기, 말에서 안 떨

인구 360명인, 아이다호주의 소도시 케임브리지에서 로데오 순회경기가 열려 모처럼 볼거리를 선사했다.

어지기, 밧줄로 묶기, 도망가는 소 잡기 등 다양했다. 행사의 백미는 황소에서 안 떨어지기인데, 그저 오래 타면 이기는 건 줄 알았더니 규칙이 복잡하다. 8초까지만 타면 되고 그 8초 동안 온갖 묘기를 보여줘야 하는데, 그 연기에 대한 평가는 선수와 소에 대해 따로 매겨서 합산한다고 한다. 아무리 연기력이 뛰어나도 소가 협조해주지 않으면 안 되는 경기.

로데오 선수들은 순회경기를 하는데, 큰 도회지에서는 몇만 명이 모여든다고

아이다오주와 오리건주에 걸쳐 있는 헬스캐니언. 미국에서 제일 깊은 계곡이다.

아메리카 자전거 여행

한다. 그러니 몇백 명의 관중들 앞에서 열의를 다하기가 힘들었을 것이다. 기준 시간 8초도 못 채우고 소에서 떨어진 뒤 줄행랑들 친다. 그러면 울긋불긋한 옷을 입은 광대 두 사람이 달려가서 소의 관심을 자기들 쪽으로 유도해 선수를 보호한다. 관중들은 식전 행사로 펼쳐진 어린이들의 로데오 경기가 더 나았다고 소리질렀다. 경기가 끝나고 사람들이 술집으로 몰려갔다.

섭 씨   4 3 도   지 옥   피 해   새 벽   주 행

케임브리지 모텔 뒤 잔디밭에 텐트를 쳤는데, 새벽 3시 반이 되자 근처 RV에서 알람시계가 울리듯 지속적으로 삐삐 소리가 나서 잠을 깼다. 더는 잠을 이룰 수 없어 모처럼 새벽 주행을 했다. '반칙'이다. 아직 태양은 안 일어났다. 헬스캐니언Hells Canyon으로 가는 동안 허겁지겁 쫓아오는 햇볕을 등으로 느꼈다. 이 '지옥의 계곡'은 대낮에 섭씨 43도까지 우습게 올라간다. 그랜드캐니언보다 규모는 작지만 양감은 더욱 깊다. 미국에서 가장 깊은 계곡이기도 하다. 능선이 부드럽고, 높이 2000미터 안팎의 봉우리들이 가슴에 품고 있는 브라운리 저수지에는 물이 가득 차 있어 '지옥의 계곡'이라는 이름과 달리 따뜻한 이미지다. 작렬하는 태양에 산이 노랗게 타 들어가고 있다. 호수의 물도 산을 받아들여 노란색이다. 지옥의 계곡으로 내려가는 10킬로미터 구간에서 속도계는 시속 48킬로미터 아래로 내려가지 않았다. 시속 30킬로미터 이상 놓지 못하던 시절이 언제 있었나 싶다.

　그렇게 쏜살같이 트랜스 아메리카 트레일의 열 번째이자 마지막 주인 오리건 주에 진입했다. 끝에 이를수록 더 빨리 끝을 보고 싶은 마음이 간절하다. 그래서 끝의 느낌이 어떨까에 생각을 모으고 싶은데 날마다 자연은 내 주의를 분산시킨다. 광활하고 새롭다. 아이다호가 가장 아름답다고 생각한 결론을 다시 보류해야 했다.

45
인류 멸망이
우주 신문에
기삿거리나 될까

오리건주 베이커시티에서 머무를 때 마지막 여정을 짜보니 엿새면 태평양까지 갈 수 있다는 계산이 나왔다. 지도에 밤에 머물 곳들을 표시했다. 흥분하기에 앞서 여섯 개의 고개에 신경 쓰였다. 그 중 세 개의 고개는 하루에 다 넘어야 한다. 중간에 마땅히 머물 곳이 없다. 섬프터Sumpter와 팁턴Tipton, 딕시Dixie 고갯마루. 모두 1500미터가 넘는 준령들이다.

그런데 나는 하루에 다 넘었을 뿐 아니라 이 세 고개를 넘고도 160킬로미터를 달렸다. 이제 남은 고개는 세 개. 이제 닷새에 나눠서 넘으면 된다. 자신만만해진 탓에 데이빌Dayville이라는 곳에서 "조금 돌아가면 사람의 발길이 닿지 않은 시원의 절경을 볼 수 있다"는 식료품점 주인 스티브의 말에 넘어가버렸다. 그리고 무진장 후회했다.

인 간 의   숙 명 을   재 연 하 는   자 전 거 타 기

트랜스 아메리카 트레일에 따르면 데이빌이라는 곳에서 26번을 타고 60킬로미터 가면 미첼Mitchell이 나온다. 나는 절경이 있다는 존 데이 화석지대를 돌아보기 위해 19번으로 새서 207번을 타고 삥 돌아와 미첼에 도착했다. 모두 125킬로미터로, 65킬로미터를 더 돈 것이다. 더위와 바람, 오르막길, 전날의 피로가 누적돼 있는 점을 감안할 때 무리한 일탈이었다. 페달을 밟기가 고통스러웠다.

그래도 덕분에 시간 여행을 했다. 궁극적인 여행은 존재의 조건에 대한 탐험이다. 도시와 마을에서 벗어나 인간 존재의 본질을 이루고 있는 우주 속으로 헤매는 것이다. 존 데이 화석지대는 그런 곳이었다. 켜켜이 쌓인 지층, 한 층마다 천만 년의 역사가 압축돼 있는, 거대한 지질학의 '연대표'를 굽이굽이 돌면서 나는 시간을 거슬러가고 있음을 느꼈다.

마치 부침개를 뒤집듯 천만 년을 단위로 지각이 휙휙 변동한다. 이곳이 열대 밀림이었다는 사실, 브론토세레스brontotheres와 아미노돈트amynodont처럼 멸종된 포유동물이 여기에 쏘다녔다는 사실을 도저히 믿기 어렵다. 지금은 사막성 분지이기 때문이다. 마른 광선은 생명을 태워버린다. 그런데 열대의 밀림이었음을 증명하는 나무와 동물 들의 화석이 무더기로 쏟아져 나왔다.

인류의 역사도 언젠가는 저 한 층, 겨우 10미터도 안 돼 보이는 지층 하나로 압축되지 않을까. 이 화석들을 보면 인류가 영속하리라고 믿기보다는 지각 변동으로 브론토세레스 같은 운명을 맞이할 것으로 예상하는 게 자연스럽다. 그렇다면 그것을 최후의 심판으로 받아들여야 할지 또는 자연적 순리로 받아들여야 할지…… 지금 우리가 하고 있는 일들의 의미를 묻게 된다. 무엇을 하든 어차피

시원의 절경이 펼쳐지는 존 데이 화석지대에는
켜켜이 쌓인 지층마다 천만 년의 세월이 응축돼 있다.

저렇게 시간의 잔재로 퇴적하고 말 텐데. 세계 초강대국인들 오는 세월을 저지할 수 없다. 우주의 단위에서 보면 인류가 멸망한다고 해도 기삿거리가 되지 않을 것 같다. 지구만 한 별이 헤아릴 수 없이 많다. 하물며 내 개별적인 삶의 중단이야 말해 무엇 하랴. '우주일보'의 한 줄짜리 부음란에도 실리지 않을 것이다.

허무주의를 꼭 극복해야 하는 것인지 모르겠지만, 이길 수 있는 유일한 길은 우리도 우주를 이루는 전체의 한 부분이라고 믿는 것뿐이다. 우주에 존재하는 모든 것들과 연계돼 있다고 믿어야 한다. 그렇다면 죽음으로 삶의 의미가 완성되지는 않겠지만 단절되는 것도 아니다. 더 큰 존재에 합류하는 길이 될 수 있다. 자전거를 타고 미국을 횡단하는 것은 우주에서 티끌 같은 존재인 인간의 조건에 대한 은유라는 생각이 들었다. 크기와 속도에 압도돼 좌절하기보다는 자신의 한

황금을 찾아 미국을 동부에서 서부로 횡단하던 개척민들이 이용하던 오리건 트레일. 그 트레일을 기념하는 탑이 베이커시티로 가는 입구에 세워져 있다.

계를 받아들이면서 한 바퀴마다 의미를 두고 앞으로 나아가려는 노력이다. 광대무변한 우주에 비춰볼 때 미국 횡단은 엄청난 성취가 아니다. 자전거타기는 긴 거리를 달려서가 아니라 자신이 페달로 밟은 몇 미터의 거리에도 성취감을 느낄 줄 아는 삶의 한 방법이다. 비단 자전거타기뿐 아니다. 마라톤을 뛸 때 연도에선 시민들이 왜 손을 흔들어주고 박수를 쳐줄까 생각해본다. 인간애와 연대감 같은 게 있겠지만, 무엇보다 마라톤 주자들이 인간의 숙명을 재연하는 위대한 연기자들이라는 것을 무의식적으로 느껴서가 아닐까.

낙오자 이름을 딴 지명

이곳은 온통 존 데이투성이다. 존 데이 화석지대 말고도 존 데이 마을, 존 데이강, 데이빌……. 그래서 그가 위대한 인물이었을 것으로 유추했는데 아니었다. 1810년에 그는 애스터Astor 모피사냥 원정대의 일원으로 오리건에 들어왔다가 겨울이 다가오자 허기와 피로에 지쳐 동료 한 명과 뒤에 처졌다. 두 사람은 생선 내장과 뼈, 동물 가죽으로 연명하며 컬럼비아강까지 갔으나 아메리카 인디언에게 붙잡혀 얻어맞고 옷까지 빼앗겼다. 벌거벗고 아사 직전의 데이는 다행히 탐험대에 의해 발견돼 목숨을 건졌다. 건강을 회복한 그는 다시 사냥 원정대와 함께 컬럼비아강 일대를 방문했다가 정신이 나가 몇 개월 뒤 숨졌다. 주요 지형과 마을에 이름이 붙을 만한 인물의 일대기는 아니다. 하지만 역사가 항상 승자와 위인만을 기억하라는 법은 없다. 낙오자도 기려야 한다.

존 데이 화석지대는 몇천 년 전이나 똑같은 모습일 것이다. 사람의 손길이 거의 닿지 않았다. 옷을 입고 존 데이강에 들어가 수영 겸 목욕 겸 세탁을 했다. 옷을 벗고 해도 무방했을 것이다. 보는 사람이 없다. 자전거를 타고 남은 길을 가면서 옷을 말릴 심산이었다. 서비스 크리크Service Creek라는 곳을 만나 강변에 텐트를 쳤을 때는 감쪽같이 다 말랐다.

진짜 신생대 3기에 들어온 것 같다. 브론토세레스가 풀숲에서 뛰쳐나왔어도 놀라지 않았을 것이다. 여기서는 숨을 한 번 내뱉으면 하루가 가는 것 같다. 하룻밤을 잤지만 천 년의 세월을 보낸 듯하다. 깊고 고요한 계곡이다. 시간의 질감이 그만큼 무겁다. 천 년이라고 해봤자 46억 살인 지구의 나이에 비춰보면 46만 분의 일도 안 되는 시간이다.

서비스 크리크에서 미첼로 가는 길은 켄터키주에서 해저드로 가는 길 못지않게 험했다. 천신만고 끝에 미첼에 도착해 마을 입구에 있는 카페에 들어가려는데 다 먹고 나오는 매트 스위니Matt Sweeney를 만났다. 그는 사이클복이 터질 만큼 배가 불룩했다. 너무 작은 옷을 입은 탓인지도 모른다. 시드니에서 제약회사의 영업사원으로 일하다 이번 여행을 위해 사직했다고 한다. 입 주변에는 음식 부스러기가 묻어 있다. 나는 지금까지 만나는 라이더들을 빠뜨리지 않고 사진 찍어왔지만, 그는 찍지 않았다. 관심이 없었다. 안 본 걸로 치려고 했다.

비상한 과체중 팀과 합숙하다

여섯 고개 중 다섯 번째 고개인 오초코Ochoco 고갯마루를 오르는데 쓰라린 땀이 눈에 들어가 눈을 뜰 수가 없다. 선글라스를 쓰고 있어서 땀을 닦아내기도 어렵다. 힘겹게 넘어서 프린빌Prineville을 향해 가는데, 멀리서 어렴풋하게 사람의 윤곽이 눈에 들어온다. 라이더일지 모른다는 생각에 가슴이 콩콩 뛰었다. 추격하는 것보다도 더 즐거운 일은 없다. 갑자기 없던 힘이 나와 페달이 빨라진다. 쫓아가니 라이더다. 멀리 보이는 라이더들은 꼭 움직이지 않고 그 자리에 있는 것 같은데 거리가 쉽게 좁혀지지 않는다. 라이더들은 종종 뒤에서 따라오는 라이더들을 의식하면 자신도 모르게 가속한다. 이 라이더도 따라잡히지 않으려고 빨리 페달을 밟는 것 같다.

나는 자전거에서 일어나 선 채로 페달을 세게 밟았다. 사람들은 바퀴가 작은 내 자전거에 추월당하는 것을 이중의 수치로 여긴다. 점점 라이더의 모습이 커진다. 몸과 자전거가 눈에 들어온다. 해진 사이클복 사이로 살집이 드러난다. 추월하면서 옆을 보니 매트였다. 나보다 한 시간은 먼저 출발했는데 따라잡힌 것. 마지막까지 따라잡히지 않으려고 발버둥쳤는지 완전히 탈진한 얼굴이다. 무자비하게 그의 자존심을 짓밟은 나는 눈앞에 식당이 나오자 같이 쉬자는 그의 제안을 받아들였다. 승자의 여유다. 나는 그가 겨우 몇 달 전의 나처럼 그냥 무모한 여행을 떠난 레저용 라이더라고 생각했다. 그는 사실 나보다 20일 일찍 버지니아 주의 요크타운을 출발했는데 따라잡혔다.

이 식당에서 앤디^{Andy}와 캐런 서머스^{Karen Summers} 부부를 만났는데 이 두 사람도 워낙 뚱뚱한 거구여서 마치 애들 자전거를 타고 가는 것 같다. 매트와 서머스 부부는 알고 보니 일행이었다. 모두 과체중이라는 점에서 팀 구성이 그럴듯하다는

프린빌에 있는 스테퍼드 호텔에서 앤디와 캐런 부부 그리고 호주에서 온 매트(오른쪽)와 합숙했다. 여관비를 아끼기 위해, 항상 이렇게 세 사람이 여관에서 같이 잔다고 했다.

생각이 들었다. 이들은 같이 출발했지만 때로는 하루 먼저 가기도 하고 뒤따라 가기도 하면서 함께 여행하고 있다고 했다.

이들이 어떻게 한 팀이 됐는지를 물어보면서 나는 이들이 보기와 달리 비상한 산행 경력의 소유자임을 알게 됐다. 매트는 애팔래치아 트레일과 퍼시픽 크레스트 트레일을 1.5번씩 완주했다고 한다. 그는 평소에 운동을 전혀 안하고 살다가 체중이 견딜 수 없게 불어나면 이렇게 직장을 관두고 미국에 와서 반년씩 걷다가 오스트레일리아로 돌아가곤 한다는 것. 1996년에 애팔래치아 트레일을 걸을 때는 내가 번역한 책 《나를 부르는 숲》의 저자 빌 브라이슨을 만나기도 했는데, 카츠는 못 봤다고 한다. 37세의 미혼으로 자유를 추구한다.

앤디도 애팔래치아 트레일을 종주했는데, 인터넷 게시판을 통해 트레일 종주에 대해 문의하는 한 여성을 알게 됐고, 급기야 그 여성과 함께 트레일을 동행하게 된다. 그 여성이 캐런임은 말할 것도 없다. 그때 매트도 산행에 부분적으로 합류해 이들과 인연을 맺었고 나중에 퍼시픽 크레스트 트레일도 같이 갔다. 그때 매트는 캘리포니아주에 있는, 미국 본토에서 가장 높은 해발고도 4421미터의 휘트니산의 정상에서 의식을 잃어 헬기로 긴급 후송된 적이 있는데, 치료받고 의식을 회복하자 바로 그 정상까지 다시 걸어 올라간 강철 같은 사나이다. 보통 헬기로 응급치료를 받으면 청구서가 3000만 원가량 나오게 돼 있었는데, 긴급 출동한 헬기가 캘리포니아 고속 순찰대 소속이어서 돈 한 푼 안 냈다고 하니 기막히게 운 좋은 사나이이기도 하다.

앤디는 엔지니어이고, 역시 엔지니어인 캐런은 미국 국립항공우주국NASA을 다니다 이번 여행을 위해 관뒀다. 앤디는 성조기를 자전거의 뒤에 꽂고 다닌다. "조국을 너무 사랑하기 때문이냐?"고 묻자 "사람들이 어쩌다가 나를 칠 수는 있겠지만, 성조기는 안 칠 테니까"라고 답했다. 국기를 자동차에 대한 일종의 방패로 꽂고 다니는 것. 그는 "최근 들어 미국에 대한 자부심을 잃어간다"면서 "특히

이라크 침략을 비롯한 미국의 대외정책은 동의하기 어렵다"고 말했다.

우리는 프린빌 스태퍼드 호텔에서 합숙했다. 지금까지 투숙한 모텔 중 최고급이다. 78달러. 비싸서 안 들어가려고 했는데 매트가 고집했다. 그는 지쳐서 더 갈 수 없다며 혼자라도 들어가겠다고 했다. 할 수 없이 따라 들어갔다. 사실 한 사람당 20달러도 안 된다. 한 방에서 부부와 두 남정네가 하루를 합숙했다. 새벽에 화장실 갈 때 살짝 보니 부부는 서로 꺼안고 자고 있고, 매트는 코를 골고 있다. 나도 내가 코를 고는 것을 처음으로 느꼈다.

46
나 는 야
맥 가 이 버
라 이 더

해발고도 1597미터의 맥켄지 패스McKenzie Pass는 태평양으로 가는 마지막 산마루.
이 산마루를 넘어가며 나는 라이더로 완성돼간다고 느꼈다.

이 산마루는 평지에서 갑자기 솟아 있어 등정하기가 쉽지 않다. 출발할 때부
터 문제가 생겼다. 뒷바퀴가 짐수레의 무게를 못 이겨 빠져버리는 현상이 재발
했다. 짐수레를 떼어내고 바퀴를 도로 집어넣은 뒤 간단한 체조로 몸을 풀고 출
발하려는데, 이번에는 체인이 빠져버렸다.

앤디와 캐런 서머스 부부와 매트는 나중에 레드먼드Redmond에서 보자고 먼저
출발해버렸고, 끝내 그들을 보지 못했다. 그들은 시스터즈Sisters에 있는 친구 집

에 들러 이 일대를 며칠간 등산한 뒤 트랜스 아메리카 트레일을 마저 갈 예정. 독립적이고 자유로운 인간들이다.

자전거를 꼼꼼히 살펴보면서 드레일러에 다시 문제가 생긴 것을 알았다. 고질병이다. 앞기어를 고단에서 중단으로 내리면 다시 고단으로 올라가지 않는다. 그리고 뒤기어를 4단 밑으로 내리면 앞기어와 뒤기어를 잇는 체인의 각도가 비뚤어져 체인이 자주 빠져버린다. 그러니까 결론은 앞기어는 고단, 뒤기어는 7단에서 4단까지만 쓸 수 있다는 얘기. 발딱 선 오르막길을 가려면 많은 기어가 필요한데 큰일 났다. 이제 내가 쓸 수 있는 기어는 4개 단밖에 없다. 레드먼드나 시스터즈에 있는 자전거포에 들러서 기어 문제를 해결하고 가야 했으나, 하루가 더 소요되는 게 마음에 걸린다. 그냥 돌파해보기로 했다. 나는 항상 그런 식이다.

한여름의 추위

시스터즈를 지나서는 24킬로미터의 오르막길이 시작된다. 지금까지 터득한 온갖 자세로 올라갔다. 자전거타기가 힘들어지면 스피드 스케이트를 타고 있다고 생각한다. 페달에 붙어 있는 발을 빙상 선수처럼 움직인다. 한동안은 빙판 위를 미끄러지듯 부드럽게 나가는 느낌이 든다. 피로를 느끼면 자세를 바꾼다. 이번에는 수영이다. 자유형 발차기하듯 발을 움직인다고 생각한다. 팔을 젓기도 한다. 물론 핸들바를 놓지는 않은 채 그렇게 한다.

수영도 오래할 수는 없다. 그럼 달리기다. 자전거 위에서 실제 달리는 동작이 나온다. 서서 타면 된다. 페달에 붙은 발을 밀고 당기면서 자전거를 좌우로 흔든다. 마치 피아노의 메트로놈처럼 흔드는데, 자전거를 왼쪽으로 기울일 때는 왼발에, 오른쪽으로 기울일 때는 오른발에 힘을 줘서 율동을 창출한다. 정확히 달리는 동작이 나온다. 자전거와 내가 한 몸이 되는 것을 느낀다.

서서 타면 등과 다리로 몸통을 지탱해야 하기 때문에 쉽게 피로해진다. 하지만 그동안 꾸준히 서서 타는 연습을 해온 탓에 산길 2킬로미터를 앞기어는 고단, 뒤기어는 5단으로 놓고 선 채로 갈 수 있게 됐다. 어차피 기어를 낮게 조절할 수 없어서 서서 세게 밟아야 계속 출몰하는 고비들을 넘을 수 있다. 20킬로미터를 선 자세와 앉은 자세를 반복해서 올라갔더니 더는 설 수가 없다. 이제는 안장에 앉은 채 허벅지로 페달을 들어올리는 동작으로만 바퀴를 돌린다. 그 다음에는 종아리로만 페달을 당기기. 그러다 지치면 그 다음에는 발로 페달을 밀어내기 또는 차내기……. 나중에는 다리에 붙은 근육들을 모두 가동하며 맥켄지 패스를 향해 올라갔다.

맥켄지 패스는 후지어 패스보다 2000미터가량 낮았지만 바람이 더 세고 추웠

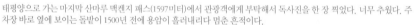

태평양으로 가는 마지막 산마루 맥켄지 패스(1597미터)에서 관광객에게 부탁해서 독사진을 한 장 찍었다. 너무 추웠다. 주차장 바로 옆에 보이는 돌밭이 1500년 전에 용암이 흘러내리다 멈춘 흔적이다.

다. 오래 있을 수가 없었지만 한여름 눈 덮인 시스터즈와 제퍼슨산이 시선을 붙잡는다. 참 멀리까지 왔다는 생각이 든다.

무엇보다 용암이 흘러내리다 1500년 전에 멈춰 검은 바위들의 강을 이루고 있는 광경이 신기하다. 마치 조금 전 하천 준설공사를 해서 바닥 흙들을 쌓아놓은 것처럼 용암들이 생생하게 남아 있다. 1500년 전이면 삼국시대다. 그때에도 아메리카 대륙은 지질학적으로 꿈틀대고 있었고, 지금도 언제 화산이 폭발할지 모르는 유동적인 상황이다. 그 현장에 도착한 소감은 후지어 패스에 올라갔을 때와 비슷했다. 목표를 정하면 조바심을 내지 않아도 이룰 수 있는 나를 믿게 됐다는 것이다. 이루지 못한다 해도 내 안에 원인이 있는 것은 아니다. 성실히 노력한 나는 아니다.

맥켄지 패스를 넘으면 바다가 눈에 들어올 줄 알았다. 그 바다를 향해 내리막길을 질주하는 광경을 상상하면서 올라왔는데, 바다는 냄새도 맡지 못했다. 바다에서 불어오는 습기 머금은 바람 덕택에 캐스케이드 산맥의 서쪽 사면은 다종다양한 수종과 화초 들로 우거져 있다. 삼나무는 고층 빌딩처럼 치솟아 시야를 가렸다. 그래서 내려가는 길은 빌딩 숲 사이의 골목길처럼 좁다. 내려가는 즐거움은커녕 너무 추워서 이빨이 덜덜 떨렸다.

최 악 의 도 로 에 서 목 숨 건 주 행

내가 라이더가 됐다고 느낀 것은 맥켄지 패스를 넘고도 154킬로미터를 달릴 수 있을 만큼 주행 실력이 향상됐기 때문만은 아니다. 그 깨달음은 유진으로 가는 외진 길에서 찾아왔다. 지금까지 열한 번 펑크가 났는데 열한 번째 펑크는 전혀 예상 못한 짐수레 바퀴에서 일어났다. 이 바퀴의 타이어는 면적 1인치당 감당할 수 있는 압력psi이 120으로 높은 편이어서 끄떡없을 줄 알고 여분의 튜브를 가져오지 않았다. 펑크를 때울 수 있는 패치도 없었다. 자전거포는 100킬로미터 떨어진 유진이나 그에 조금 못 미친 스프링필드^{Springfield}까지 가야 있다.

사실 전날 공기가 빠져 있는 것을 발견했다. 공기를 집어넣었는데 아침에 일어나보니 공기가 또 빠져 있었다. 문제가 생긴 것을 알았지만, 일단 공기를 넣고 강행한 것. 얼마 못 가 짐수레가 질질 끌리는 느낌이 들어 자전거를 세워보니, 바람이 완전히 빠지고 타이어까지 우글쭈글 찌그러져 있었다. 낭패였다. 홍동지식 밀어붙이기의 업보다. 이 일을 어쩐다.

일단 타이어를 림에서 빼내는 것부터 힘들었다. 너무 꽉 끼어 있었다. 끝이 'ㄱ'자로 구부러진 타이어 레버 한 개를 타이어와 림 사이에 찔러놓아 틈을 만든 뒤 다른 레버를 그 틈으로 집어넣고 오른쪽으로 밀면서 움직인다. 더 이상 밀 수 없는 지점에서 레버를 지레로 써서 타이어를 밖으로 밀어낸다. 그러면 첫 번째

뒤에 보이는 봉우리들이 시스터즈. 비슷한 모양으로 붙어 있어 '자매'라는 이름이 붙었지만 실제 생성 시기는 다르다고 한다.

와 두 번째 레버 사이의 원호만큼 타이어가 나와야 하는데 꿈쩍도 안 한다. 이 부분이 안 나오면 타이어가 나올 수 없다. 바람 빠진 타이어가 나오지 않으면 자전거가 갈 수 없다. 자전거가 못 가면 내 여행은 여기서 좌초한다. 지금 이 순간만큼은 이 타이어의 원호가 내 여행 전체의 거리와 맞먹는 중요성을 갖는다. 이 조그만 타이어의 원호가 이렇게 큰 권력을 행사하게 된 상황에 신경질이 나려고 한다.

예전 같으면 자전거와 짐수레를 옆에 흐르는 맥켄지강에 밀어넣어 버리고 그냥 걸어가고픈 유혹에 시달렸을 것이다. 그런데 지금은 이내 평정심을 회복한다. 여행 초반에 버지니아주 샬럿츠빌 교차로 변에서 펑크가 났을 때 허둥대고 서두르던 내 모습과는 판이하다.

할 수 없이 첫 번째 레버를 두 번째 레버가 있는 곳까지 힘겹게 밀어서 그 길이

맥켄지 주변 고봉인 워싱턴산.

만큼 타이어를 밀어냈다. 이번에는 한두 뼘 정도 떨어진 곳에 레버를 찌른다. 그러고는 지레로 활용해 타이어를 밀어낸다. 밀어낸 지점에서 이번에는 왼쪽으로 레버를 밀면서 움직여 그 원호만큼 타이어를 들어낸다. 그렇게 해서 타이어의 3분의 1을 들어내니까 타이어가 림 밖으로 빠졌다. 후유.

타이어에서 튜브를 빼내 바람을 넣어서 새는 곳을 찾았다. 바늘구멍만 한 구멍이다. 누군가 패치가 없어서 씹던 껌을 붙여서 막고 갔다는 말이 생각났다. 이 구멍을 어떻게 틀어막지. 나는 일회용 반창고를 생각해냈다. 구급약품 주머니에서 반창고를 꺼내 접착제가 붙은 부분을 칼로 잘라낸 뒤 이 조각으로 구멍을 막았다. 불안해서 두 겹으로 붙여놓은 뒤 바람을 집어넣었다. 팽팽할 때까지 집어넣었는데도 바람이 새지 않는다. 됐다. 다시 바람을 뺀 뒤 역순으로 튜브를 타이어 속에 집어넣고 다시 타이어와 튜브를 함께 림에 집어넣었다. 집어넣을 때도 타이어 레버를 지레로 활용해 집어넣어야 한다. 그때 주의할 것은 레버가 튜브를 물고 들어가 튜브에 상처가 나지 않도록 하는 것이다. 그런 뒤 프레스타 밸브를 통해 바람을 넣고 바퀴를 짐수레에 도로 끼운 뒤 시운전을 했다. 괜찮을 것 같다. 이 상태로 유진까지 100킬로미터를 갔다.

이 얘기를 하면 사람들이 믿지 못한다. 내가 맥가이버가 된 기분이다. 옐로스톤에서 드레일러가 고장 나자 체인을 끊어 1단짜리 자전거로 만들어 타고 간 것에 이어 두 번째 기술력의 개가였다. 나는 이제 임시변통이나마 자전거의 병을 돌볼 능력이 있다. 자전거와 자전거 타는 사람, 자전거 고치는 사람 삼위일체로서의 바이크 라이더가 된 것이다.

유진까지 질러가려고 126번을 계속 타고 가다 최악의 도로 조건을 만났다. 오리건에서는 비교적 인구가 많은 편인 스프링필드와 유진을 관통하면서 126번에 교통량이 엄청났다. 갓길만 따라가는데 벌목 트럭이 흘리고 간 목재의 껍질에서부터 잔돌 조각, 병 조각, 병마개 등이 즐비했다. 갓길이 좁아지는 다리 위에는 더욱 장애물이 많았고, 차들이 마치 도로로 올 생각은 꿈에도 하지 말라는 듯 인정사정없이 질주해 아슬아슬한 경우가 몇 번이나 있었다. 식은땀이 난다. 6000킬로미터 이상 달려와서 사고를 당한다면 꼭 기분이 〈서부 전선 이상 없다〉에서 전쟁 막판 10월의 청명한 날에 총탄을 맞은 폴과 같을 것이다. 그래도 '서부 미국'은 이상이 없을 것이다.

공 짜 수 리 인 심 후 한 자 전 거 도 시

더는 못 버티고 스프링필드에서 126번 도로를 빠져나와 통행량이 적은 마틴 루터 킹 주니어 스트리트를 타고 유진에 진입했다. 그러나 도심으로 가는 길이 갑자기 없어지면서 다시 악몽의 126번과 합류했다. 또다시 악다구니처럼 달려드는 차들과 신경전을 벌였다. 도심으로 들어가기 위해서는 차선을 바꿔야 했는데 목숨을 건 월경이었다.

　자전거의 수도라고 불리는 유진은 생각하던 모습과 너무 다르다. 여기 사는 사람들은 익숙해서 문제없겠지만 처음 오는 사람들에게는 도로에 지정된 자전거 도로의 배열이 어지럽다. 반면 자전거포들의 인심은 후했다. 자전거포 허치스의 주인은 횡단 라이더에 대한 예우라고 공짜로 튜브를 갈아줬는데, 모든 작업을 레버 없이 맨손으로 했다. 튜브 교체용 특수 근육이 발달해 있음에 틀림없다. 그는 마지막 행선지인 플로렌스까지 가는 길로 126번 대신 대안을 일러줬다. 50킬로미터쯤 도는 길이지만 하도 126번 길에 데어서 그의 제안을 따르기로 했다. 이제 하루 남았다. 마지막 등정을 앞두고 카페 '서울'에서 공깃밥 두 그릇을 시켜 김치찌개를 먹었다. 김치찌개는 역시 한국 음식의 진수다.

47
뒷바퀴 대서양에,
앞바퀴 태평양에
풍덩

사람의 마음이, 아니 내 마음이 얼마나 약한지 믿어지지 않을 정도다. 이제 다
왔는데도 아직 확신이 들지 않는다.

마라톤 대회나 철인 3종 대회를 앞두고 전날 잠을 설치는 사람들이 적지 않다.
나도 대회가 있는 날 아침 상쾌한 기분으로 일어난 기억이 없다. 컨디션을 조절
하기 위해 일찍 잠을 청하지만 멀뚱멀뚱 눈을 뜨고 밤을 새우기 일쑤다. 그래도
잠을 못 자서 대회를 망친 적은 없다. 선수들은 경기 전 60시간 동안 잠을 자지
않아도 같은 몸의 조건으로 경기를 치를 수 있다고 한다. 비일상적인 순간에는
몸도 비일상적으로 반응한다.

6400킬로미터의 여정을 마무리하는 날 나는, 그런데, 늦잠을 잤다. 밤 9시쯤 잠들었는데 오전 8시에 일어났다. 무사태평이어서 그런 게 아니라 하루 쉬고 갈까 망설인 점을 몸이 기가 막히게 알고 파고든 것이다. 오늘 150킬로미터를 달려야 하는데 너무 늦게 출발하면 밤늦게 도착할 테고, 태평양을 볼 수 없을 것이다. 그러니 기왕 늦은 김에 몸도 무거운데 하루 쉬고 내일 아침 일찍 출발할까. 몸은 그렇게 유혹하고 있는 것이다. 그게 유혹이 아니라 정당한 논리인지도 모른다. 하지만 한번 그런 유혹에 넘어가면 결과가 어떻게 될지 불안하기 때문에 나는 받아들이지 못한다. 그만큼 약한 것이다.

자전거포 주인이 가르쳐준 대로 돌아가는 길을 택했다. 유진 시내는 여전히 길 찾기가 어렵다. 노스웨스턴 익스프레스를 찾아서 타고 가다 36번 길을 발견했다. '플로렌스까지 66마일(105.6킬로미터)'이라는 이정표를 보고 흥분되기 시작했다. 이제 끝을 향한 마지막 레이스가 시작되고 있는 것이다. 믿어지지 않는다.

마 라 톤 첫 완 주 때 눈 물 흘 리 다

어서 바다를 보고 싶은데 바다는 여전히 느껴지지 않는다. 길은 오히려 산지로 올라간다. 대서양에서 출발해 6300킬로미터를 왔는데도 여전히 산적들처럼 고개가 나타난다. 그리곤 바다 대신 호수가 나타났다. 사람들은 이 호수에서 배를 타고 물놀이를 했다. 이상했다. 바다가 지척인데 왜 여기서 놀지. 한적한 길 주변에는 산딸기가 지천이다.

산딸기만으로는 배를 채울 수 없어, 데드우드Deadwood에 있는 가게에서 멕시칸 음식인 부리토를 사서 가게 앞턱에 앉아서 먹는데 무더운 여름 햇살이 내리쬔다. 그때 문득 터무니없고 엉뚱하기 짝이 없는 생각이 떠올랐는데, '여기서 그냥 돌아가 버릴까' 하는 것이었다. 그 무진 고생과 노력을 해서 여기까지 왔는데 아무리 스쳐가는 생각이라도 태평양을 보지 않고 돌아선다는 게 말이나 되는 일인가.

왜 그런 생각이 떠오를까. 나는 내가 약해서 그렇다고 생각한다. 끝까지 다 와서도 끝까지 갈 수 없을지 모른다는 회의를 지우지 못하는 것이다. 자신에 대한 회의는 오랜 습관이어서 어떤 상황에서든 틈만 보이면 벌레처럼 스멀스멀 기어나온다. 그래서 급기야는 결승점을 겨우 몇 미터 앞에 두고 경기를 포기하는 마라토너의 이미지를 자신에게 투사하는 것이다. 아니면 중도포기를 가정함으로써 이제 끝까지 갈 수 있게 된 상황을 재확인하고 싶은 것인지도 모른다. 생각의 유희인지 모르나 그런 가정을 하는 것 자체가 희한했다.

스스로에게 씩 웃어주며 다시 자전거에 올라탔다. 플로렌스로 가기 위해서는 메이플턴^{Mapleton}에서 악몽 같은 126번 길을 다시 타야 한다. 메이플턴에 도착해서 루트 비어를 사 마시며 마지막 숨을 다스렸다. 사람들이 찾아와서 어디까지 가느냐고 해서 플로렌스까지 간다고 하니까 얼마 안 가네 하는 표정으로 쳐다본다. 그러다 "어디서 왔느냐?"고 해서 대서양에서 출발했다고 하니까 눈에 온통 흰자위만 보인다. 내 손을 붙잡고 흔들면서 정말 만나서 영광이라고 하는 사람도 있다.

그들의 흥분과 내 어조의 담담함은 대조를 이뤘다. 왠지 마음이 가라앉는다. 자기 연민이 강한 나는 이 정도의 성취라면 벌써부터 감격의 눈물을 흘리면서 100킬로미터는 족히 울고 달렸을 것이다. 실제 2000년에 첫 풀코스 마라톤의 결승선을 통과한 뒤 그 동안 무슨 설움이 그렇게 쌓였는지 울음이 복받쳐서 창피해서 혼이 났다.

아마 바람 때문이었을지도 모른다. 메이플턴에서 플로렌스까지는 14마일(22.4 킬로미터) 구간에는 바다에서 묵직한 바람이 불어와 다른 데 신경을 쓸 여유가 없었다. 13마일, 12마일, 여전히 바다는 느껴지지 않는다. 바람에는 소금기가 없다. 바다에서 불어온다는 증거는 없다. 길은 아름다운 시슬로강^{Siuslaw River}을 따라간다. 이 강물도 나처럼 오랜 굴곡과 요철을 겪으면서 이제 바다로 골인하기 직

트랜스 아메리카 트레일의 마지막 22.4킬로미터는 시슬로강을 따라간다. 하구에는 아담하고 정겨운 항구가 있다.

전이다.

강물처럼 묵묵히 페달을 밟았다. 가다가다 보면 끝이 나오겠지. 8마일, 7마일, 6마일. 마음이 풀어지면서 점차 감상적으로 바뀌는 것을 느낀다. 그러나 마흔이 넘은 나이에 나를 위해 눈물을 흘리고 싶지는 않다. 3마일(4.8킬로미터) 지점까지 저 너머에 바다가 있다는 것을 믿을 수 없더니 점차 갯내음이 약하게 느껴진다.

건너편 차선에서 짐을 잔뜩 실은 바이크 라이더가 동쪽으로 가고 있다. 그는 이제 플로렌스에서 출발해 대서양으로 가고 있는 것 같다. 어이구 하는 소리가 절로 나왔다. 내가 끝내는 긴 여행을 이제 시작하는 사람이 있다. 우리는 어쩜 계주 선수들처럼 바통을 전달하는 것일지도 모른다. 그가 대서양에 도착하면 또 다른 누군가가 바통을 이어받아 서쪽을 향해 출발할 테고. 그렇게 삶이 이어지는 것일지도 모른다.

2 0 0 5 년 8 월 1 3 일 을   가 슴 에   새 기 다

플로렌스는 강변에 있지, 해변에 있지 않았다. 바다가 보이지 않아 당황했다. 물어보니 바다까지는 몇 마일을 더 가야 한다고 한다. 그것은 낙타 등의 마지막 지푸라기였다. 낙타 등에 짐을 싣고 싣다가 나중에는 지푸라기 하나만 더 얹었을 뿐인데 그게 하필이면 임계점을 넘은 것이어서 낙타가 자빠져버리는. 하버 비스타Harbor Vista로 가면 바다로 갈 수 있다고 해서 바닥난 인내심을 딱딱 긁어서 가는데 강풍이 불어왔다.

급속히 기온이 떨어져 벌벌 떨었다. 가는 길에 주택들 사이로 얼핏 보이는 바다는 물안개 속에 숨어 있다. 나는 따뜻한 바다에 첨벙첨벙 물을 차고 들어가는 것을 여행의 마지막 순간으로 예상하고 달려왔는데······.

태평양은 보이지 않는다. 하버 비스타 근처에서 해변을 발견했다. 여전히 바다는 둑 너머에 있지만 추워서 더는 갈 수 없었다. 관광객에게 부탁해서 짐수레를 떼어내고 자전거를 들고 물에 들어가 앞바퀴를 바닷물에 담갔다. 2005년 8월 13일 오후 5시 51분. 이 순간을 가슴에 새겼다. 뒷바퀴는 여행을 출발할 때 대서양에 담갔으니까 자전거의 앞뒷바퀴가 두 대양 사이에 걸치게 됐다.

여행을 끝냈다는 감흥을 느낄 여유가 없었다. 너무 추웠다. 몸이 뻣뻣해져 굴신이 쉽지 않을 정도다. 바로 그 지점에서 롤런드라는 운전자를 만나 근처에 있는 모텔까지 태워달라고 부탁했다. 이제 6400킬로미터를 주행한 경력을 가진 '당당한' 라이더가 모텔까지 가는 몇 킬로미터를 달릴 수가 없어 자동차 신세를 지다니.

플로리다주 탬파 베이Tampa Bay에서 온 56세의 롤런드는 캔자스에서 만난 데이비드를 연상시키듯 부드러운 목소리의 소유자였다. 흰 콧수염을 기르고 얼굴빛은 붉다. 그는 나와 내 자전거, 짐수레를 차에 싣고 모텔을 찾아주기 위해서 플로렌스 일대를 헤집고 다녔다. 그는 자신이 텐트를 친 사이트에 같이 텐트를 쳐도 좋다고 했지만, 나는 종착지에 도착한 기념으로 온욕도 하고 인터넷도 맘껏하고 싶었다. 나는 거꾸로 "비싼 방이라도 좋으니 방을 구하면 너도 텐트 걷어서 내 방에 와서 함께 자자"고 했다. 그도 어제 추워서 잠을 제대로 못 잤다면서 그렇게 하겠다고 했다. 하지만 빈 방이 하나도 없었다. 심지어 빈 캠프 사이트도 없었다. 10개 주를 헤집고 오는 동안 빈 방이 없거나 캠프 사이트가 없어서 찾아 헤맨 적은 한 번도 없었다. 종착지에서 이런 일을 당하다니.

롤런드에게 유진에 가면 빈 방이 있을 테니 거기까지 같이 가자고 뻔뻔스럽게 요청한 뒤, 함께 타이 식당에서 저녁을 먹었다. 저녁을 먹는 동안 나는 그가 일곱 명의 자녀를 둔 아버지라는 것을 알게 됐다. 20대에 히피였던 그는 병역도 거부하고 해외에 나가 인도와 스리랑카에서 오래 살았다. 오랜 방랑을 마치고 귀국하여, 부동산 중개인으로 돈을 벌기 시작해서 지금은 집 여러 채를 월세 놓고 그 돈을 받아서 생활하고 있다는 것.

그런데 왜 혼자 여행할까. 궁금해졌다. 직설적으로 묻기는 뭣해서 일곱 명의 자녀를 둔 것은 축복이라면서 그들과 어떻게 지내느냐고 물었더니 그는 뜻밖의 말을 했다. 그는 "어느 날 자식들을 모아놓고 '사실 나는 동성애자'라고 고백했더니 모두들 떠나갔다"고 말했다. 나는 내 귀를 의심했다. 자식이 그렇게 많은데 동성애자라니……. 그는 아내와 사별하고 나서 더는 자신의 성적 지향성을 숨길 수 없었다고 말했다. 어릴 때 그의 아버지는 그의 동성애적 성향을 지우기 위해 그를 지하실에 묶어놓기까지 했다고 한다. 자신도 그것을 부정하기 위해 결혼도 하고 오랜 세월을 버텨왔으나, 이제 더는 숨기고 싶지 않다고 했다.

자전거 뒷바퀴를 버지니아주 요크타운에서 대서양에 담갔다. 이제는 앞바퀴를 태평양에 적심으로써 횡단을 완성했다. 해질 무렵의 역광이어서 얼굴 표정이 자세히 나오지는 않지만, 억지로 웃고 있는 기색이 역력할 것이다. 한여름인데도 너무 추웠다.

다 시   누 룽 지   같 은   일 상 으 로

그가 겪었을 고통에 가슴이 아팠지만, 한편으로 한 여관방에 그와 자는 내 모습이 자꾸 떠올랐다. 자고 싶은 생각이 사라졌다. 만약 내가 영어를 잘해서 그의 마음을 상하지 않게 물어볼 수 있었다면 같이 잘 수도 있었을지 모른다. "나는 동성애자가 아니거든. 그러니까 우리 그냥 잠만 같이 자는 거지? 다른 일은 안 할 거지?" 그래서 그가 딴 짓 안 하겠다고 다짐하면 같이 투숙할 수 있겠는데, 그걸 어떻게 영어로 표현한담. 자신이 없었다.

그래서 말을 바꿔 처음 그가 제안한 대로 그가 텐트 친 사이트에서 하룻밤을 보내자고 했다. 그 사이트는 마음에 들었다. 그는 내게 따로 텐트를 칠 것 없이 자기 텐트가 넓으니까 그냥 들어와서 같이 자라고 했다. 나는 코도 많이 골고 잠버릇이 사나워서 불편할 거라면서 따로 텐트를 쳤다. 왠지 내가 야박해 보인다.

나는 그렇게 아름답게 불을 피우는 사람을 보지 못했다. 그는 단을 쌓듯 장작들을 사각형으로 포개놓고 그 중간에 굵은 장작들을 마주보게 세워 불길이 올라갈 기둥을 만든 뒤 잔 나뭇가지들을 그 사이 바닥에 넣고 불을 피웠다. 불이 활활 타올랐다. 그가 건네준 보드카를 마시면서 나는 미국 횡단 자전거 여행의 마지막 밤을 마비시켰다.

이제 딱 달라붙어 있어서 떨어지지 않는 누룽지 같은 일상으로 돌아갈 때다.

1976년, 미국을 횡단하다

미국 건국 200주년을 기념해 미국을 횡단한 2000여 명의 바이크 라이더들

사진 제공: 어드벤처 사이클링 어소시에이션(Adventure Cycling Association)

아메리카 자전거 여행

초판 1쇄 인쇄 2019년 12월 6일 초판 1쇄 발행 2019년 12월 12일

지은이 홍은택
펴낸이 연준혁

출판 1본부 이사 배민수
출판 4분사 분사장 김남철

펴낸곳 ㈜위즈덤하우스 미디어그룹 출판등록 2000년 5월 23일 제13-1071호
주소 (410-380) 경기도 고양시 일산동구 정발산로 43-20 센트럴프라자 6층
전화 031)936-4000 팩스 031)903-3893 홈페이지 www.wisdomhouse.co.kr

ⓒ홍은택, 2019
값 16,000원
ISBN 979-11-90427-46-3 03810